Tom Clancy's Op-Center
Vuurlinie

D0925979

2909

Bezoek onze internetsite www.awbruna.nl
voor informatie over al onze boeken en softwareproducten.

Tom Clancy en Steve Pieczenik

Tom Clancy's Op-Center
Vuurlinie

Zwarte Beertjes

Oorspronkelijke titel
Tom Clancy's Op-Center: State of Siege
© 1999 by Jack Ryan Limited Partnership and S&R Literary, Inc.
All rights reserved
Vertaling
Rogier van Kappel
© 1999 A.W. Bruna Uitgevers B.V., Utrecht

ISBN 90 449 2909 7
NUGI 331

Verenigde Naties De veiligheidsraad heeft gisteren de laatste hand gelegd aan een schriftelijk verzoek aan Irak om medewerking te verlenen aan de internationale wapeninspecteurs, maar dreigt niet met geweld als Irak het verzoek niet inwilligt.

Associated Press, 5 november 1998

Proloog

Kampong Thom

Cambodja, 1993

Ze stierf in zijn armen. Terwijl de zon stralend oprees boven de horizon, sloot ze langzaam haar ogen. Toen slaakte ze een lichte zucht en was weg.

Hang Sary keek naar het bleke gezicht van de jonge vrouw, naar het gras en de modder in haar natte haar en de schrammen op haar voorhoofd en dwars over haar neus. Er rees een golf van weerzin in hem op toen hij de rode lippenstift op haar mond zag, de over haar wangen uitgesmeerde rouge en de houtskoolgrijze mascara die vanuit haar ogen naar haar oren was gelopen.

Zó had het niet moeten zijn. Zelfs hier niet, in dit land waar het idee van onschuld even uitheems was als de droom van de vrede.

Phum Sary had niet zo jong al moeten sterven en al evenmin op deze manier. Niemand hoorde zo te sterven: op een winderig rijstveldje waar het modderige water rood kleurde van haar bloed. In elk geval was Phum gestorven in de wetenschap wíé haar in zijn armen hield. Ze was niet gestorven zoals ze het grootste deel van haar leven had moeten doorbrengen: alleen en zonder liefde. De zoektocht die Hang nooit helemaal had gestaakt, was nu voorbij, maar hij wist dat er ook een nieuwe begon.

Het hoofd van zijn zus lag in zijn schoot en hij voelde even aan de koude punt van haar neus, de stevige kaak, de ronde mond... een mond die altijd had geglimlacht, waar ze óók mee bezig was. Het meisje voelde zo klein en teer aan.

Hij trok haar armen uit het water en legde ze op haar strakke blauwe glitterrok. Daarna trok hij haar nog dichter tegen zich aan en vroeg zich af of iemand haar de afgelopen tien jaar zo had vastgehouden. Had ze voortdurend zo'n afschuwelijk leven geleid? Had ze er uiteindelijk genoeg van gekregen en besloten dat de dood te verkiezen viel boven zo'n leven?

Hangs lange gezicht verstrakte toen hij aan haar leven dacht. Hoe kon ze zo dichtbij zijn geweest zonder dat hij dat ooit had geweten? Ty en hij hadden bijna een week incognito in het dorpje doorgebracht. Zou hij zichzelf ooit kunnen vergeven dat hij niet op tijd was geweest om haar te redden?

Die arme Ty zou ontroostbaar zijn als ze erachter kwam wie dit was. Ze had Hang een radiobericht gestuurd om hem te laten weten dat een van de vrouwen kennelijk kort voor zonsopgang, tijdens de wisseling van de wacht, een ontsnappingspoging had gedaan. Phum was in haar zij getroffen. Ze was waarschijnlijk doorgerend en toen dat niet meer ging, verder blijven strompelen tot ze letterlijk niet meer kon. Daarna moest ze zijn gaan liggen om een laatste blik op de ochtendhemel te werpen. Hang vroeg zich af of die hemel, die herinneringen aan een betere tijd, zijn kleine zusje aan het eind van haar leven wat rust had geschonken.

Hij woelde met zijn slanke handen door het lange, zwarte haar van zijn zusje. In de verte hoorde hij wat gespetter. Dat zou Ty zijn. Hij had zijn partner over de radio gemeld dat hij het meisje had gevonden en ze had gezegd dat ze binnen een halfuur bij hem zou zijn. Ze hadden gehoopt dat het meisje hun minstens een naam had kunnen zeggen, dat ze hen zou kunnen helpen bij het vernietigen van dit monsterverbond dat al zoveel jonge levens had vernietigd. Maar zo had het niet mogen zijn. Ze had alleen nog de kracht gehad om te glimlachen en zijn naam te fluisteren. Ze was gestorven met de naam van haar broer op haar felrode lippen, en niet met de naam van het beest dat haar dit had aangedaan.

Ty was gekleed als een boerin hier uit de omgeving. Ze kwam aangelopen, keek op hem neer en terwijl ze zo een tijdje bleef staan, waaide de wind fluisterend om haar heen. Toen maakte ze een snikkend geluid, liet zich naast Hang op haar knieën zakken en sloeg haar armen om hem heen. Zo bleven ze zwijgend een paar minuten zitten. Vervolgens stond Hang langzaam op, met het dode lichaam van zijn zusje in zijn armen, en hij droeg haar terug naar de oude stationwagon die hij als veldpost gebruikte.

Hij wist dat ze Kampong Thom nu niet konden verlaten, niet nu wat ze al die tijd hadden gezocht zo dichtbij was. Maar hij moest zijn zusje thuisbrengen. Dáár moest ze te rusten worden gelegd.

Terwijl de stralen van de zon zijn rug warmden en zijn klamme hemd snel deden drogen, trok Ty de achterklep van de stationwagon open en legde een deken neer tussen de kartonnen dozen. In die dozen zaten wapens en audioapparatuur, kaarten en lijsten en een krachtige brandbom. De afstandsbediening van die bom was aan Hangs riem bevestigd. Als ze ooit gepakt zouden worden, zou hij daarmee alles in de wagen vernietigen. Daarna zou hij de .357 Smith & Wesson die hij altijd bij zich droeg, gebruiken om zichzelf van het leven te beroven. Ty zou hetzelfde doen.

Met Ty's hulp legde Hang Sary het ontzielde lichaam van zijn zusje op de deken en sloeg die toen voorzichtig om haar heen. Voordat hij wegreed, liet hij zijn blik nog even over het rijstveld gaan. Dat was geheiligd door haar bloed, maar het land zelf zou pas weer rein zijn als het was schoongewassen met het bloed van degene die dit gedaan had.

En het zou gereinigd worden. Hoe lang dat ook mocht duren, het zou gebeuren. Dat zwoer hij nu.

1

Maandag, 06.13 uur

Parijs

Zeven jaar geleden, tijdens de opleiding voor zijn dienst bij de UNTAC, de United Nations Transitional Authority in Cambodja, had de drieste en avontuurlijk ingestelde luitenant Reynold Downer van het 11th/28th Batallion van het Royal Western Australia Regiment geleerd dat er drie voorwaarden waren waaraan moest worden voldaan voordat de Verenigde Naties een vredesmissie ergens naartoe konden sturen. Het was niet iets waar hij ooit eerder over had nagedacht of ook maar iets mee te maken had willen hebben, maar de Commonwealth of Australia was een andere mening toegedaan geweest.

Eerst moesten de vijftien lidstaten van de Veiligheidsraad tot in de kleinste details hun goedkeuring aan de operatie hechten. Omdat de Verenigde Naties niet over een eigen leger beschikken, moesten er daarna lidstaten van de Algemene Vergadering zijn die zich bereid verklaarden om troepen te leveren en ermee akkoord te gaan dat één commandant de leiding over de gehele multinationale troepenmacht op zich zou nemen. En ten derde moesten de strijdende partijen toestemming geven voor de vredesmissie.

Als ze eenmaal ter plekke waren, hadden de leden van de vredesmissie drie doelstellingen. De eerste was het bereiken en daarna handhaven van een staakt-het-vuren, zodat de strijdende partijen over een vreedzame oplossing konden onderhandelen. De tweede was het creëren van een bufferzone tussen de partijen en de derde was het bewaren van de vrede. Dat laatste omvatte – indien noodzakelijk – militair ingrijpen; het opruimen van landmijnen, zodat de burgerbevolking weer in het gebied kon terugkeren, en het verlenen van humanitaire hulp en bijstand.

Tijdens de twee weken durende opleiding in de Irwin-kazerne aan Stubbs Terrace in Karrakatta hadden ze niet alleen veel geleerd over de plaatselijke zeden en gebruiken, maar ook hoe je water moest zuiveren en dat je om landmijnen te ontwijken, voortdurend langzaam moest rijden met één oog op de weg vóór je. En hoe je niet moest blozen als je jezelf in een spiegel zag met een lichtblauwe baret op en een bijpassende halsdoek om.

Toen de VN-indoctrinatie erop zat – de 'castratie' had hun commandant het terecht genoemd – was het Australische contingent verspreid over 86 kampementen in Cambodja. Australiës eigen luitenant-generaal John M. Sanderson was de bevelhebber van de volledige UNTAC-missie, die begonnen was in maart 1992 en was doorgegaan tot september 1993.

De UNTAC-missie was zo opgezet dat de kans op een gewapend conflict zo klein mogelijk was. VN-militairen werden niet verondersteld hun vuurwapens te gebruiken tenzij ze zelf eerst onder vuur waren genomen, en ook dan mochten ze het vuur alleen beantwoorden als dat niet tot een escalatie van de vijandelijkheden zou leiden. De dood van militair personeel zou onderzocht worden door de plaatselijke politie en niet door de militairen zelf. Het handhaven van de mensenrechten diende aangemoedigd te worden door middel van onderwijs en niet met behulp van geweld. Naast haar bufferfunctie was het de voornaamste taak van de vredesmissie om voedsel te distribueren en gezondheidszorg te bieden.

Voor Downer was dit meer een soort circus dan een militaire operatie. 'Kom op, strijdende of vertrapte volkeren van de derde wereld. Hier is brood, penicilline en schoon water.' Het circusgevoel werd nog versterkt door de kleurige banieren die boven hun tenten wapperden en de nieuwsgierige toeschouwers die niet goed wisten hoe ze het hadden. Hoewel velen van hen de aangeboden goederen in ontvangst namen, zagen ze eruit alsof ze eigenlijk liever zouden zien dat het hele VN-circus gewoon wegging. Geweld was iets wat voor hen deel uitmaakte van het dagelijks leven. Ze rekenden erop en begrepen het, en dat gold niet voor buitenstaanders.

Er was zo weinig te doen in Cambodja dat kolonel Ivan Georgiev, een hoge officier uit het Bulgaarse Volksleger, een bordeel had opgezet. De meisjes werden beschermd door officieren van Pol Pots renegate Nationale Leger van Democratisch Kampuchea, die buitenlands geld nodig hadden om wapens en voedsel te kopen en die 25 procent van de opbrengst toegeschoven kregen. Georgiev runde zijn bordeel in de tenten achter zijn commandopost. Cambodjaanse meisjes die dachten dat ze bij de UNTAC een talencursus kwamen volgen, bleven voor een flinke dosis buitenlands geld. Dat was waar Downer Georgiev en majoor Ishiro Sazanka voor het eerst had ontmoet. Georgiev had gezegd dat de soldaten van Japan en Australië zijn beste klanten waren, hoewel de Japanners de neiging hadden om geweld tegen de meisjes te gebruiken en daarom goed in de gaten gehouden dienden te worden. 'Beleefde sadisten,' had de Bulgaar hen genoemd. Downers oom Thomas, die in de 7th

Australian Divison in het zuidwesten van de Pacific tegen de Japanners had gevochten, zou het met die omschrijving niet eens zijn geweest. Hij had hen helemaal niet zo beleefd gevonden.

Downer had geholpen met het rekruteren van nieuwe 'talenstudenten' voor de tenten, terwijl Georgievs andere helpers andere manieren hadden gevonden om meisjes te krijgen, waaronder ook ontvoering. De Rode Khmer had ook zo goed als ze konden geholpen om nieuwe meisjes te ronselen. Op dit bijbaantje na had Downer het in Cambodja maar een saaie bedoening gevonden. De richtlijnen van de Verenigde Naties waren te soft, te beperkend. Zoals hij tijdens zijn jeugd in de haven van Sydney had geleerd, was er maar één richtlijn die werkelijk van belang was: had de een of andere klootzak een kogel in zijn kop verdiend of niet? Als dat zo was, dan moest je gewoon de trekker overhalen en naar huis gaan. Als het niet zo was, wat deed je daar dan eigenlijk?

Downer nam een laatste slok koffie en schoof de zware mok van zich af over het formicablad van het kaartentafeltje. De koffie was goed: zwart en bitter, zoals hij die altijd dronk als hij zich in het veld bevond. Het gaf hem energie, zodat hij klaar was om in actie te komen. Misschien was dat op dit ogenblik eigenlijk niet zo handig, want er was niets om tegen in actie te komen, maar hij vond het toch een prettig gevoel.

De Australiër keek even naar het horloge om zijn door de zon roodbruin gebrande pols. Waar bleven ze nou?

De groep was meestal om een uur of acht wel terug. Hoe lang zouden ze nou nodig hebben om een video-opname te maken van iets wat ze al zes keer eerder hadden opgenomen?

Het antwoord was dat dat net zo lang zou duren als kapitein Vandal nodig achtte. Vandal had de leiding over deze fase van de operatie en als die Franse officier niet zo efficiënt was, zou geen van hen hier nu geweest zijn. Vandal was degene die hen dit land had binnengesmokkeld, die de hardware had verzameld en die de leiding had gehad over de verkenningsoperatie. Hij was ook degene die hen weer het land uit zou smokkelen, zodat ze met fase twee van de operatie konden beginnen, die onder leiding zou staan van Georgiev.

Downer viste een cracker uit een open doos en nam ongeduldig een hap. De smaak en de brosheid ervan brachten hem de legeroefeningen in het uitgestrekte en verlaten binnenland van Australië weer in herinnering. Daar hadden ze ze zo'n beetje op die dingen geleefd.

Terwijl hij zat te kauwen keek hij het kleine, donkere flatje rond. Zijn zachte, blauwe ogen gingen van de keuken rechts langs de tv aan de andere kant van het vertrek naar de woonkamer. Vandal had deze flat twee jaar geleden gehuurd en de Fransman had toegegeven dat hij bij zijn keuze niet op het comfort had gelet. De eenkamerflat lag in een kronkelig achterafstraatje vlak achter de Boulevard de la Bastille, niet ver van het postkantoor. Buiten de locatie was het enige wat van belang was dat ze op de begane grond zaten, zodat ze als dat nodig mocht blijken er door het raam vandoor konden gaan. Zoals Vandal had beloofd toen ze met hun vijven hun spaargeld bij elkaar hadden gelegd, zou hij alleen maar veel geld uitgeven aan vervalste documenten, afluisterapparatuur en wapens. Terwijl de lange, krachtig gebouwde Downer de kruimels van zijn verschoten spijkerbroek sloeg, wierp hij een snelle blik op de grote plunjezakken die op een rij tussen de tv en het venster lagen. Hij paste op de vijf grote tassen vol wapens. Wat dat betreft, had Vandal goed werk geleverd. AK-47's, handwapens, traangas, granaten, een raketwerper. Allemaal zonder merktekenen of serienummers, zodat ze niet te traceren waren. Ze waren ingeslagen bij Chinese wapenhandelaren die de Fransman had ontmoet terwijl hij bij het Franse contingent van de vredesmissie in Cambodja zat.

God zegene de Verenigde Naties, dacht Downer.

Morgenochtend, kort na zonsopgang, zouden de mannen de plunjezakken in de vrachtwagen leggen die ze zojuist hadden gekocht. Vandal en Downer zouden Sazanka, Georgiev en Barone afzetten op de helikopterlandingsplek bij de fabriek en dan de tijd van hun vertrek zo kiezen dat ze allemaal tegelijk bij het doelwit zouden zijn.

Het doelwit, dacht Downer. Zo gewoon, maar toch zo vitaal voor de rest van de operatie.

De Australiër richtte zijn blik weer op de tafel. Naast de telefoon stond een schaal van wit aardewerk die volledig gevuld was met een zwarte brij van de in kraanwater gedrenkte as van verbrande aantekeningen en schema's. Ze hadden alles uitgewerkt: van berekeningen over de te verwachten staart- en neuswindsnelheden om acht uur 's ochtends op een hoogte van 300 meter tot de verkeerspatronen en het aantal politiemensen langs de Seine. Droge as was nog steeds wel te lezen, maar natte as was onbruikbaar.

Nog maar één dag in deze ellende, hield hij zich voor.

Als de rest van het team weer terug was, hadden ze nog één middag videokijken voor de boeg om zich ervan te vergewissen dat ze in deze fase van de operatie met alle omstandigheden rekening hadden gehouden. Daarna zouden ze de vertrektijden van de vliegtuigen, de bustijden en de straatnamen en, voor de volgende fase, de adressen van de wapenhandelaren in New York nog eens nalopen.

Voor alle zekerheid hadden ze alles al uit het hoofd geleerd. Daarna zouden ze voor de laatste keer 's ochtends vroeg alles verbranden wat ze hadden opgeschreven, zodat de politie het nooit zou kunnen vinden. Hier niet en al evenmin tussen het vuilnis.

Downers keek de kamer nog eens rond en deze keer viel zijn blik op de slaapzakken op de vloer. Ze lagen voor een bank, het enige andere meubelstuk in het vertrek. Er zat een grote ventilator in het enige raam dat de kamer rijk was en sinds het begin van de hittegolf had die onafgebroken aangestaan. Vandal had hem verzekerd dat een temperatuur van boven de 35 graden gunstig was voor hun plan. Het doelwit had luchtkokers maar geen airconditioning en de mannen daarbinnen zouden nog wat trager zijn dan gewoonlijk.

Niet zoals wij, dacht Downer. Hij en zijn teamgenoten hadden een doel.

Downer dacht aan de vier andere ex-militairen die bij dit project waren betrokken. Hij had hen allemaal ontmoet in Phnom Penh en ieder van hen had een heel eigen reden voor zijn aanwezigheid daar, een reden die sterk verschilde van die van de anderen.

Hij hoorde dat er een sleutel in het slot in de voordeur werd gestoken. Downer trok zijn van een type 64-geluiddemper voorziene pistool uit de holster die aan de rug van de houten stoel hing en schoof daarna voorzichtig de doos met crackers wat opzij zodat die niet in zijn schootsveld stond. Hij bleef zitten. Buiten Vandal was de conciërge de enige die over een sleutel beschikte en in de drie keer dat Downer het afgelopen jaar in de flat had gelogeerd was de oude man alleen maar langsgekomen als hem dat was gevraagd, en soms zelfs dan niet.

Als het iemand anders was, dan had diegene hier niets te maken en zou daarom hier sterven. Downer hoopte half en half dat het iemand was die hij niet kende. Hij was wel in de stemming om de trekker over te halen.

De deur ging open en Ettienne Vandal kwam binnen. Zijn tamelijk lange bruine haar was achterovergekamd en hij had een zonnebril op. Zijn videocameratas hing losjes over zijn linkerschouder. Hij werd op de voet gevolgd door de kale, forsgebouwde Georgiev, de tanige, gedrongen Barone en de lange, brede Sazanka. De mannen gingen allevier gekleed in T-shirts en spijkerbroeken die toeristen hadden kunnen dragen. Ze hadden ook allemaal dezelfde gesloten uitdrukking op hun gezicht.

Rustig en beleefd deed Sazanka de deur dicht.

Downer slaakte een zucht en schoof het vuurwapen weer in de holster. 'Hoe ging het?' vroeg hij. De afgebeten keelklanken uit het westen van New South Wales waren nog steeds duidelijk in zijn stem te horen.

'Hoegingut?' zei Barone terwijl hij spottend het accent van de Australiër imiteerde.

'Hou op!' zei Vandal.

'Ja, meneer,' zei Barone. Hij salueerde nonchalant en wierp Downer een dreigende blik toe.

Downer mocht Barone niet. Het parmantige mannetje had iets wat geen van de anderen had: een vijandige instelling. Hij gedroeg zich alsof iedereen een potentiële vijand was, zelfs zijn bondgenoten. Barone had ook een goed gevoel voor accenten. Als tiener had hij een tijdje als parkeerwacht op de Amerikaanse ambassade gewerkt, maar zijn Amerikaanse accent had hij vrijwel volkomen weten weg te werken. Het enige wat Downer ervan weerhield om de jongere Barone een dreun te geven, was dat ze allebei wisten dat de 1,90 meter lange Australiër de kleine Uruguayaan dwars doormidden kon trekken en dat hij dat, als Barone te ver ging, met alle genoegen zou doen.

Vandal zette de cameratas op tafel, wipte de cassette uit de camera en liep naar de tv.

'Volgens mij is het prima gegaan,' zei Vandal. 'Zo op het eerste gezicht waren de verkeerspatronen nog precies hetzelfde als de vorige week. Maar om er zeker van te zijn, zullen we de banden nog eens vergelijken.'

'Dat is dan wel de laatste keer, hoop ik,' zei Barone.

'Dat hopen we allemaal,' zei Downer.

'Ja, maar ik wil nou graag eindelijk eens iets dóén,' zei de negenentwintig jaar oude officier. Hij zei niet wát hij dan wilde doen. Een groepje buitenlanders dat bij elkaar kwam in een vervallen flat kon er niet zeker van zijn dat er niemand meeluisterde.

Sazanka ging zwijgend op de bank zitten, trok zijn Nikes uit en begon zijn brede voeten te masseren. Barone wierp hem een fles water toe die hij net uit de koelkast had gepakt en Sazanka gromde een bedankje. Sazanka sprak het slechtste Engels van hen allemaal en daarom zei hij maar niet al te veel. Downer deelde de meningen van zijn oom over de Japanners en hij was blij dat Sazanka zo zwijgzaam was. Al sinds Downers kindertijd werd de haven van Sydney overstroomd met Japanse toeristen, zeelui en speculanten en als ze zich niet al gedroegen alsof de boel van hen was, dan wekten ze toch de indruk dat het niet lang meer zou duren voordat het werkelijk zover was. Jammer genoeg was Sazanka in staat om een aantal verschillende types vliegtuigen en helikopters te besturen, zodat ze niet om hem heen konden.

Barone overhandigde de naast hem staande Georgiev ook een fles.
'Dank je wel,' zei de Bulgaar.

Dat waren de eerste woorden die Downer de man had horen zeggen sinds de maaltijd van gisteravond, en dat terwijl zijn Engels vrijwel perfect was, omdat hij bijna tien jaar contactpersoon van de CIA in Sofia was geweest. In Cambodja was Georgiev ook al zo zwijgzaam geweest. Hij was voortdurend alert geweest op mensen van de Cambodjaanse geheime politie en VN-waarnemers, en had ook hun contacten bij de Rode Khmer altijd goed in de gaten gehouden. Hij gaf er de voorkeur aan om te luisteren, ook als er niets werd gezegd. Downer had graag gewild dat hij daar zelf het geduld voor had. Goede luisteraars konden vaak een heleboel te weten komen uit terloopse gesprekken waarbij mensen niet op hun hoede waren.

'Jij ook?' vroeg Barone.

De Fransman schudde zijn hoofd.

Barone keek nu naar Downer. 'Ik zou jou er ook wel een willen aanbieden, maar je wilt dit toch niet hebben. Jij drinkt het liever heet. Kokend heet, zelfs.'

'Warme dranken zijn beter voor je,' zei Downer. 'Daar ga je van zweten en dat reinigt het organisme.'

'Alsof we niet genoeg zweten,' zei Barone.

'Ik niet,' zei Downer. 'En het geeft een goed gevoel. Je voelt je productief en levend.'

'Als je met een vrouw in bed ligt, dan is zweten goed,' zei Barone. 'Maar hier is het gewoon jezelf pijnigen.'

'Dat kan ook een goed gevoel geven.'

'Als je psychotisch bent, misschien.'

Downer grinnikte. 'Ach, zijn we dat niet allemaal?'

'Zo is het wel genoeg,' zei Vandal terwijl hij de video aanzette.

Downer was ook een prater. In zijn geval had het geluid van zijn eigen stem een geruststellende uitwerking op hem. Als kind had hij zichzelf vaak in slaap gepraat. Hij had zichzelf verhaaltjes verteld om de geluiden te overstemmen waarmee zijn vader, een havenarbeider die altijd dronken was, de goedkope sloerie die hij die avond mee naar huis had genomen allevier de hoeken van hun wrakke houten huisje liet zien. Praten was een gewoonte die Downer nooit opgaf.

Barone liep de kamer binnen, draaide de dop van zijn waterfles en nam een grote slok. Daarna trok hij een stoel bij en hij ging naast Downer zitten. Terwijl ze met hun allen naar het 19-inchbeeldscherm zaten te kijken, griste hij een cracker uit de doos en begon druk te kauwen. Toen hij daarmee klaar was, boog hij zich naar Downer toe.

'Wat je zei, beviel me niet,' fluisterde hij. 'Een psychoot is niet rationeel en dat ben ik wel.'

'Als jij het zegt,' zei Downer.

'Ja, dat zeg ik,' zei Barone terwijl hij Downers Australische accent imiteerde. Er klonk ergernis in zijn stem.

Downer reageerde er maar niet op. In tegenstelling tot Barone besefte hij dat hij alleen maar de vaardigheden van de ander nodig had en niet zijn goedkeuring.

Nadat ze de twintig minuten lange band één keer hadden bekeken, draaiden ze hem nog een keer helemaal af. Voordat ze hem voor de derde keer bekeken, ging Vandal naast Downer en Barone aan het wankele tafeltje zitten. Barone had zijn aandacht inmiddels volledig op de band gericht. Hij was een gewezen revolutionair die had meegeholpen bij het oprichten van de Consejo de Seguridad Nacional, een organisatie die niet lang had bestaan maar die in die tijd wel de corrupte president Bordaberry van Uruguay uit zijn ambt had weten te zetten. Hij was een explosievendeskundige. Downer had ervaring met vuurwapens, raketten en gevechten van man tot man. Sazanka was piloot. Georgiev beschikte over de contacten die noodzakelijk waren om via de zwarte markt alles wat ze nodig hadden te kunnen kopen, zowel uit de arsenalen van de Verenigde Staten als uit die van de voormalige Sovjet-Unie en haar bondgenoten in het Verre en Midden-Oosten. Georgiev was niet lang geleden teruggekeerd uit New York, waar hij een wapendeal had afgesloten via een leverancier van de Rode Khmer en samen met zijn contact bij de inlichtingendienst het doelwit nog eens goed was nagelopen. Dat was allemaal van groot belang voor het tweede deel van de operatie.

Maar deel twee was niet waar ze op dit moment hun aandacht op gericht hadden. Eerst moest de eerste fase goed zijn verlopen. Samen keken de drie mannen beeldje voor beeldje de band af om zich ervan te vergewissen dat de explosie die ze hadden voorbereid, de route naar hun doelwit zou vrijmaken zonder verder iets te vernietigen.

Nadat ze vier uur met de band bezig waren geweest en de rest van de middag in het veld met Vandals contacten ter plaatse de truck, de helikopter en de andere apparatuur die ze hier zouden gebruiken, hadden geïnspecteerd, aten ze iets op een terrasje. Daarna gingen ze weer naar hun kamer om wat uit te rusten.

Hoewel ze allemaal behoorlijk bang waren, sliepen ze allemaal. Ze moesten wel.

Morgen zouden ze een nieuw tijdperk in de internationale betrekkingen inluiden. Een tijdperk dat niet alleen de wereld zou veranderen door de aandacht te vestigen op een grote leugen, maar dat hen ook rijk zou maken. Terwijl Downer op zijn slaapzak ging liggen, genoot hij van het windvlaagje dat door het open venster naar binnen kwam en dacht zich in dat hij ergens anders was. Op zijn eigen eilandje bijvoorbeeld, of misschien zelfs in een eigen land. Hij bracht zichzelf weer tot rust door te luisteren naar de stem in zijn hoofd, die hem vertelde wat hij allemaal zou kunnen doen met zijn aandeel in die honderd miljoen dollar...

2

Zondag, 00.10 uur
Luchtmachtbasis Andrews, Maryland

Toen zijn ambtstermijn als burgemeester van Los Angeles erop zat, had Paul Hood besloten dat je bureau leegruimen een verkeerde uitdrukking was. Wat je werkelijk deed, was rouwen, net als bij een begrafenis. Je dacht terug aan de fijne en de nare dingen, aan de bitterzoete ervaringen en de dingen die het allemaal de moeite waard maakten, aan wat je had bereikt en wat je niet was gelukt, aan de liefde die je had gegeven en ontvangen en aan de haat die er zo nu en dan ook was geweest.

De haat, dacht hij, terwijl hij zijn bruine ogen halfdicht kneep. Hij zat nu vol met haat, hoewel hij niet zeker wist op wie of wat dat gevoel gericht was, of wat de reden ervoor was.

Haat was niet de reden waarom hij zijn ontslag had genomen als directeur van het Op-Center, het elite-crisismanagementteam van de Amerikaanse overheid. Dat had hij gedaan om wat meer tijd te kunnen doorbrengen met zijn vrouw, zijn dochter en zijn zoontje. Om zijn familie intact te houden. Toch zat hij nu echter vol haat.

Op Sharon? vroeg hij zich plotseling enigszins beschaamd af. Ben je boos op je vrouw omdat die je tot een keuze heeft gedwongen?

Terwijl hij zijn bureau verder leegruimde, probeerde hij daaruit te komen. Alles wat niet geheim was, stopte hij in een kartonnen doos. De geheime dossiers en zelfs de persoonlijke brieven die daar deel van uitmaakten, zouden hier moeten blijven. Hij kon nauwelijks geloven dat hij hier maar tweeënhalf jaar gewerkt had, want vergeleken met veel andere banen die hij had gehad, was dat niet lang. Hij had echter zo nauw samengewerkt met de mensen hier, dat hij hen zou missen. Bovendien bracht het werk iets met zich mee wat zijn chef Inlichtingen Bob Herbert ooit had omschreven als 'een pornografisch soort opwinding'. Vele mensenlevens, soms miljoenen tegelijk, waren diepgaand beïnvloed door de soms wijze, soms puur intuïtieve en zo nu en dan zelfs wanhopige beslissingen die zijn team en hij hier hadden genomen. Het was precies zoals Herbert had gezegd: terwijl hij die beslissingen nam, had Hood zich nooit een god gevoeld, maar meer een dier. Al zijn zintuigen waren volledig alert geweest en hij had vol nerveuze energie gezeten.

Ook die gewaarwordingen zou hij missen.

Hij maakte een plastic doosje open waar een paperclip in zat die hij van generaal Sergei Orlov had gekregen. Orlov stond aan het hoofd van het Russische Op-Center, dat de codenaam Spiegelbeeld had gekregen. Het Op-Center had Spiegelbeeld geholpen te verhinderen dat renegate Russische officieren en politici een oorlog zouden ontketenen in Oost-Europa. Binnen in de paperclip zat een flinterdun microfoontje verborgen. Het ding was door kolonel Leonid Rossky gebruikt om potentiële rivalen van Nikolai Dogin, de minister van Binnenlandse Zaken, te bespioneren. Dat was een van de ergste oorlogshitsers geweest.

Hood legde het plastic doosje in de grote kartonnen doos en keek naar een zwart stukje verwrongen metaal, waarvan de uiteinden half verkoold waren en vol bubbels zaten. Het was een stukje van de mantel van een Noord-Koreaanse Nodong-raket, dat was gesmolten toen een Striker-team van het Op-Center hem had vernietigd voordat hij gelanceerd kon worden voor een aanval op Japan. Hoods adjunct, generaal Mike Rodgers, had het voor hem meegenomen.

Mijn adjunct, dacht Hood. Voordat zijn ontslag inging, had Hood officieel nog twee weken vakantie en tot die tijd was Mike Rodgers waarnemend directeur. Hood hoopte dat de president Mike als zijn opvolger zou aanwijzen. Het zou een verschrikkelijke slag voor de generaal zijn als dat niet gebeurde.

Hood pakte het fragment van de Nodong-raket op. Het was alsof hij een stukje van zijn eigen leven in handen had. Japan was gespaard gebleven voor een aanval die twee miljoen levens had kunnen kosten. De actie zelf had wél enkele levens gekost. Net als de andere souvenirs die hij in de loop der tijd had verzameld, was dit aandenken een levenloos voorwerp, maar de herinneringen die het in hem wakker riep, waren maar al te levendig.

Hij stopte het stuk metaal in de doos. Het zoemen van de airconditioning dat uit de luchtgaten in het plafond kwam, leek vandaag wel heel erg luid te klinken. Of kwam dat doordat het nu ongebruikelijk stil was op kantoor? De nachtploeg was aan het werk en de telefoon rinkelde niet. Er klonken geen voetstappen op de gang.

Snel keek Hood de andere souvenirs door die hij in de bovenste la van zijn bureau had liggen.

Er zaten ansichtkaarten bij die de kinderen hem hadden gestuurd toen ze bij oma logeerden. Dat was niet de vorige keer dat ze daar geweest waren, want toen was zijn vrouw daar met hen naartoe gegaan om te besluiten of ze bij hem weg zou gaan of niet. Er zaten boeken bij die hij in het vliegtuig had gelezen, met aantekeningen in de marges over dingen die hij niet moest vergeten te doen als hij op zijn bestemming was aangekomen of juist als hij weer terug zou zijn. En er zat een koperen sleutel bij van dat hotel in Hamburg waar hij Nancy Jo Bosworth tegen het lijf was gelopen, een vrouw van wie hij had gehouden en met wie hij had willen trouwen. Nancy was meer dan twintig jaar geleden vrijwel zonder enige verklaring bij hem weggegaan.

Hood liet de sleutel op zijn vlakke handpalm liggen en weerstond de verleiding hem in zijn zak te stoppen, zodat hij even, heel even maar, het gevoel zou krijgen dat hij weer in dat hotel was. In plaats daarvan legde hij de sleutel ook in de doos. Terugkeren naar een meisje dat hem twintig jaar geleden de bons had gegeven, zou hem niet helpen zijn gezin te redden.

Hood schoof de bovenste la dicht. Hij had Sharon gezegd dat hij haar zou trakteren op een groot 'de laatste keer dat ik de onkostenrekening heb'-etentje en daar mocht hij niet te laat voor komen. Hij had al afscheid genomen van de kantoormedewerkers en het hogere kader had die middag een verrassingsfeestje voor hem gegeven, al was het geen verrassing meer geweest. Toen inlichtingenmedewerker Bob Herbert iedereen een e-mailtje met de tijd en de datum had gestuurd, was hij vergeten Hoods adres van de lijst te schrappen. Paul had gedaan alsof hij heel verbaasd was toen hij de vergaderkamer binnenliep. Gelukkig maakte Herbert dergelijke vergissingen over het algemeen niet.

Hood trok de onderste la open en haalde zijn persoonlijke agenda eruit, plus de kruiswoordpuzzelcd-rom die hij uit tijdgebrek nooit had gebruikt en het boek met knipsels over de violrecitals van zijn dochter Harleigh. Daar had hij er veel te veel van gemist. Aan het eind van de week zouden ze met hun vieren naar New York gaan zodat Harleigh daar samen met andere jonge virtuozen uit Washington kon optreden op een receptie voor de ambassadeurs bij de Verenigde Naties. Wrang genoeg was het een receptie ter gelegenheid van een belangrijk vredesinitiatief in Spanje, waar het Op-Center had geholpen een burgeroorlog te voorkomen. Helaas was er geen publiek uitgenodigd, ook de ouders van de artiesten niet. Hood had graag willen zien hoe de nieuwe secretaris-generaal, Mala Chatterjee, het ervan afbracht op haar eerste officiële gelegenheid. Ze was tot secretaris-generaal gekozen nadat haar voorganger, Massimo Marcello Manni, was overleden aan een hartaanval. Hoewel de jonge vrouw op minder ervaring kon bogen dan de andere kandidaten, was ze een overtuigd aanhanger van het met vreedzame middelen afdwingen van de naleving van de mensen-rechten. Invloedrijke landen als de Verenigde Staten, Duitsland en Japan, die haar stellingname op dit punt als een goed middel beschouwden om China dwars te zitten, hadden ervoor gezorgd dat ze toch werd benoemd.

Het regeringstelefoonboek, een maandelijks bulletin met de meest recente namen van alle landen ter wereld en hun leiders, liet hij liggen, net als het dikke boek met militaire afkortingen. Anders dan Herbert en generaal Rodgers was Hood nooit in dienst geweest. Vooral als hij er weer eens een Striker-team op uit stuurde had hij zich wat onbehaaglijk gevoeld omdat hij zelf nooit zijn leven had gewaagd in dienst van zijn vaderland. Maar zoals Darrell McCaskey, die de verbindingen onderhield tussen het Op-Center en de FBI, ooit eens had opgemerkt: 'Daarom noemen we dit een team. Iedereen brengt andere vaardigheden in.'

Hood aarzelde even toen hij helemaal onder in de la een stapeltje foto's zag liggen. Hij trok het elastiek eraf en keek ze even door. Tussen de kiekjes van barbecues en foto's van Hood in gezelschap van verschillende wereldleiders zaten foto's van soldaat Bass Moore en overste Charlie Squires van het Striker-team, en van Martha Mackall, de politiek-economisch medewerker van het Op-Center. Soldaat Moore was gesneuveld in Noord-Korea. Overste Squires was om het leven gekomen tijdens een missie in Rusland en Martha was nog maar een paar dagen geleden op straat vermoord in Madrid. Hood deed het elastiek er weer om en legde de foto's ook in de doos.

Hij schoof de laatste la dicht, pakte zijn door veelvuldig gebruik danig versleten muismat met de plattegrond van Los Angeles en zijn koffiekop met het embleem van Camp David en stopte die ook in de doos. Terwijl hij daarmee bezig was, zag hij dat er iemand vlak naast de deuropening van zijn kantoor stond.

'Heb je hulp nodig?'

Hood glimlachte en streek met zijn hand door zijn krullende zwarte haar. 'Nee, maar je mag wel even binnenkomen. Wat doe je hier nog zo laat?'

'Ik kwam de krantenkoppen over het Verre Oosten even doorkijken,' zei ze. 'Er wordt daar wat desinformatie verspreid.'

'Waarover?'

'Dat mag ik je niet vertellen,' zei ze. 'Je werkt hier niet meer.'

'Die zit,' zei hij met een glimlach.

Ann Farris lachte terug en kwam langzaam zijn kantoor binnen. De *New York Times* had haar ooit eens beschreven als een van de vijfentwintig aantrekkelijkste jonge gescheiden vrouwen in de hoofdstad en nu, bijna zes jaar later, was ze dat nog steeds. De 1,67 meter lange persvoorlichter van het Op-Center had een strak zwart rokje aan en een witte blouse en de warme blik in haar grote, roestbruine ogen had een verzachtende uitwerking op Hoods woede.

'Ik had mezelf voorgenomen dat ik je niet zou lastigvallen,' zei de lange, slanke vrouw.

'Maar daar ben je dan.'

'Daar ben ik dan.'

'En ik vind je helemaal niet lastig,' voegde hij daaraan toe.

Ann bleef naast zijn bureau staan en keek op hem neer. Haar gezicht werd omkranst door lang bruin haar dat tot over haar schouders hing. Terwijl hij naar haar ogen keek, en naar die glimlach, moest Hood weer denken aan al die keren in de afgelopen tweeënhalf jaar dat ze hem had aangemoedigd en geholpen, zonder dat ze er een geheim van had gemaakt dat ze veel om hem gaf.

'Ik wilde je niet lastigvallen,' zei ze, 'maar ik wilde ook geen afscheid van je nemen op een feestje.'

'Dat begrijp ik. Ik ben blij dat je er bent.'

Ann ging op de rand van zijn bureau zitten. 'Wat ga je nu doen, Paul? Denk je dat je in Washington blijft?'

'Ik weet het niet. Ik zat erover te denken om weer de financiële wereld in te gaan,' zei hij. 'Als ik terugkom uit New York ga ik eens met een paar mensen praten. Ik heb al wat afspraken gemaakt. Als dat niet lukt, weet ik het niet. Misschien vestig ik me wel als boekhouder ergens in een klein plaatsje op het platteland. Belastingen, de aandelenmarkt, een range rover en de bladeren aanharken. Dat zou geen slecht leven zijn.'

'Dat weet ik. Zo heb ik ook geleefd.'

'En je denkt niet dat het iets voor mij is.'

'Ik weet het niet,' zei ze. 'Wat ga je doen als de kinderen het huis uit zijn? Mijn eigen zoon is al bijna een tiener en ik zit er nu al over te piekeren wat ik zal gaan doen als hij het huis uit is.'

'Wat ga je dan doen?' vroeg Hood.

'Als de een of andere aardige man van middelbare leeftijd met hazelnootbruine ogen me niet meeneemt naar Tonga of Antigua, bedoel je?'

'Ja,' zei Hood, terwijl hij begon te blozen. 'Voor het geval dat er niet van komt.'

'Dan koop ik waarschijnlijk een huis ergens midden op een van die eilanden en daar ga ik schrijven. Echt schrijven. Niet die flauwekul die ik hier elke dag opdis voor de journalisten. Er zijn een paar verhalen die ik nodig eens moet vertellen.'

Als voormalig politiek journaliste, die ooit ook nog perswoordvoerder was geweest van Bob Kaufman, de senator uit Connecticutt, kon ze inderdaad wel een paar smakelijke verhalen vertellen over manipulaties, buitenechtelijke relaties en slinkse streken in hoge kringen.

Hood slaakte een diepe zucht en keek eens naar zijn gedepersonaliseerde bureau. 'Ik weet het nog niet. Ik moet eerst voor mezelf eens een paar dingen op een rijtje zetten.'

'Met je vrouw, bedoel je.'

'Met Sharon,' zei hij zachtjes. 'Als ik daarin slaag, dan regelt de rest zich vanzelf wel.'

Hood had er altijd goed op gelet om de naam van zijn vrouw hier niet te noemen. Daardoor leek ze ineens veel meer aanwezig dan anders. Het deed haar échter lijken. Dat hij dat deze keer wel deed, kwam omdat Ann nu meer aandrong dan gebruikelijk. Dit was haar laatste kans om met hem te praten in dit kantoor, waar de herinneringen nog zo tastbaar waren. Al die herinneringen aan een lange en innige professionele relatie, aan triomf, aan verdriet en aan de seksuele spanning tussen hen.

'Mag ik je iets vragen?' zei Ann.

'Jazeker.'

Ze sloeg haar ogen neer en haar stem klonk ineens een stuk zachter. 'Hoe lang geef je het?'

'Hoe lang?' fluisterde Hood. Hij schudde zijn hoofd. 'Ik weet het niet, Ann. Ik weet het werkelijk niet.' Hij keek haar even indringend aan. 'Nu wil ik jou iets vragen.'

'Doe maar,' zei ze. 'Alles wat je maar wilt.' De blik in haar ogen was nog zachter dan daarnet. Hij begreep niet waarom hij zichzelf dit aandeed.

'Waarom ik?' vroeg hij.

Dat leek haar te verrassen. 'Waarom ik om je geef?'

'Is dat wat het is? Geef je om me?'

'Nee,' zei ze zachtjes.

'Vertel me dan waarom,' drong hij aan.

'Is dat dan niet duidelijk?'

'Nee,' zei hij. 'Gouverneur Vegas, senator Kaufman. De president van de Verenigde Staten. Je bent heel dicht bij een paar van de meest dynamische mensen van het hele land geweest. Ik ben niet zoals zij. Ik ben uit de arena weggevlucht, Ann.'

'Nee, je hebt de arena verlaten,' zei ze. 'Dat is iets anders. Je hebt je ontslag genomen omdat je genoeg had van de lastercampagnes en al dat politiek correcte gedoe waarbij je voortdurend angstvallig op je woorden moet letten. Eerlijkheid maakt iemand heel aantrekkelijk, Paul. En dat geldt ook voor intelligentie. En voor kalm blijven terwijl al die charismatische politici, generaals en buitenlandse leiders wild met hun sabel zwaaiend rondrennen.'

'De kalme Paul Hood,' zei hij.

'Wat is daar mis mee?' vroeg Anne.

'Ik weet het niet,' zei hij. Hij ging staan en tilde de doos op. 'Wat ik wél weet, is dat er ergens in mijn leven iets niet in orde is en dat ik erachter moet zien te komen wát.'

Ann stond eveneens op. 'Nou, als je iemand nodig hebt om te helpen met zoeken, dan sta ik voor je klaar. Als je wilt praten, koffiedrinken, samen uit eten gaan... Je hoeft alleen maar te bellen.'

'Dat zal ik doen,' zei Hood met een glimlach. 'En bedankt voor het langskomen.'

'Ja, ja.'

Met de kartonnen doos in zijn armen gebaarde hij dat Ann voor moest gaan. Snel en zonder om te kijken liep ze het kantoor uit. Als er verdriet of verleiding in haar ogen lag, werd Hood de aanblik daarvan bespaard.

Hij trok de deur achter zich dicht en hoorde die met een zachte, maar stevige en heel definitieve klik in het slot vallen.

Toen hij langs de kleine kantoorruimten naar de lift liep, wensten de medewerkers van de nachtploeg hem het beste. Dit waren mensen die hij weinig had gezien, want Bill Abram en Curt Hardaway waren degenen die na zevenen de regie van hem overnamen. Er waren zo veel jonge gezichten bij, zoveel ambitieuze, doelgerichte jonge mensen, dat de kalme Paul Hood zich net een stuk antiek begon te voelen.

Hopelijk zou het uitstapje naar New York hem tijd geven om na te denken en een poging te doen om zijn relatie met Sharon te herstellen. Hij kwam bij de lift, stapte in en wierp een laatste blik op het complex dat hem zo veel tijd en aandacht had gekost, maar dat hem ook zo veel had gegeven. Het had geen zin om zichzelf iets voor te liegen. Hij zou het missen. Alles.

Toen de deur dichtging, merkte Hood dat hij weer boos werd. Of hij nou boos was op wat hij hier achterliet of op wat hij tegemoet ging... dat wist hij gewoon niet. Liz Gordon, de psychologe van het Op-Center, had hem ooit eens verteld dat verwarring een term was die we hebben uitgevonden om een samenhang te beschrijven die we nog niet onderkennen.

Hij hoopte maar dat ze gelijk had. Hij hoopte het werkelijk.

3

Dinsdag, 07.32 uur
Parijs

Elke buurt van Parijs is rijk aan iets: geschiedenis, hotels, musea, monumenten, cafés, winkels, markten of misschien alleen maar zonneschijn. Niet ver ten noordwesten van de Seine, achter de 500 meter lange jachthaven Port de Plaisance de Paris de l'Arsenal, bevindt zich een buurt die rijk is aan iets heel anders: postkantoren. Aan de Boulevard Diderot zijn er maar liefst twee, niet meer dan een paar dwarsstraten van elkaar verwijderd. Daartussenin, iets ten noorden van de boulevard, staat er nog een en verspreid over het district zijn er nog een paar. De meeste zijn er vooral voor de toeristen, die hier het hele jaar door naartoe komen.

Elke ochtend om halfzes begint een pantserwagen van de Banque du Commerce aan zijn ronde langs deze postkantoren. Voorin zitten een bewapende chauffeur en een bewaker en achterin, tussen de postzegels, postwissels en briefkaarten die deze wagen langsbrengt bij de vijf postkantoren ten noordoosten van de rivier, zit een derde man. Als de wagen klaar is met zijn ronde, ligt de laadruimte vol met de getelde en van banderollen voorziene bankbiljetten die elk postkantoor de dag daarvoor heeft ontvangen. Meestal is dat tussen de anderhalf en twee miljoen gulden.

De pantserwagen volgt elke dag dezelfde route: eerst naar het noordwesten en dan de drukke Boulevard de la Bastille op. Als de pantserwagen eenmaal de Place de la Bastille over is, wordt het geld afgegeven bij een bankgebouw aan de Boulevard Richard Lenoir. Net als vele andere bedrijven die pantserwagens gebruiken, is het beleid van de Banque de Paris om de wagen elke dag dezelfde route te laten volgen. Op die manier leren de chauffeurs de route goed kennen en zullen ze alle veranderingen snel opmerken. Als een stel werklui met een straatlantaarn of een gat in de weg bezig is, wordt dat de chauffeur van tevoren gemeld. De cabine heeft voortdurend radiocontact met de meldkamer van de Banque du Commerce in de vestiging aan de Rue Cuvier, vlak bij de Jardin des Plantes.

De enige constante – en paradoxaal genoeg ook het enige wat voortdurend verandert – is het verkeer. Vanachter hun vensters van kogelvrij glas kijken de mannen in de cabine toe hoe de snellere auto's en vrachtwagens hun zwaarbepantserde viertonner inhalen. In de Port de l'Arsenal liggen ook altijd veel schepen, vooral motorboten met een lengte van tussen de 5 en 12 meter. Ze komen hiernaartoe vanaf de rivier, zodat de bemanning een hapje kan eten en wat kan slapen terwijl de schepen brandstof tanken of gerepareerd worden.

Op deze zonnige ochtend merkten de mannen in de pantserwagen niets ongebruikelijks op, behalve dan dat het erg warm was, nog warmer dan gisteren. En het was nog niet eens acht uur! Om te verhinderen dat het zweet in hun ogen zou druipen, hielden de mannen hun donkergrijze petten maar op, al voelden die erg warm aan. Hun chauffeur had een MR-FI-revolver bij zich. De bewaker naast hem en de man achterin waren allebei bewapend met een FAMA-aanvalsgeweer.

Het verkeer was druk om deze tijd. Overal reden vrachtauto's en bestelwagens, met daaromheen hele zwermen personenwagens. Geen van de mannen in de pantserwagen merkte dan ook iets bijzonders op toen de vrachtwagen vóór hen vaart minderde om een Citroën te laten passeren. De vrachtwagen was een oude brik met een vuilwitte, danig gebutste carrosserie en een huif van groen zeildoek over de laadbak.

De ogen van de bestuurder dwaalden af naar het kanaal links van hen. 'Wat zou ik daar vandaag graag rondvaren in mijn bootje. De zon, de kabbelende golfjes, de stilte...'

De ander wendde zijn blik af toen hij de masten en bomen zag langsschuiven. 'Klinkt stomvervelend.'

'Dat is omdat jij van jagen houdt. Ik ben er heel tevreden mee om gewoon wat te vissen. Een fris windje, cassetterecordertje erbij...'

De chauffeur brak zijn zin abrupt af en fronste zijn wenkbrauwen. Noch de petten, noch de wapens, noch het permanente radiocontact of de vertrouwde route hadden ook maar iets te betekenen, toen de oude vrachtwagen vóór hen plotseling tot stilstand kwam en het zeil boven de achterklep opzij werd getrokken. Er stond een man in de laadbak. Een andere man was uit de cabine gesprongen en rende nu om de wagen heen. Ze hadden allebei een camouflagepak aan met een kogelvrij vest eroverheen. Verder hadden ze een gasmasker op, een gordel met vele lussen en zakken om en dikke rubberhandschoenen aan. En ze droegen allebei een granaatwerper op hun schouder. De man in de laadbak leunde iets naar links, zodat de achterkant van de granaatwerper niet op de cabine van zijn eigen wagen was gericht; de ander stond op straat en hield de granaatwerper schuin omhoog.

De man in de pantserwagen reageerde onmiddellijk.

'Noodsituatie!' zei hij in zijn microfoon. 'Twee gemaskerde mannen in vrachtwagen, kenteken 101763, zijn vóór ons gestopt. Ze hebben granaatwerpers.'

Een hartslag later openden de twee mannen het vuur.

Er klonk een zacht sissend geluid toen er een oranjegele steekvlam uit de achterkant van de granaatwerpers kwam. Tegelijkertijd schoot er een raketaangedreven granaat met een gladde stalen mantel uit de loop van de beide lanceerbuizen. De twee granaten troffen de voorruit en ontploften. De bewaker bracht zijn aanvalsgeweer in de aanslag.

'De ruit heeft het gehouden!' riep de bewaker triomfantelijk.

De chauffeur keek in de achteruitkijkspiegels links en rechts en stuurde de wagen toen voorzichtig naar rechts, het achteropkomende verkeer in. 'Probeer uitwijkmanoeuvre naar rechts,' zei hij.

Plotseling gaven ze allebei een schreeuw.

Kogelwerend glas van hoge kwaliteit is gemaakt van plastic laminaat dat erop is ontworpen om zelfs de schokgolf van een dichtbij ontploffende handgranaat te weerstaan. Er kan een gat in komen of een web van scheurtjes maar het materiaal zal niet na één granaat al versplinteren, en er mogelijk zelfs twee achter elkaar overleven. Daarna is er echter geen enkele garantie meer. Wie er ook achter het glas zit – de chauffeur van een gepantserde vrachtwagen of limousine, een bankbediende, een gevangenbewaarder of iemand die in een hokje in een parkeergarage, een station of een overheidsgebouw zit – wordt verondersteld hulp in te roepen en zich daarna zo snel mogelijk uit de voeten te maken... als hij dat kan. In het geval van een gepantserde wagen is zowel de chauffeur als de bijrijder gewapend. In theorie lopen de aanvallers daarom als het glas eenmaal is gebroken evenveel risico als de aangevallenen.

Deze granaten waren echter voorzien van twee kamers. De voorste bevatte een springlading en de achterste, de grootste van de twee, die tijdens de inslag kapot was geslagen, was gevuld met pyrozwavelzuur.

De voorruit vertoonde op twee plekken het stervormige patroon dat karakteristiek is voor inslagen met hoge snelheid: in het midden een inslagkrater met een doorsnede van een paar centimeter met daaromheen een netwerk van haarscheurtjes. Een deel van het zuur was door het gat in het midden in de cabine terechtgekomen, op het gezicht en in de schoot van de twee mannen. De rest van het zuur drong in de scheurtjes en tastte daar het pantserglas aan door de chemisch actieve polymeren die erin zaten op te lossen.

Ettienne Vandal en Reynold Downer hingen de granaatwerper over hun schouder en terwijl de pantserwagen rechts tegen de achterkant van de vrachtwagen botste, sprong Downer uit de laadbak. Voordat de beide wagens tot stilstand kwamen, werd de vrachtwagen door de klap een eind naar rechts geduwd en de pantserwagen naar links. Vandal en Downer sprongen op de motorkap van de pantserwagen. Het enige wat ze nu nog hoefden te doen was de ruit intrappen, die vrijwel onmiddellijk uit elkaar spatte, precies zoals Vandal had voorspeld. Het glas was dikker en zwaarder dan Downer had verwacht en door de zuurresten die op zijn schoen terechtkwamen, sloeg de rook van zijn rubberzool, maar hij had geen tijd om daar op te letten. Snel trok hij een automatic uit de holster op zijn rechterheup. Hij stond nu wijdbeens op de rechterkant van de wagen. Terwijl de bestuurders op de andere rijstroken vaart minderden, even keken en dan snel gas gaven, schoot Downer de man vóór hem een enkele kogel in zijn voorhoofd. Naast hem deed Vandal hetzelfde.

Met zijn eigen tegen afluisteren beveiligde radio riep de eenzaam achtergebleven bewaker in de hermetisch afgesloten laadruimte de meldkamer op. Vandal had geweten dat hij dat zou doen, want nadat hij met een onberispelijke conduitestaat de militaire dienst had verlaten, had de luitenant zonder veel moeite een baantje weten te vinden als bewaker op een van de pantserwagens van de Banque du Commerce. Hij had bijna zeven maanden in net zo'n wagen als deze gereden. Vandal wist ook dat het snelle-reactieteam van de politie in deze verkeersdrukte minstens tien minuten nodig zou hebben om ter plekke te komen. Dat was meer dan genoeg om de klus te klaren.

Doordat ze de videobanden goed hadden bekeken, waren ze er zeker van dat het pantser op de wagens in de maanden sinds Vandal zijn ontslag had genomen niet was veranderd. In het leger werd de uitrusting van de wagens voortdurend aangepast aan nieuwe munitie, variërend van pantserdoorborende plasmastralen tot krachtiger landmijnen, en aan nieuwe strategische behoeften, zoals een lichter gewicht om hogere snelheid en wendbaarheid te kunnen bereiken. In de particuliere sector werden dergelijke aanpassingen echter minder snel doorgevoerd.

Terwijl hij goed oplette dat hij niet in aanraking kwam met het zwavelzuur dat zich nog steeds door het dashboard vrat, liet Downer zich in de cabine zakken. In de vloer tussen de stoelen bevond zich een diepe, smalle bak met extra munitie. Die bak was zowel te bereiken vanuit de cabine als vanuit de laadruimte. Downer duwde de dode bewaker tegen het portier en trok het deksel van de munitiebak open. Hij viste een klein stukje C4 uit een van de zakken aan zijn gordel, stak zijn rechterhand in de munitiebak, duwde de springstof tegen de klep naar de laadruimte en stak er een kleine timer in. Nadat hij die had ingesteld op vijftien seconden liet hij nog een klein busje traangas in de bak vallen en deed de klep weer dicht. Daarna klom hij over de dode bijrijder, duwde snel het portier open en sprong op de weg.

Terwijl Downer daarmee bezig was, knielde Vandal op de motorkap neer, trok een blikschaartje uit zijn gordel en stroopte de rechtermouw van de chauffeur een eindje op. De sleutel van de laadruimte zat aan een metalen polsband. Terwijl Vandal de arm naar zich toe trok en de band doorknipte, explodeerde het C4. De ontploffing maakte niet alleen een gat in het achterpaneel, maar sloeg ook de bus met traangas aan stukken. Hoewel er wat gas in de cabine lekte, kwam het grootste deel ervan in de laadruimte terecht.

Achter de pantserwagen was het verkeer inmiddels tot stilstand gekomen; door de opstopping zou het de politie nog meer tijd kosten om hen te bereiken. Toen Vandal klaar was, liet hij zich van de motorkap glijden en liep snel om de pantserwagen heen naar Downer toe.

Geen van beiden zei iets. Er was altijd een kans dat de radiomicrofoon hun stemmen zou opvangen. Terwijl Downer toekeek, maakte Vandal de deur open. Eerst kwam er een dikke wolk gas naar buiten en onmiddellijk daarna sprong de bewaker naar adem happend de wagen uit. Hij had geprobeerd het gasmasker te pakken dat ergens in een kist lag, maar helaas was het daar neergelegd in de veronderstelling dat een gasaanval niet binnen in de laadruimte zou plaatsvinden maar van buitenaf zou komen. Hij had niet eens de kist weten te bereiken, laat staan dat het hem was gelukt het gasmasker te pakken. Toen de man op het asfalt neerkwam, gaf Downer hem een harde stomp tegen zijn slaap. De bewaker bleef stil liggen, maar ademde nog wel.

Terwijl Vandal de wagen in klom, hoorde Downer in de verte het geratel van een naderende helikopter. De zwarte Hughes 500D kwam met een schuine bocht aanvliegen vanaf de andere oever van de rivier, waar Sazanka's familie een laad- en lossteiger had. De Japanse piloot had de helikopter gestolen, zodat die niet getraceerd kon worden. Hij minderde vaart toen hij over de boulevard vloog. Als de Hughes langzaam vliegt of stilhangt beschikt hij over een uitzonderlijk grote stabiliteit en een aanvaardbare *downwash*, de luchtverplaatsing door de draaiende rotors. Bovendien heeft het toestel ruimte voor vijf mensen en lading.

Barone, die aan het stuur van de vrachtwagen had gezeten, kwam nu naar achteren gerend en terwijl de Uruguayaan zijn gasmasker opzette, trok Georgiev de schuifdeur van het vrachtruim achter in de helikopter open en liet een lijn met een haak eraan zakken. Aan de ijzeren haak hing een metalen pallet van 2 bij 3,5 meter met een groot nylon net eromheen. Terwijl Downer ervoor zorgde dat niemand tussenbeide durfde te komen, stonden Vandal en Barone in de nu snel vervliegende traangaswolk de geldzakken op de pallet te laden. Vijf minuten na het begin van de operatie haalde Georgiev de eerste lading op.

Snel keek Downer even op zijn horloge. Ze liepen iets achter op hun schema. 'Sneller!' riep hij in het zendertje dat in het gasmasker was ingebouwd.

'Kalm aan,' zei Barone. 'We zitten nog binnen de veiligheidsmarge.'

'Dat is niet voldoende,' zei Downer. 'Ik wil dat we precies op schema zitten.'

'Als jij de leiding hebt, mag jij de orders geven!' zei Barone.

'Dat geldt ook voor jou!' snauwde Downer.

Vanachter zijn gasmasker keek Barone hem boos aan, en toen kwam de pallet weer naar beneden en laadden Vandal en hij hem snel weer vol met geldzakken. In de verte klonken nu sirenes, maar Downer maakte zich geen zorgen. Als dat nodig mocht blijken, konden ze altijd de bewusteloze bewaker als gijzelaar gebruiken. Vijftien meter boven hen hield Sazanka de lucht in de gaten. Het enige wat hen ertoe zou kunnen brengen de missie af te breken en ervandoor te gaan, was de komst van een politiehelikopter, en daarom tuurde hij nu aandachtig naar het radarscherm. Downer op zijn beurt hield Sazanka goed in de gaten. Zodra er een stipje op het scherm verscheen, zou Sazanka een seintje geven en dan gingen ze ervandoor.

De tweede partij werd opgehesen. Nog één. Achter hen stond inmiddels een file van bijna een halve kilometer. Er was geen enkele manier om daardoorheen te komen. De politie zou er óf leden van de bereden brigade op af moeten sturen, óf een helikopter. Snel maar efficiënt werkten de mannen door. Iedereen bleef rustig.

De derde vracht ging omhoog. Plotseling stak Sazanka zijn vinger op, trok daar snel een cirkel mee en wees toen naar het westen. Er kwam een politiehelikopter aanvliegen uit het westen. Opnieuw liet Georgiev de pallet neer. Geheel volgens plan stapte Barone er als eerste op, op de voet gevolgd door Vandal. De Bulgaar haalde de pallet echter niet op. In plaats daarvan trokken de beide mannen hun gasmasker af, hingen dat aan hun gordel en begonnen langs de lijnen omhoog te klimmen. Toen ze respectievelijk 6 en 3 meter hoog waren, sprong Downer op het platform en nu begon Georgiev te hijsen. Terwijl de pallet werd opgehaald, hield Downer zichzelf met één hand vast aan het net en trok hij met de andere de granaat-werper van zijn schouder. Daarna trok ook hij het gasmasker van zijn hoofd om beter te kunnen zien; hij ging op zijn zij liggen, haal-de een granaat uit een zak van zijn gordel en laadde het wapen. Boven hem hielp Georgiev Barone en Vandal het toestel in.

Terwijl Sazanka de helikopter liet stijgen, bracht hij hem snel naar zijn maximale kruissnelheid van 260 kilometer per uur. Terwijl de Japanner daarmee bezig was, controleerde Downer nog even of zowel de mond als de achterkant van de lanceerbuis door de mazen van het net stak. Als dat scheurde, zou hij doodvallen.

Georgiev zette het platform vast met kabels die door twee ogen aan de voor- en achterkant van het platform waren getrokken, en liet het een meter onder de helikopter hangen. Van hieruit kon Downer de omgeving in alle richtingen onder vuur nemen. Omdat hij zo dicht onder het toestel hing, had de pallet niet al te veel te lijden van de wind en de downwash van de rotors. Bovendien zou het in de schaduw van de helikopter voor een scherpschutter op de grond of in de lucht een stuk moeilijker zijn om op hem te richten.

Terwijl ze op een mogelijke achtervolging zaten te wachten, hield Sazanka de helikopter op een hoogte van 300 meter en volgde hij de rivier naar het noordwesten. Op een klein vliegveld buiten Saint Germain stond een vliegtuigje voor hen klaar. Zodra ze met de geldzakken waren overgestapt zouden ze zuidwaarts vliegen, naar Spanje. Daar, in de chaos van de smeulende burgeroorlog, zou het hen weinig moeite kosten om met wat steekpenningen het land in en uit te gaan.

'Daar is ie!' riep Georgiev naar beneden. De forsgebouwde Bulgaar wees naar het noordwesten.

Downer hoefde niet eens omhoog te kijken om te zien waar de Bul-gaar op wees. Hij had de politiehelikopter zelf ook net opgemerkt. Die vloog op een hoogte van 600 meter en was iets minder dan een kilometer van hen verwijderd.

In een wijde boog dook de blauw-witte politiehelikopter op hen af. Het interventieteam zou zijn gebruikelijke procedure volgen. Ze zouden eerst proberen radiocontact op te nemen met de vluchten-de piloot. Waarschijnlijk waren ze daar nu mee bezig. Als daar niet op werd gereageerd, zou de politiehelikopter voortdurend radio-contact houden met de grond. Maar zelfs als ze over wapens voor de middellange afstand beschikten, zou de politie niet proberen de helikopter neer te schieten. Niet zolang die boven de bebouwde kom vloog en vele miljoenen francs aan boord had. Als de Hughes eenmaal was geland, zouden ze zowel vanuit de lucht als over land in de tang worden genomen.

Vandal wist dat de Parijse politie om het luchtruim boven de stad in de gaten te houden gebruikmaakte van de radar van de twee niet ver van de stad gelegen vliegvelden: Charles de Gaulle bij het wat meer naar het noordoosten gelegen Roissy-en-France en Orly ten zuiden van de stad. Vandal wist ook dat als een vliegtuig of helikopter lager vloog dan 75 meter de omringende gebouwen zo veel storing veroorzaakten dat de radar niet langer bruikbaar was. Hij liet Sazanka de Hughes op 300 meter houden.

De politiehelikopter kwam nu steeds dichterbij. De hotels op de noordelijke oever van de stad gleden snel onder hen langs. Rechts, aan de andere kant van de rivier, zag hij de Eiffeltoren, die in de ochtendmist een duistere, insectachtige aanblik bood. Ze vlogen nu precies even hoog als de top van het imposante bouwwerk.

De achtervolgende helikopter was hen tot op 400 meter genaderd, maar vloog nog steeds bijna 100 meter hoger dan het toestel dat hij achtervolgde. Volgens de gegevens op de digitale display was de helikopter net buiten bereik. Downer keek omhoog naar Georgiev. Vandal en Georgiev waren het er met elkaar over eens geweest dat gesprekken over de radio of mobiele telefoon te gemakkelijk af te luisteren waren. Daarom zouden ze zich nadat ze hun gasmaskers hadden afgezet van een ouderwetsere manier van communiceren moeten bedienen.

'Ik moet er dichterbij komen!' brulde Downer.

De Bulgaar zette zijn dikke handen aan zijn mond. 'Hoeveel?' riep hij.

'Vijftig meter hoger, 100 meter terug.'

Georgiev knikte. De cockpit werd door een deur gescheiden van de rest van de cabine. De Bulgaar leunde om de hoek en gaf Sazanka door wat Downer wilde.

Terwijl de Japanse piloot vaart minderde en de helikopter een eindje liet stijgen, hield Downer zijn verrekijker op de politiehelikopter gericht.

De stijging bracht hen op gelijke hoogte met de andere helikopter en doordat ze wat snelheid hadden geminderd, werd de afstand tussen de twee toestellen nu snel kleiner. Door de downwash van de rotors ging de pallet wild tekeer terwijl de wind hem hortend en stotend naar achteren blies. Het was moeilijk om onder dergelijke omstandigheden goed te mikken.

Downner kreeg de cockpit van hun achtervolger in het vizier. Hoewel het beeld niet werd vergroot, kon Downer zien dat er iemand met een verrekijker aan zijn ogen half gebukt achter de piloot en de copiloot stond, zodat zijn bovenlichaam tussen hen in hing. Nu de twee toestellen zich op gelijke hoogte bevonden, zou diegene Downer kunnen zien.

Er was geen tijd om te wachten tot ze nog dichterbij kwamen.

De Australiër maakte zich zo klein mogelijk en zette zich schrap tegen het oog aan de achterkant van het platform. Daarna richtte hij opnieuw het vizier op de cockpit van hun achtervolgers. Het hoefde geen mooi schot te zijn. Hij hoefde hen alleen maar te raken. Hij gaf een harde ruk aan de zware trekker.

Met een luid gesis en een harde knal schoot de granaat de buis uit. De terugslag was zo heftig dat de pallet met een harde ruk naar achteren werd geduwd, zodat Downer in het net terechtkwam. De granaatwerper werd hem uit handen geslagen en kwam met een dreun op de pallet neer. Hij bleef zijn ogen echter strak op het projectiel gericht houden, dat nu met een dun, grauwwit rookspoor door de lucht schoot.

Het kostte de granaat drie seconden om zijn doelwit te bereiken. Hij raakte de cockpit aan bakboordzijde en explodeerde. Downer zag een grote bol van rode en gitzwarte rook, met in het midden daarvan een oranjegele schittering. Een straal rook en glasscherven spoot uit de bovenkant van het toestel en werd door de hoofdrotor uit elkaar geslagen. Een ogenblik later helde de helikopter over naar stuurboord en begon te kantelen. Er was geen tweede ontploffing. De bemanning moest wel dood of zwaargewond zijn. Toen ging de neus omlaag en dook het toestel steil naar beneden. Net een badmintonshuttle, dacht Downer, waarbij de veertjes aan één kant beschadigd zijn geraakt. De politiehelikopter begon rond te tollen toen de staartrotor hem eerst naar de ene kant trok en toen naar de andere. Het leek wel of het kleine propellertje in zijn eentje het kreupel geschoten toestel in de lucht probeerde te houden.

Georgiev had intussen de lier ingeschakeld en hees de pallet omhoog. Nadat Downer de Bulgaar de granaatwerper had aangegeven stak Barone hem een hand toe en hielp hem het laadruim in. Daarna trokken Vandal en Georgiev de pallet naar binnen.

Barone bleef Downers hand vasthouden. Het gezicht van de Uruguayaan was strak van woede.

'Ik had je de andere kant op moeten duwen!' zei Barone.

Downer wierp hem een woedende blik toe. 'Wat nou weer! Dat was toch een prima schot?'

'Je hebt daar beneden mijn concentratie verbroken met al dat geklets van je!' riep Barone. Boos liet hij Downers hand los.

'Daar was dan niet veel voor nodig,' zei Downer. 'Ik ken soldaten die dat werk van jou nog in hun slaap kunnen doen.'

'Dan stel ik voor dat je de volgende keer maar met hen in zee gaat,' grauwde Barone.

'Hou op!' zei Vandal over zijn schouder.

Georgiev en Vandal hadden staan kijken hoe de politiehelikopter zich in een flatgebouw bij de rivier boorde. Er steeg een klein wit rookwolkje op en even later hoorden ze een gedempte dreun. Ze begonnen de schuifdeur dicht te trekken.

'Een arrogante kwast,' zei Barone. 'En daar moet ik mee samenwerken. Een arrogante Australische kwast.'

Nog voordat Georgiev en Vandal de schuifdeur hadden dichtgetrokken, legde Reynold Downer zijn beide handen op Barones uniform en greep dat zo stevig vast dat zijn vingertoppen zich in het vlees van de kleinere man boorden. Barone gaf een schreeuw van pijn toen Downer hem naar de nog steeds openstaande schuifdeur duwde en hem zo schuin achterover hield dat zijn hoofd en schouders boven Parijs kwamen te hangen.

'Jezus!' krijste Barone.

'Ik heb er genoeg van!' brulde de Australiër. 'Je zit me nou al weken te stangen!'

'Hou op!' riep Vandal, en hij haastte zich naar hen toe.

'Nee! Nou zeg ík eens wat ik ervan vind!' zei Downer. 'Ik heb óók mijn werk gedaan. Ik heb die verdomde helikopter neergehaald. Dus laat me nou eens met rust!'

Vandal drong zichzelf tussen hen in. 'Hou op!' zei hij terwijl hij met zijn linkerhand Barones arm vastgreep en tegelijkertijd zijn rechterschouder gebruikte om Downer wat naar achteren te duwen.

Downer trok Barone weer het toestel in en deed toen bereidwillig een paar stappen naar achteren, hij draaide zich om en keek naar de zakken die tegen de andere wand lagen opgestapeld. Achter hem deed Georgiev snel de schuifdeur dicht.

'Kalm, iedereen,' zei Vandal zachtjes. 'We zijn wat opgewonden nu, maar we hebben ons doel bereikt. Het enige waar het nu om gaat, is dat we de klus afmaken.'

'Maar wel zonder verdere klachten, graag,' zei Barone. Hij stond te trillen van angst en woede.

'Natuurlijk,' zei Vandal rustig.

'Het is gewoon zo!' zei Downer met zijn kaken op elkaar geklemd.

'Het is gewoon zo.'

'Nou is het genoeg!' zei Vandal. Hij bleef tussen de twee mannen in staan. 'Om dit deel van de missie te voltooien en verder te gaan naar het volgende onderdeel hebben we álle teamleden nodig, vergeet dat niet.' Hij keek even om naar Downer. 'Dat geldt voor jullie allebei. We hebben allemaal ons werk gedaan en goed ook. Als we in de toekomst nog een beetje beter opletten, loopt alles gesmeerd.' Hij richtte zijn blik weer op Barone. 'Zelfs als iemand zijn stem heeft gehoord, heb ik er alle vertrouwen in dat we het land uit zijn voordat iemand erachter komt wie die man met dat Australische accent is.'

'Wie die man met dat Australische accent is die over voldoende commando-ervaring beschikt om zo'n stunt uit te halen, zul je bedoelen,' zei Barone.

'Ze zullen ons nog steeds niet op tijd weten te vinden,' zei Vandal. 'Als ze hem al hebben gehoord, dan moet de politie nog steeds eerst naar Interpol en die nemen dan weer contact op met de autoriteiten in Canberra. Voordat die met een lijst met verdachten komen, zijn wij al lang en breed het land uit.' Voorzichtig stapte hij tussen de twee mannen vandaan en hij keek op zijn horloge. 'Over tien minuten landen we en vóór negenen zijn we weer in de lucht. Niets kan ons nu nog tegenhouden,' voegde hij daar met een wat geforceerde glimlach aan toe.

Barone wierp Downer een woedende blik toe en grijnsde toen naar Vandal. De Fransman had gelijk. Ze hadden het werkelijk goed gedaan. Ze hadden het geld weten te bemachtigen voor de omkoopsommen, het vliegtuig en de documenten die ze nodig zouden hebben voor het volgende deel van de operatie, het deel dat hen rijk zou maken.

De Fransman ontspande zich en liep naar de cockpit. Barone keerde Downer de rug toe en bleef zo staan. Downer ging op een van de geldzakken zitten en negeerde de Uruguayaan, zoals hij eigenlijk voortdurend al had gedaan. Als bij de Australiër de stoppen doorsloegen, kon zijn woede hoog oplaaien, maar die brandde ook altijd snel op. Nu was hij weer rustig. Hij was niet langer boos op Barone, en ook niet op zichzelf omdat hij een fout had gemaakt.

Georgiev deed de schuifdeur op slot en liep naar de cockpit. Toen hij langs hem liep, ontweek hij Downers blik. Dat was niet afwijzend bedoeld, maar een gewoonte die hij had overgehouden aan de vele jaren die hij voor de CIA had gewerkt. Probeer altijd anoniem te blijven. Vermijd oogcontact.

Vandal was opnieuw naast de piloot gaan zitten en luisterde naar het Franse radioverkeer. Barone zat uit het raam in de schuifdeur te kijken.

Downer deed zijn ogen dicht en genoot van de rustgevende trilling van de vloer en het zachte kussen van geld onder zijn hoofd. Zelfs het luide geklepper van de rotor hinderde hem niet.

Genietend stond hij zichzelf toe om alle details te vergeten die ze zich voor deze ochtend hadden moeten inprenten: de route van de pantserwagen, de timing, de noodplannen voor het geval dat de politie wel door de file heen zou weten te komen en voor een ontsnapping over de rivier als de helikopter hen niet zou weten te bereiken. Hij voelde een diepe voldoening over zich neerdalen en genoot ervan zoals hij in zijn hele leven nog nooit ergens van genoten had.

4

Vrijdag, 09.12 uur
Chevy Chase, Maryland

Onder een heldere hemel gingen zijn vrouw Sharon, hun net veertien geworden dochter Harleigh en hun elf jaar oude zoontje Alexander in hun nieuw spacewagon op weg naar New York. De kinderen hadden allebei hun diskman op. Harleigh zat naar een vioolconcert te luisteren om alvast in de stemming te komen voor het concert. Zo nu en dan slaakte ze een diepe zucht of mompelde ze een vrij onschuldige vloek omdat ze onder de indruk was van de compositie of ontmoedigd werd door de briljante uitvoering. In dat opzicht was ze net haar moeder. Geen van beide vrouwen was ooit tevreden met wat ze had bereikt. Harleigh op de viool en Sharon met haar passie voor gezond eten. Als presentatrice van het wekelijkse tv-programma *The McDonnell Healthy Food Report* had ze jarenlang haar charme en oprechtheid in de strijd geworpen om mensen weg te lokken van uitgebakken spek en donuts. Een paar maanden geleden had ze echter ontslag genomen om meer tijd te kunnen besteden aan een kookboek over gezond eten, dat nu bijna af was. Ze had ook wat meer tijd thuis willen doorbrengen. De kinderen waren snel aan het opgroeien en ze had het gevoel dat ze allemaal wat meer tijd in gezinsverband moesten doorbrengen door ook door de week 's avonds samen te eten en zo vaak ze maar konden op vakantie te gaan. Bij de maaltijden was Hood vaker niet dan wel aanwezig geweest en de vakantie had hij meerdere malen moeten afzeggen.

Alexander leek meer op zijn vader. Hij hield van persoonlijke uitdagingen. Hij genoot van computerspelletjes; hoe ingewikkelder, hoe beter. Hij hield van kruiswoordpuzzels en legpuzzels. Tijdens de rit zat hij naar de een of andere popzanger te luisteren terwijl hij een denkpuzzel oploste. Onder het puzzelboekje had hij een stapel stripalbums op zijn schoot liggen. Op dit moment was Alexander voor de wereld verloren. Het enige wat voor hem nu bestond, was wat hij voor zijn neus had. Ondanks zichzelf was Paul trots op het jong. Alexander wist wat hij wilde.

Sharon Hood zat stilletjes naast haar man. Een week geleden was ze bij hem weggegaan. Ze had de kinderen meegenomen en was bij haar ouders in Old Saybrook in Connecticutt gaan logeren. Ze was teruggekomen om dezelfde reden waarom Paul ontslag had genomen bij Op-Center: om te vechten voor het behoud van hun gezin. Hood had geen idee wat hij in het volgende stadium van zijn carrière zou gaan doen en hij zou zijn voelhorens pas gaan uitsteken als ze aanstaande woensdag weer terug waren in Washington. Hij had wat aandelen verkocht die hij had gekocht toen hij nog in de effectenhandel zat en dat had voldoende opgebracht om twee jaar van te kunnen leven. Inkomen was minder belangrijk dan interessant werk dat binnen de normale kantooruren gedaan kon worden. Maar Sharon had gelijk. Ondanks alle tekortkomingen was de saamhorigheid die hij hier in de auto voelde, iets heel speciaals.

Een van die tekortkomingen, de grootste zelfs, was de relatie tussen Paul en zijn vrouw. Hoewel Sharon toen ze op weg gingen zijn hand had vastgehouden, had hij sterk het gevoel dat hij in zijn proeftijd zat.

Het was niet iets waar hij de vinger op kon leggen, niets waarin deze rit verschilde van alle andere ritten die ze gemaakt hadden, maar er stond iets tussen hen in. Boosheid? Teleurstelling? Wat het ook mocht zijn, het was volstrekt het tegenovergestelde van de seksuele spanning tussen hem en Ann Farris.

Aanvankelijk praatten Paul en Sharon wat over wat ze zouden gaan doen als ze eenmaal in de stad waren. Vanavond was er een officiële maaltijd met de ouders van de andere violisten, en als ze daar op tijd mee klaar waren, zouden ze misschien nog even een rondje om Times Square lopen. Zaterdagochtend zouden ze Harleigh afzetten bij het VN-gebouw en op voorstel van Alexander zouden ze daarna het Vrijheidsbeeld gaan bekijken. De jongen wilde van dichtbij zien hoe het was 'opgetrokken', zoals hij het uitdrukte. Om zes uur zouden ze naar de voorstelling gaan en de jongen achterlaten in het van een ingebouwd videogamesysteem voorziene Sheraton Hotel.

Paul en Sharon zouden niet worden toegelaten op de VN-receptie, die werd gehouden in de lobby van het General Assembly Hall Building. In plaats daarvan zouden ze, net als de andere ouders, het concert bekijken op het gesloten televisiecircuit van de persruimte. Op zondag zouden ze een matinee bijwonen van een concert van Vivaldi, Sharons favoriete componist, door het Metropolitan Opera Orchestra in de Carnegie Hall en daarna zouden ze, op aanbeveling van Ann Farris, naar Serendipity III gaan om een *frozen hot chocolate* te halen. Sharon was daar niet gelukkig mee, maar Hood had erop gewezen dat dit vakantie was en de kinderen zagen er verlangend naar uit. Paul wist zeker dat ze het ook helemaal niet leuk vond dat het een tip van Anne was. Maandag zouden ze naar Old Saybrook rijden om een bezoek te brengen aan Sharons ouders, maar deze keer met het hele gezin. Dat was een idee van Paul geweest. Hij mocht Sharons ouders graag. Dat was altijd wederzijds geweest, en hij wilde zijn kinderen laten merken dat ze het nog steeds goed met elkaar konden vinden. Die stabiliteit vond hij belangrijk.

Omdat het vrijdag was, waren er files bij Baltimore, Philadelphia en Newark, zodat ze pas om halfzes bij het hotel op de hoek van 7th Avenue en 51st Street aankwamen. Het hoge, drukke hotel maakte nu deel uit van de Sheraton-keten. Hood kon zich nog herinneren dat het jaren geleden Americana had geheten. Ze waren net op tijd om samen met de andere gezinnen te gaan eten in de Carnegie Deli. Het werd een zware maaltijd vol pastrami, rosbief en hotdogs. De enige mensen die ze kenden, waren de Mathissen. Barbara Mathis was een van Harleighs beste vriendinnen en Barbara's ouders werkten allebei bij de Washingtonse politie. Er waren ook een paar moeders bij – onder wie twee aantrekkelijke alleenstaande moeders – die Paul herkenden als de voormalige burgemeester van Los Angeles. Ze lachten hem toe op een manier die een beroemdheid waardig zou zijn geweest en vroegen hem hoe het was om Hollywood te 'runnen'. Hij zei dat hij geen idee had. Dat moesten ze maar aan de Screen Actors Guild en de andere vakbonden in de filmindustrie vragen.

Dat alles, het eten en de aandacht, maakte Sharon nerveus, of misschien was het meer dat de onrust die ze de hele dag al had gevoeld nu naar boven kwam. Hood besloot dat hij er maar eens met haar over zou praten als de kinderen naar bed waren.

In één opzicht had Sharon echter gelijk gehad. Paul was inderdaad te veel van huis weg geweest. Terwijl hij zag hoe Harleigh met de andere tieners zat te praten, viel het hem op dat hij niet naar een meisje zat te kijken, maar naar een jonge vrouw. Hij wist niet wanneer die verandering had plaatsgevonden, maar dát die had plaatsgevonden was wel duidelijk. En de trots die hij voelde toen hij naar haar zat te kijken, was anders dan zijn trots op Alexander. Ze had de charme van haar moeder, en de moeizaam verkregen rust en balans van de musicus.

Alexander had nu al zijn aandacht op een bord met goed doorbakken aardappelpannenkoekjes gericht. Hij drukte erop met zijn vork, wachtte tot het vet uit de bovenkant liep en keek daarna hoe lang het duurde voor het er weer in werd opgenomen. Zijn moeder zei hem dat hij niet met zijn eten moest spelen.

Hood had een suite gereserveerd op de bovenste verdieping. Nadat Alexander met zijn verrekijker de stad had afgespeurd en zijn ogen had uitgekeken over wat er allemaal te zien was, zowel op straat als achter de andere ramen, gingen de kinderen slapen op de bedbanken in de woonkamer, zodat Sharon en hij wat privacy kregen.

Privacy op een hotelkamer. Er was een tijd geweest dat dat 'vrijpartij' had betekend in plaats van 'eens even praten' of 'ongemakkelijke stilte'. Hood vond het schokkend om te merken hoeveel tijd en hartstocht ze in de afgelopen jaren aan andere dingen hadden besteed, zoals schuldgevoelens en voet bij stuk houden, in plaats van aan elkaar. Hoe had het zover kunnen komen? En hoe draaide je zoiets terug? Hood had het idee dat het wel eens een heel zware opgave zou kunnen zijn om zijn vrouw te overtuigen van zijn inzet en goede wil.

Sharon ging in bed liggen, op haar zij, met haar gezicht naar hem toe.

'Ik voel me rot,' zei ze.

'Dat weet ik.' Hij streek even over haar wang en glimlachte. 'Maar we komen er wel uit.'

'Niet als alles hier me nijdig maakt.'

'Wat zat je dan nog meer dwars, behalve het eten?'

'Ik was boos op die andere ouders, over de tafelmanieren van hun kinderen, over al die auto's die door rood reden of pal op een zebra bleven staan. Alles hier zit me dwars. Alles.'

'We hebben allemaal wel eens zo'n dag.'

'Paul, ik kan me niet meer herinneren dat het niet zo is geweest,' zei Sharon. 'Dat gevoel wordt steeds sterker en sterker en ik wil het deze week niet bederven voor Harleigh en Alexander.'

'Je hebt een zware tijd achter de rug,' zei Hood. 'Dat geldt voor ons allebei. Maar de kinderen zijn niet achterlijk. Ze weten wat er allemaal is gebeurd. Wat ik wilde, wat ik had gehoopt, is dat we ons niet zo druk zouden maken terwijl we hier zijn.'

Sharon schudde verdrietig haar hoofd. 'Maar hoe dan?'

'We hebben geen haast,' zei Hood. 'Het enige wat we de komende dagen hoeven te doen, is een paar goede herinneringen opbouwen voor onszelf en de kinderen. Maar eerst moeten we onszelf uit deze narigheid zien te werken. Kunnen we onze aandacht daarop richten?'

Sharon legde haar hand op de zijne. Ze rook een beetje naar knoflook, door iets gezonds wat ze gisteren had gekookt, en Paul moest toegeven dat ook dat niet veel hielp om de hartstocht te bevorderen. De saaiheid van het dagelijkse leven, de luchtjes die je ver-

41

trouwder werden dan die eerste onvergetelijke keer dat je de geur van haar haren had opgesnoven, de dagelijkse klusjes die de punten van je engelenvleugels weer in doodgewone handen veranderden.

'Ik wil dat er iets verandert,' zei Sharon. 'Terwijl we hierheen reden, voelde ik iets...'

'Ik weet het,' zei Hood. 'Dat voelde ik ook. Het was een fijn gevoel.'

Sharon keek hem eens aan. Haar ogen glommen. 'Nee, Paul,' zei ze. 'Wat ik voelde, was angstaanjagend.'

'Angstaanjagend?' zei Hood. 'Hoezo?'

'De hele rit moest ik er telkens aan denken hoe we vroeger met de kinderen uit rijden gingen. Naar Palm Springs, Big Bear Lake of de kust. We waren toen zo ánders.'

'We waren jonger,' zei Hood.

'Het was méér dan dat.'

'We waren er meer met onze aandacht bij,' zei Hood. 'De kinderen hadden ons toen veel meer nodig dan nu. Het is met kleine kinderen net alsof je samen in een piepklein schuitje zit. Je moet elkaar goed vasthouden om te zorgen dat niemand eruit valt.'

'Dat weet ik,' zei Sharon. De tranen liepen haar nu over de wangen. 'Maar die saamhorigheid wilde ik vandaag ook voelen en dat gevoel is weg. Ik wil die fijne tijd van vroeger weer terug. Dat oude gevoel.'

'We kunnen het nu toch fijn hebben samen,' zei Hood.

'Maar ik zit zo vol tróép,' zei Sharon. 'Al die verbittering en teleurstelling, al dat ressentiment. Ik wil teruggaan en opnieuw beginnen, zodat we dichter naar elkaar toe kunnen groeien in plaats van uit elkaar.'

Hood keek zijn vrouw eens aan. Sharon was dichter bij hem komen liggen, maar haar nabijheid straalde geen warmte uit. Hij begreep er niets van. Hij gaf haar wat ze had gewild, wat ze had gezegd dat ze nodig had, maar ze deed nog steeds zo afstandelijk. Misschien moest ze gewoon nog wat stoom afblazen. Daar had ze nauwelijks de kans voor gekregen. Een paar minuten bleef hij haar zwijgend vasthouden.

'Schatje,' ging hij toen verder. 'Ik weet dat je dit eerder hebt geweigerd, maar misschien zou het een goed idee zijn als we samen eens met iemand gingen praten. Liz Gordon zei dat ze me wel een paar namen zou opgeven, als je belangstelling hebt.'

Sharon zei niets. Hood trok haar nog dichter tegen zich aan en merkte dat haar ademhaling trager was geworden. Hij trok zijn hoofd iets naar achteren en zag dat ze met een strakke blik voor zich uit lag te staren en haar best deed om niet in tranen uit te barsten. 'In elk geval is het met de kinderen goed gegaan,' zei ze. 'Dat hebben we in elk geval goed gedaan.'

'Sharon, we hebben wel meer goed gedaan,' zei hij. 'We hebben samen een bestaan opgebouwd. Het was niet perfect, maar een stuk beter dan dat van een heleboel andere mensen. We hebben het niet slecht gedaan en we zullen het nog beter gaan doen.'

Toen ze begon te snikken trok hij haar weer dicht tegen zich aan. Ze sloeg haar armen om zijn schouders.

'Dit is toch niet waar een meisje bij haar trouwen van droomt?' huilde ze.

'Dat weet ik.' Hij trok haar nog steviger tegen zich aan. 'We zorgen wel dat het beter wordt. Dat beloof ik.'

Verder zei hij niets. Hij bleef haar gewoon stevig vasthouden terwijl de hartstocht Sharons verdriet een duikvlucht deed maken. Ze zou de bodem raken en daarna, morgenochtend, zouden ze aan de lange klim omhoog beginnen.

Het zou moeilijk zijn om het allemaal zo langzaam en rustig te laten verlopen als hij net had gezegd, maar dat was hij Sharon wel verschuldigd. Niet omdat hij zijn werktijden had laten bepalen door de eisen die zijn carrière had gesteld, maar omdat hij zijn hartstocht aan Nancy Bosworth en Ann Farris had geschonken. Niet in de lichamelijke werkelijkheid, maar wel in zijn gedachten, zijn aandacht en zelfs zijn dromen. Die energie, die aandacht, had hij voor zijn vrouw en kinderen moeten bewaren.

Sharon viel in zijn armen in slaap. Dit was niet het soort nabijheid waarop hij had gehoopt, maar het was tenminste iets. Toen hij er zeker van was dat ze niet wakker zou worden, liet hij haar los, boog zich naar het nachtkastje toe en deed het licht uit. Daarna ging hij op zijn rug liggen en terwijl hij naar het plafond lag te staren, merkte hij dat hij van zichzelf walgde, op die harde, meedogenloze manier waarop dat alleen 's nachts gaat. En hij probeerde erachter te komen of er een manier was om dit weekeinde iets specialer te maken voor de drie mensen die hij op de een of andere manier tekort had gedaan.

5

Zaterdag, 04.57 uur
New York

Terwijl hij daar voor het vervallen bakstenen gebouwtje vlak bij de
Hudson stond, moest luitenant Bernardo Barone aan zijn geboor-
testad Montevideo denken.
Het was niet alleen de vervallen toestand van het carrosseriebedrijf
dat hem deed denken aan de sloppenwijken waarin hij was opgegroeid. Ook de straffe wind uit het zuiden droeg daaraan bij. De
geur van de Atlantische Oceaan was vermengd met de benzine-
dampen van de wagens die met hoge snelheid over de nabijgelegen
Westside Highway reden. In Montevideo waren die twee geuren,
benzine en zeewind, altijd aanwezig. Boven zijn hoofd volgde een
gestage stroom vliegtuigen de naar het noorden lopende rivier
voordat ze een bocht naar rechts maakten om aan de aanvlucht op
LaGuardia International Airport te beginnen. Thuis kwamen er
ook voortdurend vliegtuigen over. Maar dat was nog steeds niet het
enige wat hem aan thuis deed denken. Dit had Bernardo Barone
opgemerkt in elke havenstad waar hij ooit geweest was. Wat het
anders maakte, was dat hij hier nu alleen was.
Eenzaamheid was een gevoel dat altijd onmiddellijk bezit van hem
nam zodra hij terugkwam in Montevideo.
Nee, dacht hij plotseling. Ga daar nou niet over beginnen. Hij had
geen zin om boos en somber te worden. Niet nu. Hij moest alert
blijven.
Hij ging met zijn rug tegen de deur staan. De deur was van hout dat
aan weerszijden was bedekt met een plaat staal, die koel aanvoelde
tegen zijn bezwete rug. Aan de buitenkant zaten drie sloten en aan
de binnenkant twee zware grendels. Op het verschoten bord boven
de deur stond VIC'S BODYSHOP. De eigenaar was een lid van de
Russische maffia dat Leonid Ustinoviks heette. Onder de sovjets
was de magere, benige kettingroker een hoge officier geweest en
Georgiev had hem leren kennen via de Rode Khmer. Ustinoviks
had Barone verteld dat er geen enkel carrosseriebedrijf in heel New
York was dat zich alleen maar bezighield met uitdeuken en dat
soort dingen. 's Nachts als het stil was, zodat niemand de gebouw-
tjes waarin ze waren gevestigd, kon naderen zonder gezien of

gehoord te worden, werden er gestolen auto's, drugs, wapenhan-
delconcessies, of zelfs slavinnetjes verhandeld. Op die laatste markt
waren de Russen en de Thais de grote spelers. Ze stuurden ont-
voerde Amerikaanse kinderen het land uit of smokkelden jonge
vrouwen de Verenigde Staten binnen. In de meeste gevallen werden de slachtoffers tewerkgesteld in de prostitutie. Sommige meisjes die in Cambodja voor Georgiev hadden gewerkt, waren via
Ustinoviks hier beland. De afmetingen van de kratten die werden
gebruikt om 'reserveonderdelen' in te vervoeren en de internationale aard van het vak maakten deze tak van bedrijf uitstekend
geschikt om als dekmantel voor dergelijke praktijken te dienen.
Leonid Ustinoviks handelde echter voornamelijk in wapens. Hij
liet ze hierheen brengen vanuit de voormalige deelrepublieken van
de Sovjet-Unie. De wapens werden Canada of Cuba binnengesmokkeld, meestal per vrachtschip, en van daaruit overgebracht
naar New England en de Midden-Atlantische staten, of naar Flori-
da en de andere staten aan de Golf van Mexico. Over het algemeen
gingen ze in kleine partijen van opslagplaatsen in dorpjes en kleine
steden naar bedrijfjes als dit. Dat was om te voorkomen dat de han-
delaren alles kwijt zouden raken als de wapens werden onderschept
door de FBI en de inlichtingendienst van de New Yorkse politie. De
activiteiten van mensen die afkomstig waren uit landen waarvan
bekend was dat ze het terrorisme of de illegale handel steunden, –
Rusland, Libië, Noord-Korea en vele andere – werden door beide
organisaties goed in de gaten gehouden. De politie wijzigde dan
ook regelmatig de parkeerverboden en uren waarop je op bepaalde
drukke routes wel of niet mocht afslaan. Daardoor moesten de ver-
keersborden worden aangepast en dat was weer een goed voorwendsel om auto's aan te houden en clandestien foto's te maken
van de inzittenden.
Ustinoviks had hem gezegd dat hij goed moest letten op iedereen
die de afslag van de snelweg nam of uit een van de zijstraten kwam.
Als er iemand deze kant uit kwam rijden of zelfs maar vaart minderde terwijl hij langsreed, moest Barone drie keer op de deur kloppen. Als er een deal werd gesloten ging er bij bedrijfjes als dit altijd
iemand voor de deur staan om, als de politie een inval deed, te
eisen dat het huiszoekingsbevel hem werd voorgelezen. Krachtens
de wetten van New York hadden ze daar recht op, en in die tijd
konden de mensen in het gebouw over het dak naar een aangren-
zend pand vluchten.
Niet dat Ustinoviks moeilijkheden verwachtte. Hij had verteld dat
er een paar maanden geleden al een paar invallen bij Russische

gangsters waren geweest en dat de gemeente niet de indruk wilde wekken dat ze het op één afzonderlijke etnische groep had gemunt. Toen ze hier waren aangekomen vanuit het hotel had hij er zelfs een geintje over gemaakt. 'Nu zijn de Vietnamezen aan de beurt.'

Barone dacht dat hij aan de zijkant van het gebouw iets hoorde. Hij stak zijn hand in zijn windjack en nadat hij zijn pistool had getrokken liep hij behoedzaam het donkere steegje in. Achter een hoog gaashek bevond zich een club. De Dungeon heette die. De Kerker. De deuren, ramen en bakstenen muren waren allemaal zwart geverfd. Hij kon zich absoluut geen voorstelling maken van wat zich daarbinnen zou afspelen. Vreemd was dat. Wat ze in Cambodja in het geniep moesten doen, meisjes verkopen voor geld, kon hier waarschijnlijk openlijk plaatsvinden.

Als een land zich opstelt als verdediger van de vrijheid, dacht hij, moet het zelfs de extreme uitingen daarvan accepteren.

De club was al dicht. Achter het hek liep een hond. Die zou hij wel gehoord hebben. Hij schoof het pistool weer in zijn schouderholster en liep terug naar zijn post.

Daar viste hij een shagje uit zijn borstzakje en nadat hij dat had opgestoken, dacht hij terug aan de afgelopen dagen. Alles liep gesmeerd, en het zou gesmeerd blijven lopen. Daar had hij alle vertrouwen in. Zijn vier teamgenoten en hij hadden zonder enig probleem Spanje weten te bereiken. Voor het geval ze waren herkend, waren ze uit elkaar gegaan en in de loop van de daaropvolgende twee dagen vanuit Madrid naar de Verenigde Staten gevlogen, waar ze elkaar weer hadden ontmoet in een hotel aan Times Square. Georgiev was als eerste gearriveerd. De connecties die nodig waren om de noodzakelijke wapens te bemachtigen had hij al van tevoren gelegd. Terwijl Barone op wacht stond, werd er binnen onderhandeld.

Barone nam een trek van zijn sigaret en probeerde zich op de plannen voor morgen te concentreren. Hij vroeg zich af hoe het met Georgievs andere bondgenoot stond, degene wiens identiteit alleen bij de Bulgaar bekend was. Het enige wat Georgiev over hem wilde loslaten, was dat het iemand uit Amerika was die hij al meer dan tien jaar kende. Tien jaar geleden. Dat was ongeveer de tijd dat ze in Cambodja hadden gezeten. Barone vroeg zich af wie Georgiev daar had ontmoet en welke rol diegene in vredesnaam zou spelen bij de actie van morgen.

Maar het had geen zin. Barones geest deed altijd precies wat hij wilde en op dit moment wilde hij helemaal niet aan Georgiev of de ophanden zijnde actie denken. Hij wilde terug. Hij wilde naar huis.

Terug naar de eenzaamheid, dacht hij verbitterd. Een oord dat hem vertrouwd was en waar hij zich op een eigenaardige manier ook wel thuis voelde.

Het was niet altijd zo geweest. Hoewel zijn familie geen geld had gehad, was er een tijd geweest dat Montevideo wel het paradijs had geleken. Die stad aan de Atlantische Oceaan is de hoofdstad van Uruguay en beschikt over een paar van de mooiste stranden ter wereld. Toen hij daar in het begin van de jaren zestig opgroeide, was Bernardo Barone zo gelukkig geweest als het maar kon. Als hij niet op school had gezeten of klusjes in en om het huis had moeten doen, was hij altijd met zijn twaalf jaar oudere broer Eduardo naar het strand gegaan en daar hadden ze dan tot diep in de nacht eindeloos rondjes gezwommen en zandkastelen gebouwd. Als de zon onder was, stookten ze een vuurtje en vaak vielen ze dan naast hun kasteel in slaap.

'We gaan wel in de stallen liggen,' zei Eduardo dan altijd. 'Naast de prachtige paarden. Ruik je ze al?'

Bernardo rook ze niet. Het enige wat hij rook, was de zee en de dampen van de auto's en boten, maar hij geloofde dat Eduardo ze wél rook. De jonge jongen wilde dat ook kunnen als hij groot was. Hij wilde net zo zijn als Eduardo. Samen met zijn moeder was Bernardo elke week naar de kerk gegaan en daar had hij dan gebeden dat hij net zo iemand mocht worden als zijn grote broer.

Dat waren Bernardo's dierbaarste herinneringen. Eduardo had altijd zo veel geduld met hem gehad en was zo vriendelijk geweest tegen iedereen die kwam kijken hoe ze de hoge, van kantelen voorziene muren bouwden en de slotgracht groeven. De meisjes waren dol op die knappe jongeman en zijn schattige kleine broertje hadden ze énig gevonden.

Bernardo's broer was bakkersknecht en hun vader Martin was beroepsbokser. Het was Martins droom om zoveel te sparen dat hij een fitnesscentrum kon openen, zodat zijn vrouw haar baan kon opzeggen en verder als een echte dame door het leven kon gaan. Vanaf zijn vijftiende jaar was Eduardo vele dagen en nachten op pad geweest met vader Barone, om tijdens de wedstrijden als assistent en verzorger te fungeren. Vaak waren ze weken achter elkaar van huis omdat ze samen met een stel anderen op tournee waren langs de Rio de la Plata. De boksers reisden dan in groepjes met de bus vanuit Mercedes naar Paysando en van daaruit naar Salto. Soms boksten ze tegen elkaar en soms namen ze het op tegen ambitieuze plaatselijke grootheden. Het loon was een deel van de recette, minus hun aandeel in het salaris van de arts die met hen meereisde, maar om op de dokterskosten te besparen had Eduardo zelf wat EHBO geleerd.

Het was een zwaar bestaan en het had een vreselijke druk gelegd op Barones moeder. Ze maakte lange dagen bij een afschuwelijk hete bakstenen oven en op een dag, terwijl haar man en oudste zoon van huis waren, was ze bij een brand in de bakkerij om het leven gekomen. Omdat de familie niet kredietwaardig was, werd het lichaam van de vrouw naar het huis van de Barones gebracht, waar Bernardo erbij had moeten blijven wachten tot ze erin waren geslaagd zijn vader te bereiken, zodat die een begrafenis kon regelen, en betalen. Bernardo was toen negen jaar oud geweest.

Tijdens zijn tochten met zijn vader had Eduardo nog andere dingen geleerd. Zo had hij in een kleine herberg in San Javier toevallig de marxistische Movimiento de Liberacion Nacional Tupamaros ontdekt. Deze guerrillaorganisatie was in 1962 opgericht door Raul Antonaccio Sendic, de leider van de arbeiders op de suikerrietplantages in het noorden van het land. De regering was niet in staat gebleken de inflatie in de hand te houden en die was opgelopen tot wel 35 procent. Met name de arbeiders waren daar zwaar door getroffen. Bij de agressieve Tupamaros zag Eduardo een manier waarop hij mensen als zijn vader kon helpen, mensen die hun liefde voor het leven waren kwijtgeraakt en die beroofd waren van de wil om te dromen. De Tupamaros op hun beurt zagen in Eduardo iemand die kon vechten en die medische verzorging kon geven. Ze pasten goed bij elkaar en met de zegen van zijn vader had Eduardo zich aangesloten bij de MLN-T.

In 1972 werd de despotische Juan Maria Bordaberry Arocena tot president gekozen. Bordaberry werd gesteund door de goedopgeleide en zwaargewapende militairen. Een van zijn eerste prioriteiten was het verpletteren van de oppositie, waaronder ook de MLN-T, waarbij Eduardo zich kortgeleden had aangesloten. In april kwam het tot een bloedig vuurgevecht. Eduardo kwam in de gevangenis terecht en stierf daar aan 'oorzaak onbekend'. Bernardo's vader was nog geen twee jaar later gestorven. Hij was in de ring flink te grazen genomen en had zich daar niet van weten te herstellen. Bernardo had altijd het gevoel gehad dat zijn vader niet meer verder had gewild. Na de dood van degenen die hem zo dierbaar waren geweest, was hij nooit meer de oude geworden.

De dood van zijn hele familie maakte van Bernardo een boze jonge heethoofd die een diepe haat koesterde jegens de regering-Bordaberry. Wrang genoeg raakten de militairen ook al snel uitgekeken op de nieuwe president en in 1973 grepen ze de macht en richtten de Consejo de Seguridad Nacional op, een militaire junta die het land bestuurde. In 1979 was Bernardo in dienst gegaan in de hoop deel uit te kunnen maken van een nieuwe orde in Uruguay.

Maar nadat het hen twaalf jaar lang niet was gelukt om de economische problemen op te lossen hadden de militairen het bewind eenvoudigweg overgedragen aan het volk en zich teruggetrokken in hun kazernes. De economische situatie was niet opvallend veranderd.

Opnieuw had Bernardo zich verraden gevoeld door een goede zaak waarin hij had geloofd. De jonge man bleef echter in het leger. Als een eerbetoon aan zijn vader had hij zich bekwaamd in alle vormen van het ongewapende gevecht van man tot man. Voor iets anders was hij niet geschikt. Hij had echter nooit de moed opgegeven dat hij een manier zou weten te vinden om het vuur van de MLN-T opnieuw te ontsteken, om zich te kunnen inzetten voor het volk van Uruguay en niet voor de machthebbers. Tijdens zijn dienst in Cambodja had Barone een manier gevonden om die droom te verwezenlijken, om geld te verdienen en de aandacht van de wereldpers te trekken, en dat allemaal tegelijk.

Barone liet zijn peuk op de stoep vallen, trapte die uit en bleef daarna naar het verkeer op de Westside Highway staan kijken. Er was één verschil tussen Montevideo en New York. Buiten de toeristenhotels en de bars was alles in Montevideo na zonsondergang gesloten, maar in New York was het zelfs nu nog druk op de weg. Het moest voor de autoriteiten onmogelijk zijn om in de gaten te houden wie hier kwam en ging en wat er in al die busjes en vrachtwagens zat.

Dat komt goed uit, dacht hij.

Het was ook niet mogelijk voor de politie om elk vliegtuig in de gaten te houden dat een landing maakte op de vele kleine vliegveldjes rondom de stad. Op dergelijke vliegveldjes en zelfs op grote stukken open terrein in landelijk New York, Connecticutt, New Jersey en Pennsylvania konden kleine vliegtuigjes landen en weer opstijgen zonder dat het iemand opviel. De waterwegen in die staten vormden ook uitstekende verbindingen. Een partij kisten kon in de kleine uurtjes ergens in een verlaten baai of aan de oever van een rivier snel en geruisloos van een boot of een watervliegtuig worden overgeladen op een vrachtwagen. Het was niet moeilijk om hier het land binnen te komen en je zat er heel dicht bij New York. Ook dat kwam het team heel goed van pas.

Er ging een uur voorbij en toen nog een. Barone had geweten dat het wel even zou gaan duren, want Downer had tijd nodig om elk wapen te onderzoeken. Hoewel de wapenhandelaren een afnemer meestal wel konden leveren wat hij nodig had, wilde dat niet per se zeggen dat de wapens ook perfect werkten. Net als vluchtelingen reisde een illegaal wapen nooit eerste klas. De Uruguayaan vond het echter niet erg om te moeten wachten. Waar het om ging, was dat het wapen het dééd als hij aanlegde en de trekker overhaalde.

Links van hem trok iets zijn aandacht. Hij keek om en zag hoe de eerste stralen van de opkomende zon het Vrijheidsbeeld aan de monding van de rivier troffen. Barone had niet geweten dat het monument daar stond en nu hij het zag, voelde hij eerst verbazing en toen woede. Hij had niets tegen de Verenigde Staten en hun veelbezongen idealen van vrijheid en gelijkheid, maar daar in de haven stond een gigantisch afgodsbeeld dat was opgericht ter ere van een abstract idee. Hij vond het een vorm van heiligschennis. De mensen door wie hij was opgevoed, hadden het begrip 'vrijheid' als iets heel persoonlijks beschouwd: iets wat je een speciale plek gaf in je hart en niet in de haven.

Uiteindelijk ging kort voor zeven uur de deur achter hem open. Downer stak zijn hoofd om de deurpost.

'Loop maar achterom,' zei de Australiër, en hij deed de deur weer dicht.

Barone was niet in de stemming om een geintje te maken over Downers accent. Sinds dat incident in die helikopter boven Parijs was de lust om hoe dan ook nog met de Australiër te praten hem volkomen vergaan.

Barone liep linksom om het gebouwtje heen. Zijn nieuwe schoenen hadden rubberzolen met een goed profiel en piepten op het asfalt toen hij over de oprit liep. Rechts stond een handel in autobanden met een hoog gaashek eromheen. In de schaduw lag een hond te slapen. Eerder op de avond had Barone hem een stukje van zijn hamburger toegeworpen – er zat een raar smaakje aan dat Amerikaanse vlees – en hij en de hond waren nu de beste maatjes.

Barone kwam langs een paar groene vuilniscontainers en zag toen het huurbusje staan. Er waren zeventien wapens: drie vuurwapens de man en twee raketwerpers, plus ammunitie en kogelvrije vesten. Elk wapen was in bubbeltjesplastic gewikkeld. Sazanka en Vandal kwamen al met de eerste wapens aanlopen terwijl Barone door de open zijdeur het busje in stapte. Ze gaven ze aan en Barone legde ze voorzichtig in de zes kartonnen dozen die al klaarstonden. Downer keek toe vanuit het gebouwtje en lette goed op dat niemand iets liet vallen. Het was de eerste keer dat Barone de Australiër zo stil en professioneel had gezien.

Terwijl hij bezig was, voelde de Uruguayaan zijn eenzaamheid wat afnemen. Niet omdat hij nu samen met zijn teamgenoten was, maar omdat hij weer bezig was. Ze waren nu zo dicht bij hun doel. Barone had altijd al in het plan geloofd, maar nu begon het werkelijk tot hem door te dringen dat het echt kans van slagen had. Nog maar een paar kleine stapjes...

Maanden geleden had Georgiev een vals New Yorks rijbewijs gekocht. Omdat het bij autoverhuurbedrijven vaste routine was om het rijbewijsnummer even te checken bij de politie, had de Bulgaar extra moeten betalen om het in het computersysteem van het Bureau Kentekenregistratie te laten invoeren. Hij had zichzelf zelfs een jaar geleden een bekeuring laten geven. Niet alleen om te laten zien dat hij werkelijk in New York woonde, maar ook omdat de meeste mensen die rondrijden in de grote stad wel eens een bekeuring hebben gehad. Een volkomen schone lei zou juist argwaan kunnen wekken.

Het enige wat het team nu hoefde te doen, was ervoor zorgen dat ze niet door rood reden of een ongeluk kregen voor ze het hotel hadden bereikt. Ze hadden geloot en Vandal zou in de bestelwagen blijven slapen terwijl de anderen naar hun kamers gingen. Georgiev wilde niet het risico lopen dat de wagen werd gestolen. Door Ustinoviks.

Om zeven uur vanavond zouden ze naar 42nd Street rijden. Ze zouden eerst naar het oosten rijden, door de binnenstad, en bij 1st Avenue zouden ze links afslaan. Ook dan zou Georgiev heel voorzichtig rijden.

Dan zou hij plotseling gas geven, zodat ze het doelwit met een snelheid van tussen de 100 en de 120 kilometer per uur zouden naderen. Nog geen tien minuten later zou het doelwit ten val komen.

Ze zouden heer en meester zijn over de Verenigde Naties. En dan zou het derde en laatste deel van hun plan beginnen.

6

Zaterdag, 17.45 uur

New York

De Volkenbond was opgericht na de Eerste Wereldoorlog. De organisatie had zich ten doel gesteld om zich in te zetten voor het bevorderen van wat in het Handvest van de organisatie stond omschreven als 'de internationale samenwerking, vrede en veiligheid'. Hoewel president Woodrow Wilson een vurig pleitbezorger van de Volkenbond was, wilde de Amerikaanse Senaat er niets mee te maken hebben. De senatoren hadden er vooral bezwaar tegen dat een lidmaatschap van de Volkenbond het mogelijk zou maken dat Amerikaanse troepen werden ingezet om het grondgebied van andere landen te beschermen en dat de Verenigde Staten dan het gezag van de Volkenbond zouden moeten erkennen in zaken die te maken hadden met Noord-, Midden- en Zuid-Amerika. President Wilson spandé zich zo in voor Amerikaanse deelname aan de Volkenbond dat zijn gezondheid er ernstig onder te lijden had en hij een beroerte kreeg.

De Volkenbond vestigde zich in Genève en werd ondergebracht in een spectaculair paleis van zes miljoen dollar dat speciaal voor dat doel was gebouwd. In de praktijk bleek de organisatie echter weinig te kunnen bereiken. De Japanse bezetting van Mantsjoerije in 1931, de Italiaanse verovering van Ethiopië en de Duitse annexatie van Oostenrijk wist hij niet te voorkomen. De Volkenbond wist ook niet te verhinderen dat de Tweede Wereldoorlog uitbrak. Geschiedkundigen zijn het er nog steeds niet over eens of het wél zou zijn gelukt om een of meer van deze gebeurtenissen te voorkomen als de Verenigde Staten lid waren geweest.

De Verenigde Naties werden in 1945 opgericht om te proberen te bereiken wat de Volkenbond niet was gelukt. Deze keer lagen de zaken echter anders. De Verenigde Staten hadden een reden om zich actief te bemoeien met de soevereiniteit van andere landen. Het communisme werd gezien als een grote bedreiging voor de Amerikaanse manier van leven en elk land dat viel, gaf de vijand nog meer houvast.

De Verenigde Naties kozen de Verenigde Staten als zetel voor hun internationale hoofdkantoor. De VS waren niet alleen als grootste militaire en economische macht ter wereld uit de Tweede Wereld-oorlog tevoorschijn gekomen, maar hadden ook toegezegd een kwart van het jaarlijkse budget van de Verenigde Naties te zullen betalen. Vanwege de despotische traditie van vele Europese landen werd dat werelddeel niet als acceptabele vestigingsplaats beschouwd voor een internationale organisatie die zich ging inzetten voor een nieuw tijd-perk van vrede en onderling begrip. New York werd gekozen omdat de stad was uitgegroeid tot een centrum van de financiële wereld, een belangrijk knooppunt in de internationale communicatie vormde en bovendien een brugfunctie vervulde tussen de Oude en de Nieuwe Wereld. Om heel uiteenlopende redenen werden twee andere poten-tiële vestigingsplaatsen in Amerika afgewezen. San Francisco werd gesteund door de Australiërs en de Aziaten, maar omdat de Russen het de gehate Chinezen en Japanners niet al te gemakkelijk wilden maken, hadden ze daar een veto over uitgesproken. Het landelijke Fairfield County aan de Long Island Sound in Connecticutt viel af toen landmeters van de Verenigde Naties met stenen werden beko-geld door boze bewoners van New England die zich verzetten tegen wat ze als het vestigen van een 'wereldregering' beschouwden.

Met een donatie van achtenhalf miljoen dollar van de familie Rockefeller werd het terrein van een groot abattoir aan de East River aangekocht. De familie mocht het volledige bedrag van de belasting aftrekken en profiteerde bovendien van de stijging van de prijs van al het land eromheen, dat ze ook in eigendom had. Ten behoeve van de duizenden werknemers en delegatieleden van de Verenigde Naties werd de ooit zo vervallen buurt in hoog tempo volgebouwd met kan-toren, woonhuizen, restaurants, winkels en theaters.

Het beperkte oppervlak dat voor het project beschikbaar was, had twee gevolgen. Ten eerste kreeg het nieuwe hoofdkantoor de vorm van een wolkenkrabber. De wolkenkrabber was een unieke Ameri-kaanse uitvinding die was ontwikkeld om de ruimte op het kleine eilandje Manhattan zo efficiënt mogelijk te kunnen benutten, en de aanblik van het nieuwe gebouw maakte de Verenigde Naties nog 'Amerikaanser' dan ze al waren. De beperkte ruimte kwam de oprichters van de Verenigde Naties echter wel goed uit, want die gaf hun namelijk een goed excuus om een aantal belangrijke onder-delen van de organisatie, van het Internationale Gerechtshof tot de Internationale Arbeidsorganisatie, in andere hoofdsteden te vesti-gen. Het belangrijkste tweede kantoor van de Verenigde Naties werd gevestigd in het oude paleis van de Volkenbond in Genève en vormde zo een nadrukkelijke herinnering voor de Verenigde Staten dat er al eens eerder een wereldvredesorganisatie had bestaan en dat die had gefaald omdat niet alle landen die hadden gesteund.

Paul Hood kon zich een deel van die feiten nog herinneren uit zijn middelbareschooltijd. Hij kon zich uit die periode ook nog iets anders herinneren, iets wat zijn kijk op dit gebouw blijvend had veranderd. Tijdens de kerstvakantie was hij samen met een aantal hoogbegaafde medeleerlingen uit Los Angeles een weekje naar New York gegaan. Terwijl ze vanaf Kennedy International Airport naar de stad reden, had hij naar de East River zitten kijken en het VN-gebouw bij zonsondergang gezien. Alle andere wolkenkrabbers, het Empire State Building, het Chrysler Building en het Pan-Am Building, hadden noord-zuid gestaan, maar het 39 verdiepingen hoge, uit glas en marmer opgetrokken Secretariaatsgebouw van de Verenigde Naties stond oost-west. Hij had dat terloops opgemerkt tegen James LaVigne, die naast hem zat.

LaVigne – mager, met een bril op en een heel gedreven manier van doen – had opgekeken van de superheldenstrip die hij zat te lezen en die hij verborgen hield in een exemplaar van de *Scientific American*.

'Weet je waar het me aan doet denken?' had LaVigne gezegd.

Hood had geantwoord dat hij geen idee had.

'Het is net het symbool op Batmans borstkas.'

'Hoezo?' had Hood gevraagd. Hij had nog nooit een Batmanstrip gelezen en maar één keer naar het tv-programma gekeken om te weten waar iedereen het nou eigenlijk over had.

'Batman heeft een in goud en zwart uitgevoerd vleermuissymbool op zijn borst,' zei LaVigne. 'Weet je waarom?'

Hood zei dat hij dat niet wist.

'Omdat Batman een kogelvrij vest onder zijn Batmanpak heeft,' zei LaVigne. 'Als een boef op hem begint te schieten wil Batman dat hij op zijn borst mikt.'

LaVigne had zich weer in zijn stripboekje verdiept en de twaalf jaar oude Hood had zijn blik weer op het VN-gebouw gericht. LaVigne zei wel vaker bizarre dingen. Zijn mooiste opmerking was dat je Superman kon lezen als een hervertelling van het Nieuwe Testament. Deze opmerking sloeg echter wél ergens op en Hood vroeg zich af of New York dat met opzet had gedaan. Voor iedere Cubaanse of Chinese geheim agent die de Verenigde Naties vanaf de rivier of de luchthaven wilde aanvallen, vormde het Secretariaat een prachtig doelwit.

Vanwege die levendige jeugdherinnering dacht Paul Hood altijd aan het VN-gebouw als de roos van de schietschijf New York en nu hij hier weer was, voelde hij zich verrassend kwetsbaar. Met zijn verstand besefte hij echter dat dat onzin was. Het VN-gebouw stond op internationaal territorium. Als terroristen Amerika wilden aanvallen, zouden ze de spoorwegen, bruggen en tunnels als doelwit nemen, zoals die mensen die de Queens-Midtowntunnel hadden opgeblazen – waardoor het Op-Center zich genoodzaakt had gezien om samen te werken met zijn tegenpool in Rusland – of monumenten als het Vrijheidsbeeld. Toen hij die ochtend op Liberty Island was geweest, had Hood verrast gezien hoe gemakkelijk het was om het eiland vanuit de lucht of over zee te naderen. Terwijl hij op de pont stond, had hij tot zijn schrik geconstateerd dat het een paar kamikazepiloten geen enkele moeite zou kosten om het standbeeld met een vliegtuig vol explosieven volledig te vernietigen. Er was een radarinstallatie in het bijbehorende kantoorgebouw gevestigd, maar Hood wist dat de havenpolitie hier in de omgeving maar één enkele kanonneerboot had, en wel bij het nabijgelegen Governor's Island. Twee vliegtuigen die vanuit tegenovergestelde richting kwamen, terwijl het standbeeld zelf het schootsveld blokkeerde, zouden het op zijn minst één van de terroristen mogelijk maken zijn doelwit te bereiken.

Je hebt te lang bij het Op-Center gezeten, dacht hij. Zelfs op vakantie liep hij nog crisisscenario's te verzinnen.

Hij schudde zijn hoofd en keek eens om zich heen. Sharon en hij waren al vroeg gekomen en even naar beneden naar de souvenirwinkel gegaan om een T-shirt voor Alexander te kopen. Daarna waren ze naar de enorme hal van de Algemene Vergadering gegaan, waar ze vlak bij het bronzen beeld van Zeus hadden staan wachten op de vertegenwoordiger van het VN-programma voor jonge kunstenaars. De lobby was sinds vier uur 's middags voor het publiek gesloten zodat de werknemers die gereed konden maken voor de jaarlijkse vredesreceptie. Omdat het een mooie en heldere nacht was, zouden de genodigden binnen kunnen eten en buiten een praatje kunnen maken. Ze konden rondwandelen over het plein aan de noordzijde om daar de standbeelden en tuinen te bewonderen, of over de promenade langs de East River. Om halfacht zou de nieuwe secretaris-generaal van de Verenigde Naties, de Indische Mala Chatterjee, met de andere leden van de Veiligheidsraad naar het auditorium gaan. Daar zouden mevrouw Chatterjee en de Spaanse ambassadeur de leden bedanken voor de enorme inspanningen die de vredesmissie van de Verenigde Naties zich getrooste om verdere etnische conflicten in Spanje te voorkomen. Daarna zouden Harleigh en haar medeviolisten 'Een lied voor de vrede' spelen. Dat stuk was geschreven door een Spaanse componist ter ere van degenen die zestig jaar geleden om het leven waren gekomen in de Spaanse Burgeroorlog. Er waren musici uit Washington uitgekozen omdat een Amerikaanse, Martha Mackall van het Op-Center, het eerste slachtoffer was geworden van de recente onlusten. Het was puur toeval dat Paul Hoods dochter zich onder de acht uitverkorenen bevond.

De twaalf andere ouders waren inmiddels ook allemaal gearriveerd en Sharon was snel even naar beneden gerend om naar het toilet te gaan. Een paar minuten voor haar plotselinge vertrek waren de musici even naar beneden gekomen om hallo te zeggen. In haar witsatijnen jurk en met haar parelketting om had Harleigh er heel volwassen uitgezien. De jonge Barbara Mathis, die naast haar had gestaan, was ook heel kalm en elegant geweest, een diva-in-wording. Hood wist dat Harleighs uiterlijk de werkelijke reden was waarom Sharon er ineens vandoor was gegaan. Ze hield er niet van om in het openbaar te huilen. Harleigh had al sinds haar vierde vioolles gehad, toen ze nog in een tuinbroekje rondliep of in het joggingpak waarin ze al die speciale insignes had verdiend, en zo kende hij haar het best. Om haar zo uit de kleedkamer te zien komen, als volleerd uitvoerend musicus en volwassen vrouw, was een overweldigende ervaring. Hood had zijn dochter gevraagd of ze zenuwachtig was en ze had nee gezegd. De componist had al het moeilijke werk al gedaan. Harleigh was niet alleen rustig en zelfverzekerd, maar ook heel intelligent.

Nu Hood er eens over nadacht, was het waarschijnlijk niet het oude idee van de Verenigde Naties als de roos van een schietschijf dat hem zo'n kwetsbaar gevoel gaf. Het was dit ogenblik, dit punt in zijn leven.

Terwijl hij in de vier verdiepingen hoge lobby stond, voelde Hood zich zo alleen, zo onthecht, zo los van alles. Zijn kinderen waren groot aan het worden, hij had net een carrière in de steek gelaten, hij voelde dat er op talloze manieren een grote afstand was ontstaan tussen zijn vrouw en hem, en bovendien zou hij de mensen met wie hij meer dan twee jaar zo nauw had samengewerkt, nu niet meer zien. Was dat hoe hij zich halverwege zijn leven hoorde te voelen: kwetsbaar en stuurloos ronddrijvend?

Hij wist het niet. Iedereen met wie hij bij het Op-Center intensief was omgegaan – Bob Herbert, Mike Rodgers, Darrell McCaskey, whizzkid Matt Stoll, en zelfs Martha Mackall zaliger – was alleenstaand geweest. Ze waren getrouwd met hun werk. Datzelfde gold voor kolonel Brett August, het hoofd van het Striker-team. Had hun gezelschap hem gemaakt tot wie hij nu was? Of had hij zich tot hen aangetrokken gevoeld omdat dát het leven was waar hij op uit was?

Als dat laatste het geval was, dan zou het hem heel erg veel moeite gaan kosten om zijn nieuwe leven tot een succes te maken. Misschien moest hij er, nu hij daar nog voor in aanmerking kwam, eens met Liz Gordon, de huispsycholoog van het Op-Center, over praten. Hoewel zij natuurlijk ook alleenstaand was en zestig uur per week werkte.

Hood zag Sharon de wenteltrap aan de andere kant van de lobby op komen. Ze had een elegant beige broekpak aan en zag er geweldig uit. Meteen nadat hij haar dat in het hotel had gezegd, was haar manier van lopen wat veerkrachtiger geworden, en die veerkracht straalde ze nog steeds uit. Ze lachte hem toe, hij lachte terug en plotseling voelde hij zich wat minder alleen.

Er kwam een jonge Japanse vrouw naar hen toe gelopen. Ze had een marineblauwe blazer aan, een gelamineerd identiteitskaartje op haar borst en een brede glimlach op haar gezicht. Ze kwam uit een kleine hal aan de oostzijde van het gebouw van de Algemene Vergadering. In tegenstelling tot de hoofdlobby aan de noordzijde gaf deze kleinere lobby toegang tot het grote plein vóór het hoge Secretariaat, waar niet alleen de kantoren van de lidstaten waren gevestigd, maar ook de zalen van de Veiligheidsraad, de Economische en Sociale Raad en de Trustschapsraad, en dat was waar ze nu naartoe gingen. De drie prachtige auditoria lagen naast elkaar en keken uit over de East River. De United Nations Correspondent's Club, de oude perskamer, waar de ouders nu naartoe werden gebracht, lag tegenover het auditorium van de Veiligheidsraad.

De jonge gids stelde zich voor als Kako Nogami. Terwijl de bezoekende ouders achter haar aan liepen, begon de jongedame aan een verkorte versie van haar rondleidingsverhaaltje.

'Wie van u is hier al eens eerder geweest?' vroeg ze.

Een paar ouders staken hun hand op. Hood niet. Hij was bang dat Kako hem zou gaan vragen wat hij zich daarvan herinnerde en hij had geen zin om over James LaVigne en Batman te beginnen.

'Om uw geheugen wat op te frissen,' ging ze verder, 'en voor onze nieuwe gasten, zal ik u eerst iets vertellen over het deel van het VN-complex waar we straks naar binnen gaan.'

De gids legde uit dat de Veiligheidsraad, het machtigste orgaan van de Verenigde Naties, primair verantwoordelijk is voor het handhaven van de internationale vrede en veiligheid.

'Vijf invloedrijke landen, waaronder de Verenigde Staten, zijn permanent lid,' zei ze. 'Samen met tien andere die voor een periode van twee jaar zijn gekozen. Vanavond zullen uw kinderen optreden voor de ambassadeurs van deze landen en hun hogere medewerkers.

Zoals de naam al aangeeft is de Economische en Sociale Raad een forum voor het bespreken van internationale economische en sociale aangelegenheden,' ging de jonge vrouw verder. 'De raad ijvert ook voor de mensenrechten en de elementaire vrijheden. De Trustschapsraad, die in 1994 zijn activiteiten heeft gestaakt, hielp allerlei gebieden zelfbestuur of onafhankelijkheid te bereiken: als zelfstandige natie of als deel van andere naties.'

Even kwam het in Hood op dat het fascinerend moest zijn om de leiding over deze organisatie te hebben. De vrede bewaren hierbinnen, tussen de verschillende afgezanten, moest wel net zo'n uitdaging zijn als de vrede bewaren in de buitenwereld. Alsof ze zijn gedachten had geraden, liet Sharon haar vingers tussen de zijne glijden en pakte zijn hand stevig vast. Hij liet het idee varen.

De groep kwam nu langs een groot venster op de begane grond dat uitzicht bood op het grote plein. Buiten stond een schrijn in Shinto-stijl, waarin de Japanse vredesklok was opgehangen. Die was gegoten uit munten en metaal, die door mensen uit zestig verschillende landen waren geschonken. Vlak voorbij het raam kwam de lobby uit op een brede gang. Recht voor hen bevonden zich de liften die de VN-diplomaten en hun medewerkers gebruikten. Rechts van hen stond een aantal vitrines. De gids leidde hen daarnaartoe. Er zaten overblijfselen in uit Hiroshima: gesmolten blikjes, verschroeide schooluniformen en dakpannen, gesmolten flessen en een zwaargeschonden stenen beeldje van Sint-Agnes. De Japanse gids beschreef de vernietigende kracht en de enorme hitte van de schokgolf.

Bij Hood en bij Barbara's vader Hal Mathis, wiens vader was gesneuveld op Okinawa, bracht de expositie ontroering teweeg. Hood wilde dat Bob Herbert en Mike Rodgers van de partij waren geweest. Rodgers zou de gids hebben gevraagd of ze nu de Pearl Harbor-expositie mochten zien, die tentoonstelling over dat bombardement dat werd uitgevoerd toen Japan en Amerika niét in oorlog waren. Omdat de jonge vrouw nog maar een jaar of twintig was, vroeg Hood zich af of ze begrepen zou hebben waarom die vraag werd gesteld. Herbert zou al herrie zijn gaan schoppen voordat ze zelfs maar tot hier waren gekomen. De chef Inlichtingen had in 1983 zijn beide benen verloren tijdens de bomaanslag op de ambassade van de Verenigde Staten in Beiroet. Hij had zijn leven weer op orde weten te krijgen, maar hij was geen vergevingsgezind mens. In dit geval zou Hood hem dat niet kwalijk hebben genomen. Een van de VN-publicaties die Hood even had doorgebladerd in de souvenirwinkel, omschreef Pearl Harbor als 'de aanval van Hirohito' en wekte daarmee de indruk dat het Japanse volk geen enkele schuld droeg aan die misdadige aanval. Zelfs de politiek veel correctere Hood vond dit herschrijven van de geschiedenis erg verontrustend.

Nadat ze de Hiroshima-tentoonstelling hadden bekeken, ging de groep met twee roltrappen naar de hogergelegen lobby. Links zagen ze de drie auditoria, waarvan die van de Veiligheidsraad de laatste was. De ouders werden naar de oude persruimte aan de overkant van de hal geleid. Er stond een bewaker voor de deur, een lid van de VN-veiligheidstroepen. De Afro-Amerikaanse man had een lichtblauw overhemd met korte mouwen aan, een blauwgrijze pantalon met een zwarte streep langs zijn beide benen en een marineblauwe pet. Op zijn naamplaatje stond DILLON. Toen hij hen zag aankomen, maakte Dillon de deur open en liet hen binnen.

Tegenwoordig werken de verslaggevers over het algemeen in de van de laatste technische snufjes voorziene televisieperskamers in de langwerpige glazen ruimten aan weerszijden van het auditorium van de Veiligheidsraad. Deze zijn te bereiken via een gang tussen het auditorium van de Veiligheidsraad en dat van de ECOSOC. In de jaren vijftig was het echter deze ruime, L-vormige zaal zonder vensters geweest die het hart had gevormd van het VN-mediacentrum. Het eerste deel van de zaal stond vol oude bureaus, telefoons, een paar oude computerterminals en afgedankte faxapparaten. In de tweede helft van het vertrek, de kortste kant van de L, stonden een paar leren banken en vier televisiemonitoren. Verder waren er ook een grote muurkast met voorraden en een toilet. Meestal vertoonden de monitoren beelden van de discussie die op dat moment gaande was in de Veiligheidsraad of de ECOSOC. Door een koptelefoon op te zetten en een ander kanaal te kiezen konden de toeschouwers de besprekingen volgen in elke taal die ze maar wilden. Vanavond zouden ze de toespraak van mevrouw Chatterjee kunnen horen, gevolgd door het recital. Op een paar tafeltjes aan het uiteinde van het vertrek stonden schalen met sandwiches en een grote koffiemachine. Daarnaast stond een kleine koelkast met frisdrankjes.

Nadat ze de ouders had bedankt voor hun medewerking bracht Kako hen heel beleefd nog even in herinnering wat er in de brief had gestaan en wat de vertegenwoordiger van de Verenigde Naties die hen gisteravond was komen opzoeken, ook al had verteld. Om veiligheidsredenen zouden ze tijdens de gehele duur van de bijeenkomst hier in dit vertrek moeten blijven. Ze zei dat ze om halfnegen hun kinderen hierheen kwam brengen. Hood vroeg zich af of de bewaker bij de deur was opgesteld om toeristen buiten te houden of hen binnen.

Hood en Sharon liepen naar het tafeltje met sandwiches.

Een van de mannen wees op de bordjes en het plastic bestek. 'Nou zien we eens wat er gebeurt als de Verenigde Staten hun rekening niet betalen,' zei hij.

De Washingtonse politieman had het over de miljardenschuld van de Verenigde Staten aan de Verenigde Naties. Dat was het gevolg van het ongenoegen van de Amerikaanse Senaat over wat hij had gekenschetst als chronische verspilling, fraude en misbruik van fondsen bij de Verenigde Naties. De belangrijkste aanklacht was dat het geld dat bestemd was voor de VN-vredesmissies werd gebruikt om het militaire vermogen van deelnemende landen te vergroten.

Hood lachte beleefd. Hij had geen zin om na te denken over groot geld, grote overheidsorganisaties en dollardiplomatie. Zijn vrouw en hij hadden vandaag een goede dag gehad. Na die eerste gespannen avond in New York had Sharon haar best gedaan om zich te ontspannen. Op Liberty Island had ze genoten van de plezierige najaarszon en zich geërgerd aan de drukte. Ze was blij geweest met Alexanders opgetogen reactie omdat hij niet alleen alle technische gegevens over het Vrijheidsbeeld te weten was gekomen, maar daarna ook nog eens een hele avond alleen werd gelaten met de videospelletjes van het Sheraton Hotel en een doos niet al te voedzaam eten uit een saladebar op 7th Avenue. Hood had geen zin om dat allemaal te laten bederven door opgesloten zitten, negatieve opmerkingen over Amerika of goedkoop bestek.

Harleigh mocht dan de katalysator zijn van al deze prettige gevoelens, maar noch hun dochter, noch Alexander was de lijm die hen samenbond.

We hebben werkelijk iets samen, hield Hood zichzelf voor terwijl ze wat eten opschepten en op een van de met vinyl beklede banken gingen zitten wachten op het New Yorkse debuut van hun dochter. Hij wilde dat gevoel net zo vasthouden als de manier waarop hij Sharons hand vasthield.

Stevig.

7

Zaterdag, 19.27 uur

New York

Op zaterdagavond is het na zevenen extreem druk op Times Square, want dan arriveren de theaterbezoekers van buiten de stad. De zijstraten raken verstopt met auto's, er staan lange files voor de parkeergarages en taxi's en bussen rijden stapvoets door de theaterwijk.

Georgiev had daar rekening mee gehouden bij het plannen van dit deel van de operatie en toen hij eindelijk van 42nd Street af kon slaan naar Bryant Park zat hij ontspannen en vol zelfvertrouwen aan het stuur. De andere teamleden voelden zich ook uitstekend, maar dat was niet verwonderlijk, want als hij niet samen met hen gediend zou hebben en niet met eigen ogen had gezien dat ze ook onder grote druk rustig bleven, zou hij hen nooit voor deze missie hebben gerekruteerd.

Buiten Reynold Downer was de achtenveertig jaar oude voormalige kolonel van het Bulgaarse volksleger het enige teamlid dat alleen op geld uit was. Barone wilde aan geld komen om de mensen thuis te helpen en Sazanka en Vandal hadden allebei een erezaak af te handelen die nog dateerde uit de Tweede Wereldoorlog, een erezaak die met geld op te lossen viel. Georgiev had een ander probleem: hij had bijna tien jaar deel uitgemaakt van de door de CIA gefinancierde ondergrondse in Bulgarije. Hij had zo lang tegen de communisten gevochten dat hij zich niet kon aanpassen aan een tijdperk zonder vijand. Hij was soldaat en verder kon hij niets. Het leger betaalde de soldij niet regelmatig meer uit en hij was nu een heel stuk armer dan in de tijd dat hij in de schaduw van het sovjetrijk leefde en geld van de Amerikanen aannam. Met zijn aandeel in de opbrengst wilde hij een eigen zaak opzetten die olie- en gaswinning ging financieren.

Vanwege Georgievs vertrouwdheid met de tactieken van de CIA en zijn uitstekende beheersing van het Amerikaans-Engels hadden de anderen er geen moeite mee dat hij de leiding had over dit deel van de operatie. Bovendien had hij, toen hij in Cambodja die bordelen had opgezet, al bewezen dat hij een geboren leider was.

Georgiev reed langzaam en voorzichtig en keek vooral goed uit voor overstekende voetgangers. Hij ging niet vlak achter andere auto's hangen. Hij schreeuwde niet tegen snijdende taxichauffeurs. Hij deed helemaal niets wat ertoe zou kunnen leiden dat hij werd aangehouden. Het was een wrange ironie. Hij stond op het punt zo'n enorm vernietigende en bloedige misdaad te plegen dat de wereld die niet snel zou vergeten, maar nu was hij een toonbeeld van rustig en netjes autorijden. In zijn jeugd had Georgiev een tijdje filosoof willen worden en als hij dit allemaal achter de rug had, ging hij daar misschien wel eens iets aan doen. Contrasten fascineerden hem.

Toen hij de dag ervoor deze route reed, had hij op de kruising van 42nd Street en 5th Avenue een politiecamera op een verkeerslicht zien staan. De camera was naar het noorden gericht. Bij 42nd Street en 3rd Avenue stond er nog een, maar dan naar het zuiden gericht. Georgiev en Vandal, die naast hem zat, trokken allebei de zonneklep naar beneden. Als ze het VN-gebouw binnengingen, zouden ze een skimasker ophebben. De politie zou waarschijnlijk de videobanden van alle camera's hier in de omgeving aandachtig bestuderen en hij wilde niet dat iemand een foto van de inzittenden in handen kreeg. Van de verkeerscamera's zou de politie niets wijzer worden. En hoewel de recherche misschien een paar toeristen zou weten te vinden die met hun eigen videocamera toevallig een paar beelden van de bestelwagen hadden opgenomen, had Georgiev het doelwit met opzet benaderd met de ondergaande zon in de rug. Het enige wat welke videotape dan ook geregistreerd kon hebben, was de weerkaatsing van het licht op de voorruit. God zij geloofd en geprezen voor alles wat ze van de CIA hadden geleerd.

Ze kwamen langs de New York Public Library, Grand Central Station en het Chrysler Building en bereikten zonder bijzondere gebeurtenissen 1st Avenue. Georgiev had het zo getimed dat ze voor rood moesten stoppen en er goed op gelet dat ze op de juiste rijstrook stonden. Nadat ze links af waren geslagen zou het VN-gebouw zich aan hun rechterhand bevinden. Snel keek hij even richting het noorden. Het doelwit was nog maar twee zijstraten van hen verwijderd. Vrijwel recht voor zich, achter een rond voorplein en een fontein, zag hij het Secretariaatsgebouw. Het gehele complex werd omgeven door een ijzeren hek van meer dan 2 meter hoog en voor elk van de drie toegangspoorten stond een wachthuisje. Bovendien werd in de straten rondom het complex gesurveilleerd door de New Yorkse politie. Aan de overkant van 1st Avenue, op de hoek met 45th Street, had de politie een commandohokje staan.

Dat had hij allemaal opgemerkt tijdens zijn verkenningstocht van de vorige dag. Bovendien had hij de foto's en video-opnamen die hij al maanden geleden had gemaakt, intensief bestudeerd. Hij kende de plattegrond van dit gebied helemaal uit zijn hoofd en wist zelfs waar de afzonderlijke straatlantaarns en brandweerpaaltjes stonden.

Georgiev wachtte tot het rode voetgangerslicht aan de andere kant van de straat begon te knipperen. Dat wilde zeggen dat het licht over zes seconden op groen zou springen. Toen trok hij zijn zwarte skimasker tussen zijn benen vandaan en zette het op. De andere mannen deden hetzelfde. Ze hadden al dunne witte handschoenen aan, zodat ze geen vingerafdrukken achter zouden laten, maar nog wel hun wapens konden hanteren.

Het licht sprong op groen.

Georgiev gaf een ruk aan het stuur.

8

Zaterdag, 19.30 uur
New York

Ettienne Vandal trok zijn skimasker over zijn gezicht en draaide zich om om de wapens aan te pakken die Sazanka hem toestak. De Japanner zat achter in de bestelwagen, samen met Barone en Downer. De stoelen waren eruit gehaald en in een hoek van de hotelgarage neergezet. De ruiten waren wit geschilderd, zodat ze hun voorbereidingen konden treffen zonder dat iemand er iets van zag. Barone stak zijn twee pistolen in de holsters en pakte een uzi. Hij was ook degene die de rugzak met het traangas en de gasmaskers zou dragen. Als het nodig mocht blijken om zich een weg naar buiten te vechten, zouden ze niet alleen gijzelaars hebben, maar ook traangas.

Het kogelvrije vest dat hij aanhad, maakte het moeilijk om zich erg ver om te draaien, maar Vandal vond wat ongemak minder erg dan het risico van een kogel in zijn lijf. Sazanka gaf hem twee pistolen en een uzi aan.

Downer zat op zijn knieën op de vloer naast de deur aan de linkerzijde van de bestelwagen. Hij had zijn eigen wapens op de vloer gelegd en droeg een Zwitserse B-77-granaatwerper over zijn schouder. Hij had een Amerikaanse M47 Dragon willen hebben, maar dit was het beste wat Ustinoviks had kunnen leveren. Nadat Downer de kort-bereik, lichtgewicht antitankgranaat eens had bekeken, had hij de anderen verzekerd dat het hiermee ook wel zou lukken. Vandal en de andere teamleden hoopten maar dat hij gelijk had. Als dat niet zo was, zouden ze straks dood op straat liggen. Barone stond in elkaar gedoken naast de deur, klaar om die open te trekken.

Vandal had zijn wapens in het hotel al gecheckt en terwijl de bestelwagen snel optrok, bleef hij rustig zitten wachten. Ze hadden zich hier nu al meer dan een jaar op voorbereid, en hijzelf zelfs nog langer. Toen het doelwit in zicht kwam, voelde hij zich kalm en rustig, opgelucht zelfs.

De anderen leken ook heel rustig, vooral Georgiev. Maar die kwam altijd over als een grote, kille machine. Vandal wist maar heel weinig van de man, maar wat hij wel wist, beviel hem niet en hij had weinig respect voor de man. Tot Bulgarije in 1991 een nieuwe grondwet had aangenomen, was het een van de meest repressieve landen van het Oostblok geweest. Georgiev had de CIA geholpen met het rekruteren van informanten binnen het overheidsapparaat. Vandal had daar begrip voor kunnen opbrengen als de man de communistische regering om principiële redenen omver had willen werpen, maar Georgiev had alleen maar voor de CIA gewerkt omdat die goed betaalde. Hoewel hun doel in dit geval hetzelfde was, was dat het verschil tussen een patriot en een landverrader. Volgens Vandal zou een man die zijn land verried er ook geen been in zien om zijn medeplichtigen te verlinken, en Ettienne Vandal wist waarover hij het had. Zijn grootvader was een collaborateur geweest die in een Franse gevangenis was overleden. En Charles Vandal had niet zomaar zijn land verraden. Hij was lid geweest van de verzetsgroep Mulot, die verantwoordelijk was geweest voor het weghalen en verbergen van kunstschatten uit Franse musea voordat de Duitsers die konden leegroven. Charles Vandal had niet alleen Mulot en zijn manschappen verraden, maar de Duitsers ook nog naar een opslagplaats vol Franse kunst geleid.

Nog één zijstraat. De paar toeristen die hier op dit uur nog rondliepen, draaiden zich om en keken naar het met veel te hoge snelheid naderende busje. De wagen schoot langs het VN-bibliotheekgebouw aan de zuidzijde van het plein en scheurde langs het eerste wachthuisje, met zijn verveeld uitziende agenten achter de groengetinte kogelvrije ruiten. Het huisje stond achter het zwarte ijzeren hek dat van de avenue werd gescheiden door een 6 meter breed trottoir. Vanwege de ontvangst van vanavond waren er extra bewakers ingezet en het hek was gesloten, maar dat maakte niet uit. Ze waren nu minder dan 15 meter van hun doelwit.

Georgiev reed langs het tweede wachthuisje, zwenkte om een brandweerpaaltje vlak daarachter heen, maakte een scherpe bocht naar rechts en trapte het gaspedaal zo ver mogelijk in. De wagen schoot over de stoep, raakte een voetganger en walste met het rechtervoorwiel dwars over hem heen. Een paar anderen werden hard opzij gesmeten. Een ogenblik later schoot de bestelwagen door een gaashek van een meter hoog. Het geluid van het metaal dat langs de ruiten schraapte, overstemde het gillen van de gewonde voetgangers. De wagen ploegde nu door een klein tuintje vol bomen en struikgewas en Georgiev gaf een harde ruk aan het stuur om een grote boom te ontwijken. Laaghangende takken sloegen tegen de voorruit en het dak. Sommige braken af en andere zwiepten weer terug toen de wagen voorbij was.

Aan weerszijden van het busje begon de bewaking – agenten van de VN en de New Yorkse politie, en een handjevol mensen van het speciale politiekorps van het ministerie van Buitenlandse Zaken – net te reageren. Met getrokken pistool en portofoon in de hand stroomden ze uit het wachthuis op het voorplein en de politiepost aan de overkant van de straat en renden langs de drie wachthuisjes aan 1st Avenue.

Het kostte het bestelbusje niet meer dan een paar seconden om de heg aan de andere kant van de tuin te bereiken en de mannen achterin zetten zich schrap toen Georgiev hard op de rem trapte. De tuin werd van het ronde voorplein gescheiden door een betonnen muur van een meter hoog en bijna 30 centimeter breed. Daarachter stonden de vlaggenmasten met de vlaggen van de 185 lidstaten. Georgiev en Vandal bukten zich. Ze verwachtten dat de voorruit zou springen. Barone trok de zijdeur open en Sazanka ging plat op de grond liggen, klaar om dekkingsvuur te geven zodra dat nodig mocht blijken. Downer boog zich over hem heen en richtte de granaatwerper op de dikke muur. Hij mikte laag om er zeker van te zijn dat er dicht bij de grond niet nog een richel zou overblijven. Toen haalde hij de trekker over.

Er klonk een oorverdovend gebrul en ineens zat er een 2 meter breed gat in de muur. Een paar grote stukken beton schoten als kanonskogels over het plein. Sommige daarvan belandden in de fontein, andere kwamen stuiterend neer op de oprit. Het grootste deel van het beton spoot echter als een hoge straal 15 meter de lucht in en kwam neer in een hagel van witte splinters. Achter de muur knapten vijf vlaggenmasten vlak bij de grond af. Ze vielen onmiddellijk om en kwamen met een luide en holle dreun op het asfalt neer. Hoewel Vandals oren nog steeds tuitten van de explosie, kon hij het duidelijk horen.

Terwijl het nog betonsplinters regende, gaf Georgiev alweer gas. De timing was nu van het grootste belang. Ze moesten in beweging blijven. Hij stuurde de wagen met brullende motor door de bres in de muur. De rechterzijde van de carrosserie werd opengereten door een scherp stuk beton, maar hij reed gewoon door. Downer was weer achter in de bestelwagen gaan zitten, maar Sazanka lag nog steeds voor de open zijdeur en was gereed om het vuur te openen op iedereen die op hen schoot. Niemand deed dat echter. Toen ze deel uitmaakten van de vredesmacht en voor het eerst over dit project waren gaan nadenken, had het hen niet veel moeite gekost om aan een exemplaar van de richtlijnen voor de VN-politiemacht te komen. Die richtlijnen waren heel duidelijk: niemand mocht individuele actie ondernemen tegen een groep. Waar mogelijk moest de bedreiging door al het beschikbare personeel defensief tegemoet worden getreden, maar voor een offensieve benadering mocht pas worden gekozen als er voldoende eenheden ter plekke waren. Dat was pure VN-filosofie. In de internationale arena had het nooit gewerkt, en hier zou het ook niet werken.

Georgiev reed over het plein naar het noordoosten. Hoewel er grote sterren in de voorruit zaten, hing die nog wel in de sponning. Gelukkig hoefde de Bulgaar niet veel te zien. De wagen schoot over de afrit van het voorplein en hobbelde het gazon op dat naar het gebouw van de Algemene Vergadering leidde. Nu reed Georgiev met hoge snelheid langs de Japanse vredesklok. Terwijl Vandal opnieuw in elkaar dook, reed de bestelwagen door de glazen deuren die toegang gaven tot de kleine lobby. De bestelwagen ramde het standbeeld van El Abrazo de Paz vlak daarachter, een gestileerde menselijke gedaante die 'de vrede omhelsde'. Het standbeeld viel om en het bestelbusje reed zich erop vast. Eindpunt. Maar verder hoefden ze ook niet. Tegen de tijd dat de bewakers en deelnemers aan de receptie merkten dat er iets aan de hand was, waren de vijf mannen al de wagen uit gesprongen. Snel gaf Georgiev een paar vuurstoten op de bewaker naast de gang naar de dienstliften, zodat de jongeman tollend achteroversloeg. Hij was het eerste dodelijke slachtoffer in het VN-gebouw en in het voorbijgaan vroeg Vandal zich af of er voor hem ook een vredesbeeld zou worden opgericht.

De vijf mannen renden de gang door en sprongen op de roltrap, die echter door de beveiligingsmedewerkers al was stopgezet. Daar hadden ze niet op gerekend, maar veel maakte het niet uit. Snel renden ze twee roltrappen op en sloegen toen linksaf. De stilstaande roltrap was de enige tegenstand die tot nu toe was geboden. Zoals Duitsland in 1939 heeft bewezen in Polen en Saddam Hoessein in 1990 in Koeweit, bestaat er geen effectieve verdediging tegen een goedgeplande, bliksemsnelle aanval. Het enige wat de tegenstander kan doen, is zich hergroeperen en dan een tegenaanval inzetten, en in dit geval had dat geen enkele zin.

Binnen anderhalve minuut nadat ze 1st Avenue hadden verlaten, bevonden de vijf mannen zich in het hart van het Secretariaatsgebouw. Ze renden langs de hoge ramen die uitkeken op het voorplein. De fontein was inmiddels ook uitgezet, zodat de politie ongehinderd naar binnen kon kijken. Het verkeer was tot stilstand gebracht en de toeristen werden de zijstraten in geleid. Overal liepen nu politieagenten en beveiligingsmensen.

Sluit het gebouw hermetisch af. Zorg dat het probleem zich niet kan verspreiden, dacht Vandal. Ze waren ook zo voorspelbaar.

Er kwamen nu ook een paar bewakers op hen af rennen. Drie mannen en een vrouw met kogelvrije vesten aan en hun portofoon aan hun oor. Ze hadden hun pistool in de andere hand en waren duidelijk op weg naar het aan de linkerkant van de gang gelegen auditorium van de Veiligheidsraad. Waarschijnlijk moesten ze de afgezanten evacueren, voor het geval die het doelwit vormden.

De jonge bewakers zouden het auditorium echter niet bereiken. Toen ze de indringers zagen, bleven ze staan en zoals iedere soldaat of politieman die nooit een echte gevechtssituatie heeft meegemaakt, vielen ze terug op het enige wat ze kenden: hun opleiding. Uit het veiligheidshandboek van de Verenigde Naties wist Vandal dat ze zouden proberen zich te verspreiden als het tot een confrontatie kwam, zodat ze niet zo'n gemakkelijk doelwit zouden vormen. Indien mogelijk zouden ze daarna dekking zoeken en proberen de tegenstander buiten gevecht te stellen.

Georgiev en Sazanka gaven hen geen kans. Vurend vanaf de heup schoten ze de bewakers een reeks kogels in hun dijbenen, zodat ze vrijwel onmiddellijk tegen de grond sloegen. Hun pistolen en portofoons vielen kletterend op de vloer en terwijl de gewonde bewakers luid lagen te kreunen, liepen de twee mannen een eindje naar voren en schoten alle bewakers een paar kogels in het hoofd. Georgiev pakte twee portofoons op.

'Kom,' riep Vandal, en hij begon te hollen.

Barone en Downer kwamen achter hem aan en met hun vijven renden ze verder het gebouw in. Het enige wat zich nog tussen hen en het auditorium van de Veiligheidsraad bevond, waren vier dode bewakers en een met bloed besmeurde vloer.

9

Zaterdag, 19.34 uur

New York

Alle ouders in het zaaltje hoorden en voelden de klap op de benedenverdieping. Omdat er geen vensters waren, was er geen enkele manier om er zeker van te zijn wat die klap had veroorzaakt of waar die precies had plaatsgevonden.

Het eerste wat in Paul Hood opkwam, was dat er een ontploffing was geweest. Dat was ook de conclusie van enkele andere ouders, die er meteen op uit wilden gaan om te kijken wat er met hun kinderen aan de hand was. Toen kwam meneer Dillon echter binnen. De bewaker vroeg iedereen rustig hier te blijven.

'Ik ben net even aan de overkant van de gang gaan kijken, bij de Veiligheidsraad,' zei hij. 'En de kinderen maken het goed. De meeste diplomaten wachten op de secretaris-generaal. Er komen beveiligingsmensen om de kinderen weg te halen. Daarna worden de diplomaten geëvacueerd en dan bent u aan de beurt. Als u rustig blijft wachten, komt alles prima in orde.'

'Hebt u enig idee wat er is gebeurd?' vroeg een van de ouders.

'Ik weet het niet zeker,' zei meneer Dillon. 'Het ziet ernaar uit dat een bestelwagen het hek heeft geramd en het voorplein op is gereden. Dat heb ik door het raam gezien, maar niemand weet...'

Hij werd onderbroken door een paar gedempte knallen onder hen. Het leken wel schoten. Dillon pakte zijn portofoon.

'Freedom Seven aan basis,' zei hij.

Er klonk een hoop geschreeuw en lawaai. Toen zei een stem: 'Er zijn mensen het gebouw binnengedrongen, Freedom Seven. Ga naar Everest Six, code Rood. Begrepen?'

'Everest Six, code Rood,' zei Dillon. 'Ik ga op weg.' Hij zette de radio uit en liep naar de deur. 'Ik ga terug naar de Veiligheidsraad om daar op de andere bewakers te wachten. Blijft u allemaal hier, alstublieft. Gewoon hier blijven.'

'Hoe lang duurt het voor de andere bewakers er zijn?' riep een van de vaders.

'Een paar minuten,' zei Dillon.

Hij ging weg. De deur viel met een stevige klik in het slot. Op wat geschreeuw buiten het gebouw na was alles stil.

Plotseling liep een van de vaders naar de deur. 'Ik ga mijn dochter halen,' zei hij.

Hood ging tussen de man, die een kop groter was, en de deur staan. 'Niet doen,' zei hij.

'Waarom niet?' vroeg de man boos.

'Omdat de beveiliging, de medische dienst en de brandweer het nu echt niet kunnen hebben dat er allerlei mensen in de weg gaan lopen,' zei Hood. 'Bovendien hebben ze dit een code Rood-situatie genoemd en dat betekent waarschijnlijk dat er iets heel ernstigs aan de hand is.'

'Des te meer reden om onze kinderen daar weg te halen!' riep een van de vaders.

'Nee,' zei Hood. 'Dit is internationaal territorium. De Amerikaanse wet is hier niet van kracht en de bewakers zullen waarschijnlijk het vuur openen op alle onbekenden.'

'Hoe weet u dat nou?'

'Nadat ik uit Los Angeles ben weggegaan, heb ik een tijdlang voor een federale organisatie gewerkt,' zei Hood. 'Ik heb met eigen ogen gezien dat mensen werden neergeschoten omdat ze zich op het verkeerde moment op de verkeerde plek bevonden.'

Een vrouw kwam naar hen toe en pakte de man bij zijn arm. 'Charlie, alsjeblieft. Meneer Hood heeft gelijk. Laat de autoriteiten dit maar afhandelen.'

'Maar onze dochter zit daar,' zei Charlie.

'Die van mij ook,' zei Hood. 'En het zal haar echt niet helpen als ik word doodgeschoten.' Pas toen drong het tot hem door dat Harleigh werkelijk daarbuiten was en dat ze echt in gevaar verkeerde. Hij keek naar Sharon, die rechts van hem in een hoekje stond.

'Paul,' fluisterde ze. 'Ik denk dat we nu bij Harleigh moeten zijn.'

'Dat zal niet lang duren,' zei hij.

Er klonken voetstappen in de gang, gevolgd door het karakteristieke *fup-fup-fup* van een automatic. De schoten werden gevolgd door kletterende geluiden, geschreeuw en gegil en nog meer voetstappen. Daarna werd het stil.

'Aan welke kant zouden die hebben gestaan?' vroeg Charlie tegen niemand in het bijzonder.

Hood wist het niet. Hij liep naar de deur, liet zich op zijn hurken zakken voor het geval iemand het vuur zou openen en wenkte naar alle andere aanwezigen dat ze een eindje achteruit moesten gaan. Daarna stak hij zijn hand omhoog en draaide langzaam de zilverkleurige deurknop om.

Er lagen vier doden in de gang tussen het perszaaltje en de Veiligheidsraad. Het waren VN-beveiligingsmensen, en degenen die hen hadden neergeschoten, wie dat ook mochten zijn, waren verdwenen. Aan de bloedige voetsporen die ze hadden achtergelaten, was echter duidelijk te zien dat ze naar de Veiligheidsraad waren gelopen.

Ineens kwam er een herinnering in hem op. Hij voelde zich als Thomas Davies, een brandweerman met wie hij vroeger in Los Angeles softbal had gespeeld. Op een middag had Davies bericht gekregen dat zijn eigen huis in brand stond. Hij wist wat er aan de hand was, hij wist wat hem te doen stond, maar toch was hij niet in staat geweest om te reageren.

Hood deed de deur dicht en liep naar de tafels.

'Wat was er?' vroeg Charlie.

Hood gaf geen antwoord. Hij probeerde zichzelf in beweging te krijgen.

'Verdomme! Wat is er gebeurd?' riep Charlie.

'Er liggen vier dode bewakers in de gang en degenen die ze hebben neergeschoten zijn de Veiligheidsraad binnengelopen.'

'Mijn kindje!' snikte een van de moeders.

'Ik weet zeker dat hen voorlopig niets zal gebeuren,' zei Hood.

'Ja, en daarnet zei u dat hen niets zou overkomen als wij hier bleven!' riep Charlie.

Charlies woede bracht Hood weer bij zijn positieven. 'Als u naar buiten was gegaan, was u nu dood geweest,' zei hij. 'Meneer Dillon zou u niet hebben binnengelaten en u zou samen met de bewakers zijn doodgeschoten.' Om tot kalmte te komen haalde hij eens diep adem. Daarna trok hij zijn mobiele telefoon uit zijn binnenzak en toetste een nummer in.

'Wie bel je?' vroeg Sharon.

Toen haar man het nummer had ingetoetst, keek hij op en legde even zijn hand op haar wang. 'Iemand die het geen donder kan schelen dat dit internationaal gebied is,' zei hij. 'Iemand die onze dochter terug kan brengen.'

10

Zaterdag, 19.46 uur

Bethesda, Maryland

Mike Rodgers bevond zich in een Gary Cooper-fase. Niet in zijn werkelijke leven, maar in zijn filmbestaan. Hoewel die twee op dit moment heel nauw met elkaar verweven waren.

De voormalige adjunct-directeur van het Op-Center, die nu als directeur ad interim fungeerde, was nooit van zijn leven in de war of onzeker van zichzelf geweest. In de tijd dat hij op de universiteit in het basketbalteam had gespeeld, had hij vier keer zijn neus gebroken: als hij de basket zag, ging hij daar recht op af, ongeacht het aantal spelers van de Torpedo's, de Badgers, de Ironmen, de Trashers of hoe ze ook allemaal geheten mochten hebben, dat hem de weg probeerde te versperren. Hij had twee keer in Vietnam gediend; tijdens de Golfoorlog had hij het bevel gehad over een pantserinfanteriebrigade en alle doelen die hem tijdens die drie dienstperioden waren gesteld, had hij weten te realiseren. Allemaal, stuk voor stuk. Na zijn terugkeer uit Vietnam had hij ook nog de tijd weten te vinden om een doctorsgraad in de historische wetenschappen te halen en tijdens zijn eerste missie met een Striker-team in Noord-Korea had hij met doortastend ingrijpen verhinderd dat een fanatieke Noord-Koreaanse officier een raket met kernlading op Japan afvuurde. Maar nu...

Het was niet alleen Paul Hoods ontslag dat hem zo somber maakte, hoewel dat wel een deel van het probleem vormde. Het was vreemd. Tweeënhalf jaar geleden had Rodgers het moeilijk gevonden onder de man te moeten werken; een burgermannetje dat bij benefietvoorstellingen van filmsterretjes had gezeten terwijl Rodgers Irak uit Koeweit joeg. Maar Hood had bewezen een bekwame en politiek heel handige manager te zijn en Rodgers zou hem missen, als mens en als leider.

Rodgers had een ruimvallend grijs joggingpak en Nikes aan, zat op een leren bank en liet zich nu langzaam onderuitzakken. Nog geen twee weken geleden was hij in de Bekavallei in handen gevallen van gewapende terroristen en de tweede- en derdegraads brandwonden die hij tijdens de folteringen had opgelopen, waren nog niet volkomen geheeld. Net zomin als zijn psychische trauma's.

Rodgers' blik was van het beeldscherm afgedwaald en toen hij weer naar het beeldscherm keek, lag er een diep verdriet in zijn lichtbruine ogen. Hij zat naar *Vera Cruz* te kijken, een van Coopers laatste films. Cooper speelde een voormalige officier uit de Burgeroorlog die als huurling naar het zuiden is getrokken en zich daar aansluit bij de plaatselijke revolutionairen. Kracht, waardigheid en eer, dat was Coop ten voeten uit.

Zo was Mike Rodgers vroeger ook, dacht hij triest.

In Libanon was hij meer dan wat huid en zijn vrijheid kwijtgeraakt. Nadat hij ergens in een grot was vastgebonden en met een snijbrander was bewerkt, was hij zijn zelfvertrouwen kwijtgeraakt. Niet omdat hij bang was geweest dat hij het niet zou overleven, trouwens. Hij was een overtuigd aanhanger van de erecode van de oude vikingen, die ervan uitgingen dat de dood iets was wat al bij je geboorte begon en dat sneuvelen in de strijd de meest eervolle manier was om het onafwendbare einde tegemoet te treden. Net als hoge koorts berooft extreme pijn de geest echter van zijn vermogen tot ordening: de kalme, beheerste beul wordt de stem van de rede die de geest vertelt waar hij rust kan vinden. En Rodgers was dat punt heel dicht genaderd geweest. De terroristen hadden het regionale Op-Center veroverd en hij had hun verteld hoe ze het konden gebruiken.

Daarom had hij nu Gary Cooper nodig. Niet om de wonden in zijn ziel te helen, want dat leek hem niet mogelijk. Hij had gezien waar zijn eigen breekpunt lag en met die kennis, met dat besef van zijn eigen beperkingen, zou hij voortaan moeten leven. Het deed hem denken aan de eerste keer dat hij zijn enkel had verzwikt bij het basketballen en toen had gemerkt dat zoiets niet met een nachtje slapen overging. Daarna was zijn gevoel voor onkwetsbaarheid voor altijd verdwenen.

Een gebroken geest was echter heel wat erger dan een verzwikte enkel.

Nu moest Mike Rodgers opnieuw het zelfvertrouwen zien op te bouwen dat hem in de Bekavallei was ontnomen. Hij moest zichzelf weer mans genoeg weten te maken om het Op-Center te runnen tot de president een opvolger voor Paul Hood had aangewezen. Daarna zou hij dan een paar besluiten kunnen nemen over zijn eigen toekomst.

Hij richtte zijn aandacht weer op het scherm. Films waren altijd een toevluchtsoord voor hem geweest, een bron van geestelijke voeding. Als zijn alcoholistische vader hem weer eens een flink pak slaag had gegeven, niet zomaar wat klappen, maar echt harde, gerichte stompen met de hand waaraan hij zijn grote zegelring van het studentencorps droeg, was de jonge Mike Rodgers altijd op zijn fiets gestapt en naar de plaatselijke bioscoop gereden. Daar had hij zijn kwartje betaald en was dan weggedroomd in een western, een oorlogsfilm of een historisch drama. In de loop der jaren had hij zijn morele besef, zijn leven en zijn carrière gebaseerd op de personages die werden gespeeld door John Wayne, Charlton Heston en Burt Lancaster.

Hij kon zich echter niet herinneren dat een van hen ooit bijna onder foltering was bezweken en daarom voelde hij zich nu heel erg alleen.

Coop had net een Mexicaans meisje gered dat werd misbruikt door muitende soldaten, toen de mobiele telefoon ging. Hij nam op.

'Hallo?'

'Mike, God zij dank dat je thuis bent...'

'Paul?'

'Ja, luister,' zei Hood. 'Ik ben in het VN-gebouw, in de oude persruimte tegenover het auditorium van de Veiligheidsraad. Er zijn hier net vier bewakers neergeschoten in de gang.'

Rodgers ging met een ruk rechtop zitten. 'Door wie?'

'Weet ik niet,' zei Hood. 'Maar het ziet ernaar uit dat de daders het auditorium in zijn gelopen.'

'Waar is Harleigh?' vroeg Rodgers.

'Daarbinnen,' zei Hood. 'Alle muzikanten zijn daar, en de meeste leden van de Veiligheidsraad.'

Rodgers griste de afstandsbediening van het tafeltje, zette de DVD-recorder uit en schakelde over op CNN. Er was een live-uitzending vanaf het VN-terrein aan de gang. Hij kreeg echter niet de indruk dat ze veel benul hadden van wat er aan de hand was.

'Mike, je weet hoe het hier toegaat,' zei Hood. 'Als dit een situatie is met gijzelaars en daders van verschillende nationaliteiten kunnen de Verenigde Naties uren discussiëren over de jurisdictie voordat ze toekomen aan de vraag hoe de gijzelaars moeten worden bevrijd.'

'Begrepen,' zei Rodgers. 'Ik bel Bob en zet hem erop. Ben je mobiel te bereiken?'

'Ja.'

'Hou me zo goed mogelijk op de hoogte,' zei Rodgers.

'Goed,' zei Hood. 'Mike...'

'Paul, wij handelen dit wel af,' stelde Rodgers hem gerust. 'Je weet dat er onmiddellijk na een overval meestal een soort afkoelingsperiode volgt waarin de eisen bekendgemaakt worden en er een poging wordt gedaan om te onderhandelen. We zullen die tijd niet verspillen. Sharon en jij zullen gewoon rustig moeten afwachten.'

Hood bedankte hem en verbrak de verbinding. Rodgers zette het geluid van de tv wat harder en stond langzaam op. De journalist die aan het woord was, had geen idee wie er in het bestelbusje hadden gezeten of waarom ze de VN hadden aangevallen. Er was nog geen officiële verklaring uitgegeven en er was ook geen bericht van de vijf mensen die naar verluidt het auditorium van de Veiligheidsraad waren binnengedrongen.

Rodgers zette de televisie uit en terwijl hij naar zijn slaapkamer liep om zijn kleren aan te trekken, toetste hij het nummer van Bob Herbert in. De chef Inlichtingen van het Op-Center zat in een restaurantje te eten met Andrea Fortelni, de staatssecretaris van Buitenlandse Zaken. Sinds zijn vrouw jaren geleden in Beiroet om het leven was gekomen ging Herbert niet vaak meer uit, maar hij was een chronische inlichtingenverzamelaar en het maakte hem niet uit of die inlichtingen nou betrekking hadden op de regering van andere landen of op die van zijn eigen land. Net zoals in de Japanse film *Rashomon* – naast sushi en *De zeven samoerai* het enige uit dat land wat hij kon waarderen – was er in regeringszaken meestal maar weinig waarheid te vinden. Het was meer een kwestie van wisselende perspectieven. En als echte professional probeerde Herbert altijd over zoveel mogelijk perspectieven te beschikken.

Herbert was echter ook iemand die zijn vrienden en collega's zeer toegedaan was en toen Rodgers hem belde, zei hij dat hij binnen een halfuur bij het Op-Center zou zijn. Rodgers zei dat hij Matt Stoll ook moest laten komen. Ze zouden misschien de computer van de VN moeten binnendringen en Matt was een hacker die zijn gelijke niet kende. De generaal zei dat hij intussen contact zou opnemen met de mensen van het Striker-team en hen zou laten overgaan naar alarmfase Geel voor het geval ze in actie moesten komen. Samen met de rest van het Op-Center had het 21 leden tellende snelle-reactieteam zijn thuisbasis op de FBI-academie in Quantico. Als het nodig was, zouden ze het VN-gebouw ruim binnen een uur kunnen bereiken.

Rodgers hoopte maar dat al die voorzorgsmaatregelen niet nodig zouden zijn. Helaas hadden terroristen die al begonnen met een reeks moorden, echter niets te verliezen door er nog een paar te plegen. Bovendien was terrorisme nu al bijna een halve eeuw volstrekt immuun gebleken voor verzoenende diplomatieke benaderingen in de stijl van de VN.

Hoop, dacht hij bitter. Hoe had die toneelschrijver of geleerde het ook alweer omschreven? Hoop is het gevoel dat het rotgevoel dat je hebt, niet eeuwig zal duren.

Toen hij zijn kleren aanhad, liep hij haastig de avondschemering in en stapte in zijn auto. Zijn eigen zorgen waren vergeten terwijl hij over de George Washington Memorial Parkway naar het Op-Center reed.

Om daar een meisje uit handen van een stel boeven te gaan redden.

11

Zaterdag, 20.37 uur

Luchtmachtbasis Andrews, Maryland

Veertig jaar geleden, tijdens het dieptepunt van de Koude Oorlog, was het onopvallende lage gebouw in de noordoostelijke hoek van luchtmachtbasis Andrews een briefingsruimte geweest voor de elitevliegtuigbemanningen die de Ravens werden genoemd. Zij hadden tot taak gehad om in het geval van een kernaanval de belangrijkste militaire en overheidsfunctionarissen uit Washington D.C. te evacueren en over te brengen naar een ondergrondse schuilkelder in de Blue Ridge Mountains.

Het ivoorkleurige gebouw was echter geen monument uit een ver verleden. Op de voormalige exercitieterreinen waren tuinen aangelegd en de 78 mensen die hier werkten, waren niet allemaal in uniform. Het waren zorgvuldig geselecteerde tactici, generaals, diplomaten, inlichtingendeskundigen, computerspecialisten, psychologen, verkenningsdeskundigen, milieudeskundigen, juristen en persmensen in dienst van het National Crisis Management Center.

Nadat ze onder het toezicht van interim-directeur Bob Herbert twee jaar hadden proefgedraaid, was de voormalige briefingsruimte uitgegroeid tot een hoogtechnologisch operationeel centrum dat erop was ontworpen om bij het afhandelen van binnenlandse en internationale crisissituaties contact te onderhouden met en hulp en bijstand te verlenen aan het Witte Huis, het National Reconnaissance Office, de CIA, het ministerie van Buitenlandse Zaken, het ministerie van Defensie, de militaire inlichtingendienst, de FBI, Interpol en talloze buitenlandse inlichtingendiensten. Door eigenhandig de crises in Noord-Korea en Rusland tot een goed einde te brengen had dit 'Op-Center' bovendien bewezen over unieke kwalificaties te beschikken voor het monitoren, initiëren en managen van wereldwijde operaties.

En dat was allemaal gebeurd tijdens het bewind van Paul Hood.

Generaal Mike Rodgers bracht zijn jeep tot stilstand voor het wachthuisje. Er stapte een wachtpost in het uniform van de luchtmacht naar buiten en hoewel Rodgers niet in uniform was, bracht de sergeant hem voordat hij de metalen slagboom omhoogklapte, toch de militaire groet. Rodgers reed het terrein op.

Paul Hood was degene die de leiding had gehad, maar Rodgers was altijd wel intensief bij alle beslissingen betrokken geweest... en ook bij sommige militaire acties. Hij popelde om deze crisis af te handelen, vooral als het hen zou lukken om dat te doen op de manier die hem het meest vertrouwd was: in het geheim en zonder ruggespraak.

Rodgers zette zijn wagen op het parkeerterrein en liep zo snel als zijn verbanden toelieten, in looppas dus, naar het gebouw, toetste zijn codenummer in op het slot en nadat hij hallo had gezegd tegen de bewakers achter het kogelvrije Lexan-scherm liep hij haastig over de begane grond, die geheel in beslag werd genomen door de afdeling Administratie. De werkelijke activiteiten van het Op-Center vonden plaats in de tegen afluisteren beveiligde ondergrondse ruimten.

Toen hij het zenuwcentrum van het Op-Center binnenliep, zocht Rodgers zich snel een weg door de doolhof van kleine werkhokjes naar de vleugel waar het management was gehuisvest. De kantoren hier lagen in een halve cirkel aan de noordzijde van de ondergrondse ruimte. Zonder zijn eigen kantoor binnen te gaan liep hij naar de vergaderkamer, die door huisjurist Lowell Coffey III ooit 'de tank' was gedoopt.

De wanden, de vloer, de deur en het plafond van de tank waren allemaal bekleed met geluidabsorberende stroken Acoustix. Onder dit grijs-zwartgevlekte materiaal waren verscheidene lagen kurk aangebracht. Daarna kwam er dertig centimeter beton, en daarna weer een laag Acoustix. Diep in het beton, aan alle zes de kanten van de kamer, zaten een paar metalen roosters die voortdurend wisselende pulsen genereerden, zodat geen enkel elektronisch signaal de ruimte in of uit kon. Om via het nummer van zijn mobiele telefoon ook in de tank bereikbaar te kunnen blijven moest Rodgers even blijven staan om die zo in te stellen dat er in de centrale werd doorgeschakeld naar de gewone telefoon op zijn kantoor, die op zijn beurt weer werd doorgeschakeld naar een telefoon in de tank.

Bob Herbert was er al, samen met Coffey, Ann Farris, Liz Gordon en Matt Stoll. Ze hadden allemaal vrij gehad, maar waren hiernaartoe gekomen om de ploeg die de zaken waarnam op zaterdag- en zondagavond, de gelegenheid te geven zich met de reguliere zaken van het Op-Center bezig te houden. Het was duidelijk merkbaar dat alle aanwezigen zich ernstig zorgen maakten.

'Ik stel het op prijs dat jullie allemaal zijn gekomen,' zei Rodgers terwijl hij de kamer binnenliep. Hij deed de deur achter zich dicht en ging aan het hoofd van de langwerpige mahoniehouten tafel zitten. Aan beide uiteinden van de tafel was een computerwerkstation geïnstalleerd en bij elk van de twaalf stoelen stond een telefoon.

'Mike, heb je Paul gesproken?' vroeg Ann.

'Ja.'

'Hoe gaat het met hem?'

'Paul en Sharon maken zich allebei ernstig zorgen,' zei Rodgers kortaf.

De generaal hield zijn gesprekken met Ann altijd zo kort als hij maar kon en oogcontact met haar vermeed hij altijd zo veel mogelijk. Hij hield niet van persmensen en hij had er een hekel aan om mooie verhalen voor hen op te hangen. Volgens hem moest je óf de waarheid vertellen, óf gewoon je mond houden. Wat hem echter vooral niet beviel, was Anns fascinatie voor Paul Hood. Dat was deels een kwestie van moraal – Hood was getrouwd – en deels ook gewoon praktisch. Ze moesten hier allemaal samenwerken. Seksuele gevoelens over en weer waren daarbij onvermijdelijk, maar als Hood in de buurt was, hing Farris altijd de overbezorgde vrouw uit. Als het Ann opviel dat Rodgers haar gedrag niet goedkeurde, dan liet ze dat niet merken.

'Ik heb Paul gezegd dat we hem zouden bellen als we iets te melden hadden,' zei Rodgers, 'maar ik wil niet bellen tenzij het absoluut noodzakelijk is. Als Paul niet wordt geëvacueerd, zou hij wel eens kunnen proberen dichter bij de terroristen te komen en ik wil niet dat zijn telefoon begint te piepen terwijl hij ergens aan een sleutelgat staat te luisteren.'

'En bovendien,' zei Stoll, 'kan iedereen meeluisteren. Die lijn is niet beveiligd.'

Rodgers knikte en richtte zijn aandacht op Herbert. 'Op weg hiernaartoe heb ik kolonel August gebeld. Hij heeft Striker in alarmfase Geel gebracht en zoekt nu even in de database naar gegevens over het VN-gebouw.'

'Dat heeft de CIA toen het werd gebouwd heel grondig in kaart gebracht,' zei Herbert. 'Ik weet zeker dat er een hoop gegevens beschikbaar zijn.'

De goedgeklede jurist Coffey zat links van Rodgers. 'Je moet wel begrijpen, Mike, dat de Verenigde Staten geen enkele jurisdictie hebben op het terrein van de Verenigde Naties,' merkte hij op. 'Zelfs de New Yorkse politie kan het terrein niet betreden, tenzij de VN daar uitdrukkelijk om verzoeken.'

'Dat snap ik,' zei Rodgers.

'Maar kan het je wat schelen?' vroeg Liz Gordon.

Rodgers keek de struise stafpsychologe eens aan. 'Ik maak me alleen maar druk om Harleigh Hood en de andere kinderen daar in het auditorium van de Veiligheidsraad.'

Liz keek alsof ze iets wilde zeggen, maar zich toen bedacht. Het was ook niet nodig. Rodgers kon haar afkeuring ook zo wel zien. Toen hij was teruggekomen uit het Midden-Oosten had ze hem gezegd dat hij zijn woede en wanhoop niet mocht botvieren op andere doelwitten, maar hij had niet het gevoel dat hij daarmee bezig was. Deze mensen, wie het ook mochten zijn, hadden zijn woede ruimschoots verdiend.

'Is er iets bekend over de daders?' vroeg hij aan Herbert, die rechts van hem zat.

Herbert leunde voorover in zijn rolstoel. 'Niets,' zei de kalende chef Inlichtingen. 'De daders zijn met een bestelbusje gekomen. We hebben het nummerbord op tv gezien en het getraceerd naar een autoverhuurbedrijf. De vent aan wie het verhuurd is, een zekere Ilya Gaft, bestaat niet.'

'Hij heeft de baliemedewerker wel een rijbewijs moeten laten zien,' zei Rodgers.

Herbert knikte. 'En dat bleek ook geregistreerd te staan. Tot we zijn dossier opvroegen. Want toen bleek dat er helemaal niet te zijn. Een vervalst rijbewijs is niet moeilijk te krijgen.'

Rodgers knikte.

'Vanwege de receptie was de bewaking in het VN-gebouw vandaag verdriedubbeld,' zei Herbert. 'Ik heb eens naar de gegevens van het feestje van vorig jaar gekeken. Het probleem is dat het meeste beveiligingspersoneel was opgesteld rondom de drie controleposten en op het plein ten noorden van het VN-complex. Deze daders hebben met een granaatwerper een bres in de betonnen muur geslagen en zijn daarna over het voorplein pardoes het gebouw binnengereden. Iedereen die ze tegenkwamen, hebben ze doodgeschoten, en daarna hebben ze zich verschanst in het auditorium van de Veiligheidsraad.'

'En sindsdien is er niets meer van hen vernomen?' vroeg Rodgers.

'Helemaal niets,' zei Herbert. 'Ik heb Darrell gebeld in Spanje en die heeft weer contact opgenomen met iemand van Interpol in Madrid die connecties heeft met mensen van de beveiligingsdienst van de VN. Ze hebben onmiddellijk teruggebeld en zodra ze iets te weten komen over wat er in dat busje is aangetroffen of de wapens die die lui hebben gebruikt, laten ze het ons weten.'

'Hoe zit het met de VN? Hebben die al een verklaring uitgegeven?' vroeg Rodgers aan Ann Farris.

'Nee,' zei zij. 'Ze hebben niets van zich laten horen.'

'Helemaal niets?'

Ann schudde haar hoofd. 'De afdeling Persvoorlichting van de Verenigde Naties is geen snelle-reactieteam.'

'De Verenigde Naties zijn helemaal nooit ergens snel mee,' zei Herbert vol weerzin. 'Dat vriendje van Darrell bij Interpol heeft gebeld. Het is een persoonlijk adjudant van een zekere kolonel Rick Mott, die de leiding heeft over de beveiligingsdienst van de Verenigde Naties. De adjudant zei dat ze nog niet eens de patroonhulzen uit de gang naast het auditorium hebben verzameld, laat staan dat ze hebben gekeken of er vingerafdrukken op zitten of waar die vandaan komen, en dat was 35 minuten nadat deze hele toestand was begonnen. Ze waren zich net aan het opmaken om de banden van de beveiligingscamera's eens te gaan bekijken en daarna hebben ze een besprcking met de secretaris-generaal.'

'Vergaderen, daar zijn ze goed in,' zei Rodgers. 'Hoe zit het met de andere banden?' vroeg hij Ann. 'De tv-maatschappijen zullen iedere toerist die daar met een videocamera heeft rondgelopen, inmiddels wel hebben aangeklampt. Ze hebben natuurlijk beelden van de aanval nodig.'

'Goed idee,' zei Ann. 'Ik laat Mary wel even bellen, hoewel er op dat tijdstip waarschijnlijk niet zo heel veel toeristen waren.'

Ann nam de hoorn op en vroeg haar assistente of ze even wilde kijken wat de televisieomroepen hadden weten te bemachtigen.

'Weet je,' zei Coffey. 'Ik ben er tamelijk zeker van dat de politie in sommige straten van New York surveillancecamera's heeft staan. Ik bel de procureur-generaal wel even.' De jurist stak een hand in de binnenzak van zijn blauwe blazer en trok zijn digitale zakagenda eruit.

Rodgers zat naar het tafelblad te turen. Zowel Ann als Coffey was nu aan het bellen. Maar er gebeurde niet genoeg. Ze moesten méér doen.

'Matt,' zei Rodgers. 'Op een gegeven moment moeten de aanvallers toegang tot de computer van het Bureau Rijvaardigheidsbewijzen hebben gehad.'

'Zo moeilijk is die niet te hacken,' zei Stoll.

'Prima, maar denk je dat er een manier is om erachter te komen wie dat heeft gedaan?' vroeg Rodgers.

'Nee,' zei de corpulente Stoll. 'Zoiets moet je van tevoren zorgvuldig voorbereiden. Je wacht tot ze toeslaan en dan volg je het signaal terug naar zijn oorsprong. Zelfs dan kan een goede hacker het signaal trouwens via terminals in andere steden leiden. Christus, als ze dat echt willen, kunnen ze het zelfs via een paar satellieten laten lopen. En trouwens, misschien hebben ze het wel gewoon laten regelen door iemand die daar werkt.'

'Hij heeft gelijk,' zei Herbert.

Rodgers bleef naar het tafelblad turen. Hij had een geschiedenis nodig, een patroon, iets, het maakte niet uit wat, wat ze konden gebruiken om een profielschets op te stellen. En ze hadden niet veel tijd.

'Ze houden nu al vijf jaar elk jaar zo'n ontvangst,' zei Herbert. 'Misschien is er vorig jaar iemand binnengedrongen. Misschien moeten we maar eens naar de gastenlijst gaan kijken om te zien of...'

Op dat moment begon Rodgers' telefoon te piepen. Hij griste hem van tafel en trok een lelijk gezicht toen hij een hevige pijn onder het verband om zijn rechterbeen voelde.

'Rodgers.'

'Met Paul,' klonk het uit de telefoon.

Rodgers gebaarde dat iedereen zijn mond moest houden, en drukte op het knopje van de luidspreker. 'We zitten in de tank,' zei hij.

'Hebben jullie al iets gehoord?'

'Niets,' zei Rodgers. 'Geen verklaringen, geen eisen. Hoe staat het met jullie?'

'Een minuut geleden is er gebeld,' zei Hood. 'Ze sturen een evacuatieteam. Voordat dat komt, wil ik graag een beeld van de situatie zien te krijgen.'

Het idee dat Hood daar op eigen houtje ging schuimen, beviel Rodgers helemaal niet. Nerveuze beveiligingsmensen die kwamen aanrennen, zouden hem maar al te gemakkelijk voor een terrorist kunnen aanzien. Maar dat wist Paul net zo goed als hij en wat Paul óók wist, was dat het Striker-team nadere informatie nodig had om Harleigh en de andere kinderen te kunnen bevrijden.

'Ik sta bij de deur,' zei Hood. 'Ik hoor voetstappen in de gang. Ik doe de deur open...'

Er viel een lange stilte. Rodgers liet zijn blik over de andere aanwezigen gaan. Iedereen zat met een somber gezicht naar de tafel te kijken. Anns wangen waren rood. Ze moest weten dat iedereen benieuwd was hoe ze op deze situatie zou reageren. Iedereen behalve Rodgers. Die zat te denken hoe graag hij zou willen dat hij daar naast Hood liep, in de hitte van de strijd. Hoe kon de wereld op zijn kop zijn komen te staan? De manager in het veld en de militair aan zijn bureau.

'Wacht even,' zei Hood zachtjes. 'Er gebeurt iets.'

Er viel nog een stilte, deze keer een korte.

'Mike, er komt iemand uit het auditorium van de Veiligheidsraad,' zei Hood. 'O, christus,' zei hij even later. 'Christus.'

12

Reynold Downer stond in de dubbele deuropening van het auditorium. De eikenhouten deuren bevonden zich in de meest noordelijke hoek van de lange achterwand van het auditorium en kwamen uit in een hoek van de gang. Downer, die nog steeds zijn skimasker ophad, had slechts een van de twee deuren opengeduwd.

Vóór Downer stond een slanke man van middelbare leeftijd met een zwart pak aan. Het was de Zweedse gezant Leif Johanson. Hij had één enkel vel papier in zijn trillende handen. Downer had een lok van Johansons blonde haar vastgegrepen en hield de man iets naar achteren getrokken, zodat hij net iets uit balans was. Zijn pistool hield hij tegen Johansons achterhoofd gedrukt. Nu draaide de Australiër de diplomaat opzij, zodat die met zijn rug naar de haakse muur kwam te staan.

Vóór hen stonden een stuk of zes VN-bewakers. De mannen en vrouwen droegen kogelvrije vesten en hadden van dikke vizieren voorziene helmen op. Bovendien hielden ze allemaal hun pistool in de hand. Sommige bewakers stonden te trillen en dat was niet verbazend, want hoewel de lijken van hun dode kameraden waren weggehaald, lag er nog steeds bloed op de vloer.

'Vooruit,' zei Downer in het oor van zijn gevangene.

De man keek op het velletje papier. Terwijl hij voorlas wat erop stond, stond hij te trillen als een espenblad.

'Ik heb opdracht om u op de hoogte te stellen van het volgende,' zei hij zachtjes en met een Zweeds accent.

'Harder!' beval Downer.

'U hebt negentig minuten,' zei de man met luidere stem, 'om 250 miljoen Amerikaanse dollars te storten op rekening VEB-9167781-EPB van de Vereinigte Zürcher Finanzbank. De rekening staat op een valse naam en elke poging om het geld weer van de rekening te halen, zal tot nog meer doden leiden. U moet er ook voor zorgen dat een helikopter met ruimte voor tien personen met draaiende motor en volle brandstoftanks gereedstaat op het voorplein. Om ons van uw blijvende medewerking te verzekeren nemen we een paar passagiers mee. U zult ons via de radio, op de reguliere VNfrequentie, melden wanneer aan beide eisen is voldaan. Doet u dit niet, dan zal er een gijzelaar worden geëxecuteerd, en een uur later nog een. De eerste ben... ikzelf.' De man hield op omdat het papier nu zo hevig trilde dat hij niet meer kon zien wat erop stond. 'Elke poging om de gijzelaars te bevrijden zal ertoe leiden dat er een gifgas vrijkomt waardoor iedereen in het auditorium zal worden gedood.'

Snel trok Downer de man weer naar de open deur en hij zei dat hij het papier moest laten vallen, zodat de bewakers het rekeningnummer konden lezen. Daarna stapten ze naar binnen en gaf hij de Zweed opdracht om de deur dicht te doen. Toen dat was gebeurd, liet hij Johansons haar los. De Zweed stond nu te wankelen op zijn benen.

'Ik... Ik had ervandoor moeten gaan,' mompelde hij. Hij keek naar de deur en stond zich duidelijk af te vragen hoe zijn kansen lagen.

'Handen op je hoofd en lopen jij,' gromde Downer.

De Zweed keek hem eens aan. 'Waarom? Over een uur schiet u me toch dood, of ik nou meewerk of niet.'

'Niet als ze met het geld komen,' zei Downer.

'Dat lukt hen nooit!' riep de Zweed. 'Ze geven jullie niet zomaar een kwart miljard dollar!'

Downer bracht het pistool omhoog. 'Het zou toch jammer zijn als het hen wel lukt en ik je al had doodgeschoten,' zei hij. 'Of als ik jou nu doodschiet en dan over anderhalf uur iemand anders moet nemen.'

Johansons weerspannigheid was nu verdwenen. Langzaam legde de Zweed zijn handen op zijn hoofd en hij begon de trap langs de zuidzijde van het amfitheater af te lopen.

Downer liep een paar passen achter hem. Aan zijn linkerhand stonden met groen fluweel beklede stoelen in twee groepen van elk vijf rijen. Voor het begin van het tijdperk van de intensieve beveiliging had het publiek hier de vergaderingen van de Veiligheidsraad kunnen bekijken. Een ongeveer één meter hoog muurtje scheidde de onderste rij van de eigenlijke zaal. Aan de andere kant van dat muurtje stond een enkele rij stoelen, die waren gereserveerd voor diplomaten uit landen die geen lid waren van de Veiligheidsraad. Achter dit toeschouwersgedeelte van de zaal bevond zich het gedeelte dat voor de Veiligheidsraad zelf was bestemd en dat grotendeels in beslag werd genomen door een grote hoefijzervormige tafel. Binnen in dat hoefijzer stond een smalle, langwerpige tafel. Als de Veiligheidsraad in vergadering was, zaten de gedelegeerden aan de buitenste tafel en de vertalers aan de binnenste. Vanavond zaten de kinderen aan de binnenrand van de hoefijzervormige tafel, de gasten zaten aan de buitenrand en aan de langwerpige tafel in het midden, en de gedelegeerden zaten op de vloer binnen de hoefijzervormige tafel. Toen de Zweed weer tussen hen in ging zitten, keek zijn vriendin, een opvallend knappe jonge vrouw, hen aan vanaf haar plaats aan de tafel. Hij knikte om aan te geven dat alles in orde was.

Achter de tafel, aan weerszijden van de zaal, boden twee ramen van de vloer tot aan het plafond uitzicht op de East River. Het glas was kogelvrij en de groene gordijnen waren dichtgetrokken. Tussen de twee ramen hing een groot schilderij van een feniks die oprijst uit zijn as en die symbool stond voor de wederopbouw na de Tweede Wereldoorlog. Aan weerszijden van de zaal, één verdieping hoger, bevonden zich de glazen wanden van de mediaruimten die de oude correspondentenkamer vervingen.

Barone en Vandal stonden ieder in een hoek van de zaal, naast de ramen. Sazanka stond bij de noordelijke zijdeur en Georgiev was de 'vliegende kiep' die in de zaal rondliep en de vijf extra deuren op de hoofdverdieping in de gaten hield. Op dit moment stond hij in de open zijde van de hoefijzervormige tafel. Net als Downer hadden ze allemaal nog steeds hun skimasker op.

Zodra de Zweed was gaan zitten liep Downer naar Georgiev toe.

'Wie was er daarbuiten?' vroeg die.

'Een stuk of tien dames,' zei Downer.

Die 'dames' waren de VN-veiligheidsmensen, en hij noemde hen zo omdat ze meestal maar wat stonden te kletsen. De bewakers die ze op weg hiernaartoe hadden doodgeschoten, waren ook allemaal 'dames' geweest.

'Geen speciale eenheden,' zei Downer. 'Ze kunnen nog niet eens besluitvaardig optreden als ze zelf in de problemen zitten.'

'Dat zullen ze vanavond wel leren,' zei de Bulgaar.

Hij knikte naar de Zweedse diplomaat. 'Heeft hij precies gezegd wat ik heb opgeschreven?'

Downer knikte.

De Bulgaar keek op zijn horloge. 'Dan hebben ze nog 84 minuten voordat we lijken naar buiten gaan gooien.'

'Denk je echt dat ze over de brug komen?' vroeg Downer zachtjes.

'Niet meteen,' zei Georgiev. 'Dat heb ik de hele tijd al gezegd.' Hij keek snel even naar de tafels en voegde daar toen nuchter aan toe: 'Maar na verloop van tijd wel. Als de stapel steeds hoger wordt en we steeds dichter bij de kinderen komen, dan betalen ze wel.'

13

Paul Hood deed een snelle, schizofrene two-step.
Met ingehouden adem had hij staan luisteren toen de eisen van de terroristen werden voorgelezen. De crisismanager in hem had geen woord, zelfs geen klemtoon, willen missen. Hij wilde geen enkel detail over het hoofd zien waar ze op in zouden kunnen spelen. Maar dat was er niet. De eisen waren duidelijk en aan een strak tijdschema gebonden. Van een 'afkoelingsperiode', zoals Mike het had genoemd, was geen sprake. Daarnet had hij zijn adem ingehouden, en nu de verklaring van de terroristen was voorgelezen, merkte Hood dat hij geen adem kón halen. De crisismanager in hem was vervangen door de vader, een vader die zojuist te weten was gekomen hoe onwaarschijnlijk hoog de prijs voor de vrijlating van zijn dochter was.
Wat er zo onwaarschijnlijk aan was, was niet de hoogte van het bedrag. Uit zijn tijd als bankier wist Hood dat er minstens een miljard dollar aan liquide middelen bij de particuliere banken en financiële overheidsinstellingen lag en als de Verenigde Naties en de federale overheid er echt hun schouders onder zetten was dat zelfs binnen de genoemde tijd wel bij elkaar te krijgen. Dat zou echter niet gebeuren. Om de plaatselijke banken en de Federal Reserve Bank zover te krijgen dat ze hun medewerking verleenden, zou de Amerikaanse overheid zich garant moeten stellen voor de lening. Dat zou ze misschien nog wel doen als de secretaris-generaal daarom zou vragen en zou toezeggen dat de lening gedekt zou worden door het kapitaal van de VN, maar de secretaris-generaal zou waarschijnlijk niet durven uit angst dat ze daarmee landen voor het hoofd zou stoten die toch al vonden dat de Verenigde Staten te veel invloed uitoefenden op de Verenigde Naties. En zelfs als de Verenigde Staten erin zouden toestemmen dat geld te betalen als een deel van hun achterstallige contributiebetalingen, zou het Congres daar toch eerst zijn goedkeuring aan moeten hechten en dat viel binnen anderhalf uur echt niet te regelen, zelfs het bijeenroepen van een buitengewone vergadering zou al meer tijd kosten. Zodra het geld was overgemaakt zouden de terroristen het onmiddellijk

verspreiden via elektronische overboekingen over een groot aantal verschillende rekeningen binnen het systeem en op daarmee verbonden rekeningen van andere banken of beleggingsfondsen. En dan was er geen enkele manier om hen nog tegen te houden. Ze hadden gevraagd om een helikopter met tien zitplaatsen omdat ze van plan waren gijzelaars mee te nemen. Eén per persoon. Dat betekende dus dat er vijf terroristen zouden zijn.

Dat ging allemaal door hem heen in de tijd die hij nodig had om de deur weer dicht te doen. Hij draaide zich om, zodat hij nu de kamer in keek, en wist een klein beetje lucht te krijgen. De andere ouders hadden de eisen ook gehoord en waren de schok nog aan het verwerken. Sharon kwam naast hem staan en keek hem aan. De tranen stroomden over haar wangen. Plotseling was hij iemand anders: de echtgenoot. Een echtgenoot die zich groot moest houden om zijn vrouw te steunen.

De deur ging open en Hood keek om. Een bewaker keek om de deurpost terwijl zijn collega de gang bestreek met zijn wapen.

'Kom mee!' blafte de jongeman. 'Snel en stil,' voegde hij daaraan toe met een wenkend gebaar.

Hood deed een stap opzij toen de ouders een voor een langs kwamen lopen en Sharon bleef bij hem staan. Hij nam haar hand in de zijne, herinnerde zich toen de telefoon in zijn andere hand en bracht die naar zijn mond.

'Mike?' zei hij. 'Ben je er nog?'

'Ja, Paul,' zei Rodgers. 'We hebben het gehoord.'

'We worden ergens anders naartoe gebracht,' zei Hood. 'Ik bel je nog wel.'

'Je kunt ons altijd bereiken,' zei Rodgers.

Hood zette de telefoon uit en stopte hem weer in zijn binnenzak. Toen de laatste ouder de zaal verliet, kneep hij zachtjes even in Sharons hand. Ze liep de kamer uit en hij kwam achter haar aan.

De ouders werden haastig langs het auditorium van de Veiligheidsraad geleid, terug naar de liften. Er klonk wat gesnik en een paar mensen riepen om hun kinderen, maar de bewakers lieten de groep snel doorlopen.

Hood hield nog steeds Sharons hand vast. Waarschijnlijk zonder er erg in te hebben, hield ze haar vingers stevig om de zijne geklemd.

Terwijl ze de liften binnenliepen, zag Hood dat er meer bewakers binnenkwamen. Deze waren uitgerust met 1,80 meter hoge doorzichtige antischokgolfschermen, audioapparatuur en iets wat zo te zien fiberoptische apparatuur was. Ze waren duidelijk van plan om te kijken hoe de gijzelaars werden vastgehouden en om te luisteren of de gijzelnemers misschien iets zouden zeggen wat een aanwijzing zou vormen over hun identiteit. De Verenigde Naties beschikten niet over de tactische knowhow of het personeel dat voor zo'n operatie noodzakelijk was. Het was een consensusgerichte organisatie, geen militaire eenheid.

'Heb je een plan?' vroeg Sharon. 'Je moet wel een plan hebben, hoor. Harleigh is mijn dochter en terwijl ik hier wegloop zit zij daar alleen en bang in die zaal. Ik wil wel weten dat ik niet zomaar wegloop.'

'Je loopt niet zomaar weg,' zei Hood. 'We halen haar er wel uit. Dat beloof ik je.'

Zodra het groepje de grote lobby had bereikt, werden ze naar beneden gebracht. Voor de souvenirwinkeltjes en het restaurant werd een tijdelijke commandopost ingericht. Dat was een goede zet. Als de terroristen over medeplichtigen beschikten, zou het moeilijk voor hen zijn om te volgen wat hier gebeurde en ook de pers zou hier niet zomaar binnen kunnen komen, wat waarschijnlijk ook wel goed was. Gezien de enorme reikwijdte van wat zich hier nu afspeelde, was het onvermijdelijk dat er enorm veel pers op af zou komen en omdat de Verenigde Naties het aantal mensen hier tot een minimum zouden willen beperken, zouden ze waarschijnlijk een klein groepje journalisten selecteren.

De ouders werden naar het restaurant gebracht en daar aan ver van de lobby verwijderde tafeltjes gezet. Ze kregen sandwiches, spawater en koffie aangeboden en een van de vaders stak een sigaret op zonder dat iemand er iets van zei. Niet lang daarna kwamen een paar hoge functionarissen van de bewakingsdiensten om de ouders te vragen wat ze gezien of gehoord hadden terwijl ze in de perskamer zaten. Er waren ook een psycholoog en een arts meegekomen om hen door deze crisis heen te helpen.

Hood had die hulp niet nodig.

Hij zei tegen de chef van de beveiligingsmensen dat hij even naar het toilet ging, stond op, lachte Sharon even moeizaam toe en liep toen om de tafeltjes in de lobby heen naar het toilet. Hij stapte het achterste hokje binnen en belde Mike Rodgers. Terwijl hij daar tegen de tegelwand geleund stond, merkte hij dat zijn overhemd kletsnat was van het zweet en kil aanvoelde.

'Mike?' zei hij.

'Ja.'

'De VN-mensen zijn audiovisuele apparatuur aan het inzetten,' zei Hood. 'We zijn naar beneden gebracht voor verhoor en psychologische ondersteuning.'

'Een klassieke reactie,' zei Rodgers. 'Ze bereiden zich voor op een langdurig beleg.'

'Dat is geen optie,' zei Hood. 'De terroristen willen niet onderhandelen. Ze willen niet dat er iemand uit de gevangenis wordt losgelaten. Ze willen geld. Heeft de VN geen snelle-reactieteam?'

'Ja,' zei Rodgers. 'Het veiligheidsteam van de VN is opgericht in 1977 als speciale eenheid van de beveiligingsdienst. Het heeft negen leden, die van de New Yorkse politie een speciale opleiding in terrorismebestrijding en optreden bij gijzelingen hebben gehad, maar verder over geen enkele ervaring beschikken.'

'Jezus.'

'Ja,' zei Rodgers. 'Maar waarom zou iemand de Verenigde Naties ook iets willen aandoen? Die club is volstrekt onschadelijk. We hebben Darrell aan de andere lijn. Hij zegt dat het beleid van de New Yorkse politie erop gericht is om gijzelnemers het ontsnappen onmogelijk te maken en daarna langdurig te onderhandelen om op die manier te voorkomen dat het tot een uitbarsting komt, en als het toch tot een uitbarsting komt ervoor te zorgen dat die op één plek gelokaliseerd blijft. Zo te horen is dat waar de beveiligingsdienst zich op aan het voorbereiden is.'

Hood voelde zich alsof hij een schop in zijn maag had gehad. Dit ging over de dood van zijn dochter. Dát was wat ze op één plek gelokaliseerd wilden houden.

Darrell heeft ook gebeld met een contactpersoon in het kantoor van de secretaris-generaal,' zei Rodgers. 'Chatterjee is aan het overleggen met diplomaten van de betrokken landen.'

'Wat wil ze dan?' vroeg Hood.

'Op het moment niets. Niemand schijnt ook maar de geringste neiging te hebben om toe te geven aan de eisen van de terroristen. Ze proberen er nog steeds achter te komen wie die mensen zijn. Ze hebben het papier met de tekst die de Zweed heeft voorgelezen, maar het is duidelijk dat die hem is gedicteerd en dat hij die zelf heeft opgeschreven.'

'Dus ze gaan gewoon zitten wachten?'

'Voorlopig wel,' zei Rodgers. 'Zo werken de Verenigde Naties nou eenmaal.'

Hoods verdriet ging over in woede. Hij had het gevoel dat hij zo in eigen persoon het auditorium van de Veiligheidsraad binnen zou kunnen lopen om de terroristen een voor een dood te schieten. In plaats daarvan draaide hij zich om en sloeg met zijn vuist tegen de muur.

'Paul,' zei Rodgers.

Hood had zich zijn hele leven lang nog nooit zo hulpeloos gevoeld.
'Paul, ik heb het Striker-team in alarmfase Geel gebracht.'
Hood leunde met zijn voorhoofd tegen de muur. 'Als je daarop afstuurt, zal de hele wereld – en niet alleen de federale overheid – je opeten en uitschijten.'
'Ik zal maar één woord zeggen,' zei Rodgers. 'Entebbe. In het openbaar heeft de hele wereld de Israelische commando's veroordeeld omdat ze Oeganda waren binnengegaan en die gijzelaars hebben gered uit handen van de Palestijnse terroristen, maar iedereen die het hart op de juiste plaats had, sliep die nacht net een beetje beter dan anders. Paul, het kan me geen ruk schelen wat China, Albanië of de secretaris-generaal, nee, zelfs de president van de Verenigde Staten ervan denkt. Ik wil die kinderen daar weghalen.'
Hood wist niet wat hij moest zeggen. De overgang van alarmfase Geel naar Rood viel niet eens binnen zijn bevoegdheid, maar toch vroeg Rodgers hém om goedkeuring en om de een of andere reden voelde hij zich daardoor diep geroerd.
'Ik sta achter je, Mike,' zei Hood. 'Ik sta achter je en God zegene je.'
'Ga terug naar Sharon en blijf waar je bent,' zei Rodgers. 'Ik beloof je dat we Harleigh daar wel uit weten te krijgen.'
Hood bedankte hem, zette de telefoon uit en stopte hem weer in zijn zak. Mikes woorden hadden de tranen los laten komen die hij al die tijd in bedwang had weten te houden. Met zijn ene wang tegen de koude tegels gedrukt, stond hij daar te snikken. Een minuut later ging de deur van de toiletruimte open. Hood snoof zijn tranen weg, stond op en veegde zijn ogen droog met wat toiletpapier.
Het was vreemd. Hij had Sharon gezegd wat ze wilde horen, dat ze Harleigh zouden redden, hoewel hij dat zelf niet eens helemaal geloofde. Maar toen Mike hetzelfde had gezegd, had Hood hem onmiddellijk geloofd. Hij vroeg zich af of vertrouwen iemand altijd zo gemakkelijk te manipuleren maakte. Een behoefte om te geloven en een zetje om je uit je evenwicht te brengen, meer was er niet nodig.
Hij snoot zijn neus en spoelde het toiletpapier door. Er was echter één verschil, dacht hij terwijl hij het hokje uit liep. Geloof was geloof, maar Mike Rodgers was Mike Rodgers.
En één van die twee had hem nooit in de steek gelaten.

14

Zaterdag, 21.57 uur

Quantico, Virginia

De basis van het Marine Corps in Quantico is een uitgestrekt, landelijk gelegen terrein, waar verschillende militaire eenheden zijn ondergebracht, variërend van het MarCorSysCom, wat staat voor Marine Corps Systems Command, tot het Commandant's Warfighting Laboratory, een geheimzinnige militaire denktank. Quantico wordt beschouwd als het intellectuele centrum van het Marine Corps, waar teams van mensen die met het neologisme 'oorlogvechters' worden aangeduid, in staat gesteld worden tactieken te ontwerpen en te bestuderen en die daarna in realistische gevechtssimulaties uit te testen. Quantico kan bogen op enkele van de mooiste faciliteiten van het Amerikaanse leger: schietbanen voor granaten en wapens van klein kaliber, uitgebreide oefenterreinen voor militaire manoeuvres, stormbanen en terreinen waar aanvallen met lichte wapens kunnen worden geoefend.

Een groot deel van de kernactiviteiten van de basis vindt eigenlijk plaats in Camp Upshur, een trainingskamp ergens op oefenterrein 17, op 40 kilometer ten noordwesten van de basis zelf. Daar zijn de Delta Company, het 4th Light Armoured Reconnaissance Battalion, de 4th Marine Division, en de Striker-divisie van het Op-Center gevestigd, en daar brengen de ondersteunende eenheden van de Marine Reserve de vaardigheden weer op peil die ze zich als rekruten hebben eigen gemaakt. Camp Upshur bestaat uit eenentwintig gebouwen, van klaslokalen tot golfijzeren barakken, en kan onderdak bieden aan maximaal vijfhonderd troepen.

Kolonel Brett August vond het prettig in Quantico en in Camp Upshur vond hij het nog veel prettiger. Hij verdeelde zijn tijd tussen het drillen van zijn Striker-team en het geven van colleges over militaire geschiedenis, strategie en theorie. Hij vond het ook prettig om zijn mensen veeleisende sportwedstrijden te laten houden. Voor hem vormden die niet alleen een fysieke oefening, maar ook een psychologisch experiment. Het was interessant. Hij had het zo geregeld dat de winnaars extra corvee kregen. Vuilnis ophalen, keukendienst en latrines graven. Toch had niemand ooit geprobeerd een partijtje basketbal of football te verliezen. Zelfs aan het wekelijkse watergevecht samen met de kinderen deden ze allemaal geestdriftig mee. In feite had August militairen nog nooit met zo veel genoegen corvee zien doen. Liz Gordon was van plan er een artikel over te schrijven. De voorlopige titel was: 'Het masochisme van de overwinning'.

Op dit ogenblik was August zelf echter degene die leed. Na hun terugkeer van de actie in Spanje was hij door promotie of langverwachte overplaatsingen een aantal van zijn beste mensen kwijtgeraakt. De dagen na die aderlating was hij hard aan het werk geweest met de vier nieuwe krachten. Ze waren net druk bezig geweest met het raken van nachtelijke doelwitten met houwitsers toen generaal Rodgers belde dat ze moesten overgaan naar alarmfase Geel. August had de nieuwe teamleden graag wat meer tijd gegund om met de oude leden te leren werken, maar veel maakte het niet uit, want hij was er inmiddels wel van overtuigd dat de nieuwelingen gereed waren om in actie te komen als dat nodig mocht blijken. De luitenants der tweede klasse John Friendly en Judy Quinn waren twee van de meest geharde militairen die August ooit had gezien, en de soldaten eerste klasse Tim Lucas en Moe Longwood, allebei afkomstig uit de Delta Force, waren respectievelijk de nieuwe communicatiedeskundige en de *hand-to-hand-combat-specialist*. Het was vanzelfsprekend dat er een bepaalde rivaliteit bestond tussen de twee takken van dienst, maar dat was alleen maar goed. Ze zaten allemaal in hetzelfde team en onder vuur waren dergelijke barrières snel geslecht. Wat hun vaardigheden betrof, zouden de nieuwe mensen heel goed bij de ervaren Strikers passen. Op dit moment waren dat sergeant Chick Grey, korporaal Pat Prementine – het jonge genie van de infanterietactiek – soldaat Sondra DeVonne, de zwaargebouwde soldaat Walter Pupshaw, soldaat Jason Scott en soldaat Terrence Newmeyer.

Alarmfase Geel wilde zeggen dat ze in hun volledige uitrusting in de briefingkamer gingen zitten wachten of ze moesten overgaan naar de volgende fase. De briefingkamer bevatte een metalen bureau naast de deur waar vierentwintig uur per dag een sergeant-schrijver was gestationeerd, plus in enkele rijen opgestelde, harde houten stoelen. De hoge omes wilden niet dat de mensen hier zo lekker zouden zitten dat ze in slaap vielen. Verder stonden er nog een oud schoolbord en op een tafeltje daarvoor een computerterminal. Voor het geval men van hun diensten gebruik wilde maken, stond er op een nabijgelegen vliegveldje een Bell LongRanger model 205A-1 met vijftien zitplaatsen warm te draaien voor de dertig minuten durende vlucht naar Luchtmachtbasis Andrews. Rodgers had gezegd dat het VN-gebouw het potentiële doelwit van de Strikers was. De C-130 had een lange startbaan nodig en LaGuardia was het vliegveld dat het dichtste bij het gebouw van de Verenigde Naties lag.

Maar als er één ding was waaraan de lange, slanke kolonel met het magere gezicht echt de pest had, dan was het wel wachten. Dat had hij overgehouden aan zijn tijd in Vietnam. Het gaf hem het gevoel dat hij de situatie niet meer in de hand had. Als krijgsgevangene had hij eindeloos moeten wachten op de volgende ondervraging in het holst van de nacht, het volgende pak slaag, de dood van de zoveelste kameraad. Hij had moeten wachten op het nieuws dat de nieuwkomers in het kamp meebrachten en dat voorzichtig gefluisterd van mond tot mond ging. Het ergste was echter het wachten geweest nadat hij zijn ontsnappingspoging had gegaan. Hij had moeten terugkeren toen zijn metgezel gewond was geraakt en dringend medische hulp nodig had gehad. Hij had nooit meer de kans gekregen om nog een ontsnappingspoging te doen. Daar hadden de Vietnamezen wel voor gezorgd. Hij had moeten wachten tot de schoorvoetende, eindeloos hun gezicht reddende diplomaten in Parijs het eens waren geworden over zijn vrijlating. Niets van dat alles had hem geleerd geduld te oefenen. Het had hem alleen maar geleerd dat wachten iets was voor mensen die geen andere keus hebben. Tegen Liz Gordon had hij ooit gezegd dat wachten de werkelijke definitie was van masochisme.

Het gebouw van de Verenigde Naties stond aan een rivier, en daarom had kolonel August de Strikers hun duikpakken laten meenemen. En omdat ze naar Manhattan gingen, waren ze in burger. Terwijl de tien teamleden hun pakken en apparatuur controleerden, maakte August gebruik van de computer in de briefingkamer om een bezoek te brengen aan de homepage van de Verenigde Naties. Hij had het gebouw nog nooit gezien en wilde een idee krijgen van de plattegrond. Terwijl hij naar de website surfte, bleek het on-linenieuwsbericht over de gijzeling in New York te gaan. August was verbaasd: niet omdat een onpartijdige instelling werd aangevallen door terroristen, maar dat er Amerikaanse troepen paraat moesten zijn. Hij kon zich geen enkel scenario voorstellen waarin Amerikaanse strijdkrachten zouden worden uitgenodigd om bij een dergelijke situatie assistentie te verlenen.

Terwijl hij de keuzemogelijkheden op het menu van de website bekeek, kwamen Sondra DeVonne en Chick Grey achter hem staan. Er waren pictogrammen voor Vrede en Veiligheid, Humanitaire Zaken, Mensenrechten en andere prettige onderwerpen. Hij koos *Databases* om eens te kijken of hij daar soms een plattegrond van dat verdomde gebouw kon vinden. Hij was er niet alleen nooit geweest, maar hij had ook niet de geringste behoefte om er ooit naartoe te gaan. Ondanks al die mooie praatjes over mensenrechten en vrede hadden ze hem en zijn kameraden van de luchtmacht-inlichtingendienst meer dan twee jaar laten wegrotten in een Vietnamese gevangenis.

Er bevond zich een hoop ander materiaal in de databanken. Video-opnamen van bijeenkomsten van de Veiligheidsraad en de Algemene Vergadering, sociale kengetallen, internationale verdragen, landmijnen, het opleidingsprogramma van de vredesmissie. Er zat zelfs een lijst bij met de afkortingen en acroniemen die op de verschillende soorten VN-documenten werden geplaatst en die zelf ook weer werd aangeduid met een acroniem: UN-I-QUE, wat bleek te staan voor UN Info Quest, ofwel de 'zoektocht naar VN-informatie'.

'Ik hoop maar dat Bob meer succes heeft,' zei August. 'Er is nergens een plattegrond te vinden.'

'Misschien beschouwen ze het als een inbreuk op de beveiliging om die te publiceren,' zei DeVonne. Sinds ze bij het Striker-team was gekomen had de aantrekkelijke Afro-Amerikaanse zich geoefend in Geo-Intel, wat stond voor *Geografic Intelligence*, ofwel Geografisch Inlichtingenwerk, wat oorspronkelijk was bestemd voor het voorbereiden van verkenningsmissies, maar tegenwoordig meer en meer werd gebruikt voor het programmeren van intelligente raketten. 'Ik bedoel,' zei ze, 'als ze een gedetailleerde plattegrond zouden publiceren, zou iemand daarmee zonder zelfs maar vanachter zijn bureau op te staan een raketaanval kunnen uitvoeren.'

'Weet je, dat is het probleem met de hedendaagse beveiligingsmaatregelen,' zei Grey. 'Je kunt nog zo'n mooie terreurbestrijding opzetten, maar dan zul je zien dat ze je gewoon op de ouderwetse manier pakken. Iemand met een hoedenspeld of zo'n mes dat je bij het vliegtuigeten krijgt, kan nog steeds een stewardess grijpen en zo een heel vliegtuig kapen.'

'Dat wil niet zeggen dat je het hen gemakkelijk hoeft te maken,' zei DeVonne.

'Nee,' zei Grey instemmend. 'Maar je moet jezelf niet wijsmaken dat al dat moderne gedoe werkelijk zin heeft. Terroristen kunnen nog steeds gaan en staan waar ze maar willen, net zoals een vastberaden moordenaar iedere wereldleider te grazen kan nemen.'

De telefoon begon te piepen en de sergeant van dienst nam op. Het was voor August en de kolonel liep haastig naar het bureau. Als en wanneer ze deze kamer verlieten, zou het team zich onmiddellijk van de beveiligde, mobiele TAC-SAT-telefoons gaan bedienen, maar zolang ze nog hier waren, maakten ze gebruik van de beveiligde telefoonlijnen van de luchtmachtbasis.

'Met kolonel August,' zei hij.

'Brett, met Mike.' In het openbaar spraken de officieren elkaar altijd formeel aan, maar onder elkaar waren het twee mannen die elkaar al sinds hun kindertijd kenden. 'Je kunt erop afgaan.'

'Begrepen. We gaan erop af,' zei August. Hij wierp een snelle blik op zijn team. Ze begonnen hun uitrustingsstukken al bij elkaar te rapen.

'Het missieprofiel geef ik je wel als jullie zijn geland,' zei Rodgers.

'Tot over een halfuur,' antwoordde August, en hij legde de hoorn neer.

Nog geen drie minuten later maakten de Strikers hun veiligheidsriemen vast voor de tocht naar luchtmachtbasis Andrews. Toen de lawaaiige helikopter opsteeg, de nachtelijke hemel tegemoet, dacht August na over iets wat Rodgers had gezegd. Over het algemeen werden de gegevens over de missie via een tegen afluisteren beveiligd grond-luchtmodem doorgeseind. Dat spaarde tijd en maakte het mogelijk om het voorbereidingsproces voort te zetten terwijl het team al in de lucht zat.

Rodgers had gezegd dat hij hun het missieprofiel zou geven zodra ze waren geland. Als dat betekende wat August vermoedde, zou dit een heel wat interessantere en minder conventionele avond worden dan hij had verwacht.

15

Toen de violisten voor het eerst het auditorium van de Veiligheidsraad waren binnengekomen, hadden ze zich opgesteld achter de hoefijzervormige tafel. Hun dirigente, mevrouw Dorn, was net gearriveerd. De 26 jaar oude vrouw had de avond ervoor een recital gegeven in Washington en deze dag het vliegtuig naar New York genomen. Terwijl mevrouw Dorn de partituur doorkeek, stond Harleigh Hood bij de gordijnen voor een van de ramen. Ze keek naar de donker wordende rivier en glimlachte toen ze zag hoe de lichtjes werden weerspiegeld op het water. De heldere, kleurige plekjes deden haar denken aan muzieknoten en ze merkte dat ze zich stond af te vragen waarom die eigenlijk nooit in kleur werden afgedrukt: bijvoorbeeld in een aparte kleur voor elke octaaf.
Harleigh had net de zoom van het gordijn losgelaten toen ze een paar doffe knallen in de gang hoorde. Een paar seconden later werden de dubbele deuren aan de noordzijde van de zaal met een klap opengesmeten en kwamen er gemaskerde mannen naar binnen gerend.
Noch de gedelegeerden, noch hun gasten bewogen zich en ook de in twee rijen opgestelde jonge musici bleven staan waar ze stonden. De enige die zich bewoog, was mevrouw Dorn, die beschermend tussen de kinderen en de indringers ging staan. De gemaskerde mannen hadden het echter te druk om haar op te merken. Ze renden over de gangpaden aan de zijkant van de zaal en omsingelden de gedelegeerden. Geen van de indringers zei iets tot een van de mannen een diplomaat vastgreep en de man met zich meetrok naar het gangpad. De indringer zei iets tegen de man, zo zachtjes dat het wel leek of hij bang was afgeluisterd te worden. De gedelegeerde – hij was een van de diplomaten aan wie de violisten eerder op de dag waren voorgesteld en kwam uit Zweden, maar ze wist niet meer hoe hij heette – zei daarna tegen de groep dat niemand iets zou overkomen zolang ze maar rustig bleven en precies deden wat hun was gezegd. Harleigh vond het niet overtuigend klinken. Zijn boord was al nat van het zweet en terwijl hij hen toesprak, gingen zijn ogen voortdurend heen en weer, alsof hij naar een ontsnappingsroute stond te zoeken.
De indringer zei weer iets tegen de gedelegeerde en de twee man

nen gingen aan de hoefijzervormige tafel zitten. De gedelegeerde kreeg een potlood en een vel papier aangereikt.

Twee indringers controleerden of de ramen en deuren goed dicht zaten en gingen toen op een andere plek staan. Toen een van hen bij het raam had gekeken, had hij vlak naast haar gestaan en Harleigh had zich moeten inhouden om niet iets te zeggen. Ze had de man willen vragen wat ze aan het doen waren. Haar vader had haar altijd gezegd dat een redelijke vraag die op redelijke toon werd gesteld, zelden een boos antwoord uitlokte.

Maar Harleigh rook de scherpe lucht van kruit, of wat het anders ook mocht zijn, die uit de loop van zijn pistool kwam, en ze had het idee dat ze bloedspetters op zijn handschoenen had gezien. De angst had haar de keel dichtgesnoerd en ze had een hevige kramp in haar maag gevoeld. Haar benen waren ook werkelijk gaan trillen, al waren het dan haar dijbeenspieren geweest en niet, zoals het cliché dat wilde, haar knieën. Ze had niets gezegd en daarna was ze kwaad op zichzelf geworden omdat ze niets had gezegd. Als ze haar mond open had gedaan had ze doodgeschoten kunnen worden, maar misschien zouden de indringers ook wel sympathie voor haar hebben opgevat. Misschien zouden ze haar benoemd hebben tot woordvoerder of groepsleider of zoiets en dat zou haar de kans hebben gegeven om zich wat over haar angst heen te zetten. En wat als ze straks allemaal werden doodgeschoten? Niet noodzakelijkerwijs door de terroristen, trouwens. Degenen die hen kwamen redden, zouden ook een flinke ravage kunnen aanrichten. Dan zou haar laatste gedachte zijn dat ze er iets van had moeten zeggen. Terwijl ze hem zag weglopen, had ze bijna toch iets gezegd, maar opnieuw had ze de woorden gewoon niet kunnen uitbrengen.

Kort daarna begon een van de mannen – hij sprak opnieuw heel zachtjes en met een Australisch klinkend accent – mensen weg te halen van rond de tafel. De kinderen waren het eerst aan de beurt. Hij zei dat ze hun instrumenten op de vloer moesten laten liggen en naar hem toe moesten komen.

Harleigh had haar vioolkist al opengemaakt en nam even de tijd om de viool er weer in te leggen. Het was geen klein en verlaat gebaar van protest, en ook al geen test om eens te kijken hoever ze kon gaan. Die viool had ze van haar ouders gekregen en ze wilde niet dat er iets mee gebeurde. Gelukkig had de man het niet gezien of besloten er niet moeilijk over te doen.

Toen Harleigh aan de tafel ging zitten, voelde ze zich heel kwetsbaar en weerloos. Daar in de hoek, bij de gordijnen, had ze zich prettiger gevoeld.

De angst, die daarnet nog heel veranderlijk was geweest, begon nu vaste vorm aan te nemen. Terwijl ze daar zo zat, kreeg ze een rillerig gevoel en ze was bijna opgelucht toen een van de meisjes naast haar heel erg begon te trillen. Arme Laura Sabia. Laura was haar beste vriendin, maar het was altijd al een nerveus type geweest en nu zag ze eruit alsof ze het op een gillen wilde zetten.

Harleigh pakte haar hand vast, keek haar eens aan en lachte haar vriendelijk toe. Het komt wel goed, zei die glimlach.

Het meisje reageerde niet. Ze reageerde wél toen de gemaskerde man naar hen toe kwam lopen. Hij hoefde niets te zeggen, hij hoefde zelfs niet helemaal naar hen toe te komen. Alleen al het feit dat hij hun richting uit liep, maakte haar zo bang dat ze onmiddellijk stil werd.

Harleigh gaf haar nog een vriendelijk klopje en legde haar gevouwen handen op haar buik. Om het trillen te stoppen haalde ze daarna eens diep adem door de neus. Een meisje aan de andere kant van de tafel zag wat ze deed en volgde haar voorbeeld. Een ogenblik later lachte het meisje haar vriendelijk toe en Harleigh lachte terug. Ze begon te leren dat angst net zoiets is als kou. Als je je ontspant, is het minder erg.

Het werd volkomen stil in de grote, holle zaal. Er hing een sfeer van gespannen berusting over de tafel, een besef dat deze stilte elk ogenblik verbroken kon worden. Aan de tafel leken de diplomaten wat onrustiger te zijn dan de musici, waarschijnlijk omdat ze wisten dat zij het meest kwetsbaar waren. De indringers schenen erg boos te zijn dat iemand er niet was, maar Harleigh wist niet over wie het ging. Misschien ging het wel over de secretaris-generaal, die te laat was geweest.

Mevrouw Dorn zat aan het hoofd van de tafel. Ze keek alle violisten een voor een aan om te kijken of het wel goed met hen ging en ieder meisje knikte haar toe. Het was moedig, maar Harleigh wist heel goed dat niemand van hen zich werkelijk goed voelde. In deze akelige omstandigheden bood het besef dat ze allemaal samen in hetzelfde schuitje zaten echter nog wat houvast.

Harleigh meende voetstappen in de gang te horen. Het viel te verwachten dat er bewakingsmensen zouden komen kijken wat er aan de hand was. Ze keek om zich heen om een plek te zoeken waar ze zich zou kunnen verschuilen als er iets gebeurde en het tot een schietpartij kwam. De plek achter de hoefijzervormige tafel leek haar het veiligst. Ze zou er binnen enkele seconden naartoe kunnen rennen en zich eroverheen kunnen laten glijden. Langzaam tilde ze haar knieën op en drukte ze tegen de onderkant van de tafel, zoals ze dat ook altijd op school deed als ze zich verveelde. Als je dat deed, leek het net of de tafel begon te zweven. De tafel ging iets omhoog, wat betekende dat hij niet aan de vloer was bevestigd. Als het nodig was, zouden ze hem omver kunnen gooien en erachter dekking kunnen zoeken.

Terwijl Harleigh erover zat te denken hoe ze zichzelf zouden kunnen verdedigen, voelde ze een hevige scheut van angst. Ze vroeg zich af of dit soms iets te maken zou hebben met haar vader en het Op-Center. Hij had thuis nooit iets over zijn werk gezegd, zelfs niet toen hij daar met haar moeder zo'n ruzie over had gehad. Zou het kunnen dat het Op-Center deze mensen op de een of andere manier iets had misdaan? Tijdens de lessen burgerschapskunde had ze geleerd dat de Verenigde Staten na Israël het grootste doelwit van terrorisme ter wereld waren. De violisten waren de enige Amerikanen hier. Zouden ze het soms op háár gemunt hebben? Wat als ze niet wisten dat haar vader ontslag had genomen? Wat als ze haar wilden gebruiken om hém onder druk te zetten?

Ze begon een brandend gevoel in haar nek en schouders te krijgen en ze voelde het zweet langs haar borstkas naar beneden druppelen. De jurk, die daarnet nog zo elegant en nieuw had aangevoeld, zat nu als een badpak tegen haar lijf geplakt.

Dit is niet echt, dacht ze. Het was iets wat je op het nieuws zag, iets wat andere mensen overkwam. Dit gebouw was toch zeker tegen dit soort dingen beveiligd? Metaaldetectors, beveiligingscamera's, bewakers bij de deur.

Plotseling riep de man die naast de Zweedse gedelegeerde had gezeten, naar de Australiër dat die even bij hem moest komen staan. Na een korte discussie greep de Australiër de Zweed in zijn kraag en trok hem omhoog, hij zette hem het pistool tegen zijn achterhoofd en duwde hem naar de deur.

Harleigh wilde dat ze haar viool bij zich had gehouden, dan had ze daar nu haar armen omheen kunnen slaan en hem strak tegen zich aan kunnen duwen. Ze wist dat haar moeder háár zo kon vasthouden. Mama zou waarschijnlijk in alle staten zijn. Tenzij ze probeerde de andere panische moeders het goede voorbeeld te geven. Waarschijnlijk zou ze dat trouwens wel proberen. Dat zou ze wel van haar moeder hebben geërfd. Toen mama samen met haar en Alexander naar opa en oma was gegaan, had haar vader besloten zijn carrière op te geven om hen niet kwijt te raken. Ze vroeg zich af of hij in staat zou zijn om dit gewoon als de zoveelste crisis te beschouwen en zijn kalmte te bewaren, terwijl zijn dochter een van de gijzelaars was.

De Australiër kwam nu weer terug. Nadat hij de gedelegeerde iets had toegesnauwd, rukte hij hem het vel papier uit handen en duwde hem de trap af. Harleigh nam aan dat ze net iemand een lijstje met eisen hadden gegeven. Ze dacht nu niet langer dat zij het doelwit was. Haar nek voelde weer koel aan. Ze zouden hier inderdaad wel heelhuids uit komen.

De Zweedse gedelegeerde zat naast de andere gedelegeerden op de vloer, met zijn handen op zijn hoofd. Harleigh nam aan dat het tijd was om te wachten. Dat maakte haar niet uit. 'Als mensen praten, schieten ze niet,' had haar vader ooit eens gezegd. Ze hoopte maar dat hij gelijk had.

Ze besloot er verder maar niet over na te denken. In plaats daarvan deed ze zachtjes, heel zachtjes, waarvoor ze hier gekomen was.

Ze neuriede 'Een lied voor de vrede'.

16

Zaterdag, 22.09 uur

Luchtmachtbasis Andrews

Nadat hij de verbinding met kolonel August had verbroken, keek Mike Rodgers eens op de klok op zijn beeldscherm. Over ongeveer vijfentwintig minuten zou de LongRanger op de basis aankomen en tegen die tijd zou de C-130 gereedstaan voor vertrek.

Bob Herbert zat hem boos aan te kijken. 'Mike, luister je wel?'

'Ja,' zei Rodgers. 'Je hebt een team op het verleden van Mala Chatterjee gezet om te zien wie de nieuwe secretaris-generaal in haar hemd zouden willen zetten. Misschien zijn het hindoes die haar kwalijk nemen dat ze zich zo openlijk heeft uitgesproken vóór de vrouwenemancipatie. Voor het geval de terroristen het op Paul gemunt hebben, laat je ook natrekken waar de mensen uithangen die mede door Pauls toedoen in Spanje en Rusland hun doel niet hebben weten te bereiken.'

'Juist,' zei Herbert.

Rodgers knikte en stond langzaam op. Die verdomde verbanden hinderden hem in zijn bewegingen. 'Bob, ik wil dat jij de zaken hier een tijdje waarneemt.'

'Hoezo?' zei Herbert. Het klonk nogal verbaasd. 'Voel je je soms niet goed?'

'Ik voel me prima,' zei Rodgers. 'Ik ga met de Strikers naar New York. Als we daar zijn, zal ik een operationeel centrum nodig hebben, iets dat niet te ver van het VN-gebouw ligt zodat we het ook als uitvalsbasis kunnen gebruiken. De CIA zal daar wel ergens een undercoveradres hebben.'

'Volgens mij zit er een aan de overkant van de straat,' zei Herbert. 'De oostelijke toren van de twee wolkenkrabbers aan het UN Plaza. DSA heet het, geloof ik: het Doyle Shipping Agency. Ze houden een oogje in het zeil op het komen en gaan van alle buitenlandse spionnen die zich voordoen als VN-diplomaten en waarschijnlijk staat er ook afluisterapparatuur opgesteld.'

'Kun je ons daar naar binnen krijgen?'

'Ik denk van wel.' Er lag een wat ongelukkige trek om Herberts mond en hij wierp een snelle blik op Lowell Coffey.

Rodgers merkte het. 'Wat is er?' vroeg hij.

'Mike,' zei Herbert. 'Wat het Striker-team betreft, bevinden we ons hier op glad ijs.'

'Hoezo?' vroeg Rodgers.

Herbert haalde zijn schouders op. 'Op een heleboel manieren.'

'Wees eens wat duidelijker. In moreel opzicht? Wettelijk gezien? Of heb je het soms over de logistieke aspecten?'

'In alle opzichten,' zei Herbert.

'Misschien ben ik wat naïef,' zei Rodgers. 'Maar wat ik hier zie, is een snelle-reactieteam dat een uitgebreide terreurbestrijdingsopleiding achter de rug heeft en dat zich gereed aan het maken is om een stel terroristen uit te schakelen. Wat is daar moreel, wettelijk of logistiek gezien nou zo moeilijk aan?'

Nu was het de jurist Coffey die het woord nam. 'Om te beginnen, Mike, heeft niemand ons om hulp gevraagd. Dat is op zich al ernstig in je nadeel.'

'Toegegeven,' zei Rodgers. 'Ik hoop dat ik dat kan regelen als ik ter plekke ben en de terroristen lijken naar buiten beginnen te gooien. Darrell McCaskey heeft via Interpol contact opgenomen met de beveiligingsmedewerkers van Chatterjee...'

'Op een heel laag niveau,' bracht Herbert hem in herinnering. 'De commandant van de VN-beveiligingsdienst zal weinig waarde hechten aan iets wat een adjudant heeft gehoord van iemand van Interpol in Madrid.'

'Dat weten we niet,' zei Rodgers. 'Jezus, we weten eigenlijk helemaal niets van die commandant. Toch?'

'Mijn medewerkers zijn dossiers aan het doorlezen,' zei Herbert. 'Het is niet iemand met wie we in het verleden veel te maken hebben gehad.'

'Maar toch,' zei Rodgers. 'Hij zit nu in een positie waarin hij waarschijnlijk hulp van buitenaf zal moeten inroepen. Echte, serieuze hulp, van wie dan ook.'

'Maar, Mike, dat is niet het enige probleem,' zei Coffey.

Rodgers keek op zijn computerklok. De helikopter zou binnen twintig minuten ter plekke zijn. Hij had geen tijd voor dit gezeur.

'Landen die geen belang hebben bij de afloop van deze gijzeling, zullen het waarschijnlijk niet op prijs stellen dat een Amerikaans geheim commandoteam door het Secretariaatsgebouw rondloopt.'

'Sinds wanneer maakt het ons iets uit wat de Iraki's en de Fransen ervan vinden?' vroeg Rodgers.

'Het gaat er niet om wat zij ervan vinden,' zei Coffey. 'Het is een kwestie van internationaal recht.'

'Christus, Lowell. Dat recht hebben ze toch net geschonden!' zei Rodgers.

'Dat wil niet zeggen dat wij dat ook kunnen,' zei Coffey. 'Zelfs als wij bereid zijn om inbreuk te maken op het internationale recht, is het wel zo dat alle acties van het Striker-team tot nu toe zijn uitgevoerd binnen het mandaat van het Op-Center, binnen de Amerikaanse wet dus. Om precies te zijn hebben we de toestemming nodig van het Comité van Toezicht van Inlichtingendiensten van het Congres.'

'Ik maak me er geen zorgen over dat ik voor de krijgsraad moet verschijnen, Lowell,' viel Rodgers hem in de rede.

'Het gaat niet om jouw persoonlijke aansprakelijkheid,' zei Coffey, 'maar om het voortbestaan van het Op-Center.'

'Dat ben ik met je eens,' zei Rodgers. 'Het gaat om ons voortbestaan als een effectieve terreurbestrijdingseenheid...'

'Nee,' zei Coffey. 'Het gaat over ons voortbestaan als Amerikaanse overheidsorganisatie. In ons mandaat staat dat we alleen in actie mogen komen als, en ik citeer: "... er sprake is van een duidelijke en onmiddellijke bedreiging van onze federale instellingen, of enig onderdeel daarvan, of van de levens van Amerikanen die in dienst zijn van een dergelijke instelling". Daar is hier geen sprake van. Als jullie daar binnenvallen, raken we in de problemen. Of jullie nou slagen of falen doet niet terzake.'

'Niet voor Paul of de andere ouders daar.'

'Daar heb ik het helemaal niet over!' snauwde Coffey. 'Het gaat over het grotere geheel. Het Amerikaanse publiek zal wild enthousiast zijn. Jezus, ík zal enthousiast zijn. Maar Frankrijk, Irak of weet ik veel welk land dan ook zal druk uitoefenen op de regering om ons op onze donder te geven omdat we buiten ons boekje zijn gegaan.'

'Vooral als de terroristen buitenlanders blijken te zijn en er een paar worden doodgeschoten,' zei Herbert. 'Amerikaanse soldaten die buitenlanders doodschieten op internationaal territorium en dat nog wel voor het oog van alle televisiezenders van de wereld, dat wordt de ondergang van het Op-Center.'

'En dat zullen ze niet doen aan de hand van het internationale recht, maar met behulp van de Amerikaanse wet,' voegde Coffey daaraan toe. 'Het Congres zal ons allemaal voor het Comité van Toezicht laten verschijnen. Ze zullen wel moeten. Nog even afgezien van onze carrières, hoeveel levens zullen er in de toekomst nog verloren gaan als ze het Op-Center of zelfs alleen maar het Striker-team opheffen? Hoeveel bedreigingen van de nationale veiligheid zullen we dan niet het hoofd kunnen bieden?'

'Ik kan mijn oren gewoon niet geloven!' zei Rodgers. 'Het gaat hier om kinderen die gegijzeld worden!'

'Helaas,' zei Herbert. 'Hoe boos we daar allemaal ook om mogen zijn, het leven van de gedelegeerden en het dochtertje van Paul Hood vallen niet binnen ons mandaat. Haar redden is een luxe die we ons niet kunnen veroorloven.'

'Een luxe?' zei Rodgers. 'Jezus, Bob. Wat is dat nou voor een geklets? Je lijkt wel een akela.'

Herbert keek hem woedend aan. 'Mijn vrouw zaliger wás een akela!'

Rodgers keek Herbert eens aan en sloeg toen zijn ogen neer. Het geruis van de airconditioning klonk plotseling heel luid.

'Nu we het er toch over hebben,' ging Herbert verder. 'Mijn vrouw is het slachtoffer geworden van een terreuraanslag. Ik weet hoe je je voelt, Mike. Die machteloze woede. Ik weet hoe Paul en Sharon zich voelen. En ik weet óók dat Lowell gelijk heeft. Bij dit conflict hoort het Op-Center zich afzijdig te houden.'

'Niets doen, dus.'

'Surveillance, tactische hulp en bijstand, morele steun... als we die kunnen bijdragen, dan is dat geen afzijdigheid,' zei Herbert.

'Ook zij die klaarstaan en wachten, dienen hun vaderland,' zei Rodgers.

'Soms wel, ja.' Herbert liet zijn beide handen op de leuningen van zijn rolstoel vallen. 'Anders kunnen we straks echt niets anders meer dan werkeloos toezien. Of erger nog.'

Rodgers wierp even een blik op zijn horloge. Lowell Coffey had een paar treffende juridische argumenten aangevoerd en Rodgers' ongelukkige opmerkingen over Yvonne Herbert hadden haar man het recht gegeven hem eens flink de les te lezen, maar dat wilde nog niet zeggen dat ze gelijk hadden.

'Ik heb nog een kwartier voordat het vliegtuig komt,' zei de generaal zachtjes. 'Bob, ik heb de leiding hier al aan jou overgedragen. Als je me wilt tegenhouden, dan kun je dat doen.' Daarna richtte hij zijn aandacht op Liz Gordon. 'Liz, je kunt verklaren dat ik aan een posttraumatisch stresssyndroom lijd of zoiets, en me ongeschikt voor de dienst laten verklaren. Jullie zeggen het maar en ik zal me erbij neerleggen, maar als jullie dat niet doen, zal ik hier niet werkeloos blijven toezien. Dat kán ik niet. Niet terwijl een bende moordenaars een stel kinderen gegijzeld houdt.'

Langzaam schudde Herbert van nee. 'Zo zwart-wit ligt dit niet, Mike.'

'Daar hebben we het nu niet meer over,' zei Rodgers. 'Ga je me tegenhouden of niet?'

Herbert hield op met nee schudden. 'Nee,' zei hij. 'Ik zal je niet tegenhouden.'

'Mag ik vragen waarom?' vroeg Coffey verontwaardigd.

Herbert zuchtte. 'Ja. Bij de CIA noemden we dat vroeger respect.'

Coffey trok een lelijk gezicht.

'Als een superieur de regels een beetje wilde oprekken, nou, dan deed je dat,' zei Herbert. 'Zolang je ze maar niet zo ver oprekte dat ze braken.'

Coffey leunde achterover. 'Zo'n opmerking zou ik verwachten van de Cosa Nostra, en niet van een Amerikaanse overheidsinstantie,' zei hij mismoedig.

'Als we allemaal zo verdomde deugdzaam waren, zouden we helemaal geen regering nodig hebben,' zei Herbert.

Rodgers keek Liz eens aan. Zij was duidelijk ook niet blij met de situatie.

'Nou?' zei Rodgers.

'Nou, wat?' zei Liz. 'Als Herbert je niet wil tegenhouden, dan ben ik het daar niet mee eens, maar ík zal je hier niet van weerhouden. Op dit moment ben je koppig, ongeduldig en emotioneel, en ben je op zoek naar iemand om op zijn donder te geven voor wat je is aangedaan in de Bekavallei. Maar ongeschikt voor de dienst? Psychologisch gezien kan ik dat niet zeggen. En hoe de zaak wettelijk ligt, tja...'

Rodgers richtte zijn aandacht weer op Herbert. 'Bob, wil je proberen ons toegang te geven tot dat undercoveradres van de CIA?'

Herbert knikte.

Daarna keek Rodgers naar Coffey. 'Lowell, wil jij naar het Comité van Toezicht gaan en vragen of ze een speciale vergadering willen beleggen?'

Coffey hield zijn dunne lippen strak op elkaar geperst en trommelde met zijn gemanicuurde nagels op het tafelblad, maar hij was een professional in hart en nieren. Hij trok zijn manchet iets omhoog en keek op zijn horloge.

'Ik bel senator Warren wel even op zijn mobiele telefoon,' zei hij. 'Die is daar degene die het meest op onze hand is. Maar die mensen zijn doordeweeks al moeilijk te bereiken. In het weekend en dan nog 's nachts...'

'Ik snap het,' zei Rodgers. 'Bedankt. Jij ook, Bob.'

'Dat spreekt toch vanzelf?' zei Herbert.

Terwijl Rodgers zijn aandacht op Matt Stoll en Ann Farris richtte, zat Coffey het telefoonnummer al op te zoeken in zijn organizer. Matt Stoll, het technische genie, zat ingespannen naar zijn gevouwen handen te turen en Ann Farris, de persvoorlichtster, zat met een nietszeggende uitdrukking op haar gezicht stilletjes voor zich uit te staren. Hij dacht dat hij misschien haar goedkeuring wel zou kunnen krijgen omdat hij probeerde Paul Hood te helpen, maar hij ging er niet om vragen. Hij draaide zich om en maakte aanstalten om naar de deur te lopen.

'Mike?' zei Herbert.

Rodgers keek om. 'Ja?'

'Wat je ook nodig mocht hebben, je weet dat je op ons kunt rekenen,' zei Herbert.

'Dat weet ik.'

'Probeer alleen wel het VN-gebouw niet met de grond gelijk te maken,' zei Herbert. 'En dan nog iets.'

'Wat dan?' vroeg Rodgers.

'Ik heb geen zin om ineens directeur van deze ballentent te worden,' zei Herbert met een flauwe glimlach. 'Dus zorg dat je heelhuids terugkomt, al ben je nog zo koppig en ongeduldig.'

'Ik zal het proberen,' zei Rodgers, ook met een flauwe glimlach, terwijl hij de deur opendeed.

Het was niet bepaald de enthousiaste steun en bijval waarop hij had gehoopt, maar terwijl hij tussen de kantoorhokjes door naar de lift rende, voelde hij zich in elk geval niet zo alleen als Gary Cooper in *High Noon*. En dat was op dit ogenblik al heel wat.

17

Zaterdag, 22.11 uur

New York

In zijn korte bestaan was het in juni 1942 opgerichte Office of Strategic Services legendarisch geworden. Het OSS stond onder leiding van William Joseph Donovan, 'Wild Bill', een oorlogsheld uit de Eerste Wereldoorlog, en was verantwoordelijk voor het verzamelen van militaire inlichtingen. Na de oorlog, in 1946, had president Truman de Central Intelligence Group opgericht, die tot taak kreeg om in het buitenland inlichtingen te verzamelen die betrekking hadden op de nationale veiligheid van de Verenigde Staten. Een jaar later was de CIG krachtens de Wet op de Nationale Veiligheid omgedoopt tot Central Intelligence Agency, ofwel CIA. Deze wet verruimde ook het mandaat van de organisatie, zodat die zich nu ook kon gaan bezighouden met contraspionage.

De 32 jaar oude Annabelle Hampton, 'Ani', had het altijd leuk gevonden om spion te zijn. Het werk speelde zich af op een groot aantal verschillende mentale en emotionele niveaus en bracht veel verschillende belevenissen en gewaarwordingen met zich mee. Het kon gevaarlijk zijn, maar de voldoening ervan was navenant. Je had het gevoel dat je onzichtbaar was, maar als je werd betrapt, was je bloter dan bloot. Je had macht over anderen, maar je liep ook het risico gevangengenomen of gedood te worden. Bovendien bracht het werk een hoop planning met zich mee. Je moest je in precies de juiste positie zien te manoeuvreren, geduld hebben en iemand precies op het juiste moment en in de juiste stemming zien te benaderen. Je moest mensen verleiden, vooral geestelijk, maar soms ook met je lijf.

In feite lijkt het nogal op seks, maar het is leuker, dacht ze. Bij het spioneren kun je iemand gewoon uit de weg laten ruimen als je genoeg van hem hebt. Niet dat ze dat ooit had gedaan. Nóg niet, in elk geval.

Ani genoot van het spionnenbestaan omdat ze altijd al een eenling was geweest. Andere kinderen waren niet werkelijk nieuwsgierig geweest. Zij wel. Als kind had ze geprobeerd erachter te komen waar eekhoorns hun holletjes hadden, haar best gedaan om te kunnen toekijken terwijl een vogel een ei legde of zich ingespannen om een konijn te redden van een vos, of om een vos te helpen met het vangen van een konijn. Dat laatste had van haar stemming afgehangen. Ze hield ervan om aan de deur te luisteren als haar vader met zijn vrienden zat te kaarten, haar oma dames op de thee had, of haar broer een afspraakje had met een vriendinnetje. Ze had zelfs een dagboek aangelegd van het 'nieuws' dat ze op die manier had verzameld: welke buurman een zeikerd was, welke tante een vals kreng en welke schoonmoeder zich maar beter eens met haar eigen zaken kon bemoeien. Ani's moeder had het dagboek ooit een keer gevonden en afgepakt, maar dat gaf niets want Ani was wel zo slim geweest om een kopie te maken.

Ani's ouders, Al en Ginny, hadden een damesmodewinkel gehad in Roanoke in Virginia en na school en in het weekend had Ani in de zaak gewerkt. Ze had er een gewoonte van gemaakt om, als ze maar even de tijd had, de klanten heel grondig te bestuderen. Ze probeerde te horen wat ze zeiden om op grond van wat ze aanhadden en hun manier van praten te voorspellen wat ze leuk zouden vinden. Daarna was ze er dan op afgegaan om hen dat aan te smeren. Als ze zorgvuldig en slim was geweest, lukte haar dat dan ook. Het was haar dus meestal gelukt.

Het bespioneren was opgehouden toen de zaak failliet ging. Haar ouders hadden de concurrentie met de grote ketens niet langer aangekund en zich genoodzaakt gezien om bij een van die grote zaken te gaan werken. Ani's fascinatie met het doorgronden en daarna zorgvuldig manipuleren van mensen was echter gebleven. Ze had een beurs gewonnen voor Georgetown University in Washington en was afgestudeerd in de politieke wetenschappen. Omdat het er toentertijd naar uitzag dat Japan en de landen rondom de Pacific in de 21e eeuw het centrum van de wereldeconomie zouden worden, had ze de moderne geschiedenis van Azië als belangrijkste bijvak genomen. Hoewel haar ouders zelf de hoop op een beter leven hadden opgegeven, had Ani hen nog nooit zo trots gezien als toen ze summa cum laude was afgestudeerd. Dat was het moment geweest waarop ze zich had voorgenomen hen nog veel trotser te maken. Toen had Ani besloten dat ze niet alleen CIA-agent zou worden, maar ook dat ze vóór haar veertigste directeur van die organisatie zou zijn.

Na haar afstuderen solliciteerde de slanke, 1,60 meter lange vrouw bij de CIA en werd ze aangenomen, deels vanwege haar voorbeeldige studiecijfers en deels, zoals ze naderhand te weten zou komen, omdat het beruchte mannenbolwerk zo weinig vrouwen in dienst had dat ze bang waren problemen te krijgen met de antidiscriminatievoorschriften. De redenen waarom maakten haar toen echter niet uit. Ze had een plaats in de organisatie weten te veroveren! Officieel had ze gefungeerd als deskundige op het gebied van visumaanvragen in een reeks Amerikaanse ambassades in Azië. Officieus had ze haar vrije tijd gebruikt om contacten te leggen met ontevreden militairen en ambtenaren. Een heleboel mensen hadden ernstig te lijden gehad van de financiële ineenstorting in het midden van de jaren negentig en die mannen en vrouwen zouden misschien wel overgehaald kunnen worden om informatie te leveren in ruil voor geld. Als personeelswerver voor de CIA bleek Ani buitengewoon goed werk te leveren. Vreemd genoeg had ze dat niet aan haar kennis van de Aziatische cultuur en politiek te danken, en zelfs niet aan het feit dat haar ouders waren beroofd van hun aandeel in de voorspoed van Amerika, zodat ze wist hoe ze moest omgaan met mensen die zich verkocht en verraden voelden, maar aan het feit dat ze in staat was emotionele banden met haar rekruten te vermijden. Telkens als het tijd was geweest om iemand op te offeren in ruil voor informatie, had ze geen seconde geaarzeld. Zowel de school als het leven en alles wat ze over geschiedenis had gelezen, hadden haar geleerd dat mensen pionnen zijn van regeringen en legers en dat je niet bang moet zijn om er zo nu en dan eens een op te offeren. Op een bepaalde manier was het niets anders dan tegen vrouwen zeggen dat een bepaalde jas, broek of blouse hen heel goed stond, terwijl ze heel goed wist dat ze er niet uitzagen. De winkel had hun geld hard nodig gehad en ze was vastbesloten geweest dat geld te bemachtigen.

Helaas was Ani er ook achter gekomen dat talent en inzet niet voldoende waren. Hoewel ze alles wat haar was opgedragen goed had gedaan, maakte ze geen promotie en kreeg ze ook al geen hogere beveiligingsclassificatie, zodat ze meer geheime documenten mocht inzien. Nu was het vooroordeel dat de organisatie tegen vrouwen koesterde in haar nadeel gaan werken. Ani was naar Seoel gestuurd om daar gegevens te verzamelen die werden aangeleverd door de mensen die ze had gerekruteerd. Het grootste deel daarvan werd in elektronische vorm overgeseind en ze werd niet eens betrokken bij het interpreteren van de aangeleverde gegevens. Dat werd gedaan door elektronische-inlichtingenteams in het hoofdkantoor van de CIA. Nadat ze zes maanden achter een computer had gezeten, had ze een aanvraag ingediend om te worden overgeplaatst naar Washington, maar in plaats daarvan was het New York geworden en ook daar was ze weer achter de computer gezet.

Vanwege haar ervaring in het buitenland was ze tewerkgesteld in het Doyle Shipping Agency. Die CIA-dekmantel was gevestigd in een kantoor op de derde verdieping van het gebouw aan United Nations Plaza 866. Hun opdracht was het in de gaten houden van enkele belangrijke VN-medewerkers. Het DSA bestond uit een kleine ontvangstruimte met een secretaresse, die er nu, op zaterdagavond, niet was, een kantoortje voor directeur David Battat en een ander kantoortje voor Ani. Er was ook nog een kantoortje voor de twee *floaters* die dit kantoor deelden met een andere dekmantel in Wall Street. Floaters gaan de gangen na van diplomaten die ervan werden verdacht hier in de Verenigde Staten ontmoetingen met spionnen of mogelijke spionnen te hebben. Er lagen ook wapens opgeslagen, van pistolen tot C-4. Die konden worden gebruikt door de floaters of via de diplomatieke post naar het buitenland worden gesmokkeld. Ani's kleine kantoortje met uitzicht op de East River was het zenuwcentrum van de organisatie. Het lag vol met belastingalmanakken, nepdossiers van het DSA en boeken met scheepvaartroosters. In een kast aan het eind van de korte gang stond een computer die was aangesloten op een collectie hoogtechnologische apparatuur.

Het was Ani's taak om de activiteiten van enkele hoge VN-functionarissen in de gaten te houden. Dat deed ze met behulp van afluisterapparatuur die was ontwikkeld door de dienst Wetenschappelijk Onderzoek van de CIA en die in het VN-gebouw werd uitgetest om, zoals Battat het had geformuleerd, de 'bugs' eruit te krijgen. Dat was een geintje van hem, want 'bugs' was ook het Engelse woord voor kevers, en het ging hier letterlijk om mechanische insecten ter grootte van een forse kever. Ze waren gemaakt van titanium en lichtgewicht piëzo-elektrisch keramiek. Dat materiaal was zo licht dat de batterijen slechts heel langzaam leeg zouden raken, zodat de mobiele afluisterapparaatjes jarenlang konden rondzwerven zonder teruggeroepen te hoeven worden. De bugs waren elektronisch afgestemd op de stem van een bepaalde persoon en nadat ze in een gebouw waren losgelaten, hadden ze geen onderhoud nodig. Op hun zes pootjes konden de snelle kevers elk punt in het gebouw binnen twintig minuten bereiken en achter de muren en door de luchtkokers van de airconditioning volgden ze hun doelwit. De haakjes aan hun poten stelden hen in staat verticaal over de meeste oppervlakken te lopen en de stemmen die ze afluisterden werden doorgeseind naar Ani's computer, die de 'bijenkorf' was gedoopt. Om storende achtergrondgeluiden buiten te sluiten, zat Ani er over het algemeen met een koptelefoon op naar te luisteren.

Zeven mobiele bugs in het VN-gebouw hadden de CIA in staat

gesteld om niet alleen een aantal invloedrijke ambassadeurs af te luisteren, maar ook de secretaris-generaal. Omdat alle bugs op dezelfde, zeer smalle, bandbreedte uitzonden, was Ani niet in staat om er meer dan één tegelijk af te luisteren, maar met behulp van de computer wist ze snel van de een naar de ander over te schakelen. De bugs bevatten elk een geluidsgenerator die om de paar seconden een ultrasoon geluid maakte dat erop was ontworpen om roofdieren af te schrikken. Omdat de bugs twee miljoen dollar per stuk kostten, wilde de CIA niet dat ze werden opgegeten door hongerige vleermuizen of andere insecteneters.

Ani was erg boos dat ze hier te werk was gesteld, en dan nog wel op zo'n laag niveau, maar er waren drie lichtpuntjes. Hoewel het werk eentonig was, was dit spionage op zijn allervoordeligst en omdat ze in wezen een voyeur was, genoot ze daarvan. Dat was één. De chef bracht het grootste deel van zijn tijd door in Washington of in het CIA-kantoor in de Amerikaanse ambassade in Moskou, waar hij zich nu ook bevond, zodat zij hier meestal het rijk alleen had. Dat was twee. Het derde lichtpuntje was dit: haar carrière was gefnuikt omdat ze bij het grootste mannenbolwerk van de Verenigde Staten werkte, maar daardoor was ze zich weer gaan herinneren dat je altijd manieren moet zien te vinden om jezelf gelukkig te maken, of je nou dameskleding verkoopt of informatie. Sinds ze in New York was komen wonen had ze belangstelling gekregen voor kunst en muziek, goede restaurants en elegante kleren, voor het goede leven dus. Voor het eerst in haar leven had ze zich doelen gesteld die niets te maken hadden met haar carrière of de vraag of haar ouders er trots op zouden zijn, en dat was een prettig gevoel.

Een héél prettig gevoel.

Vol aandacht zat Ani naar de vergadering te luisteren. Los van alle teleurstellingen moest deze situatie zeer nauwgezet worden gevolgd. En hoewel alles werd opgenomen, zou haar chef een beknopte maar volledige samenvatting willen horen van alles wat er was voorgevallen.

Het was interessant om mensen alleen maar van stem te kennen. Ani had zich aangeleerd tijdens het afluisteren meer aandacht te besteden aan klemtonen, korte stiltes en momenten waarop iemand sneller ging praten dan wanneer ze oog in oog met iemand stond. Het was leuk geweest om meer te weten te komen over de mensen die ze moest afluisteren, vooral over Mala Chatterjee, een van de twee vrouwen in dat gezelschap.

Ani besteedde tegenwoordig meer dan de helft van haar tijd aan de secretaris-generaal. De in New Delhi geboren vrouw was 43 jaar oud en de dochter van Sujit Chatterjee, een van de meest succesvolle filmproducenten van India. Ze was een jurist met een schitterende staat van dienst op het gebied van de mensenrechten. Voordat ze was benoemd tot adjunct-speciaal vertegenwoordiger van de secretaris-generaal met de mensenrechten als werkterrein en Genève als standplaats, had ze als adviseur voor het Centre for International Peacebuilding in Londen gewerkt. In 1997 was ze naar New York verhuisd omdat ze was benoemd tot adjunct-secretaris-generaal voor Sociale Zaken. Haar benoeming tot secretaris-generaal had ze niet alleen te danken aan de wisselvalligheid van de politiek en haar goede uitstraling op televisie, maar ook aan haar uitstekende staat van dienst. Toen ze werd benoemd, was de spanning tussen India en Pakistan snel aan het oplopen. De Indiërs waren heel erg trots op haar benoeming geweest en zelfs toen de kersverse secretaris-generaal naar Islamabad was gegaan om daar met de Pakistaanse regering besprekingen over nucleaire ontwapening te voeren, waren ze dat gebleven, ondanks een groot artikel op de voorpagina van de Engelstalige Pakistaanse krant *Dawn,* waarin werd verklaard dat 'New Delhi laf met zijn ogen is gaan knipperen toen India met totale vernietiging werd bedreigd'.

In haar korte loopbaan als secretaris-generaal had Chatterjee er een gewoonte van gemaakt problemen persoonlijk tegemoet te treden, waarbij ze erop vertrouwde dat ze met haar intelligente en charismatische uitstraling de scherpe kantjes er wel af zou weten te halen. Daarom was dit moment zo opwindend. Ani besefte wel dat er mensenlevens op het spel stonden, en dat liet haar heus niet onberoerd, maar in de afgelopen maanden was ze Chatterjee als een soort vriendin en gerespecteerde collega gaan beschouwen en ze was zeer benieuwd hoe de secretaris-generaal dit zou oplossen. Zodra de CIA was gewaarschuwd dat er een gijzeling aan de gang was, had Ani de bugs gecontroleerd en vastgesteld dat er geen enkele in het auditorium van de Veiligheidsraad aanwezig was.

Chatterjee had een bespreking met de Japanse adjunct-secretaris Takahara, twee ondersecretarissen en haar chef Beveiliging. Ze bevonden zich in de grote conferentieruimte naast haar privé-kantoor. De adjunct-secretaris Administratie en het hoofd Personeelszaken waren eveneens aanwezig. Deze laatste zat samen met zijn medewerkers druk te bellen met de regeringen waarvan de gedelegeerden zich onder de gijzelaars bevonden. Haar adjudant, Enzo Donati, was ook van de partij.

Er was maar heel kort gepraat over de mogelijkheid dat ze het gevraagde bedrag zouden betalen. Zelfs als ze zo veel geld bij elkaar wisten te krijgen, wat zeer te betwijfelen viel, zou de secretaris-generaal niet bij machte zijn om het aan de terroristen over te dragen. In 1973 hadden de VN een beleid uitgestippeld voor losgeld-betalingen in het geval dat er VN-personeel werd gegijzeld. De Veiligheidsraad had voorgesteld dat de betrokken landen in dat geval zelf hun eigen beleid moesten bepalen. De VN zouden zich alleen als onderhandelaar in de zaak mengen. Tweederde van de Algemene Vergadering was daarmee akkoord gegaan.

Tot dusverre had alleen Frankrijk toegezegd zijn deel van het gevraagde losgeld te betalen. De andere landen konden zich daar óf niet op vastleggen zonder eerst formele toestemming van hun regering te krijgen, óf hadden als beleid dat er met terroristen niet werd onderhandeld. De Verenigde Staten, wier gedelegeerde Flora Meriwether zich niet onder de gijzelaars bevond, hadden geweigerd het losgeld te betalen, maar er wel in toegestemd deel te nemen aan de onderhandelingen, als het daartoe mocht komen. Chatterjee en haar medewerkers hadden toegezegd dat ze contact met de betrokken landen zouden opnemen zodra de eerste deadline was verstreken.

Het probleem waar ze nu voor stonden en dat snel opgelost diende te worden, was wie er verantwoordelijk was voor het nemen van beslissingen tijdens deze crisis. Als er alleen maar toeristen werden vastgehouden, zou het Militaire Stafcomité van kolonel Rick Mott volledige zeggenschap hebben gehad. Maar zo lag het niet. Volgens het Handvest van de organisatie konden beslissingen die te maken hadden met de Veiligheidsraad alleen worden genomen door de Veiligheidsraad zelf of door de Algemene Vergadering. Omdat de president van de Veiligheidsraad, de Pool Stanislaw Zintel, zich onder de gegijzelden bevond en omdat de Algemene Vergadering onder deze omstandigheden niet kon worden bijeengeroepen, had Chatterjee besloten dat de secretaris-generaal als voorzitter van de Algemene Vergadering gerechtigd was om te beslissen wat er nu gedaan moest worden.

Ani vermoedde dat dit de eerste keer in de geschiedenis van de VN was dat een beslissing niet door middel van stemming was genomen. En natuurlijk kwam dat door toedoen van een vrouw.

Toen dat eenmaal was besloten, meldde Mott de betrokken functionarissen dat het grootste deel van de VN-beveiligingsmensen was teruggetrokken van het hek om het terrein en nu rondom het auditorium van de Veiligheidsraad was opgesteld. Bovendien bracht hij hen op de hoogte van de mogelijkheden en risico's van een aanval door VN-troepen, alleen of in samenwerking met de eenheid Noodgevallen van de New Yorkse politie, die haar diensten had aangeboden.

'We kunnen geen militaire actie op touw zetten als we geen beeld hebben van de situatie daarbinnen,' zei de kolonel. 'Ik heb twee agenten opgesteld bij de dubbele deuren in het auditorium van de Trustschapsraad, maar helaas hebben de terroristen bewegingsdetectors in de gangen naar de perskamers gezet, dus daar kunnen we geen gebruik van maken. Bovendien hebben ze de beveiligingscamera's in het auditorium uitgeschakeld. We proberen nu met fiberoptische apparatuur poolshoogte te nemen. Er worden twee kleine gaatjes geboord in het plafond van twee gangkasten onder het auditorium, maar helaas zal dat pas lang nadat het ultimatum is verstreken beelden gaan opleveren. We hebben de video-opnamen van de beveiligingscamera's doorgeseind naar Interpol in Londen, Parijs, Madrid en Bonn, en ook naar de politie in Japan, Mexico-Stad en Moskou. We hopen dat iemand daar gelijkenissen zal opmerken tussen deze aanval en iets wat daar ooit eens is voorgevallen.'

'De vraag is, zullen ze werkelijk een van de gijzelaars executeren?' vroeg secretaris-generaal Chatterjee.

'Ik denk van wel,' zei Mott.

'Op grond waarvan denkt u dat?' vroeg iemand. Ani herkende de stem niet, en het accent al evenmin.

'Mijn gezonde verstand,' zei Mott. Aan de manier waarop hij het woord 'verstand' uitsprak, zag Ani gewoon voor zich hoe hij vol machteloze woede naar zijn eigen hoofd wees. 'De terroristen hebben niets te verliezen door nog een moord te plegen.'

'Wat zijn onze opties voordat het ultimatum afloopt?' vroeg Chatterjee.

'Militair gezien?' zei Mott. 'Als het moet, zijn mijn mensen bereid om erop af te gaan zonder dat ze over een beeld van de situatie beschikken.'

'Is uw team gereed voor een dergelijke operatie?' vroeg de secretaris-generaal.

Die vraag kon Ani zelf ook wel beantwoorden. Het team van kolonel Mott was helemaal niet gereed voor een dergelijke actie. Ze zaten met een personeelstekort en waren nooit eerder met iets dergelijks geconfronteerd geweest. Als er een of twee sleutelfiguren buiten gevecht werden gesteld, waren er geen reserves. Het probleem was dat de eenheid net als de rest van het Secretariaat een inkrimping van 25 procent van haar personeelsbestand had ondergaan. Bovendien waren de beste mensen allang overgestapt naar het bedrijfsleven, zoals de bedrijfsbewaking, of naar de politie. Het salaris en de carrièremogelijkheden waren daar veel beter.

'We zijn bereid om erop af te gaan en de impasse te doorbreken,' zei Mott. 'Maar ik zal eerlijk zijn, mevrouw. Als we het auditorium binnendringen met de intentie de terroristen daar weg te halen, is de kans dat er slachtoffers vallen heel groot, en dan heb ik het niet alleen over slachtoffers onder de teamleden, maar ook onder de gedelegeerden en de kinderen.'

'Dat risico kunnen we niet nemen,' zei secretaris-generaal Chatterjee.

'Onze kansen zouden een heel stuk beter zijn als we op de beelden kunnen wachten,' gaf Mott toe.

'Kunnen we geen traangas gebruiken?' vroeg adjunct-secretaris Takahara.

'Het auditorium is een heel grote zaal,' zei Mott. 'Daarom zou het minstens zeventig seconden duren om het gas door de ventilatieroosters naar binnen te laten lopen. Gewoon de deuren openmaken en traangasgranaten naar binnen smijten zal niet zo veel sneller gaan. In beide gevallen geeft dat de terroristen ruim de tijd om hun gasmaskers op te zetten, als ze die bij zich hebben, en daarna een paar ramen stuk te schieten, zodat het gas snel vervliegt, om de gijzelaars dood te schieten zodra ze in de gaten hebben wat er gebeurt of om met de gijzelaars als menselijk schild ergens anders naartoe te gaan. Als ze over gifgas beschikken, zoals ze zelf hebben verklaard, ga ik ervan uit dat ze ook wel gasmaskers bij zich zullen hebben.'

'De gijzelaars gaan er toch aan,' zei een van de ondersecretarissen. Ani had het idee dat het de Portugees Fernando Campos was, een van de weinige haviken naar wie de secretaris-generaal nog wel eens wilde luisteren. 'Als we nu een inval doen, zullen we er in elk geval nog een paar weten te redden.'

'Dat is zo,' zei Mott.

Er klonk een luid geroezemoes op. Secretaris-generaal Chatterjee maande tot stilte en gaf het woord weer aan Mott.

'Ik dring er nogmaals op aan dat we wachten tot we over een paar beelden van het auditorium beschikken,' zei Mott. 'Dan weten we tenminste waar de vijand en de gijzelaars zich bevinden.'

'Die beelden en die extra tijd worden dan gekocht met de levens van gedelegeerden,' zei de man van wie Ani dacht dat het Campos was. 'Ik stel voor een inval te doen en deze zaak snel tot een einde te brengen.'

Chatterjee zette de militaire aspecten van de discussie even opzij en vroeg of Mott nog andere ideeën had. De kolonel zei dat er ook over was gedacht om de luchttoevoer en de elektriciteit af te sluiten of om de airconditioning een paar graden hoger te zetten, zodat de terroristen zich onprettig zouden gaan voelen. Het Militaire Stafcomité en hij waren echter tot de conclusie gekomen dat ze daarmee de terroristen alleen maar zouden provoceren. Hij voegde eraan toe dat ze tot nu toe echter niets beters hadden weten te bedenken.

Er viel een korte stilte. Het viel Ani op dat ze inmiddels nog minder dan dertig minuten de tijd hadden. Ze had sterk het gevoel dat ze wel wist wat Chatterjee nu zou gaan doen: hetzelfde wat ze altijd deed.

'Hoewel ik alle sympathie heb voor de suggesties die kolonel Mott en meneer Campos zojuist hebben gedaan, kunnen we de terroristen niet hun zin geven,' zei Chatterjee uiteindelijk. Haar wat hese stem klonk nu nog zachter dan anders. 'Maar we dienen wél een serieus gebaar te maken om hen te laten merken dat we hen erkennen.'

'Erkennen?' vroeg kolonel Mott.

'Ja,' zei Chatterjee.

'Als wát dan wel?' vroeg Mott op hoge toon. 'Het zijn genadeloze moordenaars...'

'Kolonel, dit is niet het moment voor verontwaardiging,' zei Chatterjee. 'Omdat we de terroristen niet kunnen geven wat ze willen, zullen we hun moeten geven wat we wél hebben.'

'En wat mag dat dan wel zijn?' vroeg Mott.

'Onze nederigheid.'

'God, christus,' mompelde Mott.

'We zitten hier niet bij uw vorige werkgever, het SEAL-team,' zei Chatterjee streng. 'We zullen proberen tot een oplossing te komen door middel van "onderhandeling, bemiddeling, verzoening, arbitrage, minnelijke schikking..."'

'Ik heb het Handvest ook gelezen, mevrouw,' zei Mott. 'Maar voor situaties als deze is dat niet bestemd.'

'Dan passen we het aan,' zei ze. 'De grondhouding is correct. We moeten openlijk erkennen dat het binnen de macht van deze mensen ligt om de kinderen en de gedelegeerden vrij te laten of te vermoorden.'

'Daar zullen we zeker hun respect niet mee winnen,' zei Mott.

'Dat ben ik niet met u eens, kolonel Mott,' zei Takahara. 'Onderwerping heeft in het verleden terroristen soms weten te verzoenen. Maar ik ben wel nieuwsgierig, mevrouw. Hoe wilt u voor hen buigen?'

Takahara wist Ani altijd te verrassen. In de loop der geschiedenis waren Japanse leiders nooit erg verzoeningsgezind geweest – tenzij ze deden alsof ze op vrede aanstuurden en intussen in het geniep een oorlog aan het voorbereiden waren – maar Takahara was heel anders. Hij was een oprechte pacifist.

'Ik ga naar de terroristen toe,' zei Chatterjee. 'Ik zal hen duidelijk maken dat we bereid zijn hen te helpen en tijd vragen om te regelen dat ze hun eisen rechtstreeks aan de betrokken landen kunnen stellen.'

'Daarmee lokt u een langdurige belegering uit,' zei Mott stellig.

'Dat is me liever dan een bloedbad,' zei Chatterjee. 'En bovendien kunnen we maar één ding tegelijk doen. Als we erin slagen de deadline uit te stellen, kunnen we misschien een manier vinden om uit deze impasse te komen.'

'Mag ik u eraan herinneren,' zei Takahara, 'dat de terroristen duidelijk te kennen hebben gegeven dat ze niet zouden reageren op berichten als daar niet in stond dat het geld en de helikopter gereed waren.'

'Het maakt niet uit of ze reageren,' zei Chatterjee. 'Als ze maar luisteren.'

'O, die reageren wel, hoor,' zei Mott. 'Met kogels. Die monsters hebben zich een weg naar binnen geschóten. Ze hebben niets te verliezen door nog een paar mensen af te knallen.'

'Heren,' zei Chatterjee, 'dat losgeld kunnen we niet betalen en ik sta niet toe dat er een aanval op het auditorium wordt gedaan.' Het was Ani maar al te duidelijk dat de secretaris-generaal zich boos en machteloos begon te voelen. 'Wij worden verondersteld de beste diplomaten ter wereld te zijn en op dit moment is diplomatie de enige mogelijkheid die we hebben. Kolonel Mott, gaat u met me mee naar het auditorium?'

'Natuurlijk,' zei de officier.

Hij klonk opgelucht. Het was slim van Chatterjee om daarheen te gaan met een militair naast zich. Zoals Teddy Roosevelt ooit had gezegd: 'Spreek zachtjes, maar zorg dat je een grote stok bij je hebt.'

Ani hoorde wat gehoest en geschuif van stoelen en keek snel even op de klok op haar beeldscherm. De secretaris-generaal had nog maar zeven minuten voordat het ultimatum afliep. Dat was net voldoende om het auditorium te bereiken. De bug zou niet lang daarna ter plekke zijn. Ani zette haar koptelefoon af en bracht haar hand naar de telefoon om David Battat te bellen. De beveiligde lijn liep via een in het bureau weggewerkte TAC-SAT 5.

Net toen ze de hoorn wilde opnemen, begon het toestel te piepen. Ze nam op. Het was Battat.

'Dus je bent er al,' zei hij.

'Ik ben er al,' zei Ani. 'Toen ik hoorde wat er aan de hand was, heb ik onmiddellijk mijn afspraakje afgezegd en ben hiernaartoe gekomen.'

'Brave meid,' zei de 42 jaar oude man uit Atlanta.

De vingers die Ani om de telefoon geklemd hield, werden krijtwit. Battat was niet zo erg als sommige anderen en ze had niet het idee dat hij dit neerbuigend bedoelde. Het was gewoon iets waaraan hij gewend was geraakt bij deze uitsluitend voor mannen onder elkaar bestemde spionnenclub.

'De aanval was net op het nieuws hier,' zei haar chef. 'God, was ik maar in New York! Wat gebeurt er allemaal?'

De jonge vrouw vertelde hem wat secretaris-generaal Chatterjee van plan was. Nadat hij het plan had aangehoord, slaakte Battat een diepe zucht.

'Die Zweed gaat eraan,' zei hij.

'Misschien niet,' zei Ani. 'Chatterjee is heel goed in dit soort dingen.'

'De diplomatie is uitgevonden om de billen van tirannen te poederen en ik heb nog nooit gezien dat dat lang goed bleef gaan,' zei Battat. 'Dat is een van de redenen waarom ik bel. Een minuut of twintig geleden heeft een voormalige medewerker van ons gebeld, een zekere Bob Herbert. Hij werkt tegenwoordig voor het National Crisis Management Center en heeft een plek nodig die zijn Special Weapons And Tactics-team als uitvalsbasis kan gebruiken. Als ze toestemming van hogerop krijgen, willen ze een poging doen om die kinderen daar weg te halen. De jongens hier hebben er geen probleem mee dat ze het DSA daarvoor gebruiken, zolang ze ons er verder maar niet bij betrekken. Over ongeveer anderhalf uur kun je een zekere generaal Mike Rodgers verwachten, samen met kolonel Brett August en zijn manschappen.'

'Jawel, meneer,' zei ze.

Ani verbrak de verbinding en wachtte even voordat ze haar koptelefoon weer opzette. Het nieuws over dat NCMC-team was een verrassing en ze had even tijd nodig om dat te verwerken. Ze had nu al drie uur naar secretaris-generaal Chatterjee zitten luisteren en er was geen woord gezegd over militair ingrijpen door de Verenigde Staten. Ze kon niet geloven dat de VS ooit betrokken zouden raken bij een militaire actie op VN-gebied.

Maar als het waar was, dan zou zij er tenminste bij zijn om te zien hoe alles verliep. Misschien zou ze zelfs wel een handje kunnen helpen bij het opstellen van het aanvalsplan.

Onder normale omstandigheden was het stimulerend om je in het centrum te bevinden van wat de CIA eufemistisch omschreef als 'een gebeurtenis', vooral als er een 'contragebeurtenis' ophanden was. Maar dit waren geen normale omstandigheden.

Ani keek op de monitor en zag daar een gedetailleerde plattegrond van het gebouw waarop de posities van alle bugs stonden aangegeven. Ze keek hoe ver de bug die Chatterjee in de gaten hield al gevorderd was en zag dat het ding de secretaris-generaal binnen een minuut zou hebben ingehaald.

Ze zette de koptelefoon weer op. Dit waren géén normale omstandigheden omdat zich een speciale groep mensen in het VN-gebouw bevond, een groep die ervan afhankelijk was dat zij alles wat de secretaris-generaal zei goed in de gaten hield, een groep die niets te maken had met de CIA, een groep die onder leiding stond van een man die ze had ontmoet terwijl ze in Cambodja op zoek was naar nieuwe rekruten. Een man die in Bulgarije voor de CIA had gewerkt en die net als zij verontwaardigd was over de manier waarop 'de Company' hem had behandeld. Een man die enkele jaren op eigen houtje allerlei internationale contacten had gelegd, al was het dan niet om inlichtingen te verzamelen. Een man die zich niet bekommerde om sekse of nationaliteit, maar alleen maar om iemands capaciteiten.

Dat was de reden waarom Ani vanavond om zeven uur naar haar kantoor was gegaan. Ze was niet gekomen nadat ze het nieuws over de gijzeling had gehoord, zoals ze tegen Battat had gezegd, maar al ruim daarvóór naar haar kantoor gegaan omdat ze voor het begin van de gijzeling op haar post wilde zijn. Als Georgiev via zijn beveiligde telefoon contact met haar opnam, wilde ze er zeker van zijn dat ze hem alle benodigde informatie zou kunnen verschaffen. Ook de bankrekening in Zürich hield ze in de gaten. Zodra het geld was gestort, zou ze het overboeken naar een stuk of tien andere rekeningen over de hele wereld en daarna zou ze het spoor zo goed uitwissen dat geen enkele rechercheur het ooit nog zou weten te vinden.

Georgievs succes zou ook háár succes zijn, en haar succes het succes van haar ouders. Met haar aandeel in de honderd miljoen zouden haar ouders eindelijk in staat zijn om ook hun deel van de Amerikaanse Droom te verwezenlijken.

Het was grappig dat Battat op maar liefst twee punten de plank had misgeslagen. Ani Hampton was geen 'meid', en zelfs als dat wel zo was, dan was ze nog niet wat hij haar had genoemd: 'een brave meid'.

Ze was een heel bijzondere meid.

18

Zaterdag, 22.29 uur

New York

Mala Chatterjee was 1,60 meter lang en reikte maar net tot aan de kin van de officier met het grijze haar die nu iets achter haar liep. De lengte van de secretaris-generaal was echter geen maatstaf voor haar werkelijke formaat. Haar donkere ogen waren groot en glanzend en haar huid was donker en soepel. Haar prachtige zwarte haar hing tot op de schouders van haar fraaie mantelpakje en had van nature hier en daar grijze plekken. Haar enige sieraden waren een horloge en twee kleine, van parels gemaakte oorringen.

In India was er hier en daar luid protest opgeklonken toen ze na haar benoeming ervoor had gekozen om geen sari te dragen. Zelfs haar vader was van streek geweest. Maar zoals Chatterjee net in een interview met *Newsweek* had gezegd: ze was hier voor mensen uit een heleboel landen en van alle geloofsovertuigingen, niet alleen voor mensen uit haar vaderland en haar medehindoes. Gelukkig was er na dat ontwapeningspact met Pakistan niet meer over die sari gezeurd. Ook de zeer uitgesproken klachten van sommige lidstaten dat de Verenigde Naties ervoor hadden gekozen om een zeer mediagenieke secretaris-generaal te benoemen in plaats van een ervaren diplomaat waren daarna verstomd.

Chatterjee had geen ogenblik getwijfeld aan haar vermogen om deze baan aan te kunnen. Ze was nog nooit voor een probleem komen te staan dat niet viel op te lossen door als eerste een verzoenend gebaar te maken. Zo veel conflicten werden alleen maar veroorzaakt door de behoefte van beide partijen om hun gezicht te redden. Als je ervoor zorgde dat dat element uit het probleem werd verwijderd, loste de rest zich vaak vanzelf op.

Terwijl ze samen met kolonel Mott in de lift naar de eerste verdieping stond, klampte Mala Chatterjee zich aan die overtuiging vast. Een aantal zorgvuldig geselecteerde verslaggevers was toegelaten in dit deel van het gebouw en terwijl ze naar het auditorium van de Veiligheidsraad liep, beantwoordde ze een paar vragen.

'We hopen dat deze zaak vreedzaam opgelost kan worden... Het beschermen van de levens van de gijzelaars is onze eerste prioriteit... We bidden om kracht voor de gezinnen van de gijzelaars en de slachtoffers...'

Dergelijke woorden of iets wat daar sterk aan deed denken, had de secretaris-generaal al zo vaak uitgesproken, en op zo veel plekken op de hele wereld, dat ze bijna een soort mantra waren geworden. Maar toch waren ze deze keer anders. Dit was geen situatie waar mensen al jarenlang streden en haatten en stierven. Deze oorlog was nieuw en de vijand was zeer vastberaden. Deze keer kwamen de woorden niet uit het geheugen maar recht uit het hart, en het waren ook niet de enige woorden die in haar opkwamen. Nadat ze de journalisten achter zich had gelaten, liep ze samen met de kolonel langs de *Golden Rule*, ofwel de Gulden Regel, een groot mozaïek dat was gebaseerd op een schilderij van Norman Rockwell. Het was een geschenk van de Verenigde Staten ter gelegenheid van het veertigjarig jubileum van de Verenigde Naties.

'Wat gij niet wilt dat u geschiedt, doe dat ook een ander niet', luidde die Gulden Regel.

Chatterjee hoopte maar dat dat hier ook mogelijk zou blijken.

Naast het auditorium van de Economische en Sociale Raad stonden diplomaten van de leden van de Veiligheidsraad haar op te wachten. Tussen hen en de aangrenzende zaal van de Trustschapsraad stonden 27 bewakers. Samen vormden die de voltallige eenheid waarover kolonel Mott het bevel voerde. Er was ook een team verplegers en artsen van het Medisch Centrum van de universiteit van New York tien straten ten zuiden van het VN-gebouw. Het hele team bestond uit vrijwilligers.

Op een paar meter van de deuren van het auditorium van de Veiligheidsraad bleven de secretaris-generaal en de kolonel staan. De kolonel trok zijn portofoon uit de lus aan zijn riem. Het toestel was al op de juiste frequentie ingesteld. Hij zette het aan en gaf het aan de secretaris-generaal. Chatterjees hand voelde koud aan. Ze keek op haar horloge. Het was halfelf.

Terwijl ze hiernaartoe liep, had ze al gerepeteerd wat ze zou gaan zeggen en dit zo beknopt mogelijk geformuleerd: dit is secretaris-generaal Chatterjee. Is het goed dat ik binnenkom?

Als de terroristen haar binnenlieten en het ultimatum verstreek zonder dat er een dode viel, dan zou er ruimte zijn voor onderhandelingen. Misschien zou ze hen zover weten te krijgen dat ze de kinderen uitwisselden tegen háár. Over wat er verder met haar zou gebeuren had Chatterjee nog niet eens nagedacht. Voor een onderhandelaar is het doel het belangrijkste en zijn de middelen waarmee dat wordt bereikt van secondair belang. Waarheid, leugens, risico's, medelijden, kilhartigheid, vastberadenheid, verleiding, alles was geoorloofd.

Chatterjee hield haar slanke vingers stevig om de portofoon geklemd toen ze het mondstuk naar haar lippen bracht. Ze moest er goed op letten dat ze krachtig maar niet veroordelend overkwam. Ze slikte om ervoor te zorgen dat de woorden niet in haar keel zouden blijven steken. Ze moest goed te verstaan zijn. Ze bevochtigde haar lippen.

'Met secretaris-generaal Mala Chatterjee,' zei ze langzaam. Om de situatie wat minder formeel te maken, had ze besloten ook haar voornaam te noemen. 'Is het goed dat ik binnenkom?'

Er klonk niets dan stilte uit de portofoon. De terroristen hadden verklaard dat ze naar dit kanaal zouden luisteren, dus ze moesten haar gehoord hebben. Chatterjee kon zweren dat ze het hart van kolonel Mott hoorde kloppen in zijn borstkas. Haar eigen hart hoorde ze in elk geval maar al te goed. Het leek wel of er schuurpapier over haar oren werd gehaald.

Toen klonk er een harde knal achter de dubbele deuren van het auditorium van de Veiligheidsraad, en onmiddellijk daarna geschreeuw en gegil. Een ogenblik later werd de dichtstbijzijnde deur opengeduwd en kwam de Zweed naar buiten vallen, zonder zijn achterhoofd.

Dat zat nu tegen de binnenmuur van het auditorium gekleefd.

19

Zaterdag, 22.30 uur
New York

Paul Hood had zijn geestelijk evenwicht weten te hervinden en liep terug naar het restaurant. Net toen hij weer was gaan zitten, kwamen er beveiligingsbeambten van Buitenlandse Zaken binnen. Omdat de ouders allemaal Amerikaans staatsburger waren, had de Amerikaanse ambassadeur verzocht hen onmiddellijk te laten overbrengen naar de kantoren van het ministerie van Buitenlandse Zaken aan de overkant van 1st Avenue. De reden die daarvoor was gegeven, was de veiligheid van de ouders, maar Hood had het vermoeden dat het in werkelijkheid een kwestie van soevereiniteit was. De Verenigde Staten wilden niet dat Amerikaanse staatsburgers door buitenlanders werden ondervraagd over een terreuraanslag die had plaatsgevonden op internationaal territorium. Het zou een gevaarlijk precedent kunnen scheppen als buitenlandse regeringen of afgezanten daarvan toestemming kregen om Amerikanen vast te houden die niet werden beschuldigd van het overtreden van een internationale of buitenlandse wet.

Geen van de ouders vond het een prettig idee om weg te gaan uit het gebouw waar hun kinderen werden vastgehouden, maar uiteindelijk gingen ze toch maar met adjunct-commissaris Beveiliging Bill Mohalley van Buitenlandse Zaken mee. Hood had het idee dat de man een jaar of vijftig was. Uit zijn afgebeten manier van spreken en zijn lichaamshouding – de brede schouders naar achteren getrokken – maakte Hood op dat de man een militaire achtergrond had. Mohalley zei nog een keer dat hun eigen overheid hen beter op de hoogte zou houden en beter kon beschermen dan de VN en hoewel dat juist was, vroeg Hood zich af hoeveel de overheid hen werkelijk zou vertellen. Gewapende terroristen waren door de Amerikaanse beveiliging heen gebroken om de Verenigde Naties te bereiken en als de kinderen iets overkwam, zou dat tot ongehoorde schadeclaims leiden.

Terwijl ze het restaurant uit en de centrale trap op liepen, galmde het schot in het auditorium door het VN-gebouw.

Iedereen verstarde. Toen werd de afschuwelijke stilte verbroken door geschreeuw dat van veraf kwam.

Mohalley vroeg iedereen snel de trap op te lopen, maar het duurde even voordat er iemand in beweging kwam. Sommige ouders stonden erop om terug te gaan naar de correspondentenkamer, zodat ze dicht bij hun kinderen konden zijn. Mohalley zei dat het gebied was afgezet door beveiligingsmensen van de VN en dat het niet mogelijk was om daar weer naartoe te gaan. Hij drong erop aan dat ze verder zouden lopen, zodat hij terug kon gaan om uit te zoeken wat er was gebeurd, en hoewel enkele moeders, en ook een paar vaders, begonnen te huilen, liepen de ouders verder.

Hood sloeg zijn arm om Sharons schouders. Hoewel hij zijn eigen knieën voelde knikken, hielp hij haar de trap op. Er had maar één schot geklonken, dus hij ging ervan uit dat er een gijzelaar was neergeschoten. Hood had altijd gedacht dat dat de ergste manier moest zijn om dood te gaan. Van alles beroofd worden omdat iemand anders zijn standpunt kracht wilde bijzetten. Een leven dat werd misbruikt als een bloedig uitroepteken. Een abrupt einde aan je liefde en je dromen, alsof die helemaal niet terzake deden. Niets kon killer zijn dan dat.

Toen ze de lobby binnenliepen, begon Mohalleys telefoon te piepen. Terwijl hij even bleef staan om op te nemen, liepen de ouders in een lange rij het door schijnwerpers verlichte plein op tussen het gebouw van de Algemene Vergadering en het gebouw aan United Nations Plaza 866, waar ze werden opgewacht door twee van Mohalleys assistenten.

Het telefoongesprek duurde maar kort en nadat het was afgelopen nam Mohalley zijn plek aan het hoofd van de rij weer in. Toen ze een voor een langs hem kwamen, sprak hij Hood aan en vroeg of hij hem even mocht spreken.

'Natuurlijk,' zei Hood. Zijn mond voelde ineens heel droog aan. 'Was dat een gijzelaar?' vroeg hij. 'Dat schot?'

'Ja,' zei Mohalley. 'Een van de gijzelaars.'

Hood voelde zich tegelijkertijd misselijk en opgelucht. Zijn vrouw was een paar meter verderop blijven staan en hij gebaarde naar haar dat alles in orde was en dat ze verder kon lopen. 'In orde' was op dat moment trouwens een heel relatief begrip.

'Meneer Hood,' zei Mohalley. 'We hebben de achtergrond van alle ouders even nagetrokken en daaruit bleek dat u bij het Op-Center werkt.'

'Ik heb mijn ontslag genomen,' zei Hood.

'Dat weten we,' zei Mohalley. 'Maar uw ontslag gaat pas over twaalf dagen in, en in de tussentijd zitten we met een mogelijk ernstig probleem waarbij u ons misschien kunt helpen.'

Hood keek hem eens aan. 'Wat voor probleem?'

'Dat mag ik zo niet zeggen,' zei Mohalley.

Hood had niet werkelijk gedacht dat de politieman hem dat zou vertellen. Niet hier. Buiten zijn eigen kantoren was het ministerie van Buitenlandse Zaken altijd heel bang om afgeluisterd te worden. Het was soms bijna paranoïde, al hadden ze hier in dit gebouw goede reden om achterdochtig te zijn. Iedere diplomaat en elk consulaat was hier gevestigd om de belangen van zijn eigen land te bevorderen, ook als dat wilde zeggen dat ze met alle beschikbare middelen – van een oor aan een sleutelgat tot de meest geavanceerde elektronische apparatuur – vertrouwelijke gesprekken moesten afluisteren.

'Ik snap het,' zei Paul Hood. 'Maar heeft het iets met deze zaak te maken?'

'Jawel, meneer. Wilt u mij maar volgen?' zei Mohalley. Het klonk nauwelijks als een vraag.

Hood keek snel even naar het plein. 'En mijn vrouw dan...'

'We zullen haar wel zeggen dat we uw hulp nodig hebben,' zei Mohalley. 'Daar zal ze wel begrip voor hebben.'

Hood keek de man in diens staalgrijze ogen. Eigenlijk voelde hij zich schuldig tegenover Sharon en wilde hij Mohalley zeggen dat hij naar de hel kon lopen. Zoals Lowell Coffey ooit had gezegd: 'Staatszaken gaan altijd vóór het meisje.' Dat was ook de reden waarom Hood ontslag had genomen. Er was echter zojuist een gedelegeerde doodgeschoten en hun dochter werd gegijzeld door de moordenaars, die hadden gezworen dat ze elk uur opnieuw iemand zouden doodschieten. Hood moest nu bij zijn vrouw blijven.

Tegelijkertijd wilde hij echter toch niet blijven zitten wachten tot anderen in actie zouden komen. Als hij iets kon doen om Harleigh te helpen of inlichtingen kon verzamelen voor Rodgers en het Striker-team, dan wilde hij dat nú doen en hij hoopte maar dat Sharon daar begrip voor zou kunnen opbrengen.

'Goed,' zei hij tegen Mohalley.

De twee mannen draaiden zich om en liepen snel het plein over naar 1st Avenue, die van 42nd Street tot 47th Street werd gesperd door dwars over straat geparkeerde politiewagens. Daarachter bevond zich een muur van fel, schitterend licht: de lampen van de tv-ploegen. Voor het geval dat de terroristen Amerikanen bleken te zijn, stonden er drie overvalwagens van de dienst Noodgevallen van de New Yorkse politie klaar, met in elke wagen een arrestatieteam. De explosievenopruimingsdienst van district 17 was ook van de partij met een eigen bestelwagen en boven hen vlogen twee blauw-witte Bell-412-politiehelikopters, die hun krachtige schijnwerpers op het VN-terrein gericht hielden. Er werden nog steeds schoonmakers en diplomatiek personeel geëvacueerd uit het VN-gebouw en de twee torens aan de overkant van de brede straat.

In het felle witte licht zag Hood hoe zijn spookachtig bleke vrouw samen met de andere ouders naar de overkant van de straat werd geleid. Hij zwaaide even, maar ze verdwenen vrijwel onmiddellijk uit het zicht achter de overvalwagens aan de ene kant van de straat en de muur van politiewagens aan de andere kant.

Hood liep achter Mohalley aan naar 42nd Street, waar een zwarte sedan van het ministerie op hen stond te wachten. Mohalley en hij gingen op de achterbank zitten en vijf minuten later verlieten ze via de gerenoveerde Queens-Midtowntunnel het eiland Manhattan.

Hood luisterde terwijl Mohalley vertelde wat er aan de hand was. Wat hij te horen kreeg, gaf Hood het gevoel dat hij erin was geluisd en dat hij onder grote druk een stap in de verkeerde richting had gezet.

20

Zaterdag, 22.31 uur
New York

Toen hij het schot in het auditorium van de Veiligheidsraad had gehoord, was kolonel Mott onmiddellijk voor de secretaris-generaal gaan staan. Als er nog meer schoten hadden geklonken, zou hij haar achteruit hebben geduwd naar de plek waar zijn beveiligingsmensen stonden. Die hadden inmiddels hun schilden gepakt, die ze zolang tegen de muur hadden gezet, en stonden nu vlak achter hem.

Er klonken echter verder geen schoten meer. Er waren alleen de bijtende geur van cordiet en het doffe gevoel van watjes in zijn oren, dat was veroorzaakt door de harde knal... en door de onvoorstelbare harteloosheid van de executie.

Secretaris-generaal Chatterjee stond met een starre blik recht voor zich uit te kijken. De mantra had niet gewerkt. Er was een mens gestorven, en mét hem alle hoop.

Ze had de dood vaak nagespeeld gezien in de films van haar vader en de gevolgen van genocide waren haar vaak genoeg getoond op de videobanden van mensenrechtenorganisaties, maar geen van beide had haar voorbereid op de gedehumaniseerde werkelijkheid van deze moord. Ze keek naar het lichaam dat op zijn buik voor haar op de tegelvloer lag. Het hoofd van de dode lag op één wang, met het gezicht in haar richting. De huid had de kleur van grijze klei en de ogen en mond stonden wijdopen. De plas bloed eronder breidde zich gelijkmatig in alle richtingen uit. De armen lagen in een vreemde houding onder het lichaam en de voeten wezen in tegenovergestelde richting. Waar was de schaduw van de *atman*, de eeuwige ziel van het hindoeïsme, waar haar geloof het altijd over had? Waar was de waardigheid waarmee we verondersteld worden de volgende cyclus van de eeuwigheid binnen te gaan?

'Haal hem hier weg,' zei kolonel Mott na een stilte die waarschijnlijk niet meer dan een paar seconden had geduurd, maar oneindig veel langer had geleken. 'Alles goed?' vroeg hij aan de secretarisgeneraal.

Ze knikte.

De verplegers kwamen aangelopen met een brancard. Ze rolden

het lijk van de gedelegeerde erop en een van de verplegers legde een dikke laag verbandgaas op de gapende wond in het achterhoofd. Het was niet meer dan een gebaar uit piëteit want de diplomaat was allang niet meer te helpen.

Achter de bewakers stonden de diplomaten stil en zwijgend toe te kijken. Chatterjee keek hen eens aan en zij beantwoordden haar blik. Diplomaten hebben elke dag met afschuwelijke gebeurtenissen te maken, maar worden er zelden rechtstreeks mee geconfronteerd.

Het duurde even voordat Chatterjee zich herinnerde dat ze nog steeds de radio in haar hand hield. Snel herstelde ze zich en zei: 'Waarom was dat nodig?'

Na een korte stilte zei iemand: 'Met Sergio Contini.'

Contini was de Italiaanse gedelegeerde. Zijn anders zo krachtige en vitale stem klonk nu amechtig en zwak.

Kolonel Mott richtte zijn blik op Chatterjee. Hij hield zijn kaken stijf op elkaar geklemd en er lag een woedende blik in zijn donkere ogen. Hij wist duidelijk al wat er komen ging.

'Ga uw gang, meneer Contini,' zei Chatterjee. In tegenstelling tot Mott koesterde zij nog hoop.

'Er is me gevraagd u te zeggen dat ik het volgende slachtoffer zal zijn,' zei hij. Hij sprak moeizaam en zijn stem trilde. 'Ik zal worden doodgeschoten over...' hij zweeg even en schraapte zijn keel, '... over precies één uur. Vóór die tijd zal er geen contact meer met u worden opgenomen.'

'Zeg alstublieft tegen de mensen die u gevangen houden dat ik binnen wil komen,' zei Chatterjee. 'Zegt u dat ik...'

'Ze luisteren niet meer,' zei Mott.

'Pardon?' zei Chatterjee.

De kolonel wees op het kleine rode lampje op de portofoon. Dat was uitgegaan.

Langzaam liet Chatterjee haar arm zakken. De kolonel had het mis. De terroristen waren niet opgehouden met luisteren, maar hadden zelfs geen seconde wél geluisterd. 'Hoelang duurt het voordat we beelden uit het auditorium hebben?' vroeg ze.

'Ik stuur wel even iemand naar beneden om het te vragen,' zei Mott. 'We bewaren radiostilte om hen niet de kans te geven ons af te luisteren.'

'Heel verstandig,' zei Chatterjee, en ze gaf hem de portofoon weer terug.

Kolonel Mott stuurde een van zijn beveiligingsmensen naar beneden en gaf daarna twee anderen opdracht om het bloed op te dweilen. Hij wilde niet dat zijn mensen zouden uitglijden als het tot een actie kwam.

Terwijl Mott met zijn troepen stond te praten, probeerden een paar gedelegeerden naar voren te komen, maar Mott gaf zijn mensen opdracht hen tegen te houden. Hij zei dat hij niet wilde dat iemand de weg naar het auditorium blokkeerde. Als een van de gijzelaars wist te ontsnappen, wilde hij die kunnen beschermen.

Terwijl Mott de toeschouwers in bedwang hield, keerde Chatterjee hen de rug toe. Ze liep naar het grote venster dat uitkeek op het voorplein. Meestal was het daar een levendige drukte, zelfs 's avonds laat. Er stond een fontein, er kwam een hoop verkeer langs, er liepen mensen te joggen of de hond uit te laten en achter de ramen van de gebouwen aan de overkant brandden talloze lichten. Maar nu werd zelfs het helikopterverkeer omgeleid, niet alleen omdat er zich op de grond nog een ontploffing zou kunnen voordoen, maar ook voor het geval dat de terroristen over handlangers buiten het gebouw beschikten. Ze had het idee dat de vrachtvaart en de plezierboten op de East River ook wel zouden worden tegengehouden.

De hele enclave was volkomen verlamd. En zij ook.

Chatterjee haalde moeizaam adem en hield zichzelf voor dat ze niets had kunnen doen om de moord op de gedelegeerde te verhinderen. Ze hadden dat losgeld nooit bij elkaar kunnen krijgen, zelfs niet als de betrokken landen toegezegd zouden hebben het te proberen. Ze hadden het auditorium nooit kunnen bestormen zonder dat er nog meer doden zouden zijn gevallen. Ze hadden wel geprobeerd te onderhandelen, maar dat was ook niet gelukt.

Toen schoot haar te binnen wat ze verkeerd had gedaan: het was maar één klein detail, maar het was van groot belang. Chatterjee liep naar de diplomaten toe en zei dat ze weer terugging naar de vergaderkamer om de familie van de gedelegeerde te melden dat hij was vermoord. Daarna, zo zei ze, zou ze weer hiernaartoe komen.

'En wat gaat u dan doen?' vroeg de gedelegeerde van de Republiek Fiji.

'Wat ik de eerste keer meteen al had moeten doen,' antwoordde ze voordat ze naar de lift liep.

21

Nadat hij de Zweedse diplomaat had doodgeschoten, liep Reynold Downer naar Georgiev toe. Een paar kinderen huilden en de Italiaanse gedelegeerde zat te bidden, maar verder was het volkomen stil in de zaal. De andere gemaskerde bendeleden waren blijven staan waar ze stonden.

Downer ging zo dicht bij hem staan dat Georgiev de warmte van zijn adem kon voelen, en dat terwijl de man zijn skimasker ophad. Hij zag dat er kleine bloedspatjes op de vezels zaten.

'We moeten eens praten,' zei Downer.

'Waarover?' fluisterde Georgiev boos.

'We moeten wat meer hout op het vuur gooien,' grauwde Downer.

'Terug naar je post,' zei Georgiev.

'Luister nou toch eens! Toen ik de deur opendeed, zag ik daar een stuk of twintig gewapende bewakers met schilden staan.'

'Eunuchen,' zei Georgiev. 'Die durven heus geen bestorming te beginnen. We hebben het hier al lang en breed over gehad. Ze betalen de volle mep.'

'Dat weet ik.' Downers ogen gingen naar een beveiligde telefoon in een op de vloer gezette plunjezak. 'Maar volgens die bron van jou heeft alleen Frankrijk geld toegezegd. We hebben die verdomde secretaris-generaal niet te pakken gekregen, en dat was wél de bedoeling.'

'Dat is jammer, ja,' zei Georgiev, 'maar een ramp is het nou ook weer niet. We redden het ook wel zonder haar.'

'Hoe dan?' vroeg Downer.

'Gewoon door geduld te hebben,' zei Georgiev. 'Zodra het tot de Verenigde Staten doordringt dat er kinderlevens op het spel staan, dokken ze wel, en of de andere landen nou wel of niet meebetalen maakt dan niet uit. Ze trekken het wel van hun schulden aan de VN af en verzinnen een manier om het aan ons te geven zonder hun gezicht te verliezen. En ga nou terug naar je post en doe wat we hebben afgesproken.'

'Ik ben het hier niet mee eens,' sputterde Downer tegen. 'Ik denk dat we de druk moeten opvoeren.'

'Dat is nergens voor nodig,' zei Georgiev. 'We hebben tijd, voedsel, water...'

'Dat bedoel ik niet!' viel Downer hem in de rede.

Georgiev keek hem woedend aan. De Australiër begon brutaal te worden. Dat was precies wat hij van de man had verwacht. Een ritualistisch confronterend neezeggen, net zo voorspelbaar en extreem als het Japanse kabuki-theater. Maar het begon een beetje te lang te duren en hij maakte een beetje te veel lawaai. Als dat nodig mocht zijn, was de Bulgaar bereid om Downer neer te schieten, of wie van de anderen dan ook. Hij hoopte maar dat de Australiër dat uit zijn blik zou weten op te maken.

Downer haalde diep adem en toen hij weer iets zei, klonk zijn stem een stuk rustiger. De boodschap was overgekomen.

'Wat ik maar wilde zeggen,' zei Downer, 'is dat die klootzakken niet echt door schijnen te hebben dat we geld willen zien en dat we niet gaan onderhandelen. Chatterjee probeerde te onderhandelen.'

'Dat hadden we ook verwacht,' zei Georgiev. 'We hebben meteen de verbinding verbroken.'

'Voorlopig,' gromde Downer. 'Ze gaat het vast nog eens proberen. Praten, dat is het enige wat dat stelletje idioten kan.'

'En het levert hen nooit iets op,' zei Georgiev. 'We hebben overal rekening mee gehouden,' voegde hij daar met zachte stem aan toe. 'Ze betalen heus wel.'

De Australiër hield nog steeds het pistool in zijn hand waarmee hij de Zweedse gedelegeerde had doodgeschoten en terwijl hij sprak, stond hij daar wild mee te zwaaien. 'Ik denk nog steeds dat we moeten proberen erachter te komen wat ze van plan zijn en dat we die klootzakken daarna onder druk moeten zetten. Nadat we die Italiaan hebben afgemaakt, moeten we volgens mij de kindertjes maar eens opdienen. Misschien kunnen we hen beter eerst een beetje martelen, zodat er wat geschreeuw door de gangen klinkt. Zoals die Rode Khmers in Cambodja, weet je wel? Ze namen de hond gevangen en om de gezinsleden naar buiten te lokken, sneden ze die dan voor de deur van het huis langzaam aan stukken. We moeten een beetje druk op de ketel houden.'

'We wisten dat het een paar kogels zou kosten om hun aandacht te trekken,' fluisterde Georgiev. 'We wisten dat de Verenigde Staten misschien wel bereid zijn om een stel diplomaten op te offeren, maar we weten ook dat ze niet zullen toelaten dat er kinderen sterven: niet door een bestorming en niet door werkeloos toe te kijken. En nu voor de laatste keer: terug naar je post, jij. We houden ons aan de planning.'

Nijdig vloekend liep Downer weg en Georgiev richtte zijn aandacht weer op de gijzelaars. Dit had de Bulgaar wel verwacht. Reynold Downer was niet iemand die over veel geduld beschikte, maar spanning en conflicten konden een team juist hechter maken en de vastberadenheid vergroten.

Behalve dan in de Verenigde Naties, dacht Georgiev spottend. En de reden daarvoor was simpel. De Verenigde Naties zetten zich niet in voor hun eigen belang maar voor de vrede. Vrede in plaats van jezelf op de proef stellen. Vrede in plaats van léven.

Georgiev zou vechten tot hij bezweek onder de vrede waaraan niemand kan ontkomen, de vrede die ieder mens uiteindelijk deelachtig wordt.

22

Zaterdag, 23.08 uur
New York

De grote C-130 stond met draaiende motoren te wachten op de startbaan bij de Marine Air Terminal op het vliegveld LaGuardia. Toen deze terminal in 1939 werd geopend, was hij de Overseas Terminal gedoopt en destijds was het de belangrijkste van het hele vliegveld geweest. Het gebouw stond vlak bij de woelige Jamaica Bay en was ontworpen voor de passagiers van de 'vliegboten' die in de jaren dertig en veertig veel werden gebruikt in het internationale vliegverkeer.

Heden ten dage valt de in art-decostijl uitgevoerde Marine Air Terminal in het niet bij het Central Terminal Building en de gebouwen van de afzonderlijke luchtvaartmaatschappijen. In zijn hoogtijdagen was de Marine Terminal echter getuige van historische gebeurtenissen. Het 'zilveren asfalt', dat trouwens gewoon zwart van kleur was, was betreden door vele politici en wereldleiders, filmsterren en artiesten, uitvinders en wereldberoemde ontdekkingsreizigers, en over het algemeen waren de flitslichten van de pers van de partij geweest om hen in New York te verwelkomen en hadden er limousines gereedgestaan om hen naar de stad te vervoeren.

Vannacht was de Marine Terminal getuige van een ander soort geschiedenis. Elf Strikers en generaal Mike Rodgers stonden op de donkere landingsbaan en werden omringd door een stuk of tien militaire politiemensen. Paul Hood voelde een razende woede in zich opkomen toen hij hen daar zag staan en kneep zo hard in de zitting van de achterbank dat zijn vingers diep in het materiaal wegzonken.

Terwijl ze onderweg waren, had commissaris Mohalley Hood verteld dat de MP's met een helikopter waren overgevlogen vanuit Fort Monmouth in New Jersey en dat ze deel uitmaakten van het Air Mobility Command.

'Volgens de informatie die ik heb gekregen,' had Mohalley gezegd, 'heeft het Comité van Toezicht inlichtingendiensten geweigerd de Strikers toestemming te geven zich met deze crisis te bemoeien. Kennelijk hebben de Strikers de naam dat ze de regels nogal eens naar hun hand zetten, want de voorzitter van het comité was daar zo beducht voor dat hij contact met het Witte Huis heeft opgenomen en er de president in eigen persoon op heeft aangesproken.'

Het is duidelijk, dacht Paul Hood vol verbittering, dat niemand de moeite heeft genomen om de lange reeks successen van de Strikers ook eens onder de loep te nemen.

'Toen de president Mike Rodgers probeerde te bellen,' vervolgde Mohalley, 'kwam hij erachter dat het Striker-team al was opgestegen. Hij was razend en heeft onmiddellijk contact opgenomen met kolonel Kenneth Morningside, de commandant van Fort Monmouth. Het verbaast me niet dat hij zo fel heeft gereageerd,' voegde Mohalley daaraan toe. 'Ongeveer een kwartier nadat de terroristen het VN-gebouw waren binnengedrongen, heeft het ministerie van Buitenlandse Zaken alle leden van de Amerikaanse beveiligingsorganisaties verboden het terrein van het VN-gebouw te betreden en ik heb begrepen dat de New Yorkse politie soortgelijke instructies heeft gekregen. Elke keer dat het terrein betreden wordt, dient daar vooraf schriftelijk toestemming voor gevraagd te zijn door de secretaris-generaal en dient de bevelvoerend officier van de betreffende eenheid zijn goedkeuring te hechten aan de voorwaarden waaronder een dergelijke actie gehouden zal worden.'

Toen hij dat hoorde, werd Hoods zorg om Harleigh en de andere kinderen ineens een stuk groter. Als het Striker-team geen toestemming kreeg om hen te redden, wie zou dat dan wel moeten doen? Maar zijn wanhoop ging over in hevige woede toen hij zag dat Mike Rodgers, Brett August en de rest van de Strikers hier werden vastgehouden. Deze mannen en vrouwen, deze hélden, hadden het niet verdiend als misdadigers behandeld te worden.

Hood stapte uit de wagen en liep in looppas naar het groepje toe. Mohalley kwam haastig achter hem aan. Er stond een straffe, zilte zeewind en Mohalley moest zijn pet goed vasthouden om te zorgen dat die niet van zijn hoofd werd geblazen. Hood merkte de wind niet eens op. De kolkende woede die nu in hem brandde, overstemde zelfs zijn gevoel van angst en machteloosheid. Zijn spieren stonden zo strak als kabeltouwen en zijn geest was een brullende massa vlammen. Toch was zijn woede niet alleen gericht op deze schanddaad en op de aanhoudende incompetentie en machteloosheid van de Verenigde Naties. Net als olie die een diep onder de grond smeulend vuur voedt, stroomde zijn woede overal heen. Hij was zelfs razend op het Op-Center, omdat het zo'n groot beslag had gelegd op zijn leven; op Sharon, omdat ze hem niet wat meer had gesteund; en op zichzelf, omdat hij het allemaal zo klunzig had aangepakt.

Overste Solo, de commandant van de militaire politie, kwam naar hen toe gelopen. Het was een kleine, gezette en kalende man van achter in de dertig met een stugge blik in zijn ogen en een gezicht waaraan duidelijk te zien viel dat hij niet gediend was van flauwekul.

Mohalley wist Hood in te halen en stelde zich voor aan de kolonel. Daarna wilde hij Hood voorstellen, maar die was al doorgelopen naar de kring militaire-politiemensen. Het gezicht van de overste betrok en hij liep met grote stappen achter Hood aan.

Vlak voordat hij zich ruw door het kordon heen gedrongen zou hebben, bleef Hood staan. Het scheelde werkelijk niet meer dan een paar centimeter, maar hij had nog net voldoende gezond verstand over om te beseffen dat hij het zou verliezen als hij met deze mensen de strijd aanging.

De luitenant ging voor hem staan. 'Pardon, meneer...' zei hij.

Hood negeerde hem. 'Mike! Alles goed?'

'Het is wel eens erger geweest.'

Dat was waar, moest Hood toegeven. Die relativerende opmerking versterkte zijn vermogen tot redelijk denken en hij voelde zich ineens wat minder gespannen.

'Meneer Hood,' zei de luitenant, nu wat dringender.

Hood keek hem eens aan. 'Luitenant Solo, deze militairen staan onder mijn bevel. Wat zijn uw orders?'

'We hebben opdracht gekregen om ervoor te zorgen dat alle medewerkers van het Striker-team weer aan boord van het vliegtuig gaan en daar blijven tot het is teruggekeerd naar luchtmachtbasis Andrews,' zei Solo.

'Prima,' zei Hood zonder zijn weerzin te verbergen. 'Laat Washington de enige kans die de VN nu nog hebben maar de grond in boren.'

'Het was niet mijn beslissing, meneer,' zei Solo.

'Dat weet ik, luitenant. Ik ben ook niet kwaad op u.' Dat was hij ook niet. Hij was razend op iedereen. 'Maar ik word hier wel geconfronteerd met een situatie waarin de aanwezigheid van mijn adjunct, generaal Rodgers, dringend vereist is. De generaal maakt geen deel uit van het Striker-team.'

Luitenant Solo liet zijn blik heen en weer gaan tussen Hood en Rodgers. 'Als dat zo is, dan hebben mijn orders geen betrekking op de generaal.'

Rodgers liep weg van de Strikers en stapte tussen de MP's door.

Er verscheen een boze uitdrukking op Mohalleys gezicht. 'Wacht eens even,' zei hij. 'De algemene opdracht die ík heb gekregen had wel degelijk betrekking op ál het militaire personeel, onder wie ook generaal Rodgers. Meneer Hood, ik zou graag willen weten waarom de aanwezigheid van de generaal zo dringend vereist is.'

'Dat is van persoonlijke aard,' zei Hood.

'Als het te maken heeft met de situatie bij de Verenigde Naties...'

'Inderdaad,' zei Hood. 'Mijn dochter wordt daar gegijzeld en Mike Rodgers hier, is haar peetoom.'

Mohalley keek Rodgers eens aan. 'Haar peetoom.'

'Inderdaad,' zei Rodgers.

Hood zei niets. Het maakte niet uit of de man hem geloofde of niet. Het enige waar het nu om ging, was dat Rodgers toestemming kreeg om met hem mee te komen.

Mohalley keek Hood eens aan. 'Alleen naaste familie wordt toegelaten in de wachtruimte.'

'Dan ga ik níét naar de wachtruimte,' zei Hood met zijn kaken op elkaar. Hij was het spuugzat. Hij had nog nooit met een volwassen man gevochten, maar als deze functionaris niet opzij ging, dan zou hij hem opzij dúwen.

Rodgers stond vlak naast de wat gedrongen Mohalley. De generaal keek Hood strak aan. Eén eindeloos durende seconde was het ruisen van de wind het enige wat er te horen viel. In de plotselinge stilte leek die ineens veel luider te klinken dan daarnet.

'Goed, meneer Hood,' zei Mohalley toen. 'Ik zal verder niet moeilijk doen.'

Hood blies zijn ingehouden adem uit.

Mohalley keek Rodgers even aan. 'Wilt u soms meerijden, generaal?'

'Graag, ja. Dank u wel,' zei hij.

De generaal stond nog steeds naar Hood te kijken en plotseling voelde hij zich net zoals hij zich altijd had gevoeld als ze samen in zijn kantoor in het Op-Center zaten, omringd door toegewijde vrienden en collega's.

God sta me bij. Te midden van deze puinhoop voelde hij zich eindelijk weer méns.

Voordat ze vertrokken, draaide Rodgers zich om naar de Strikers. Ze sprongen in de houding en kolonel August salueerde. Rodgers beantwoordde de militaire groet. Daarna liepen de Strikers op bevel van kolonel August terug naar de C-130. Een paar MP's stapten opzij om hen door te laten. Terwijl Hood en Mohalley terug naar de auto liepen, bleef de rest van de politiemensen echter staan.

Paul Hood had geen idee wat hij nu ging doen, en hij had niet het idee dat Mike Rodgers dat wel wist. Wat de generaal ook van plan geweest mocht zijn, het Striker-team zou daar toch zeker iets mee te maken hebben gehad. Toen de auto van Buitenlandse Zaken wegreed van de Marine Terminal en de hoog daarboven uittorenende C-130 voelde Hood zich iets minder boos en machteloos dan daarnet. Het was echter niet alleen de aanwezigheid van generaal Rodgers die zo opluchtte, maar ook iets wat hij in zijn tijd als directeur van het Op-Center had geleerd: dat plannen die in tijden van rust zijn gemaakt, tijdens een crisis meestal toch niet blijken te werken.

Ze waren maar met hun tweeën, maar ze hadden het sterkste team ter wereld achter zich en ze zouden wel iets bedenken.

Ze zouden wel moeten.

23

'Dit kan ik absoluut niet toestaan!' zei kolonel Mott zo luid dat hij bijna tegen de secretaris-generaal stond te schreeuwen. 'Het is krankzinnig. Nee, erger nog. Het is zelfmoord!'

Ze stonden met hun tweeën bij het hoofd van de tafel in de vergaderkamer. Adjunct-secretaris Takahara en ondersecretaris Javier Olivo stonden ongeveer een meter van hen vandaan, bij de gesloten deur. Chatterjee had net opgehangen na haar gesprek met Gertrud Johanson, de vrouw van de Zweedse gezant, die thuis in Stockholm zat. Haar man had de receptie bijgewoond met zijn jonge assistente Liv, die zich nog steeds in het auditorium bevond.

Het was zowel ironisch als triest, dacht Chatterjee, dat zo veel vrouwen van politici hun echtgenoten pas bij zich in de buurt hadden als ze eenmaal dood en begraven waren. Ze vroeg zich af hoe zij zich zou hebben opgesteld als ze getrouwd was geweest.

Waarschijnlijk ook zo, besloot ze.

'Mevrouw?' zei de kolonel. 'Zegt u alstublieft dat u dit niet gaat doen.'

Dat kon ze niet zeggen. Ze geloofde dat dit de juiste koers was en daarom was het nu voor haar ook het enige wat ze kón doen. Het was haar *dharma*, de heilige plicht die het leven waarvoor ze had gekozen met zich meebracht.

'Ik begrijp dat u bezorgd bent,' zei de secretaris-generaal, 'maar ik ben van mening dat dit onze beste mogelijkheid is.'

'Nee,' zei Mott. 'Dat is het niet. Over een paar minuten hebben we videobeelden van het auditorium. Geef me een halfuur om die te bekijken en daarna ga ik er met mijn team op af.'

'En in die tijd,' merkte de secretaris-generaal op, 'wordt ambassadeur Contini doodgeschoten.'

'Die gaat er toch aan,' zei Mott.

'Dat kan ik niet accepteren,' zei Chatterjee.

'Dat komt omdat u een diplomaat bent, en geen militair,' zei Mott. 'De ambassadeur is wat we een operationeel verlies noemen. Dat is een soldaat of een hele eenheid die je niet op tijd kunt ontzetten, tenzij je daarmee de veiligheid van de rest van de compagnie in de waagschaal stelt. Dus gaat u nou niet proberen die man te redden. Dat kúnt u niet.'

'We zetten hier niet de levens van een hele compagnie op het spel,' zei Chatterjee. 'Alleen maar mijn eigen leven. Ik ga het auditorium van de Veiligheidsraad binnen.'

Boos schudde Mott zijn hoofd. 'Ik denk dat u dit doet om uzelf te straffen, mevrouw, en daar hebt u geen reden toe. Het was heel goed van u om radiocontact met de terroristen op te nemen.'

'Nee,' zei Chatterjee. 'Dat was kortzichtig van me. Ik had niet nagedacht over de volgende stap.'

'Dat kunt u gemakkelijk zeggen, mevrouw,' zei Takahara. 'Maar niemand hier wist iets beters. En als we wél aan deze mogelijkheid hadden gedacht, zou ik daartegen zijn geweest.'

Chatterjee keek op haar horloge. Ze hadden nog maar negentien minuten voor de volgende geëxecuteerd zou worden. 'Heren, ik ga doen wat ik gezegd heb.'

'Ze schieten u onmiddellijk neer,' waarschuwde Mott. 'Waarschijnlijk staat er iemand bij de deur die iedereen neermaait die probeert binnen te komen.'

'Als ze dat doen,' zei Chatterjee, 'dan telt mijn dood misschien wel als de moord van dit uur en sparen ze ambassadeur Contini. Dan zult u moeten besluiten wat er daarna gedaan dient te worden, meneer Takahara.'

'Wat er daarna gedaan dient te worden,' mompelde Mott. 'Wat kunnen we verder nog doen behalve deze monsters onschadelijk maken? En er is nog iets waarmee u geen rekening hebt gehouden. De terroristen hebben gezegd dat elke poging om de gijzelaars te ontzetten ertoe zou leiden dat er gifgas vrijkomt. We staan hier voor een zeer gespannen situatie en het risico is groot dat ze uw poging om binnen te komen zullen beschouwen als een aanval van mijn beveiligingsmensen, of misschien als een afleidingsmanoeuvre voor zo'n aanval.'

'Dat bepraat ik wel met hen door de deur,' zei Chatterjee. 'Ik zal duidelijk zeggen dat ik alleen ben en ongewapend.'

'Dat is precies wat u ook zou zeggen als we hen om de tuin wilden leiden,' zei Mott.

'Kolonel, in dit geval ben ik het met de secretaris-generaal eens,' zei adjunct-secretaris Takahara. 'Vergeet niet dat het niet alleen het leven van ambassadeur Contini is dat gevaar loopt. Als u met een stel gewapende mensen het auditorium binnendringt, zullen er grote aantallen slachtoffers vallen onder de gijzelaars en misschien ook onder uw eigen mensen, om maar niet te spreken van wat er kan gebeuren als er gifgas ontsnapt.'

Chatterjee keek nog eens op haar horloge. 'Helaas hebben we geen tijd om deze discussie voort te zetten.'

'Mevrouw,' zei Mott, 'wilt u dan in elk geval een kogelvrij vest aantrekken?'

'Nee,' zei Chatterjee. 'Ik moet die zaal niet alleen binnengaan met hoop, maar ook met vertrouwen.'

De secretaris-generaal deed de deur open en liep de gang in, op de voet gevolgd door kolonel Mott.

Ondanks de hoop die ze in de vergaderkamer had uitgesproken, wist Chatterjee dat het heel goed mogelijk was dat ze haar dood tegemoet ging en het besef dat ze misschien nog maar een paar minuten te leven had, maakte al haar zintuigen hypergevoelig. De zo vertrouwde gang kwam ineens heel anders op haar over. De kleuren leken feller, de geuren levendiger. Zelfs het geluid van haar schoenen op de tegels klonk haar ineens veel luider in de oren. Voor het eerst in haar korte loopbaan hier werd ze niet afgeleid door druk gepraat en gedebatteer over zulke dringende aangelegenheden als oorlog en vrede, sancties en resoluties. Dat maakte de hele ervaring nog veel surreëler.

Samen met Mott stapte ze de lift in. Ze hadden nog vijf minuten. Pas nu drong het tot haar door hoe akelig definitief dat klonk.

24

Georgiev stond bij de opening in de hoefijzervormige tafel in het auditorium van de Veiligheidsraad. Hij had de gedelegeerden in de gaten gehouden en bovendien regelmatig op zijn horloge gekeken. De andere mannen stonden nog steeds de toegangsdeuren te bewaken, met uitzondering van Barone. De Uruguayaan zat geknield in het midden van de zaal, vlak voor de galerij, en keek naar de vloer. Twee minuten voor het verstrijken van de volgende deadline draaide de Bulgaar zich om en knikte Downer toe.

Terwijl hij langzaam heen en weer liep bij de noordelijke toegangsdeur boven aan de galerij, had de Australiër Georgiev goed in de gaten gehouden en toen hij het signaal kreeg, liep hij meteen de trap af.

Een paar mensen op de vloer binnen de hoefijzervormige tafel begonnen te jammeren. Georgiev had een enorme hekel aan zwakte en daarom bracht hij zijn pistool in de aanslag en richtte het op een van de vrouwen. Zo had hij het destijds in Cambodja ook altijd met zijn meisjes gedaan. Als een van hen bij hem kwam en dreigde hem te verraden aan de autoriteiten omdat ze slecht werd behandeld of minder betaald kreeg dan haar was beloofd, had hij altijd zonder iets te zeggen het pistool tegen haar hoofd gezet. Het werkte altijd. Elke opening in het gezicht – ogen, neusgaten en mond – werd dan groot en rond en terwijl ze hem stonden aan te staren, zei hij dan: 'Als je ooit nog eens klaagt, ga je eraan. En als je 'm probeert te smeren, ben je er ook geweest, samen met je hele familie.' Daarna hoorde je bijna nooit meer iets. Van de meer dan honderd meisjes die daar in dat ene jaar dat zijn organisatie had bestaan voor hem gewerkt hadden, had hij er maar twee dood hoeven te schieten.

Iedereen op de vloer hield op met huilen. Georgiev liet het pistool zakken. Er waren nog steeds tranen te zien, maar er viel niets meer te horen.

Downer was bijna onder aan de trap toen Georgiev zag dat het lampje van zijn TAC-SAT begon te knipperen. Dat verbaasde hem. Hij had Annabelle Hampton een uur geleden nog gesproken, toen ze hem meldde dat de secretaris-generaal wilde proberen te onder-handelen. Een ogenblik vroeg Georgiev zich af of Downers angsten bewaarheid zouden worden en de beveiligingsmensen inderdaad een inval zouden doen. Maar dat kon niet. Dat risico zouden de Verenigde Naties nooit nemen. Hij liep naar de telefoon.

Het rekruteren van Annabelle Hampton was Georgievs meest ris-kante actie geweest maar ook de belangrijkste. Vanaf hun eerste ontmoeting in Cambodja was ze op hem overgekomen als een vast-beraden en onafhankelijke vrouw. Ze was in Phnom Penh geweest om inlichtingen te verzamelen en medewerkers te rekruteren voor de CIA. Georgiev had haar niet alleen de gegevens toegespeeld die zijn meisjes hun klanten hadden weten te ontfutselen, maar ook alles wat hijzelf te weten was gekomen via zijn contacten bij de Rode Khmer. Omdat hij de rebellen betaalde en zelf op zijn beurt weer werd betaald om hen te bespioneren, had hij zelfs een beschei-den winst op deze contacten gemaakt.

Toen de UNTAC-missie in 1993 ten einde liep, had hij Annabelle opgezocht om haar de namen te verkopen van de meisjes van wie hij gebruik had gemaakt. Toen hij erachter kwam dat ze was over-geplaatst naar Seoel, had hij dáár contact met haar opgenomen. Annabelle was tegen die tijd meer boos dan ambitieus op hem over-gekomen en toen hij haar had verteld dat hij binnenkort zou afzwaaien om voor zichzelf te beginnen, had ze half gekscherend, half gemeend gezegd dat hij maar aan haar moest denken als hij een interessante mogelijkheid had gevonden.

En hij was haar niet vergeten.

Tot vanmiddag, toen Annabelle hem de gedetailleerde planning van de receptie had doorgegeven, had hij zich afgevraagd of ze op het laatste ogenblik zou terugdeinzen. Hij vertrouwde erop dat ze hem niet zou verraden, want hij wist waar haar ouders woonden. Omdat hij wist dat Annabelle daar toen logeerde, had hij hun met de kerst een bos bloemen gestuurd. Maar toch, de laatste uren vóór een missie zijn wat de grote 19e-eeuwse Bulgaarse generaal Grigor Halatsjev 'de tijd van de grootste twijfel' noemde. Dan nemen de plannen vorm aan in de buitenwereld en daardoor krijgen de solda-ten de gelegenheid zich met hun eigen emoties bezig te houden.

Annabelle was echter niet teruggedeinsd. Haar wilskracht en vast-beradenheid waren al even sterk als die van wie dan ook hier in dit vertrek.

Hij nam op. 'Spreek,' zei hij. Annabelle had opdracht alleen iets te zeggen als hij met dat woord opnam.

'De secretaris-generaal komt er weer aan,' zei Ani. 'Maar deze keer is ze van plan het auditorium binnen te gaan. Ze hoopt dat jullie haar zullen binnenlaten.'

Georgiev glimlachte.

'Of dat jullie háár zullen doodschieten in plaats van die Italiaan.'

'Pacifisten hopen altijd dat zij onder schot genomen zullen worden,' zei Georgiev. 'Maar als je dat werkelijk doet, zijn ze daar snel van genezen. Dan wordt het jammeren en smeken. Wat zeggen haar adviseurs?'

'Kolonel Mott en een van de ondersecretarissen raden haar aan om een inval te laten doen zodra ze over videobeelden beschikken,' zei Ani. 'De anderen houden zich op de vlakte.'

Georgiev wierp een snelle blik op Barone. De beveiligingsmensen zouden geen beelden krijgen. Toen Ani hem had gemeld wat ze van plan waren, had Georgiev de Uruguayaan naar de plek gestuurd waar ze volgens haar een gat aan het maken waren en zodra het cameraatje daardoor werd gestoken zou hij er iets overheen leggen.

'Hebben ze het nog over het losgeld gehad?' vroeg Georgiev.

'Met geen woord,' zei Ani.

'Maakt niet uit,' zei Georgiev. 'Geen videobeelden, nog meer doden... die draaien snel genoeg bij.'

'Er is nog iets,' zei Ani. 'Ik heb net van mijn chef gehoord dat er een SWAT-team van het National Crisis Management Center hierheen komt vanuit Washington.'

'Het NCMC?' zei Georgiev. 'Op wiens gezag?'

'Op eigen initiatief,' zei Ani. 'Ze gaan mijn kantoor als hoofdkwartier gebruiken en als de Verenigde Naties daar toestemming voor geven, doen ze misschien een inval.'

Dat was onverwacht. Georgiev had gehoord dat het NCMC zich vorig jaar heel verdienstelijk had gemaakt tijdens de mislukte staatsgreep in Rusland. Hoewel hij over gifgas beschikte en over een strijdplan voor in het auditorium, maakte hij daar liever geen gebruik van. Daar stond echter tegenover dat de Verenigde Naties het SWAT-team toestemming moesten geven om een inval te doen, en als hij Chatterjee hierbinnen wist te krijgen, zou dat hem een middel in handen geven om dat te voorkomen.

Georgiev bedankte Annabelle en verbrak de verbinding.

De secretaris-generaal zou een welkome aanvulling vormen op hun verzameling gijzelaars. Hij had er altijd op gerekend dat ze er ook bij zou zijn om een goed woordje te doen voor de kinderen en er bij alle landen van de wereld op aan te dringen mee te werken aan het bewerkstelligen van hun vrijlating. Nu zou ze ook nog kunnen helpen om de militairen buiten de deur te houden. En als het tijd was om ervandoor te gaan, zouden de kinderen en zij ideale gijzelaars vormen.

Downer kwam naast hem staan. De enige vraag was nu nog wat ze met de Italiaanse diplomaat gingen doen. Als ze hem neerschoten, zou dat de geloofwaardigheid van de secretaris-generaal als vrede-stichtster ondermijnen. Als ze zijn leven spaarden, zou dat als een teken van zwakte worden gezien.

Georgiev besloot dat de geloofwaardigheid van de secretaris-gene-raal eigenlijk niet zijn zaak was en knikte naar Downer. Daarna keek hij toe hoe de Australiër de huilende diplomaat trekkend en duwend de trap op werkte.

25

'Ze beginnen weer.'
Laura Sabia had bruin haar en zat links van Harleigh met een nietszeggende uitdrukking op haar gezicht voor zich uit te staren. Ze
trilde nog erger dan daarnet. Het leek wel of ze veel te veel suiker
had gegeten. In een poging haar wat tot bedaren te brengen legde
Harleigh haar vingertoppen op de rug van Laura's hand.
'Ze gaan hem doodschieten,' zei Laura.
'Ssst,' zei Harleigh.
Barbara Mathis, aan Harleighs rechterhand, zat naar de terroristen
te kijken. De violiste met het ravenzwarte haar zat kaarsrecht en
maakte een heel gespannen indruk. Harleigh kende die blik. Barbara was het soort musicus dat krankzinnig boos werd als iemand een
geluid maakte waardoor haar concentratie werd verbroken. Barbara zag eruit alsof ze elk ogenblik kon ontploffen en Harleigh hoopte
maar dat dat niet zou gebeuren.
De meisjes keken toe hoe de gemaskerde man de diplomaat de trap
op sleurde. Huilend viel het slachtoffer op zijn handen en knieën en
zei met hoge stem snel iets in het Italiaans. De man met het masker
op, die Australiër, greep hem in zijn kraag en gaf een harde ruk. De
man zakte door zijn armen en sloeg met zijn gezicht tegen de vloer.
De gemaskerde man vloekte, ging op zijn hurken zitten en duwde
de Italiaan het pistool tussen zijn benen. Hij zei iets en de Italiaan
greep zich vast aan een stoel en krabbelde snel op. De twee mannen
liepen verder de trap op.
Vlak bij de jonge violistes, binnen de hoefijzervormige tafel, zat de
vrouw van een van de diplomaten een andere vrouw te troosten. Ze
hield haar strak tegen zich aan en hield haar hand over de mond
van de ander. Harleigh vermoedde dat dat de echtgenote was van
de man die dadelijk zou worden doodgeschoten.
Laura zat nu te trillen als een espenblad. Het leek wel of ze onder
stroom stond. Harleigh had nog nooit zoiets gezien. Ze pakte Laura's handen stevig vast.
'Je moet wat kalmer worden,' zei Harleigh zachtjes.
'Dat lukt niet,' zei Laura. 'Ik krijg geen lucht. Ik moet hier weg.'

'Het duurt niet lang meer,' zei Harleigh. 'Ze halen ons hier wel weg. Ga nou maar rustig zitten, doe je ogen dicht en probeer je wat te ontspannen.'

Harleighs vader had haar en haar broertje ooit eens verteld dat het in een situatie als deze van groot belang was om niet in paniek te raken en niet op te vallen. Tel de seconden, had hij gezegd, en niet de minuten of de uren. Des te langer een gijzeling duurde, des te beter de kans op succesvolle onderhandelingen, en des te groter de kans dat je het overleefde. Als er een kans was om te ontsnappen, dan moest je je gezonde verstand gebruiken. De vraag die je je dan moest stellen, was niet 'Is er een kans dat ik het haal?', maar 'Is er een kans dat ik het niet haal?' En als het antwoord op die vraag ja luidde was het beter om te blijven waar je was. Hij had haar ook gezegd dat ze oogcontact zo veel mogelijk moest vermijden. Dat zou haar voor de mensen die haar gegijzeld hielden, menselijker maken en hen helpen herinneren dat zij een van de mensen was die ze haatten. Ze moest ook haar mond houden, omdat ze anders misschien iets verkeerds zou zeggen. En boven alles moest ze zich ontspannen. Aan prettige dingen denken, net zoals ze deden in haar twee favoriete musicals: *Peter Pan* en *The Sound of Music*.

'Laura?' vroeg Harleigh.

Laura leek haar niet gehoord te hebben.

'Laura, je moet naar me luisteren.'

Ze hoorde helemaal niets meer. Het meisje was in de een of andere vreemde psychische halftoestand terechtgekomen. Ze zat recht voor zich uit te staren en hield haar lippen strak op elkaar.

Barbara Mathis daarentegen, het meisje dat aan de andere kant naast haar zat, was zo gespannen als een lier. Ze had een boze blik in haar ogen, die Harleigh maar al te bekend voorkwam. Harleigh zelf voelde zich net het standbeeld voor het ministerie van Justitie. Alleen bevond ze zich niet tussen de schalen van de weegschaal maar tussen twee emotionele uitersten.

Plotseling sprong Laura op uit haar stoel. Harleigh hield nog steeds haar hand vast.

'Waarom doen jullie ons dit aan?' gilde ze. 'Ik wil dat jullie daar nú mee ophouden!'

Harleigh trok zachtjes aan haar hand. 'Laura, niet doen...'

De leider van de bende stond halverwege de trap en keek de meisjes woedend aan.

Mevrouw Dorn zat drie stoelen verderop. Ze kwam langzaam overeind, maar bleef bij haar stoel staan. 'Laura, ga zitten,' zei ze streng.

'Néé!' Laura rukte zich los. 'Ik kan hier niet blijven!' gilde ze, en ze rende om de tafel heen, naar de deur aan de andere kant van de zaal, de deur die de aanvoerder had bewaakt.

Terwijl Laura over de met vast tapijt beklede vloer rende, sprong de aanvoerder de trap af. Mevrouw Dorn rende achter Laura aan en riep dat ze terug moest komen. De man die aan de andere kant van de zaal had gestaan, bij de andere deur, verliet zijn post en rende achter de lerares aan. De Australiër boven aan de trap was blijven staan en keek op hen neer.

Iedereen stond naar Laura te kijken terwijl de aanvoerder, mevrouw Dorn en de andere man allemaal tegelijk de deur bereikten. De andere man sloeg zijn armen om het middel van mevrouw Dorn, trok haar naar achteren en smeet haar tegen de grond. Net toen Laura de deur opentrok, haalde de aanvoerder haar in. Terwijl hij met zijn schouder de deur weer in het slot duwde, trok hij Laura weg. Het meisje struikelde, viel, krabbelde weer overeind en rende gillend terug naar de trap.

De deur is niet op slot.

Die gedachte kwam zo hard aan dat het leek of ze door een baksteen was geraakt. Natuurlijk zat die niet op slot. De mannen hadden de deuren hier opengemaakt om te kijken of er iemand achter stond en ze hadden geen sleutels om ze af te sluiten.

Ze hadden de deur opengemaakt waar Laura naartoe was gerend, en ook de deur achter Harleigh. Dat had ze met eigen ogen gezien; ze hadden even wat spullen op de gang gezet.

Dat was de deur op een meter of 25 achter de plek waar Harleigh en Barbara nu zaten. De deur waarvan die man net was weggerend om Laura te pakken

De deur die nu door niemand werd bewaakt.

De leider rende achter Laura aan. Mevrouw Dorn was hard op de grond terechtgekomen maar vocht nu met de man die haar tegen de grond had gewerkt. De druk moest haar te veel zijn geworden. De muzieklerares dacht niet helder meer. Maar Harleigh wél. Helder en vol zelfvertrouwen. Ze was niet alleen van plan om zichzelf het leven te redden, maar ook om wat 'ome' Bob Herbert 'inlichtingen' noemde naar buiten te brengen.

Langzaam draaide het tienermeisje zich iets om en ze keek zijdelings naar de deur. Dat haalde ze gemakkelijk. In de afgelopen vier jaar had ze twee keer de 50 meter gewonnen. Voordat een van de mannen haar kon tegenhouden zou ze zeker bij die dubbele deuren weten te komen. En als ze eenmaal de zaal uit was, moest er toch een manier zijn om de zaal van de Economische en Sociale Raad binnen te komen. Tijdens de rondleiding van vanmiddag had ze de dubbele deuren aan die kant van de gang gezien. Met de neus van haar rechterschoen duwde ze haar andere schoen uit. Op schoenen met hoge hakken kon je geen snelheid maken. Haar medeleerlingen keken toe. Harleigh schoof haar stoel iets naar achteren. Langzaam, zonder op te staan, liet ze de stoel op één poot een halve draai maken, zodat ze zich iets meer in de richting van de deur kon draaien en straks in een rechte lijn naar de deur zou kunnen rennen.

'Niet doen,' zei Barbara.

'Wat?' vroeg Harleigh.

'Ik weet wat je denkt,' zei Barbara, 'omdat ik hetzelfde denk. Niet doen. Ik ga.'

'Nee...'

'Ik ben sneller dan jij,' mompelde Barbara. 'Ik heb je twee keer achter elkaar verslagen.'

'Ik zit er twee stappen dichterbij,' zei Harleigh.

Langzaam schudde Barbara van nee. Er lag een boze blik in haar ogen en het was duidelijk dat ze haar besluit al had genomen. Harleigh wist niet wat ze moest doen. Ze wilde geen hardloopwedstrijd met Barbara beginnen. Ze zouden elkaar voor de voeten lopen.

De meisjes zagen hoe de aanvoerder Laura halverwege de trap te pakken kreeg. Hij tilde haar van de vloer en smeet haar achterwaarts de trap af. Laura rolde over de treden en kwam onder aan de trap tot stilstand, waar ze bleef liggen en moeizaam haar armen en hoofd bewoog. Ze had duidelijk pijn. De leider liep haastig naar haar toe.

Barbara ademde snel een paar keer in en uit en zette haar handen op de rand van de houten tafel. Ze wachtte tot ze er zeker van was dat niemand haar kant uit keek, zette zich toen af tegen de tafel, sprong op en zette het op een lopen.

Ze werd in haar bewegingen gehinderd door de strakke rok die ze aanhad. Harleigh hoorde de stof scheuren, maar Barbara rende door. Ze maaide met haar armen, hield haar ogen strak op de deurkruk gericht en besteedde geen enkele aandacht aan het geroep van de terroristen, de diplomaten of wie dan ook.

Harleigh zag dat ze de deur bereikte.

Vooruit! dacht ze.

Barbara bleef staan om de deur open te trekken. Ze hoorde de klink klikken, de deur ging open en toen hoorde ze iets knallen. Het leek wel een zweep. De knal bleef in haar oren hangen en klonk nu zo hevig dat ze niets anders meer hoorde, net als wanneer ze haar walkman te hard had staan.

Het volgende wat Harleigh zag, was dat Barbara niet langer bij de deur stond. Ze hield nog steeds de deurkruk vast, maar nu zat ze op haar knieën. Haar hand gleed van de kruk en haar arm kwam slap langs haar lichaam te hangen.

Barbara zelf zat nog rechtop, maar niet langer dan een paar seconden. Toen zakte ze opzij.

Ze was niet boos meer.

26

Secretaris-generaal Chatterjee bleef staan toen ze een gedempt schot hoorde. Het werd gevolgd door schrille kreten en een paar seconden later klonk er een tweede schot, dichter bij de gang dan het eerste. Vrijwel onmiddellijk daarna ging de deur van het auditorium van de Veiligheidsraad open. Ambassadeur Contini werd naar buiten gesmeten en de deur ging snel weer dicht.

Even was het doodstil in de gang, maar toen rende kolonel Mott naar het lichaam toe. Hij werd op de voet gevolgd door het medische noodteam. Het goedgeklede lijk van de ambassadeur lag op zijn zij, met zijn donkere gezicht naar hen toe. De uitdrukking op Contini's gezicht was ontspannen. Hij had zijn ogen dicht en zijn mond stond een klein beetje open. Hij zag er niet dood uit, niet zo duidelijk dood als ambassadeur Johanson eruit had gezien. Toen vormde zich echter een plasje bloed onder zijn zachte wang.

Mott ging op zijn hurken bij het lijk zitten en keek achter het hoofd. Eén enkele schotwond, net als de vorige keer.

Terwijl de verplegers het lijk op een brancard legden, liep Chatterjee naar de deuren van het auditorium. Toen ze langs de dode ambassadeur kwam, wendde ze haar ogen af. Mott kwam overeind en ging voor haar staan.

'Mevrouw, u hebt niets te winnen door daar nu naar binnen te gaan,' zei hij. 'Wacht u dan tenminste tot we over videobeelden beschikken.'

'Wachten!' zei Chatterjee. 'Ik heb al veel te lang gewacht!'

Net op dat moment kwam een van de beveiligingsmensen de zaal van de Economische en Sociale Raad uit. Luitenant David Mailman was ingedeeld bij een haastig opgericht tweemansverkenningsteam. Samen met zijn kersverse teamgenoot had hij een vijftien jaar oud afluisterapparaat uit de opslagkamers gehaald. Dit apparaat was ontworpen om via een telefoonlijn te werken, maar ze hadden het zo aangepast dat het nu gebruikmaakte van de vertalingskoptelefoons waarvan elke stoel in het auditorium was voorzien. Omdat het apparaat een bereik had van niet meer dan 7,5 meter moesten ze hun werk doen vanuit de aangrenzende ruimte en dus zaten ze ermee in de korte gang naar het mediacentrum op de tweede verdieping, tussen het auditorium van de Trustschapsraad en dat van de Veiligheidsraad.

'Kolonel,' zei luitenant Mailman tegen Mott. 'We denken dat iemand zojuist heeft geprobeerd te ontsnappen. Vlak voor het eerste schot zagen we de deurkruk bewegen en we hoorden het slot klikken.'

'Was het een waarschuwingsschot?' vroeg Mott.

'We denken van niet,' zei Mott rustig. 'Degene aan de andere kant van de deur, wie het ook geweest mag zijn, begon te kreunen.' De luitenant sloeg zijn ogen neer. 'Het... het klonk niet als een man, kolonel. Het was een heel zachte stem.'

'Een van de kinderen,' zei Chatterjee vol afgrijzen.

'Dat weten we niet,' zei Mott. 'Verder nog iets, luitenant?'

'Nee, kolonel,' zei Mailman.

De officier ging weer terug. De kolonel balde zijn vuisten en keek toen op zijn horloge. Hij stond te wachten tot er videobeelden zouden zijn. Ze hadden beveiligde telefoons aangevraagd bij de diplomatieke veiligheidsdienst van het Amerikaanse ministerie van Buitenlandse Zaken, maar tot ze die hadden, moesten ze noodgedwongen alles van persoon tot persoon doen. Chatterjee had nog nooit iemand zo hulpeloos zien kijken.

De secretaris-generaal stond nog steeds met haar gezicht naar de deur. De dood van ambassadeur Contini had haar niet zo getroffen als de moord op de eerste diplomaat. Of misschien was deze gebeurtenis wat overstemd door wat luitenant Mailman zojuist had gezegd.

Misschien is er wel een kind neergeschoten...

Chatterjee liep verder.

Mott pakte haar zachtjes bij de arm. 'Doet u dit alstublieft niet. Nu nog niet.'

De secretaris-generaal bleef staan. 'Ik weet dat er van buitenaf niets is wat ik kan doen,' zei ze. 'Als het nodig mocht blijken om in actie te komen, hebt u me hier niet nodig. Maar daarbinnen zou ik misschien iets kunnen betekenen.'

De kolonel keek de secretaris-generaal even indringend aan en liet toen haar arm los.

'Ziet u wel?' zei ze met zachte stem. 'Dat is nou diplomatie. Ik heb me niet hoeven losrukken.'

Terwijl hij haar stond na te kijken, leek de kolonel niet erg overtuigd.

27

Zaterdag, 22.31 uur
New York

Paul Hood en Mike Rodgers zaten op de achterbank van de wagen terwijl Mohalley voorin naast de chauffeur zat. Toen Hood terugkeerde, leek Manhattan hem een heel ander oord toe. Het Secretariaatsgebouw viel meer op dan toen hij hier gisteren – was het werkelijk nog maar een dag geleden? – samen met zijn gezin was aangekomen. Het gebouw werd hel verlicht door schijnwerpers die op de daken van de omringende wolkenkrabbers waren geplaatst. De VN-kantoren zelf waren echter in het duister gehuld, zodat het gebouw een doodse en lugubere indruk maakte. Het VN-gebouw deed hem niet langer aan het trotse Batman-symbool denken. Dit was niet het kloppende hart van de stad, maar een kadaver.

Toen ze kort na elven van het vliegveld waren vertrokken, had commissaris Mohalley zijn kantoor gebeld om erachter te komen of zich nog nieuwe ontwikkelingen hadden voorgedaan. Zijn assistent had hem echter gemeld dat er voorzover bij hen bekend sinds de eerste executie niets was gebeurd. Intussen had Hood Rodgers op de hoogte gebracht, die dat zoals voor hem gebruikelijk was zwijgend had aangehoord. De generaal hield er niet van om in het openbaar zijn gedachten prijs te geven en Rodgers beschouwde elk ogenblik in gezelschap van mensen die niet tot zijn kringetje vertrouwelingen behoorden als 'in het openbaar'.

Toen ze door de tunnel naar Manhattan reden, keken beide mannen zwijgend voor zich uit. Pas toen ze erdoorheen waren, keek Mohalley voor het eerst om.

'Waar zal ik u afzetten?' vroeg hij.

'We rijden wel met u mee.'

'Ik ga naar het ministerie.'

'Dat is prima,' zei Hood, en daarna deed hij er weer het zwijgen toe. Hij was nog steeds van plan om naar het undercoveradres van de CIA aan het United Nations Plaza te gaan, maar hij wilde dat Mohalley niet laten weten.

Opnieuw leek Mohalley niet erg gelukkig te zijn met zijn antwoord, maar hij drong niet verder aan.

De wagen kwam de tunnel uit en reed 37th Avenue op. Nadat ze

1st Avenue op waren gereden, richtte Mohalley zijn aandacht op Mike Rodgers.

'Ik wil u graag zeggen dat ik niet gelukkig ben met wat er net op het vliegveld is gebeurd.'

Rodgers knikte één keer.

'Ik heb wel eens van het Striker-team gehoord,' zei Mohalley. 'Dat heeft een enorme reputatie opgebouwd. Wat mij betreft, zou het een heel goed idee zijn om die mensen eropaf te sturen. Dan komt er waarschijnlijk snel een eind aan dit hele gedoe.'

'Het is gewoon ziek,' zei Hood. 'Waarschijnlijk denkt iedereen er zo over, maar niemand is bereid toestemming ervoor te geven.'

'Het is een enorme puinhoop,' zei Mohalley terwijl zijn telefoon begon te piepen. 'Honderden hoofden, maar hersenen, ho maar! Het is zo tragisch dat het op een bepaalde manier bijna indrukwekkend is.'

Terwijl de wagen tot stilstand kwam voor de wegversperring in 42nd Street nam Mohalley de telefoon op. Er kwamen een paar politiemensen met helmen op naar hen toe gelopen. Terwijl de chauffeur zijn pasje van Buitenlandse Zaken liet zien, zat Mohalley zwijgend te luisteren. Het licht van een van de straatlantaarns viel op zijn gezicht.

Terwijl Hood zat te kijken voelde hij een intense honger naar nieuws. Hij keek naar het VN-complex. Van zo dichtbij, en onder deze hoek, tekende het silhouet van het Secretariaatsgebouw zich groot en indrukwekkend af tegen de zwarte hemel. Toen hij eraan dacht dat zijn dochtertje zich ergens in dat blauw-witte monstrum bevond, leek ze hem ineens zo klein en kwetsbaar toe.

Mohalley hing op en leunde achterover in zijn stoel.

'Wat is er?' vroeg Hood.

'Er is nog een ambassadeur gedood,' zei Mohalley. 'En het zou kunnen,' voegde hij eraan toe, 'dat ook een van de kinderen is neergeschoten.'

Hood keek hem strak aan. Het duurde even voordat het tot hem doordrong dat 'een van de kinderen' vertaald zou kunnen worden als 'misschien is het Harleigh'. Toen de munt viel, leek zijn leven echter ineens volkomen tot stilstand te zijn gekomen. Hood besefte dat hij dit ogenblik nooit zou vergeten: de sombere uitdrukking op Mohalleys gezicht, het felle witte licht dat op de voorruit scheen en daarachter het duistere silhouet van het Secretariaat. Dit zou voor altijd het beeld zijn van een situatie waarin alle hoop verloren was.

'Vlak voor het schot waarmee de diplomaat werd geëxecuteerd, klonk er nog een schot. Een van de beveiligingsmensen van de VN bevond zich in de aangrenzende ruimte en hoorde hoe iemand door de zijdeur daar probeerde te ontsnappen. Hij heeft een gil gehoord, en daarna wat gekreun.'

'Is er verder nog iets bekend?' vroeg Rodgers toen de politie de wagen doorliet.

'We hebben niets gehoord van de Veiligheidsraad,' zei Mohalley, 'maar de secretaris-generaal gaat wel proberen daar naar binnen te komen.'

De sedan kwam tot stilstand. 'Mike,' zei Hood. 'Ik moet even naar Sharon toe.'

'Dat weet ik,' zei Rodgers. Hij duwde het portier open en stapte uit.

'Generaal, wilt u soms met mij meekomen?' vroeg Mohalley.

Rodgers deed een stap opzij. 'Nee,' zei hij. 'Dank u wel.'

Mohalley overhandigde Paul zijn visitekaartje. 'Laat het me weten als ik u ergens mee van dienst kan zijn.'

'Dank u wel,' zei Hood. 'Dat zal ik doen.'

Mohalley keek opnieuw alsof hij nog iets wilde vragen, maar zich toen bedacht. Rodgers sloeg het portier dicht. De auto reed weg en Rodgers keek zijn chef aan.

In de verte hoorde Paul het verkeersgedruis en het geklepper van de helikopters boven de East River en het VN-gebouw. Wat dichterbij klonk het geroep van de politiemensen en de doffe ploffen waarmee er zandzakken werden neergesmeten achter de houten wegversper-ringen over 42nd en 54th Street. Toch had hij niet het gevoel dat hij hier was. Hij zat nog steeds in de auto en keek Mohalley sprake-loos aan.

Die woorden weergalmden nog steeds in zijn oren: ... dat er ook een van de kinderen is neergeschoten.

'Paul,' zei Rodgers.

Hood stond naar de lange rij gebouwen langs 1st Avenue te kijken, die in de verte vervaagden in de duisternis. Hij moest zich dwingen om adem te halen.

'Zak nou niet weg, Paul,' zei Rodgers. 'Straks heb ik je nodig en nu moet je naar Sharon toe.'

Hood knikte. Rodgers had gelijk. Hij leek zich echter maar niet los te kunnen rukken van dat afschuwelijke ogenblik in die auto, weg van Mohalleys sombere gezicht en los van het afgrijzen dat hem bij het horen van die woorden had vervuld.

'Ik ga naar de overkant,' zei Rodgers. 'Ik heb afgesproken met Brett op dat undercoveradres.'

Dat trok Hoods aandacht. Hij keek Rodgers aan. 'Brett?'

'We zagen die MP's al toen het vliegtuig nog aan het taxiën was. En we konden wel raden waarom ze daar waren. Brett zei dat hij op de een of andere manier zou proberen het vliegtuig uit te komen en dat we elkaar daar dan zouden ontmoeten.' De generaal lachte wat dunnetjes. 'Je kent Brett. Die laat zich niet zomaar zeggen dat hij moet opdonderen.'

Hood wist zich een beetje te herstellen. Wie het mogelijke slacht-offer ook mocht zijn, een heleboel andere levens liepen nog steeds gevaar. Hij keek op naar het hoge gebouw van het ministerie van Buitenlandse Zaken. 'Ik moet weg.'

'Dat weet ik,' zei Rodgers. 'Zorg goed voor haar.'

'Heb je mijn nummer?'

'Ja,' zei Rodgers. 'Als we iets te weten komen of zelf niets weten te bedenken, dan bel ik je wel.'

Hood bedankte hem en liep naar het uit rode baksteen opgetrokken gebouw toe.

28

Nadat Barbara Mathis in elkaar was gezakt, zeulde Georgiev het volkomen over haar toeren geraakte meisje terug naar haar stoel. Downer, die het schot had gelost, kwam vanaf zijn post boven aan de galerij naar beneden gehold en Barone kwam ook naar haar toe rennen. Hij was degene die had geroepen dat ze moest blijven staan. Zonder zich te bekommeren om haar eigen veiligheid was de echtgenote van een van de Aziatische gedelegeerden opgestaan en naar Barbara toe gelopen. Ze was verstandig en ging niet hollen. Bovendien bleef ze met haar rug naar de muur staan. De Bulgaar liet de vrouw begaan. Ze zette haar tasje op de vloer, knielde naast het meisje neer en plukte voorzichtig de van bloed doordrenkte stof van de jurk los van de wond. De kogel had het meisje in haar linkerzij geraakt en er kwam bloed opwellen uit de kleine opening. Het meisje bewoog zich niet. De huid van haar tengere armen was bleek.

Georgiev liep verder naar de hoefijzervormige tafel. Hij vroeg zich af of dit allemaal zo gepland was. Eén meisje dat gillend de zaal in holt om zo de aandacht af te leiden terwijl een ander de tegenovergestelde richting uit rent en probeert te ontsnappen. Als het inderdaad zo was, dan was het een intelligente en gevaarlijke manoeuvre geweest. Voor moed had Georgiev bewondering, maar net als sommige meisjes die voor hem hadden gewerkt in Cambodja – en die in sommige gevallen niet ouder waren geweest dan dit meisje hier – was ze ongehoorzaam geweest en daarvoor gestraft.

Helaas was de les waarschijnlijk aan de andere gijzelaars voorbijgegaan. Ze begonnen al verrassend brutaal te worden. Sommigen uit angst, anderen uit verontwaardiging over wat het meisje en de twee diplomaten was overkomen. Een mensenmenigte, zelfs een menigte gijzelaars, kon in blinde woede ontsteken, en als ze zich tegen hem keerden, zou hij hen moeten neerschieten. Daarmee zou hij echter zijn pressiemiddel kwijtraken en het geluid van schoten en gillende mensen zou voor de beveiligingsmensen een teken zijn om een inval te doen.

Als het nodig was, zou hij hen natuurlijk allemaal neermaaien. De enigen die hij werkelijk nodig had, waren de kinderen en als puntje bij paaltje kwam, zou één kind waarschijnlijk al voldoende zijn.

Plotseling stonden twee andere diplomaten op. Dat was het probleem als je bij één iemand even de teugels wat liet vieren. Alle anderen dachten dan onmiddellijk dat zij zich dan ook wel wat meer konden permitteren. Georgiev liet de volkomen lamgeslagen Laura in haar stoel vallen, waar ze snikkend bleef zitten, en riep tegen de twee mannen dat ze moesten gaan zitten. Hij wilde niet dat er te veel mensen rondliepen. Dat zou tot een nieuwe ontsnappingspoging kunnen leiden.

'Maar dat meisje is gewond!' zei een van de gedelegeerden. 'Ze heeft hulp nodig!'

Georgiev bracht zijn pistool in de aanslag. 'Ik heb nummer drie nog niet uitgekozen. Maakt u het me nou niet al te gemakkelijk.'

De mannen gingen zitten. Degene die het woord had gevoerd, keek of hij nog iets wilde zeggen, maar zijn vrouw fluisterde dat hij zijn mond moest houden. De andere keek met een triest gezicht naar Barbara.

Rechts van hen zat Contini's vrouw hysterisch te snikken. Een van de andere vrouwen had haar armen stevig om haar heen geslagen om te voorkomen dat ze in luid gejammer zou uitbarsten.

Vandal bracht de muzieklerares terug naar haar plaats en blafte dat zij ook moest gaan zitten. Mevrouw Dorn zei dat zij verantwoordelijk was voor Barbara en dat ze haar wilde gaan helpen. Vandal duwde haar terug in haar stoel, maar ze stond onmiddellijk weer op. Boos draaide Georgiev zich om, richtte zijn pistool op haar hoofd en liep naar haar toe. Vandal deed een paar stappen naar achteren.

'Nog één woord van jou of van wie dan ook en je gaat eraan,' waarschuwde hij tussen zijn op elkaar geklemde tanden. 'Nog één woordje maar.'

Georgiev zag hoe de vrouw haar ogen wijd opensperde en geschrokken naar adem hapte, net zoals die hoertjes in Cambodja. Ze hield echter wél haar mond dicht, liet zich met duidelijke tegenzin weer op haar stoel zakken en richtte haar aandacht op het meisje dat had geprobeerd te ontsnappen.

Vandal bleef nog even staan en liep toen terug naar zijn post. Downer en Barone bereikten nu tegelijkertijd de aanvoerder en Barone ging heel dicht bij de Australiër staan.

'Ben jij wel goed bij je hoofd?' grauwde hij.

'Ik moest wel!' snauwde Downer.

'Je moest wel?' zei Barone, terwijl hij er goed op lette dat zijn stem niet te luid klonk. 'We zouden proberen de kinderen ongedeerd te laten.'

'De missie zou in gevaar zijn gekomen als ze was ontsnapt.'

'Je hebt me horen roepen. Je zag dat ik naar haar toe rende,' zei Barone. 'Ik had haar heus wel te pakken gekregen voordat ze bij de buitendeur was.'

'Zou kunnen,' zei Georgiev. 'Waar het nu om gaat, is dat ze niet is ontsnapt. En nu terug naar jullie post. We zullen haar zo goed als we kunnen verplegen.'

Barone keek hem woedend aan. 'Het is een jong meisje!'

Georgiev keek woedend terug. 'Niemand heeft haar gezegd dat ze weg mocht rennen!'

Barone staarde hem woedend aan.

'Nu is een van de deuren onbewaakt en bovendien moet je op die fiberoptische kabel letten,' zei Georgiev zachtjes. 'Of heb je soms liever dat al die moeite en al die planning voor niets is geweest vanwege dát daar!' En hij wees naar Barbara.

Downer gromde en liep terug naar zijn post bij de deur. Barone schudde vol machteloze woede zijn hoofd en liep toen terug naar zijn plaats voor de galerij.

Georgiev keek hen na. Of hij het nou leuk vond of niet, de zaken stonden er nu anders voor dan daarnet. Bij het plegen van een misdrijf lopen de emoties altijd hoog op en een onverwacht drama maakt dat allemaal nog erger.

'U moet me haar naar buiten laten brengen.'

Georgiev draaide zich om. De Aziatische vrouw stond naast hem. Hij had haar niet eens gehoord.

'Nee,' zei hij verstrooid. Hij moest zich weer concentreren. Hij moest niet alleen weer greep op zijn manschappen zien te krijgen, maar ook een manier zien te vinden om de druk op de Verenigde Naties op te voeren. Wat dat laatste betrof, had hij al iets bedacht dat misschien zou kunnen werken.

'Maar ze bloedt dood,' zei de vrouw.

Georgiev liep naar een van de plunjezakken toe. Hij wilde niet dat het meisje crepeerde, want dan zouden ze hier wel eens met een opstand geconfronteerd kunnen worden. Hij haalde een klein blauw doosje uit de plunjezak, liep terug en gaf het aan de vrouw. 'Gebruik dit maar.'

'Een eerstehulpdoos?' zei de vrouw. 'Dat haalt toch niets uit?'

'Dat is het enige wat ik voor u kan doen...'

'Maar er zouden inwendige bloedingen kunnen zijn, haar organen kunnen beschadigd raken,' zei de vrouw.

Downer wuifde om Georgievs aandacht te trekken en wees naar de deur.

'U zult het ermee moeten doen,' zei de Bulgaar. Hij wenkte dat Vandal naar hem toe moest komen en gaf de Fransman opdracht er goed op te letten dat de Aziatische vrouw geen ontsnappingspoging deed. Daarna liep hij de trap op.

'Wat is er?' vroeg hij aan Downer.

'Ze is hier,' fluisterde de Australiër moeizaam. 'De secretaris-generaal. Ze heeft gewoon aangeklopt, verdomme, en vraagt of ze mag binnenkomen.'

'Was dat alles wat ze zei?' vroeg Georgiev.

'Ja.'

Georgiev keek even voor zich uit. Concentreer je, hield hij zich voor. Alles lag nu ineens heel anders. Hij moest hier even goed over nadenken. Als hij Chatterjee binnenliet, zou ze haar best doen om medische verzorging voor het meisje te regelen in plaats van een snelle betaling van het losgeld. En als hij het meisje liet gaan, zou de pers erachter komen dat er een kind gewond was geraakt, misschien zelfs wel was gedood, en dat zou betekenen dat er sterkere druk zou worden uitgeoefend om tot militair ingrijpen over te gaan, ondanks het gevaar voor de gijzelaars. Ze liepen ook het risico dat het meisje in het ziekenhuis bij kennis zou komen. In dat geval zou ze de beveiligingsmensen kunnen vertellen waar de manschappen en de gijzelaars zich bevonden.

Natuurlijk kon hij de secretaris-generaal binnenlaten en weigeren het meisje te laten gaan. Wat zou Chatterjee doen? Zou ze de levens van de andere kinderen op het spel zetten door te weigeren haar medewerking te verlenen?

Dat zou best kunnen, dacht Georgiev. En als ze hier in de zaal zijn gezag aanvocht, zou dat de gijzelaars nieuwe moed kunnen geven of zijn overwicht op zijn manschappen kunnen ondermijnen.

Georgiev keek om naar de gijzelaars. Hij had de Verenigde Naties laten weten hoe ze contact konden opnemen en wat ze moesten zeggen als ze dat deden. Zijn intuïtie spoorde hem aan om naar beneden te gaan, nog een diplomaat uit het groepje te plukken en die dezelfde tekst te laten voorlezen als nummer één. Waarom zou hij van plan veranderen en hen laten denken dat hij niet van volhouden wist?

Omdat in situaties als deze nou eenmaal voortdurend van alles verandert, dacht hij.

En toen viel hem iets in. Heel onverwacht, zoals altijd het geval was met zijn beste ideeën. Er was wel een manier om Chatterjee te spreken te krijgen zonder haar binnen te laten.

29

Zaterdag, 23.33 uur
New York

Meestal tilde Bob Herbert niet al te zwaar aan de dingen.
Meer dan vijftien jaar geleden hadden zijn verwondingen en de
dood van zijn vrouw hem in een depressie doen belanden die bijna
een jaar had geduurd. Door middel van therapie had hij zijn zelf-
medelijden weten te overwinnen. Zijn zelfvertrouwen had bij die
bomaanslag in Beiroet een enorme deuk opgelopen, maar toen hij
weer bij de CIA was gaan werken, had zich dat weer aardig hersteld.
En sinds hij drie jaar geleden had meegeholpen bij het opzetten van
het Op-Center was hij voor enkele van de grootste uitdagingen uit
zijn hele loopbaan komen te staan en had hij ook een paar van zijn
grootste overwinningen geboekt. Zijn vrouw zou het heel grappig
hebben gevonden dat de chronische mopperkont met wie ze
getrouwd was geweest, de man die ze voortdurend een hart onder
de riem had moeten steken, nu bij het National Crisis Management
Center bekendstond als de opgewektheid zelve.
Terwijl hij in zijn eentje in zijn donkere kantoor zat, waar het beeldscherm van zijn computer de enige verlichting vormde, voelde Herbert zich echter bepaald niet opgewekt of luchthartig. Hij werd
gekweld door het besef dat de dochter van Paul Hood een van de
gijzelaars was en dat dergelijke situaties meestal op een bloedbad
uitliepen. Soms ging dat heel snel, als het land of de staatkundige
entiteit die als 'gastheer' fungeerde, de indringers te lijf ging voordat ze zich goed hadden kunnen verschansen. Soms kon zo'n gijzeling echter ook heel lang duren. Van een gelijkspel ontwikkelde ze
zich tot een staat van beleg, die overging in een aanval zodra er een
plan de campagne was ontwikkeld. Slechts heel sporadisch kon er
een regeling worden getroffen en dat kwam dan meestal omdat de
terroristen alleen maar gijzelaars hadden genomen om publiciteit te
krijgen voor het doel waarvoor ze zich inzetten. Als ze geld wilden
hebben of de vrijlating van gevangenen eisten, en dat was meestal
het geval, werd het altijd een grote puinhoop.
Twee andere dingen zaten hem echter nog meer dwars. Ten eerste
dat de Verenigde Naties het doelwit vormden. Die waren nooit eerder op deze manier het doelwit van een aanslag geweest, maar ze

stonden niet bekend om hun harde optreden tegen vijandige acties. Ten tweede maakte hij zich zorgen over het e-mailtje dat hij net van Darrell McCaskey had gekregen met het programma van de receptie erin. Wat was de VN in vredesnaam voor een organisatie? Zo naïef konden ze toch niet zijn?

McCaskey zat in het Interpolkantoor in Madrid. De voormalige FBI-agent had zijn vriend Luis Garcia de la Vega geholpen bij het verhinderen van een staatsgreep en was nog even gebleven om zijn gewond geraakte medewerkster María Corneja gezelschap te houden. De videobeelden van de beveiligingscamera's van de Verenigde Naties waren naar Interpol gestuurd om te checken of de manier van werken van dit team gelijkenis vertoonde met iets in de archieven. Interpol had ook een lijstje toegestuurd gekregen van gedelegeerden en gasten die de receptie van de Veiligheidsraad zouden bijwonen. Een halfuur eerder had McCaskey die informatie doorgestuurd naar Herbert in Washington. Alle aanwezigen waren bonafide afgezanten van hun land, al wilde dat natuurlijk nog niet zeggen dat het allemaal diplomaten waren.

Al meer dan vijftig jaar was een groot aantal spionnen, smokkelaars, huurmoordenaars en drugsmokkelaars die zich voordeden als diplomaten, de Verenigde Staten in en uit gesmokkeld.

Twee dagen geleden hadden de Verenigde Naties echter hun eigen rampzalige record gebroken door de persoonlijke gegevens van twee van de gasten niet na te trekken. Toen ze twee dagen geleden naar de Verenigde Naties waren gekomen, hadden ze persoonlijke gegevens vermeld die niet bleken voor te komen in de archieven van de scholen en bedrijven die ze hadden opgegeven. Of de regering had geen tijd gehad om die gegevens te vervalsen of de twee hadden niet verwacht lang genoeg in New York te blijven om betrapt te worden. De vraag waar Herbert nu een antwoord op moest zien te vinden, was wie het waren.

Via de adjunct-secretaris Administratie en het hoofd Personeelszaken had McCaskey hun pasfoto's weten los te krijgen. Toen hij ze gemaild had gekregen, had de chef Inlichtingen van het Op-Center ze gecheckt in een databank met beelden van meer dan twintigduizend internationale terroristen, buitenlandse agenten en smokkelaars.

De twee gasten zaten daar ook tussen.

Herbert las de weinige persoonlijke gegevens door die er over hen beschikbaar waren; hun werkelijke gegevens en niet de valse die ze de Verenigde Naties hadden verschaft. Hij wist niets over de mensen die het auditorium van de Veiligheidsraad hadden bezet, maar één ding wist hij wél: hoe slecht die vijf terroristen ook mochten zijn, deze twee zouden best wel eens slechter kunnen zijn.

Het Striker-team had Herbert gemeld dat ze terugkeerden naar Washington zonder generaal Rodgers of kolonel August. Hij wist niet waar August uithing, maar wél dat Rodgers met Hood mee was gegaan. Omdat hij geen tijd wilde verspillen, toetste hij het nummer in van Hoods mobiele telefoon.

30

Zaterdag, 23.34 uur

New York

In zijn lange geschiedenis heeft Cambodja nooit vrede gekend.
Voor de 15e eeuw was het land een agressieve militaire macht die
onder het strenge bewind van de machtige Khmer-keizers de hele
Mekong-delta wist te veroveren, zodat het Cambodjaanse Rijk zich
uitstrekte over het gebied van het hedendaagse Laos, het Maleisi-
sche schiereiland en een deel van Siam. In de bezette delen van
Siam en het in het huidige Centraal-Vietnam gelegen Annam stonden echter nieuwe legers op en in de eeuwen daarna werden de
Khmers langzaam teruggedrongen, tot het bestaan van de monarchie zelf werd bedreigd. In 1863 stemde de wanhopige koning toe
in de vestiging van een Frans protectoraat. Door middel van een
gestage opbouw van de strijdkrachten wist Cambodja een deel van
de verloren gebiedsdelen weer in handen te krijgen, maar na de
Japanse bezetting van Indo-China gingen die verloren. Na de
Tweede Wereldoorlog werd het land onder leiding van prins Norodom Sihanouk opnieuw onafhankelijk. In 1970 werd Sihanouk tijdens een door de Verenigde Staten gesteunde staatsgreep ont-
troond door generaal Lon Nol. Terwijl Sihanouk in Peking een
regering in ballingschap vormde, wierpen de communistische Rode
Khmer na een burgeroorlog in 1975 het regime van Lon Nol
omver. Als partner in een wankele coalitie kwam Sihanouk
opnieuw aan de macht in het land dat nu bekendstond als Democratisch Kampuchea. Sihanouks eerste minister was de fervent
anticommunistische Son Sann, een ijskoude klootzak. Sihanouk en
zijn regering moesten echter al snel het veld ruimen voor de meer
gematigde en niet al te slagvaardige Khieu Sampan en zijn eerste
minister, de genadeloze en ambitieuze Pol Pot. Pol Pot was een
maoïst die van mening was dat onderwijs een vloek is en dat Cambodja door een terugkeer naar het platteland een paradijs zou kunnen worden. In plaats daarvan werd het land onder zijn wrede leiding echter tot een reeks 'killing fields'. Meer dan twee miljoen
mensen, één op de vijf Cambodjanen, kwamen om het leven door
marteling, genocide, dwangarbeid en hongersnood. Pol Pot bleef
aan de macht tot Vietnam in 1979 het land binnenviel. De Vietna-

mezen bezetten Phnom Penh en stelden een communistische regering aan onder leiding van Heng Samrin. Pol Pot en de Rode Khmer beheersten echter nog steeds grote delen van wat nu de Volksrepubliek Kampuchea werd genoemd en de oorlog bleef het land teisteren. Nadat ze door de aanhoudende guerrilla zware verliezen hadden geleden trokken de Vietnamezen zich in 1989 terug, zodat premier Heng Samrin in zijn eentje moest zien af te rekenen met groeperingen als de Rode Khmer, de rechtse Blauwe Khmer, de Khmer Loeu, die bestond uit leden van de stammen in het heuvelland, de Khmer Viet Minh, die werd gesteund door Hanoi, en een stuk of tien andere partijen.

In 1991, toen de landbouw en de economie volkomen in puin lagen, ondertekenden de strijdende groeperingen eindelijk een akkoord waarin een staakt-het-vuren werd geregeld, waarop toezicht zou worden gehouden door een VN-vredesmacht. Ook zouden er door de Verenigde Naties gecontroleerde verkiezingen worden gehouden. Een nieuwe coalitie met de partij van Hun Sen maakte het mogelijk dat er opnieuw een monarchie werd gevestigd, met Sihanouk op de troon. Omdat ze het gevoel hadden dat ze werden gedwongen te veel macht uit handen te geven hervatten, de Rode Khmer echter de strijd. Na de dood van Pol Pot in 1998 werden de gevechten minder hevig, maar andere hoge officieren en kaderleden van de Rode Khmer bleven actief en hadden gezworen de strijd voort te zetten.

Omdat er zo veel verschillende politieke en militaire groeperingen om de macht streden, waren de geheime politie van de overheid en de agenten van de rebellen voortdurend in een verwoede strijd gewikkeld om inlichtingen en wapens. De vraag daarnaar leidde tot een enorm ondergronds netwerk van spionnen, moordenaars en smokkelaars. Sommigen zetten zich in voor wat ze als het heil van het vaderland beschouwden. Anderen werkten alleen voor zichzelf. Bijna tien jaar lang waren de 32 jaar oude Ty Sokha Sary en haar 39 jaar oude echtgenoot Hang Sary nu al actief als contraterreurspecialisten van het Nationale Khmer Volksbevrijdingsleger, de militaire tak van het Nationale Bevrijdingsfront van het Khmer-volk. Het NBKV was opgericht door voormalig premier Son Sann. Aanvankelijk had de organisatie zich ten doel gesteld de Vietnamezen uit het land te verdrijven, maar toen dat doel was bereikt, had het NBKV zich op etnische zuivering gericht. Hoewel Son Sann werd benoemd tot lid van de Hoge Nationale Raad die het land onder Sihanouk bestuurde, was hij persoonlijk sterk gekant tegen de betrokkenheid van de Verenigde Naties en dan met name tegen de aanwezigheid van Chinese, Franse en Japanse militairen. Hij geloofde niet dat er zoiets als een goedwillend bezettingsleger kon bestaan. Zelfs als de militairen met een vredesmissie bezig waren, zou hun aanwezigheid al een verderfelijke invloed hebben op het karakter en de wilskracht van de natie.

Ty en Hang waren het met Son Sann eens. En één officier had in Cambodja meer gedaan dan alleen hun cultuur bederven. Hij had iets vernietigd wat Hang zeer dierbaar was.

Ty Sokha zat nu op haar knieën over het lichaam van het gewonde Amerikaanse meisje gebogen. Ze kon niet ouder dan veertien zijn. De Cambodjaanse vrouw had al zo veel meisjes als zij gezien die gewond of stervende waren. Of dood. Ooit had ze Amnesty International geholpen bij het zoeken naar een massagraf in de omgeving van Kampong Cham, waar meer dan tweehonderd in staat van ontbinding verkerende lijken begraven lagen. Het waren voornamelijk oude vrouwen en heel jonge kinderen geweest. Bij sommige lijken waren tegen de regering gerichte slogans op de huid geschilderd, of erin gekerfd. Ty was verantwoordelijk voor de dood van minstens 35 mensen. Ze had Hang vijandelijke officieren of geheim agenten aangewezen, zodat hij hen kon wurgen of terwijl ze sliepen een stiletto in hun hart kon steken. Soms had Ty niet de moeite genomen om Hang te laten komen en het vuile werk zelf opgeknapt.

Zoals de meeste solo of met hun tweeën werkende militaire agenten had Ty een opleiding eerstehulp te velde gehad en beschikte ze over ervaring met wondverzorging. Helaas was de eerstehulpdoos die ze had gekregen daar niet geschikt voor. Er was geen uitgangswond, wat betekende dat de kogel zich nog in het lichaam bevond. Als het meisje zich bewoog, zou die nog meer schade kunnen aanrichten. Met behulp van het flesje desinfectans maakte Ty het kleine, ronde gaatje zo goed mogelijk schoon. Daarna legde ze er een paar gaasjes op en plakte er een paar stukken hechtpleister overheen. Ze werkte zorgvuldig en efficiënt, maar minder emotieloos dan anders meestal het geval was. Hoewel Ty allang ongevoelig was geworden voor terrorisme en moord, kwamen dit meisje en de omstandigheden waaronder ze was neergeschoten haar akelig bekend voor.

Het had natuurlijk met Phum te maken, Hangs lieve jongere zusje. Terwijl ze bezig was, dacht Ty terug aan de gebeurtenis die hen op deze onwaarschijnlijke plek had gebracht, zo ver van waar ze waren begonnen.

Ty was opgegroeid in een klein boerengehucht halverwege Phnom Penh en het aan de Golf van Thailand gelegen Kampot. Toen ze zes jaar was, waren haar ouders om het leven gekomen bij een overstroming en was ze bij haar achterneef Hang Sary en diens gezin ingetrokken. Ty en Hang waren dol op elkaar geweest en iedereen was er altijd van uitgegaan dat ze met elkaar zouden trouwen. Uiteindelijk hadden ze dat ook gedaan, vlak voordat ze er in 1990 samen op uit waren gegaan. Buiten hun tweeën waren er alleen een priester en diens zoon bij de huwelijksvoltrekking geweest. Het had hevig geonweerd en gestormd en de hut van de priester was door een plotselinge rukwind weggeblazen. Het was het gelukkigste ogenblik van Ty's leven geweest.

Hangs vader was een zeer uitgesproken aanhanger van prins Sihanouk geweest en had artikelen geschreven in de plaatselijke krant over het nut voor de boeren van het vrijemarktprincipe van de prins. In 1982, op een donkere, warme nacht, terwijl Ty en Hang in de stad waren, kwamen de soldaten van Pol Pots Nationale Leger van Democratisch Kampuchea en namen Hangs vader, moeder en jongere zusje met zich mee. Twee dagen later had Hang zijn ouders teruggevonden. Zijn vader had in een greppel naast een zandweggetje gelegen. Zijn armen waren zo stevig op zijn rug gebonden, dat zijn armen uit de kom waren getrokken. Zijn voeten en knieën waren gebroken, zodat hij niet kon lopen of kruipen. Daarna hadden ze zijn mond stevig volgepropt met aarde en een gaatje in zijn keel geprikt, zodat hij langzaam dood zou bloeden. En voor de ogen van zijn hulpeloze vader was zijn moeder gewurgd. Zijn jongere zusje had hij niet teruggevonden.

De wereld van Ty en Hang was plotseling een heel ander oord. Hang nam contact op met het Nationale Bevrijdingsfront van het Khmer-volk van Son Sann, dat de prins steunde. Hang vertelde hun dat hij het soort artikelen wilde gaan schrijven dat zijn vader had geschreven, maar niet alleen om het beleid van Sihanouk te verdedigen. Hij wilde Pol Pots moordenaars uit hun schuilplaatsen lokken en hen betaald zetten voor wat ze zijn familie hadden aangedaan. Voordat ze Hang en Ty toestonden om zichzelf als lokaas te gebruiken, had de officier van de inlichtingendienst hen getraind in het gebruik van wapens. Twee maanden later was het kleine groepje Rode Khmer-terroristen naar hun hutje toe gekomen. Hang en Ty hadden zich echter goed voorbereid en hen neergemaaid voordat de wachtpost van de NBKV zelfs maar versterkingen had kunnen oproepen.

Daarna hadden ze verkenningstechnieken geleerd en tegelijkertijd waren ze ook geschoold in het doden van mensen. Uit een CIA-handboek dat in Laos was gevonden, hadden ze geleerd hoe ze hoedenpennen, met stenen gevulde kousen en zelfs gestolen telefoon-kaarten konden breken om ogen uit te steken, nekken te breken en kelen af te snijden. Ze hadden dat allemaal geleerd omdat ze hun land wilden dienen en ook omdat ze hoopten dat ze op een goede dag het monster zouden vinden dat opdracht had gegeven om Phum te vermoorden.

Het monster dat hen uit handen had weten te blijven omdat het werd beschermd door de Rode Khmer.

Het monster dat ze uit het oog waren verloren toen het Cambodja had verlaten en dat ze pas kortgeleden weer hadden gevonden.

Het monster ergens hier in deze zaal.

Het monster Ivan Georgiev.

31

Toen hij in de lift naar de lounge op de zesde verdieping van het gebouw van het ministerie stond, voelde Hood zich eenzaam en angstig. Dat was waar de andere ouders zaten te wachten. Er stond niemand anders in de lift. Alleen maar zijn eigen meelijwekkende spiegelbeeld, verwrongen en gekleurd door de glanzend gepoetste goudkleurige wanden.

Als hij er niet zo zeker van was geweest dat er beveiligingscamera's op hem gericht waren, zou Hood hebben staan gillen en woedend vuiststoten in de lucht hebben gegeven. Hij was diep bezorgd over de geruchten over een schietpartij die hij had gehoord en voelde zich ellendig omdat hij aan de zijlijn stond.

De liftdeur schoof open en terwijl Hood naar het bureau van de bewakers liep, begon zijn mobiele telefoon te piepen. Hij bleef staan en ging met zijn rug naar de bewaker staan voordat hij opnam.

'Ja?' zei hij.

'Paul, met Bob. Is Mike daar ook?'

Hood kende Herberts stem heel goed. De chef Inlichtingen praatte snel, en dat wilde zeggen dat hij zich ergens zorgen over maakte.

'Mike is de manager van die CIA-dekmantel gaan opzoeken waar je hem over hebt verteld. Hoezo?'

Hood wist dat Herbert zich omzichtig zou moeten uitdrukken, omdat dit gesprek in principe door iedereen afgeluisterd kon worden.

'Omdat er twee mensen in het auditorium zijn over wie hij moet weten,' zei Herbert.

'Wat voor mensen?' vroeg Hood.

'Mensen met een uitgebreid dossier,' zei Herbert.

Mensen met een lang strafblad die veel kwaad hadden aangericht. Dit was om gek van te worden. Hij moest meer weten.

'Hun aanwezigheid hier kan toeval zijn,' zei Herbert. 'Maar ik wil het risico niet lopen. Ik bel Mike wel in dat andere kantoor.'

Hood liep terug naar de lift en drukte op de knop.

'Dan ben ik daar straks ook,' zei hij. 'Hoe heet het?'

'Doyle Shipping.'

'Bedankt,' zei Hood terwijl de lift eraan kwam. Hij klapte de telefoon dicht en stapte de lift in.

Sharon zou hem dit nooit vergeven. Nóóit. En dat kon hij haar niet kwalijk nemen. Hij liet haar alleen achter tussen vreemden en bovendien was hij er zeker van dat Buitenlandse Zaken de ouders helemaal niets zou vertellen. Maar als de terroristen over bondgenoten in het auditorium beschikten van wie niemand verder iets wist, dan wilde hij erbij zijn om mee te denken met Rodgers en August.

Op weg naar beneden trok Hood zijn identiteitskaart van het Op-Center uit zijn portefeuille. Haastig liep hij door de lobby naar 1st Avenue, hij rende naar het gebouw aan United Nations Plaza en zwaaide met zijn pasje naar de politieman die daar bij de voordeur stond. Hoewel het geen deel uitmaakte van het VN-complex hadden een heleboel gedelegeerden hier een kantoor. Hij liep naar binnen.

Hij was buiten adem toen hij zijn naam op de presentielijst zette en naar de eerste rij liften liep, de liften naar de lagere verdiepingen. Hij wilde nog steeds schreeuwen en wild om zich heen slaan, maar in elk geval zou hij buiten zijn angst nog iets anders hebben om zijn aandacht op te richten. Geen hoop, maar iets wat bijna even goed was.

Een offensief.

32

Zaterdag, 23.36 uur
New York

Het was hem.
Die vastberaden stem, die wrede ogen, die arrogante manier van lopen... het wás hem! Die verdomde ellendeling! Ty Sokha kon nauwelijks geloven dat ze Ivan Georgiev na tien jaar weer hadden teruggevonden. Nu ze de stem vanonder het masker had gehoord en voldoende dicht bij hem was geweest om zijn zweet op te snuiven wist ze welke van deze monsters het was.
Een paar maanden geleden was een zekere Ustinoviks, een wapenleverancier van de Rode Khmer, door Georgiev benaderd over een mogelijke wapenleverantie. Een informant bij de Rode Khmer wist dat Ty en Hang Sary naar de Bulgaar op zoek waren en had hun de naam van de wapenhandelaar toegespeeld. Hoewel ze de Bulgaar hadden gemist toen hij naar New York was gekomen voor een eerste bezoek, waren ze er wel in geslaagd om na zijn vertrek Ustinoviks te spreken te krijgen. Het aanbod dat ze de Rus hadden gedaan, was eenvoudig. Als hij hen niet liet weten wanneer Georgiev de wapens kwam ophalen, zouden ze Ustinoviks overdragen aan de FBI.
De Rus had hun de gevraagde informatie verschaft, maar onder voorwaarde dat ze Georgiev niet zouden overvallen terwijl hij de wapens kwam ophalen. Dat hadden ze beloofd. Ze waren toch al van plan geweest om te wachten tot hij bezig zou zijn met wat hij hier kwam doen, wat dat dan ook mocht zijn. Dan zou het oog van de hele wereld op hen gericht zijn en zouden ze de aandacht op het lot van hun eigen volk kunnen richten. Daarmee zouden ze dan misschien een einde kunnen maken aan de lange reeks moorden waarbij ze betrokken waren geweest in hun pogingen om de Rode Khmer te laten ophouden met het ondermijnen van de pathetisch zwakke regering van Norodom Sihanouk.
Vanaf het dak van het gebouw van de club naast Ustinoviks' carrosseriebedrijfje hadden ze toegekeken hoe Georgievs team zijn wapens insloeg. Ty had hem bij die gelegenheid niet duidelijk kunnen zien. Niet zo duidelijk in elk geval als toen ze als kokkin in het VN-kampement had gewerkt om de infiltranten van de Rode

Khmer in de gaten te houden en daar getuige was geweest van de vernederingen waaraan de meisjes werden onderworpen en waarvoor Georgiev de verantwoording droeg. De regering kon echter niet ingrijpen zonder bewijsmateriaal en iedereen die probeerde dat bewijsmateriaal te verzamelen, of die probeerde te ontsnappen, zoals die arme Phum, had dat met zijn leven moeten bekopen.

Nadat Georgiev en zijn mensen de wapens hadden opgehaald, waren Ty en Hang hen gevolgd naar het hotel. De kamers naast die van het groepje waren al bezet geweest en dus hadden ze de kamer daaronder genomen en daar een draadje door het gipsplaatplafond gestoken, het tegen de vloer van de kamer daarboven geduwd en er een versterker op aangesloten. Zo hadden ze kunnen meeluisteren terwijl Georgiev en zijn medewerkers hun plannen bespraken.

Vanavond waren ze naar de permanente vertegenwoordiging van het Koninkrijk Cambodja tegenover het VN-gebouw gegaan om te wachten tot het tijd zou zijn.

Ty Sokha wendde haar grote, donkere ogen af van het jonge meisje dat naast haar lag. Ze was iets ouder dan Phum was geweest toen ze door een van Georgievs huurmoordenaars werd vermoord, maar niet veel. Ty keek eens naar Hang Sary, die binnen de hoefijzervormige tafel op de vloer zat. De Cambodjaanse agent was iets gaan verzitten, zodat hij Ty vanuit zijn ooghoeken in de gaten kon houden zonder dat het opviel.

Hij knikte. Ze knikte terug.

Als Georgiev weer de trap af kwam, was het moment gekomen.

33

Zaterdag, 23.37 uur

New York

Toen Georgiev de dubbele deuren achter in het auditorium had bereikt, bleef hij staan. Hoewel hij niet verwachtte dat nodig te hebben, had hij een pistool in de hand. Reynold Downer stond rechts van de deuren. Hij had een wapen in beide handen.

'Ga je haar binnenlaten?' vroeg hij.

'Nee,' zei Georgiev. 'Ik ga naar buiten.'

Hoewel de Australiër een masker ophad, kon Georgiev toch duidelijk zien dat hij stomverbaasd was. 'Maar waarom in godsnaam?'

'Ze hebben een lesje in zinloosheid nodig,' zei Georgiev.

'Zinloosheid? Ze nemen je gevangen!' zei Downer.

De secretaris-generaal vroeg opnieuw of ze binnen mocht komen.

'Dat risico zullen ze niet nemen,' zei Georgiev. 'Ik zal hun duidelijk maken dat ze wel móéten meewerken, en snel ook.'

'Nou klink je net als een diplomaat. Wat als ze je accent herkennen?'

'Ik zal langzaam praten, en met een zware stem,' zei Georgiev. 'Dan denken ze waarschijnlijk dat ik een Rus ben.' Nu hij eraan dacht: hij zou het leuk vinden als Moskou of de Russische maffia de schuld van dit alles zou krijgen.

'Ik ben het hier niet mee eens,' zei Downer. 'Ik ben het hier helemaal niet mee eens, verdomme!'

Dat had ik ook niet verwacht, dacht Georgiev. Downer wist hoe hij mensen moest intimideren, maar subtiel was hij niet.

'Ik red me wel,' zei Georgiev. Langzaam bracht hij zijn hand naar de deurknop, draaide die om en duwde de deur op een kier.

Voor hem stond Mala Chatterjee. Ze hield haar schouders naar achteren, haar hoofd rechtop en haar armen recht naar beneden en strak tegen haar lichaam. Achter haar zag Georgiev de chef Beveiliging staan, met achter zich een paar met schokbestendige schilden uitgeruste beveiligingsmensen.

De uitdrukking op Chatterjees gezicht was kalm maar vastberaden. De officier zag eruit alsof hij vuur wilde spuwen. Dat beviel de Bulgaar wel in een tegenstander. Dat hield je alert.

'Ik wil u graag spreken,' zei Chatterjee.

'Zegt u tegen die mensen dat ze naar achteren lopen tot ze niet meer naast het auditorium staan,' zei Georgiev. Het leek hem niet nodig om erbij te zeggen dat het op de gijzelaars verhaald zou worden als hem iets overkwam.

Chatterjee keek om en knikte naar kolonel Mott, die zijn medewerkers met een handgebaar te kennen gaf dat ze een eindje naar achteren moesten gaan. Dat deden ze, maar Mott bleef staan waar hij stond.

'Iedereen,' zei Georgiev.

'Het is in orde, kolonel,' zei Chatterjee zonder om te kijken.

'Mevrouw...'

'Gaat u een eindje naar achteren, alstublieft,' zei ze vastberaden.

Mott snoof, draaide zich om en liep naar zijn mensen toe, die nu 9 meter van hen af stonden, en bleef daar woedend naar Georgiev staan kijken.

Prima, dacht Georgiev. Ze had zojuist haar chef Beveiliging volkomen in zijn hemd gezet. De kolonel keek nu alsof hij elk ogenblik zijn pistool kon trekken om hem een kogel in zijn lijf te schieten. Chatterjee bleef de Bulgaar strak aankijken.

'Nu gaat u ook een eindje naar achteren,' zei hij.

Dat leek haar te verrassen. 'Wilt u dat ik ook naar achteren ga?'

Hij knikte. Ze deed drie stappen naar achteren en bleef toen staan. Georgiev deed de deur een eindje verder open en zag dat de beveiligingsmensen onwillekeurig hun schilden iets verder optilden. Er ging een golf van angst door het team. Hij hoopte dat het nu werkelijk tot de secretaris-generaal doordrong hoe hopeloos haar positie was. Praters en arme schooljongetjes zonder enige gevechtservaring: dat was alles wat ze tot haar beschikking had.

Georgiev stak zijn wapen in de holster en stapte door de open deur. Terwijl hij de beveiligingsmensen goed in de gaten bleef houden, deed hij langzaam en zonder angst de deur achter zich dicht. Hij kwam in de verleiding om even op zijn achterhoofd te krabben om hen te zien schrikken, maar dat deed hij toch maar niet. Het was al voldoende om te weten dat ze zich inderdaad doodgeschrokken zouden zijn. En wat belangrijker was, dat zij dat ook wisten. Ze hadden heel goed in de gaten wie hier de meeste moed had en zich het meest op zijn gemak voelde. Het was verstandig geweest om hierheen te komen. Hij keek naar Chatterjee.

'Wat wilt u van ons?' vroeg hij.

'Ik wil deze situatie zonder verder bloedvergieten tot een oplossing brengen.'

'Dat kan,' zei hij. 'Geeft u ons maar waarom we hebben gevraagd.'

'Ik doe mijn best,' zei ze. 'Maar de betrokken landen hebben geweigerd te betalen.'

Dat had hij wel verwacht. 'Laat iemand anders maar over de brug komen,' zei hij. 'Laat de Verenigde Staten nog maar eens de wereld redden.'

'Ik kan het er met hen over hebben,' zei ze. 'Maar dat gaat tijd kosten.'

'Die tijd kunt u krijgen,' zei hij. 'Eén leven per uur, dat is de prijs die ervoor staat.'

'Nee, alstublieft,' zei Chatterjee. 'Ik zou graag iets willen voorstellen. Een moratorium. Ik denk dat ik een betere kans heb om te krijgen wat ik wil als ik hun kan vertellen dat u met ons samenwerkt.'

'Samenwerken?' zei hij. 'U bent degene die tijd verspilt.'

'Maar het gaat uren duren,' zei ze. 'Misschien wel dagen.'

Georgiev haalde zijn schouders op. 'Dan kleeft het bloed aan uw handen en niet aan de mijne.'

De secretaris-generaal bleef haar ogen op hem gericht houden, maar ze was nu duidelijk minder rustig dan daarnet. Ze ademde sneller en haar ogen gingen rusteloos heen en weer. Dat was prima. Medewerking, dat was wat hij wilde, en geen onderhandelingen. Georgiev merkte dat de beveiligingsman achter haar nerveus begon te schuifelen. Die zou wel niet afkomstig zijn uit het kader van de Verenigde Naties. Hij zag eruit als een aan de ketting gelegde stier. Chatterjee keek naar de vloer en schudde langzaam haar hoofd. Ze had nog nooit eerder met iets dergelijks te maken gehad. Hij had bijna medelijden met haar. Wat doet een diplomaat als je gewoon 'nee' blijft zeggen?

'Ik geef u mijn erewoord,' zei ze. 'Hou op met moorden. Ik zal zorgen dat u alles krijgt wat u wilt.'

'Daar zorgt u toch wel voor,' zei hij.

Chatterjee keek hem aan. Het leek of ze nog iets wilde gaan zeggen, maar eigenlijk niet wist wát. Alles was al gezegd.

Georgiev draaide zich om.

'Doet u dit nou niet,' zei Chatterjee.

Hij liep naar de deur en legde zijn hand op de deurknop.

Chatterjee liep achter hem aan. 'Begrijpt u nou niet wat ik zeg? Niemand schiet hier iets mee op,' zei ze. Wanhopig greep ze hem bij de arm.

Georgiev bleef staan en trok zijn arm naar zich toe, maar de vrouw bleef zich aan hem vastklampen.

'Luistert u toch naar me!' smeekte ze.

Dus de vredestichtster had klauwen! De forsgebouwde man stootte

174

zijn arm snel naar voren, zodat Chatterjee tegen de muur sloeg.
Hij hoorde voetstappen achter zich, greep naar zijn pistool, en
draaide zich net om toen er een elleboog rakelings voor zijn ogen
langs schoot.
Ineens zag hij een rood waas. Hij werd licht in zijn hoofd, had geen
gevoel meer in zijn neusbrug en voorhoofd en moest zijn uiterste
best doen om bij zijn positieven te blijven. Toen kwam de tweede
klap en werd alles zwart.

34

'Er is iets gebeurd,' zei Mike Rodgers tegen Paul Hood.
Rodgers zat samen met Ani Hampton aan de computer. Hood was net binnengekomen en stond nog steeds na te hijgen van de inspanning die het hollen hem had gekost. Ani had even op de monitor van de camera bij de voordeur gekeken en toen opengedaan. Rodgers wilde weten wat Hood hierheen bracht, maar wat er op dit moment met Mala Chatterjee gebeurde, was wat de militairen *breaking news* noemden, nieuws dat zich live aan het voltrekken was. Ani had de radiosignalen van het afluisterapparaatje doorgeschakeld naar de luidsprekers van haar computer en hoewel alles werd opgenomen, wilde hij geen woord missen van het gesprek tussen de terroristen en de secretaris-generaal. Hun stemmen klonken heel zacht.
'Paul Hood, Annabelle Hampton,' zei Rodgers. Het gesprek was op dit ogenblik toch nauwelijks te verstaan, dus hij kon hen net zo goed even aan elkaar voorstellen.
Ani keek Hood even aan en knikte. Zo te zien werd ze vrijwel volledig in beslag genomen door wat ze voor zich op het scherm zag gebeuren.
'We denken dat er net iets is gebeurd, vlak buiten het auditorium van de Veiligheidsraad,' zei Rodgers. 'Een van de terroristen is naar buiten gekomen om met de secretaris-generaal te overleggen. Zo te horen begon ze te schreeuwen en daarna is iemand de terrorist te lijf gegaan. Waarschijnlijk was dat kolonel Mott van het VN-beveiligingsteam. Die was het dichtst in de buurt. Zo te horen hebben ze hem te pakken, maar daar kunnen we niet zeker van zijn. Iedereen praat nu heel zachtjes.'
Zwijgend bleven ze nog even luisteren. Toen nam Hood het woord.
'Misschien heeft het niet zo veel te maken met wat er op dit moment gebeurt,' zei hij, 'maar ik heb net bericht gehad van Bob. Er bevinden zich twee mensen in het auditorium die minstens acht jaar voor het Nationale Bevrijdingsfront van het Khmer-volk actief zijn geweest. Ze zijn begonnen als contraterreurspecialisten tegen de Rode Khmer en zijn daarna als huurmoordenaars voor Son Sann gaan werken.'

Ani wierp hem een snelle en indringende blik toe.

'Twee dagen geleden zijn ze met toestemming van iemand in hun regering met een diplomatiek paspoort de Verenigde Staten binnengekomen. Hun achtergrond is opzettelijk geheimgehouden,' vervolgde Hood. 'Zijn ze hier bij toeval in verzeild geraakt, werken ze samen met de terroristen of is er nog iets anders aan de hand, iets waar we geen weet van hebben?'

Net toen Rodgers zijn hoofd schudde, werd er nog een keer aangebeld en Ani zette het beeld van de surveillancecamera op de computer. Het was Brett August. Rodgers zei dat het goed was en Ani stak haar hand onder de tafel om hem binnen te laten. Rodgers excuseerde zich en liep naar de deur om de aanvoerder van het Striker-team te begroeten.

Terwijl Rodgers haastig door de lobby liep, bedacht hij dat dit nou precies het soort situatie was waarmee professionele gijzelingsonderhandelaars elke dag weer te maken kregen. Sommige crises waren grootschalige politieke gebeurtenissen die het landelijke nieuws haalden. Bij andere waren niet meer dan een of twee mensen in een flat of een buurtwinkeltje betrokken. Eén ding hadden ze echter allemaal gemeen, zonder uitzondering, en dat was dat er elk ogenblik van alles kon gebeuren. In zijn ervaring kon je op het slagveld ook met snelle veranderingen worden geconfronteerd, maar dan ging het meestal wel om massale troepenbewegingen en als die eenmaal in gang waren gezet, kwamen die niet zo een-twee-drie tot stilstand.

Bij gijzelingen lag dat anders. Daar kon zelfs de kleinste aanleiding al de hele situatie op zijn kop zetten. Alles kon zich met een ruk in beweging zetten en even later weer even abrupt tot stilstand komen, of volkomen onverwacht een scherpe bocht maken in een richting die niemand van tevoren had kunnen voorspellen. En des te meer mensen erbij betrokken waren, des te groter de kans op plotselinge dramatische veranderingen, vooral als de betrokkenen bestonden uit angstige kinderen, fanatieke terroristen, doelbewuste beroepsmoordenaars en diplomaten die alleen maar slap konden lullen.

Kolonel August rook naar zweet en zijn uniform zat vol vetvlekken. Hij salueerde en legde Rodgers toen uit dat hij zich van de hydraulische laadklep van de C-130 had laten rollen terwijl die werd opgeklapt. Omdat het donker was, had niemand hem zien gaan. Hij had een val van meer dan een meter gemaakt, maar op een paar blauwe plekken na had hij er niets aan overgehouden. Onder zijn sweater droeg hij een kogelvrij vest van kevlar en dat had een deel van de klap opgevangen. Omdat August was vermomd als toerist, had hij een portefeuille bij zich gehad met voldoende geld erin voor een taxiritje naar Manhattan.

Terwijl ze naar Ani's kantoor liepen, bracht Rodgers hem snel op de hoogte. Toen ze vlakbij waren, bleef August plotseling staan.

'Wacht eens even,' zei hij zachtjes.

'Wat is er?'

'Zitten er een paar Cambodjaanse beroepsmoordenaars daar in de zaal?' vroeg August.

'Inderdaad.'

August dacht even na en knikte toen in de richting van het kantoortje. 'Wist je dat die juffrouw daar in Cambodja voor de CIA heeft gewerkt?'

'Nee,' zei Rodgers. Hij deed geen moeite om zijn verbazing te verhullen. 'Vertel eens.'

'Op weg hierheen heb ik haar dossier gedownload,' zei August. 'Ze heeft bijna een jaar in Cambodja gezeten om agenten te werven.'

Snel liet Rodgers de verschillende mogelijkheden de revue passeren. 'Een kwartier voor het begin van de gijzeling heeft ze beneden ingeklokt. Ze zei dat ze wat achterstallig werk wilde inhalen.'

'Dat kan best waar zijn,' zei August.

'Het zou kunnen,' zei Rodgers. 'Maar ze was hier vóór het begin van de aanval al en ze is in staat om de secretaris-generaal af te luisteren. Bovendien staat hier een TAC-SAT.'

'Dat is niet gebruikelijk in CIA-kantoren,' zei August.

'Nee,' zei Rodgers instemmend. 'Maar als je informatie wilt doorgeven aan mensen die bij deze gijzeling betrokken zijn, komt het natuurlijk wel heel goed uit.'

'Maar aan welke kant zouden die mensen dan staan?' vroeg August.

'Dat weet ik niet.'

August liet een minachtend gegrinnik horen. 'Jij zit te veel achter dat bureau van je. Stroop je mouwen maar op.'

'Hoe bedoel je?' vroeg Rodgers.

'Hou de bovenkant van je onderarm straks even dicht bij dat apparaat.'

'Ik snap het nog steeds niet.'

'Je haartjes. Statische elektriciteit,' zei August.

'Shit,' zei Rodgers. 'Je hebt gelijk.'

Een geïsoleerd elektrisch apparaat dat ingeschakeld is, genereert statische elektriciteit en als je je arm er dichtbij houdt, gaan de haartjes daarop recht overeind staan.

Rodgers knikte en ze liepen door naar het kantoor.

Ze waren geen van beide mannen die snel spoken zagen, maar vanaf het begin van hun carrière had elke beslissing die ze namen, mensenlevens kunnen kosten, soms niet meer dan één en soms wel duizend, en daarom waren ze er als ze met iets verontrustends werden geconfronteerd, nooit zomaar van uitgegaan dat het allemaal wel zou loslopen. En toen Rodgers het kantoor binnenstapte, hield hij zichzelf iets voor wat de CIA tot zijn schade en schande had ondervonden, namelijk dat gevaar niet altijd van buiten komt.

35

Een ogenblik was het volkomen stil in de gang buiten het auditorium van de Veiligheidsraad. Toen maakte secretaris-generaal Chatterjee zich los van de muur waar ze tegenaan geleund had gestaan en keek snel heen en weer tussen de op de grond liggende terrorist en kolonel Mott.

'Dat had u niet moeten doen!' fluisterde ze streng.

'U werd aangevallen,' fluisterde hij terug. 'Het is mijn taak om u te beschermen.'

'Ik heb hém vastgegrepen...'

'Dat maakt niet uit,' zei Mott. Hij wees naar twee van zijn veiligheidsmensen en wenkte dat ze naar hem toe moesten komen. Toen keek hij opnieuw naar Chatterjee. 'Het is nou eenmaal gebeurd.'

'En tegen mijn wil,' zei ze nijdig.

'Mevrouw, daar moeten we het later maar eens uitgebreid over hebben,' zei Mott. 'We hebben nu geen tijd.'

'Geen tijd waarvoor?' vroeg ze.

De twee mannen kwamen naar hen toe gelopen. 'Trek hem zijn kleren uit,' zei Mott zachtjes. Hij wees op de terrorist. 'En snel.'

Ze gingen aan de slag.

'Wat doen jullie nou?' vroeg Chatterjee.

De kolonel begon de knoopjes van zijn eigen overhemd los te maken. 'Ik ga de zaal binnen,' zei hij. 'Vermomd als terrorist.'

Chatterjee leek volkomen verbijsterd te zijn. 'Nee, daar komt niets van in.'

'Dat lukt me wel,' zei hij. 'We hebben min of meer dezelfde maat.'

'Niet zonder mijn toestemming,' zei ze.

'Ik heb uw toestemming niet nodig,' zei hij terwijl hij zijn overhemd uittrok en zich bukte om zijn veters los te maken. 'Paragraaf 13c, lid 4 van de veiligheidsvoorschriften. "Ingeval van een rechtstreekse bedreiging van de secretaris-generaal dienen alle toepasselijke voorzorgsmaatregelen te worden genomen." Hij heeft u geslagen. Dat heb ik zelf gezien. Om de een of andere reden komt de fiberoptische camera niet door de vloer heen. Er is al bijna wéér een uur voorbij en het is mogelijk dat daarbinnen een gewond kind ligt.

Helpt u me om een einde te maken aan deze toestand, mevrouw. Had hij een accent?'

'Ze hebben u meteen door.'

'Dat zal wel even duren,' zei Mott. Hij was zich scherp bewust van het verstrijken van de tijd en vroeg zich af hoelang de terroristen daarbinnen zouden wachten tot hun vertegenwoordiger weer terugkwam. 'Alstublieft,' drong hij aan. 'Had hij een accent?'

'Volgens mij was het een Oost-Europeaan,' zei Chatterjee. Ze leek compleet overdonderd.

Mott keek toe terwijl een van zijn manschappen Georgiev zijn masker aftrok. 'Herkent u hem?'

Chatterjee keek naar het vlezige, ongeschoren gezicht. Er zat bloed op de dikke neusbrug. 'Nee,' zei ze zachtjes. 'U wel?'

Mott keek van de gevallen man naar de deur van het auditorium. 'Nee.' Hij wist niet of het nou zijn eigen angst was of de intuïtie van iemand die jarenlang als undercoveragent had gewerkt, maar hij kon gewoon voelen hoe de spanning in het auditorium toenam. Hij moest er snel iets aan doen, voordat het tot een explosie kwam. De kolonel wenkte de man dat hij hem het masker moest aangeven, trok het over zijn hoofd en bukte zich om wat bloed van Georgievs neus te wrijven en dat op het masker te smeren. 'Zo hoef ik me om dat accent niet meer druk te maken.'

Chatterjee keek toe hoe hij snel de sweater, de broek en de schoenen van de terrorist aantrok.

'Laat iedereen naar het auditorium van de Trustschapsraad gaan,' zei hij tegen luitenant Mailman. 'Ik wil dat jullie je bij de tussendeuren opstellen. Snel, maar zonder lawaai. Vorm twee groepen: een defensieve ring en een team om de gijzelaars eruit te halen. Zodra jullie schoten horen, doen jullie een inval.' Mott pakte Georgievs pistool en keek of er voldoende kogels in het magazijn zaten. Het was nog bijna vol. 'Ik open pas het vuur als ik in de positie ben om minstens één terrorist uit te schakelen. Ik zal mijn best doen om aan de noordzijde te blijven, zodat hun vuur van jullie wordt afgeleid. Je weet wat voor kleren ze aanhebben. Schiet hen neer, maar pas op dat jullie niet degene neerknallen die op hen staat te schieten.'

'Jawel, kolonel,' zei de officier.

'Mevrouw, als ik u was, zou ik contact opnemen met Interpol om erachter te komen wie dit individu is.' Mott sprak dat woord met bijna tastbare weerzin uit. 'Als er iets misgaat, kan die informatie u misschien helpen om hen alsnog tegen te houden.'

'Kolonel, ik ben het hier niet mee eens,' zei Chatterjee. De secretaris-generaal had haar evenwicht weer hervonden en begon kwaad te worden. 'U zet het leven van iedereen daar op het spel.'

'Iedereen daar in de zaal gaat er toch aan, tenzij wij hen weten te bevrijden,' zei hij. 'Heeft die man u dat net niet verteld?' Met zijn voet wees hij naar Georgiev. 'Is dat niet waarom u hem net probeerde tegen te houden?'

'Ik wilde voorkomen dat er nog meer doden zouden vallen...'

'En wat u wilde, kon hem geen moer schelen,' fluisterde Mott nijdig.

'Nee,' zei ze. 'Dat kon hem inderdaad niets schelen, maar ik kan daar nog steeds naar binnen gaan om met de anderen te praten.'

'Nu niet meer,' zei Mott. 'Ze zullen willen weten waar die man is gebleven, en wat gaat u hun dan vertellen?'

'De waarheid,' zei ze, 'Misschien dat ze dan wél met ons willen meewerken. Misschien kunnen we hem ruilen voor de gijzelaars.'

'Dat gaat niet,' zei Mott. 'We zouden hem wel eens nodig kunnen hebben vanwege de informatie die hij ons kan geven. En bovendien: deze klootzak moet voor de rechter komen, wat er verder ook gebeurt.' Mott had altijd bewondering gehad voor Chatterjees vasthoudendheid, maar op dit moment vond hij die eerder van naïviteit getuigen dan van een ongebruikelijk groot inzicht.

Terwijl de luitenant twee teams vormde, wenkte de kolonel dat het medische noodteam moest komen. Ze legden de gevallen terrorist op een brancard en gebruikten de handboeien van een van de beveiligingsmensen om ervoor te zorgen dat hij daar ook op bleef liggen.

'Breng hem naar de eerstehulp en zorg dat hij met handboeien aan het bed wordt vastgemaakt,' zei Mott tegen het hoofd van het team.

De luitenant gebaarde naar Mott dat hij gereed was. Kolonel Mott stak drie keer tien vingers op en terwijl de twee teams van luitenant Mailman het auditorium van de Trustschapsraad binnenliepen, begon hij dertig seconden af te tellen.

'Alstublieft, kolonel,' zei Chatterjee. 'Als u naar binnen gaat, kan ik dat niet doen.'

'Dat weet ik,' zei hij. 'Nog 25 seconden.'

'Maar dit is een vergissing!' zei ze, en voor de eerste keer sprak ze hardop.

De deur van het auditorium kraakte, alsof iemand ertegenaan was gaan leunen. Chatterjee hield onmiddellijk haar mond. Mott liet zijn blik van de deur naar Chatterjee gaan, en keek toen op zijn horloge. Nog twintig seconden.

'Het is alleen maar een vergissing als het mislukt,' zei kolonel Mott zachtjes. 'Mevrouw, we hebben geen tijd om uitgebreid te debatteren. Gaat u alstublieft een eindje naar achteren, anders raakt u nog gewond.'

'Kolonel...' begon ze, maar ze maakte haar zin niet af. 'God zij met u,' zei ze toen. 'God zij met u allemaal.'

'Dank u,' zei Mott. Nog vijftien seconden.

Met tegenzin deed Chatterjee een paar stappen naar achteren.

Kolonel Mott richtte zijn aandacht op wat hij nu ging doen. Door het masker heen proefde hij het bloed van de terrorist. Het was een beetje barbaars, maar eigenlijk vond hij dat wel toepasselijk. Het deed hem aan de oude vikingen denken. Hij stak het pistool van de terrorist in zijn riem. Daar had het ook gezeten toen de man de zaal uit was gekomen. Daarna strekte en kromde hij zijn gehandschoende vingers. Hij wilde naar binnen om te doen wat hem te doen stond.

Tien seconden.

Een jaar of twintig geleden, toen hij op de New Yorkse politieschool aan 20th Street en 2nd Avenue had gezeten, had een leraar strategie en tactiek hem ooit verteld dat dit werk in wezen een blinde gok was. Iedere politieman en iedere soldaat was een dobbelsteen met zes zijden. Die zijden stonden voor vastberadenheid, behendigheid, meedogenloosheid, slimheid, moed en kracht. Het grootste deel van de tijd gooide je alleen maar met die dobbelsteen om te oefenen. Door te surveilleren en mee te doen aan oefeningen leerde je steeds beter te werpen. Je kreeg er gevoel voor. Je bekwaamde je in de finesses. Maar als het erop aankwam en je werkelijk met die dobbelsteen moest gooien, moest altijd maar blijken of je hogere ogen gooide dan je tegenstander en dus over meer van die eigenschappen beschikte, en vaak kreeg je daar bovendien maar een paar seconden de tijd voor. Tijdens de twaalf jaar dat hij in district Midtown South had gewerkt, was Mott dat nooit vergeten. Elke keer dat hij een flat was binnengegaan zonder te weten wat er zich aan de andere kant van de deur bevond of een auto had aangehouden zonder te weten wat er onder die krant op de stoel naast de bestuurder lag, was die vergelijking weer in hem opgekomen, en nu moest hij er ook weer aan denken. Elke reflex die in zijn geheugen was opgeslagen, elke reflex die tot diep in zijn botten was doorgedrongen en in zijn ziel stond geëtst, riep hij in zich op. En om helemaal zeker van zijn zaak te zijn, deed hij de woorden van een van de eerste Mercury-astronauten er ook maar bij: 'Alstublieft, God, zorg dat ik dit niet verknoei,' had hij gezegd toen hij zat te wachten tot zijn raket zou worden gelanceerd.

Vijf seconden.

Mott was gereed. Met al zijn zintuigen gespitst liep hij naar de deur van het auditorium. Hij kreunde alsof hij gewond was en pijn leed. Toen trok hij de deur open en stapte naar binnen.

36

Zaterdag, 23.48 uur
New York

Toen de ouders de lounge van het ministerie van Buitenlandse Zaken binnenliepen, stonden daar al telefoons voor hen klaar. Sharon had een leunstoel in de hoek van de helverlichte ruimte gekozen en eerst Alexander gebeld, die nog steeds in het hotel zat. Ze wilde weten of alles goed met hem was. Dat bleek zo te zijn, hoewel ze zo'n donkerbruin vermoeden had dat hij geen videospelletjes meer aan het spelen was, maar op het speciale Spectravision-beeldscherm van het hotel naar een video zat te kijken. Als hij met die videospelletjes bezig was, klonk Alexanders stem altijd wat gejaagd, alsof het lot van de hele melkweg in zijn schouders lag. Toen ze hem om een uur of elf had gebeld, had zijn stem echter nederig en vol ontzag geklonken, net als Charlton Heston nadat hij in *De tien geboden* het brandende braambos had gezien. Sharon liet het maar zo. Ze had hem niet eens verteld wat er aan de hand was. Ze had zo het gevoel dat Alexander vannacht uitstekend zou slapen en ze hoopte maar dat het allemaal voorbij zou zijn voordat hij morgenochtend wakker werd. Daarna belde ze naar de boodschappendienst. Ze zou haar ouders alleen maar bellen als zij het nieuws hadden gezien en een bericht voor haar hadden achtergelaten. Hun gezondheid was niet al te best en het waren mensen die zich snel bezorgd maakten. Ze wilde hen niet onnodig belasten.

Maar haar moeder had wél gebeld. Ze had het nieuws gezien en dus belde Sharon haar terug en vertelde haar dat ze had gehoord dat de betrokken VN-functionarissen probeerden te onderhandelen en dat er verder geen nieuws was.

'Wat denkt Paul ervan?' vroeg haar moeder.

'Ik weet het niet, mama,' zei Sharon.

'Hoe bedoel je?'

'Hij is met een van de VN-militairen meegegaan en nog niet teruggekomen,' zei ze.

'Waarschijnlijk probeert hij hen te helpen,' zei haar moeder.

Hij probeert altijd te helpen, maar altijd iemand ánders, had ze willen zeggen, maar in plaats daarvan zei ze: 'Ik ben er zeker van dat hij weet wat hij doet.'

Haar moeder vroeg hoe het met haar ging en Sharon zei dat zij en de andere ouders probeerden de moed erin te houden. Méér konden ze niet doen. Ze beloofde te bellen als er iets gebeurde.

Die gedachte aan Paul en iemand ánders had haar van streek gemaakt. Ze wilde haar dochter terug en ze was tot elke opoffering bereid om dat gedaan te krijgen, maar ze besefte maar al te goed dat Paul ook zou zijn gaan helpen als Harleigh niet in dat gebouw had gezeten. Sinds het begin van de gijzeling had Sharon nog niet veel gehuild, maar die gedachte werd haar te veel.

Ze wendde haar gezicht af van de andere ouders en veegde haar tranen weg. Ze probeerde zich ervan te overtuigen dat Paul dit voor Harleigh deed. En zelfs als dat niet zo mocht zijn, dan zou waar hij nu mee bezig was, haar dochter toch helpen.

Maar ze voelde zich nu zo alleen! En omdat ze niet wist wat er aan de hand was en hoe het met haar dochter ging, werd ze opnieuw boos. Paul had toch in elk geval even kunnen bellen! Dat was toch wel het minste geweest wat hij had kunnen doen! Hij had toch de moeite kunnen nemen om haar even te vertellen wat er aan de hand was!

Toen viel haar iets in. Ze pakte een zakdoekje uit haar tas, snoot haar neus en nam de hoorn van de haak. Paul had nog steeds zijn mobiele telefoon bij zich. Terwijl ze het nummer intoetste, vond ze een kracht in haar woede, die ze niet had weten op te brengen toen ze rustig over de situatie nadacht.

37

Zaterdag, 23.49 uur

New York

Ty Sokha bleef gehurkt naast het meisje zitten. Ze kon niets meer voor haar doen, maar ze was hier per slot van rekening ook niet gekomen om levens te redden. Door voor het meisje te zorgen had ze één ding bereikt en meer niet: ze had weten vast te stellen wie van deze mannen Ivan Georgiev was, want nú wist ze van wie de stem was die ze in het VN-kampement had gehoord terwijl de eigenaar daarvan de gasten naar de tenten begeleidde. Dat was de man die zijn adjudant opdracht had gegeven om Phum achterna te gaan en haar neer te schieten als ze probeerde te ontkomen. Het zou Ty en Hang misschien niet lukken om alle terroristen uit te schakelen, maar hém wilden ze in elk geval te grazen nemen.

Ty had een compact browning high power-pistool in haar handtasje. Hang had er een in de holster die achter zijn riem was gestoken. De wapens waren in diplomatieke poststukken langs de douane gesmokkeld. Ze zouden straks twee vliegen in één klap slaan. Niet alleen zouden ze wraak nemen en als helden worden beschouwd omdat ze de gijzelaars hadden gered, maar bovendien zouden ze wereldwijde aandacht krijgen voor de zaak waarvoor ze zich inzetten: een krachtig Cambodja onder leiding van Son Sann. Het onrecht zou ophouden. De Rode Khmer zouden eindelijk in een hoek gedreven en uitgeroeid worden en Cambodja zou vrij zijn om zijn plaats op het Aziatische politieke en financiële toneel in te nemen.

Dat hing echter allemaal af van wat er straks zou gebeuren. Ty had er spijt van dat ze Georgiev de deur uit had laten gaan, maar ze had helemaal niet verwacht dat hij zoiets zou doen. En omdat de terroristen haar zouden kunnen uitschakelen, wilde ze niet op eigen houtje het vuur op hem openen voordat ze Hang duidelijk had gemaakt wie van de terroristen Georgiev was.

Ty maakte haar tasje open en haalde er een zijden zakdoekje uit. Ze liet haar tasje open op de vloer staan en depte het voorhoofd van het meisje droog. De kolf van de browning wees haar richting uit en toen ze het zakdoekje weer terugstopte, maakte ze van de gelegenheid gebruik om de veiligheidspal om te zetten. Ze begon angstig te worden. Ze hoopte maar dat die ellendeling er niet in zou slagen een deal met de secretaris-generaal te sluiten. Terwijl ze daar zo zat te wachten, werd ze woedend op zichzelf omdat ze hem niet had neergeschoten toen ze daar de kans toe had gehad. Dat zou ze misschien met de dood hebben moeten bekopen, maar ze zou dan tenminste zijn gestorven in de wetenschap dat Hang en de geesten van zijn voorouders ontzettend trots op haar waren.

Plotseling vloog een van de dubbele deuren open. Het was de deur boven aan de trap aan de andere kant van de zaal. De terrorist die daar had gestaan, sprong opzij toen Georgiev naar binnen kwam stormen. De Bulgaar hield zijn ene hand voor het onderste deel van zijn skimasker. Hij sloeg de deur dicht, trok zijn pistool en schudde er kwaad mee naar de deur. Daarna draaide hij zich om en beende met lange passen langs zijn kameraad. Toen de ander achter hem aan probeerde te lopen, gaf Georgiev hem met een handgebaar te kennen dat hij moest blijven waar hij was. Daarna strompelde hij moeizaam de trap af. Hij leek wat groggy te zijn, alsof hij een harde klap had moeten incasseren. Hij zag er niet uit alsof hij erg gelukkig en tevreden was.

Dat was goed. Volgens de wijzen van het theravada-boeddhisme werd een man die ongelukkig stierf in zijn volgende leven ook ongelukkig en Ty vond dat Georgiev dat wel had verdiend.

De Bulgaar had zijn pistool in de hand. Halverwege de trap bleef hij staan en wreef over zijn kin. Hij leek te aarzelen.

De man boven aan de trap kwam naar hem toe gelopen en de man onder aan de trap zette zich nu ook in beweging.

Verdomme, dacht Ty. Ze moest het nu doen. Dadelijk zouden ze met hun drieën op een kluitje staan en zou ze Georgiev daardoor misschien niet meer kunnen raken.

Ze gaf Hang een seintje met haar ogen. Hij trok zijn wapen uit de holster en draaide zich langzaam naar zijn doelwit toe. Ty trok haar eigen pistool uit het tasje en volgde zijn voorbeeld. Hang was de eerste die de trekker overhaalde. Nog voordat de andere terroristen ter plekke waren, had hij drie schoten op Georgiev gelost. Eén van de kogels miste, maar terwijl er twee grote rode plekken op zijn voorhoofd verschenen, werd de Bulgaar achteruit tegen de muur geslagen. Toen hij onmiddellijk daarna in elkaar zakte en met zijn rug langs de muur omlaag gleed, bleven er drie lange, rode vegen op het groen met gouden behang achter.

De twee Cambodjanen renden naar voren om dekking te zoeken op het gangpad. De twee andere mannen op de trap bleven staan, doken weg achter de stoelen en richtten op hun belagers. Terwijl ze dat deden, ging de deur naar het auditorium van de Trustschaps-raad open en kwamen vier leden van de VN-beveiligingsdienst de zaal binnenrennen. Eén ogenblik hing er een ademloze stilte, waar-in alleen het snikken van de kinderen te horen viel. De twee Cam-bodjanen keken om om te zien wat er aan de hand was en de terro-risten richtten hun wapen op de dichtstbijzijnde doelwitten.

De onverwachte afleiding stelde de terroristen die naast Georgiev langs de zuidelijke wand hadden gestaan, in staat het vuur te ope-nen op Ty en Hang. De Cambodjanen zaten gehurkt bij de muur aan de voet van de galerij en werden onmiddellijk getroffen: Hang in zijn schouder en Ty in haar dijbeen. Ty maakte een vreemde beweging en viel op haar rug, Hang kwam op zijn handen en voeten terecht en gaf een gil, die echter plotseling werd afgebroken toen hij een kogel in zijn hoofd kreeg. De kogel trof hem onder een schuine hoek recht in zijn voorhoofd, en hij smakte plat op de vloer.

In haar val was Ty het pistool kwijtgeraakt en net toen ze haar arm uitstak om het te pakken, werd ze getroffen in haar maag en boven-arm. Ze bracht haar hand naar haar middenrif, maar die kwam abrupt tot stilstand toen een vierde kogel zich door haar schedeldak boorde.

Het duurde niet veel langer dan een seconde voordat de beide Cambodjanen dood waren, maar door hun aanwezigheid waren de VN-mensen in de war gebracht. Moesten ze nou wel of niet op hen schieten? Die vertraging stelde de terroristen in staat om zich om te draaien, hun wapens op de deur te richten en het vuur te openen. De trap bood hun een vrij schootsveld. Een van de beveiligings-mensen viel op de grond met een kogel in zijn been en moest snel de kamer uit worden gesleurd. De drie anderen die de zaal binnen waren gerend, lieten zich op één knie zakken en openden het vuur om de aftocht te dekken. Toen hij het gewonde meisje opmerkte, stak een van de mannen zijn armen onder haar oksels en trok haar met zich mee.

Een van de terroristen aan de zuidzijde viel op de grond en rolde de trap af tot hij met zijn hoofd tegen een van de stoelen sloeg. Een van de VN-mensen werd recht in zijn gezicht getroffen en viel ach-terover. Terwijl de terroristen het uitvochten met de VN'ers veran-derde het auditorium in een galmende echoput vol scherpe knallen en gillende mensen. Een groot aantal gijzelaars probeerde niet alleen weg te duiken voor de kogels, maar ook om andere, in paniek geraakte gijzelaars ervan te weerhouden als een kip zonder kop de vuurlinie in te rennen.

Het vuurgevecht kwam ten einde toen de VN-troepen zich terugtrokken en de deur naar het auditorium van de Trustschapsraad met een klap in het slot viel. De schoten hielden op, maar het gegil niet en het gevoel van waanzin dat een paar dodelijke seconden lang iedereen in de zaal in zijn greep gehad leek te hebben, bleef eveneens aanhouden.

38

Nadat Reynold Downer Georgievs bebloede lijk had neergelegd, knielde Ettienne Vandal bij hem neer en boog zich over hem heen.
'Je kunt beter weer bij de deur gaan staan,' zei Vandal. 'Misschien proberen ze het nog een keer.'
'Oké,' zei Downer. Hij trok zijn bloedrode handschoenen onder Georgiev vandaan en keek de zaal rond. De kleinste van de twee terroristen kwam de trap af gerend. Dat betekende dat Sazanka degene was die was geraakt. Downer keek toe terwijl Barone zich over hem heen boog. De Uruguayaan stond op en maakte met zijn vinger een snijdend gebaar over zijn hals. Hun piloot was dood. Downer vloekte, en Vandal ook. Downer keek naar het lijk.
Vandal had Georgievs masker afgetrokken. Maar degene die hier voor hen lag, was Georgiev helemaal niet.
'Dus zij hebben hem gevangengenomen. Die klootzakken hebben hem te pakken.' Hij spuwde op het Amerikaans aandoende gezicht van de man die levenloos voor hen op het tapijt lag.
Vandal stroopte de handschoen van de man een eindje op, voelde zijn pols en liet de arm daarna vallen. 'Die is dood.' Vandal keek eens naar de lijken vlak bij de tussendeur. 'Dat waren beveiligings- mensen van de VN en ik durf te wedden dat deze man daar ook bij hoorde. Maar wie waren die andere twee?'
'Waarschijnlijk undercoveragenten,' zei Downer. 'Om de gasten te bewaken.'
'Waarom zijn ze dan niet eerder in actie gekomen?' vroeg Vandal zich hardop af. 'Waarom hebben ze dan niet geprobeerd de gedele- geerden te redden?'
'Misschien hebben ze zonder dat wij het merkten op de een of andere manier hulp ingeroepen,' zei Downer. 'Ze wachtten gewoon het juiste moment af.'
'Dat denk ik niet,' zei Vandal. 'Ze keken heel verbaasd toen ze het VN-team binnen zagen komen.'
Downer liep weer de trap op en Vandal draaide zich om en liep snel naar beneden. Hij maakte zich zorgen om al die onbewaakte deu- ren, al dacht hij niet werkelijk dat er nu een nieuwe aanval ingezet

zou worden. Er was een aantal VN-medewerkers gewond geraakt. Ze hadden het neergeschoten meisje met zich meegenomen maar hij had niet het idee dat dat hun doel was geweest. Ze waren de zaal binnen komen stormen alsof ze een bruggenhoofd wilden vestigen. Vier man tegelijk en een achterhoede die klaarstond om tussen hen door naar voren te lopen. Waarom hadden die het meisje dan niet weggehaald?

Tijdens het vuurgevecht waren de gijzelaars plat op de vloer gaan liggen of onder de tafel weggedoken en Vandal besloot hen daar voorlopig maar te laten. Er klonk een hoop gesnik en gejammer, want iedereen was erg geschrokken van de inval. Die zouden nu echt niets doen.

Vandal kwam nu bij de twee mensen die onder aan de galerij waren neergeschoten. Het waren Aziaten. Hij hurkte neer en doorzocht de zakken van het jasje van de man. Hij had een Cambodjaans paspoort. Dat was in elk geval een aanwijzing. Tijdens de UNTAC-missie was Georgiev bij een heleboel onfrisse zaakjes betrokken geweest: van spionage tot prostitutie. Misschien was dit als een soort vergelding bedoeld geweest. Maar hoe hadden ze geweten dat hij hier was?

Barone was naar hem toe komen lopen. Vandal liet het paspoort vallen en kwam overeind.

'Is hij dood?' vroeg Barone met een knikje naar Georgiev.

'Het is hem niet,' zei Vandal.

'Wat?'

'Ze hebben hem gevangengenomen toen hij daar buiten was,' zei Vandal, 'en toen iemand anders naar binnen gestuurd.'

'Wie had ooit gedacht dat ze daar de *cajones* voor hadden?' zei Barone. 'Dat zou wel eens de reden kunnen zijn waarom die VN-mensen ineens een inval hebben gedaan. Ze kwamen achter hem aan.'

'Dat lijkt me heel goed mogelijk,' zei Vandal.

'Als hij hen maar niet over die bankrekeningen vertelt,' zei Barone hoofdschuddend. 'Anders kunnen ze het geld zo terughalen, zelfs als we hier weten weg te komen.'

'Dat ben ik met je eens,' zei Vandal.

'Dus wat doen we nu?' zei Barone.

'We hebben nog steeds iets wat zij willen hebben,' zei Vandal, die nu hardop nadacht. 'En we hebben nog steeds de middelen om de gijzelaars te doden zodra de beveiligingsmensen opnieuw een inval doen. Dus ik stel voor dat we ons aan de planning houden. Op twee punten na dan.'

'En dat zijn?' vroeg Barone.

Vandal richtte zijn blik op de conferentietafel. 'We vertellen hun dat we geld willen,' zei hij terwijl hij daarnaartoe liep. 'En we zetten wat meer vaart achter de hele zaak.'

Hij keek naar de lege stoel waar het neergeschoten meisje had gezeten en richtte zijn aandacht toen op Harleigh Hood. Dat meisje had iets wat hem niet beviel, iets uitdagends.

Hij zei tegen Barone dat hij haar moest halen.

39

Zaterdag, 23.51 uur
New York

Het mobiele afluisterapparaatje in de gang had de schoten in het auditorium van de Veiligheidsraad opgevangen. De knallen waren te horen geweest als een gedempt geluid en dat gold ook voor het gegil en geschreeuw in de gang, maar het was Paul Hood en de anderen wel duidelijk dat een van beide partijen in actie was gekomen. Toen het geknal was weggestorven bleef het geschreeuw aanhouden.

Hood stond nu achter Ani. De jonge agente had even de tijd genomen om een laptop op een ander bureau te zetten – om de kwaliteit van het audiosignaal wat te verbeteren, had ze gezegd – maar daarna was ze voortdurend op haar post gebleven. Ze was kalm en rustig en zeer geconcentreerd.

August stond links van Hood. Rodgers had zijn jasje uitgetrokken, de mouwen van zijn overhemd opgestroopt en daarna een stoel van het andere bureau bijgetrokken. Hij had een boek met plattegronden van het VN-gebouw gevraagd en gekregen. Hood keek even mee over zijn schouders. Het was duidelijk dat de FBI de plattegronden had gemaakt om primitieve afluisterapparaatjes in de wanden en plafonds te kunnen plaatsen. De aantekeningen op de bladzijden wezen erop dat de CIA ze ook had gebruikt om de routes van de bugs te plannen.

Vlak naast Rodgers' stoel stond een canvastas en Hood zag dat er een TAC-SAT-telefoon in zat.

Terwijl Hood stond te luisteren, hoorde hij zijn mobiele telefoon piepen. Hij nam aan dat het Bob Herbert of Ann Farris zou zijn. Hood viste de telefoon uit zijn zak. Mike Rodgers stond op en kwam naar hem toe.

'Hallo?' zei Hood.

'Paul, met mij.'

'Sharon,' zei Hood. O, christus, niet nú! dacht hij.

Rodgers bleef staan. Hood keerde de anderen de rug toe.

'Neem me niet kwalijk, liefje,' zei hij zachtjes. 'Ik kwam naar je toe toen er ineens iets gebeurde. Het had met Mike te maken.'

'Is hij bij je?'

'Ja,' zei Hood, maar hij was er niet met zijn aandacht bij. Hij probeerde te volgen wat er in het Secretariaatsgebouw gebeurde. 'Gaat alles goed?' vroeg hij.

'Is dat soms een grapje?' zei ze. 'Paul, ik heb je nodig.'

'Dat weet ik,' zei hij. 'Hoor eens, we zijn druk bezig. We proberen Harleigh en de anderen eruit te halen. Kan ik je terugbellen?'

'Ja, hoor, Paul. Het is weer het oude liedje.' Sharon verbrak de verbinding.

Hood voelde zich alsof hij een klap in zijn gezicht had gehad. Hoe konden twee mensen de ene nacht zo nabij zijn en de volgende dag zo ver van elkaar verwijderd? Maar hij voelde zich niet schuldig. Hij was boos. Hij deed dit om Harleigh te redden. Sharon vond het niet leuk om alleen te zijn, maar dat was niet de reden waarom ze had opgehangen. Het ging erom dat die muur weer tussen hen in was komen te staan.

Hood klapte zijn telefoon dicht en stopte hem weer in zijn zak. Rodgers legde een hand op zijn schouder.

Plotseling was Chatterjees stem duidelijk te horen. 'Luitenant Mailman, wat is er gebeurd?' vroeg ze.

'Iemand heeft kolonel Mott neergeschoten voordat de rest van het team binnen was. Hij zou wel eens dood kunnen zijn.'

'Nee,' zei Chatterjee nog voordat hij was uitgesproken. 'God, nee!'

'Ze hebben een van mijn mensen neergeschoten en voor we ons terugtrokken, hebben we er nog een van hen weten uit te schakelen,' ging de luitenant verder. 'We hebben ook een meisje meegenomen. Ze was neergeschoten. Er was geen enkele manier om daar te blijven zonder dat er een heleboel gewonden zouden vallen.'

Hood voelde zijn knieën knikken.

'Ik zoek wel uit wie het is,' zei Rodgers. 'Bel Sharon nog maar niet. Dan maak je haar misschien voor niets ongerust.'

'Bedankt,' zei Hood.

Rodgers liep naar de kantoortelefoon en belde Bob Herbert. Om mensen die bekendstonden als terroristen en onderwereldfiguren in het oog te houden – voor een groot deel mensen die regelmatig gewond raakten bij ontploffingen, auto-ongelukken en vuurgevechten – beschikte het Op-Center over een speciaal computerprogramma dat in verbinding stond met alle ziekenhuizen in alle grote steden en met de computer van de Amerikaanse sociale verzekeringen.

Telkens als er een identificatienummer in een ziekenhuiscomputer werd ingevoerd, werd dat vergeleken met de databank van het Op-Center om er zeker van te zijn dat de betrokkene niet iemand was die werd gezocht door de politie of de FBI. In dit geval zou Herbert Matt Stoll iedereen laten natrekken die het afgelopen halfuur een ziekenhuis in de omgeving van het VN-gebouw was binnengebracht.

In het Secretariaatsgebouw ging het gesprek verder.

'Het was heel verstandig van u om daar weg te gaan,' zei Chatterjee.

'Er is nog iets,' zei de luitenant. 'Twee van de gedelegeerden waren gewapend en liepen te schieten.

'Welke twee?' zei Chatterjee.

'Ik weet het niet,' zei de luitenant. 'Een van de teamleden heeft ze goed kunnen zien en hij zei dat het een Aziatische man en vrouw waren.'

'Het zou Japan, Zuid-Korea of Cambodja kunnen zijn,' zei Chatterjee.

'Beide gedelegeerden zijn neergeschoten door de terroristen.'

'Op wie schoten ze?' vroeg de secretaris-generaal.

'Geloof het of niet, maar ze schoten op kolonel Mott,' zei de luitenant.

'Op de kolonel? Dan moeten ze hebben gedacht dat hij...'

'... de terrorist was wiens plaats hij had ingenomen,' viel de luitenant haar in de rede.

Terwijl de luitenant dat zei, begon er een radio te piepen. Chatterjee nam op. 'Met secretaris-generaal Chatterjee.'

'Dat was dom en roekeloos,' zei de stem aan de andere kant van de lijn. Zijn stem klonk krakerig en zwak en hij had een zwaar buitenlands accent, maar toch wist Hood het grootste deel van wat hij zei wel te verstaan. Het was een welkome afleiding. Zo hoefde hij even niet aan dat gewonde meisje te denken.

'Het spijt me,' zei Chatterjee. 'We probeerden een redelijk gesprek te voeren met uw partner...'

'Ga nou niet zeggen dat dit onze schuld is!' snauwde de beller.

'Nee, het was helemaal mijn...'

'U wist wat de regels waren en u hebt ze opzettelijk genegeerd,' zei de man. 'Nu hebben we nieuwe instructies.'

'Vertelt u me eerst even hoe het met onze veiligheidsman gaat.'

'Hij is dood.'

'Weet u dat zeker?' vroeg Chatterjee smekend.

Er klonk een luide knal. 'Nu wel,' zei de beller. 'Verder nog vragen?'

'Nee,' zei Chatterjee.

'U kunt hem komen ophalen als wij hier weg zijn,' zei de terrorist. 'Wanneer dat is, hangt van u af.'

Er viel een korte, pijnlijke stilte. 'Gaat u verder,' zei Chatterjee. 'Ik luister.'

'We willen nog steeds die helikopter hebben, maar nu met zes miljoen dollar erin. Cash, geen overschrijvingen. U hebt iemand van ons in uw macht. Die zou u onze namen kunnen geven en ik wil niet dat onze rekeningen meteen weer worden leeggehaald. Laat het ons weten als de helikopter klaarstaat. Over acht minuten schieten we iemand dood, en daarna elk halfuur weer een. We nemen nu echter geen gedelegeerden meer en gaan verder met de jongedames.'

Op dat ogenblik besefte Hood dat hij nooit eerder had geweten wat haat was.

'O, nee! Alstublieft!' riep Chatterjee.

'Dit is allemaal uw schuld!' zei de man.

'Luistert u nou toch,' zei de secretaris-generaal. 'We zullen ervoor zorgen, maar dan moet u géén mensen meer doodschieten. Er zijn al veel te veel doden gevallen.'

'Acht minuten.'

'Nee! Geef ons een paar uur!' smeekte Chatterjee. 'We doen alles wat u wilt! Hallo? Hallo?'

Het was doodstil. Hood kon zich de woede en machteloosheid van de secretaris-generaal goed voorstellen.

August schudde zijn hoofd. 'De troepen zouden nu meteen weer een inval moeten doen. Nu ze dat het minst verwachten.'

'Ze hebben gezegd dat ze dan gifgas zouden laten ontsnappen,' zei Ani.

'Maar tijdens de eerste inval hebben ze dat niet gedaan,' zei August. 'Gijzelnemers willen overleven. Daarom hebben ze gijzelaars genomen. Dat voordeel geven ze niet zomaar prijs.'

Rodgers legde de hoorn op de haak en kwam weer bij het groepje staan. 'Het was niet Harleigh,' zei hij, 'maar een meisje dat Barbara Mathis heet.'

Alles was betrekkelijk. Harleigh was nog steeds gegijzeld en een van de meisjes uit het ensemble was zwaargewond. Maar toch voelde Hood een enorme opluchting.

Ondanks het feit dat Harleigh nog steeds daar in die zaal zat, was Hood het met August eens. De mannen in het auditorium van de Veiligheidsraad waren geen zelfmoordenaars of politieke terroristen. Het waren op geld beluste piraten. Die wilden hier heelhuids uit komen.

Een ogenblik later zei Chatterjee tegen de luitenant dat ze naar de eerstehulppost ging. Ze wilde de gevangengenomen terrorist spreken. Nadat de secretaris-generaal was weggegaan, ving de afluister-apparatuur verder geen geluid meer op.

'Ze is buiten bereik van de bug,' zei August.

'Jij hebt hier nu al vijf uur naar zitten luisteren,' zei Rodgers tegen Ani. 'Wat denk jij ervan?'

'Ik weet het niet,' zei ze.

'Sla maar eens een slag,' drong hij aan.

'Ze zitten zonder leider,' zei ze. 'Dus god mag weten wat ze nu gaan doen.'

'Hoe weet je dat?' vroeg Hood.

Ze keek hem eens aan.

'Dat ze zonder leider zitten.'

'Wie zou er anders naar buiten zijn gegaan om te onderhandelen?'

De telefoon ging en Ani nam op. Het was Darrell McCaskey en hij wilde Rodgers spreken. Ani gaf hem de telefoon aan. Terwijl ze dat deed, wierp Rodgers de generaal een vreemde blik toe. Een misprijzende blik. Of was het twijfel?

Het was maar een kort gesprek. Rodgers stond te luisteren en zei heel weinig terwijl Darrell McCaskey hem op de hoogte bracht. Toen hij klaar was, gaf hij Ani de hoorn terug. Ze draaide zich om en legde hem op het toestel.

'De VN-beveiliging heeft de vingerafdrukken van de gevangen terrorist genomen,' zei Rodgers. 'Darrell heeft de gegevens net doorgekregen.' Hij keek weer naar Ani, boog zich over haar stoel en legde zijn handen op de armleuningen. 'Vertel eens, mevrouw Hampton.'

'Wat?' zei ze.

'Mike, wat is er?' vroeg Hood.

'De terrorist is een zekere kolonel Ivan Georgiev,' zei Rodgers zonder zijn blik van Ani af te wenden. 'Hij heeft bij de UNTAC in Cambodja gediend en bovendien een tijd in Bulgarije voor de CIA gewerkt. Heb je wel eens van hem gehoord?'

'Ik?' vroeg Ani.

'Ja, jij.'

'Nee,' zei ze.

'Maar je verzwijgt wel iets voor ons,' zei Rodgers.

'Nee...'

'Je liegt,' zei Rodgers.

'Mike, wat is er aan de hand?' vroeg Hood.

'Ze is al vóór het begin van de gijzeling naar kantoor gegaan,' zei Rodgers. Hij boog zich nog dieper over Ani heen. 'Je wilde nog wat werk inhalen, zei je.'

'Inderdaad.'

'Je bent niet gekleed voor een avondje op kantoor.'

'Ik had een afspraakje met iemand maar hij is niet komen opdagen,' zei ze. 'Daarom ben ik hiernaartoe gekomen. U kunt het natrekken als u wilt. Ik had een tafeltje gereserveerd bij Chez Eugenie. Hé, ik weet trouwens niet waarom ik mezelf tegenover u moet verdedigen...'

'Omdat je liegt,' zei Rodgers. 'Wist je dat dit ging gebeuren?'

'Natuurlijk niet!' zei ze.

'Maar je wist wél dat er iets te gebeuren stond,' zei Rodgers. 'Je hebt in Cambodja gediend. Kolonel Mott is neergeschoten door een paar Cambodjanen die zich voordeden als gedelegeerden bij de Verenigde Naties. Dachten ze soms dat ze Ivan Georgiev onder vuur namen?'

'Hoe moet ik dat weten, verdomme?' riep Ani.

Rodgers duwde haar stoel hard naar achteren, zodat die over de tegelvloer rolde en met een klap tot stilstand kwam tegen een dossierkast. Ani probeerde op te staan, maar Rodgers duwde haar weer terug.

'Mike!' riep Hood.

'We hebben geen tijd voor dit gezeik, Paul,' zei Rodgers. 'Jouw dochter zou de volgende kunnen zijn! Hij keek Ani woedend aan. 'Je TAC-SAT staat aan. Wie heb je gebeld?'

'Mijn chef in Moskou...'

'Bel hem dan nu op!' zei Rodgers.

Ze aarzelde.

'Bel hem dan nu op!' schreeuwde de generaal.

Ani bleef doodstil zitten.

'Wie zit er aan de andere kant van de lijn?' vroeg Rodgers dringend. 'Waren het de Cambodjanen of de terroristen?'

Ani zei geen woord. Haar handen lagen op de armleuningen. Rodgers legde een van zijn handen op de hare, zodat ze die niet kon wegtrekken. Daarna schoof hij zijn duim onder haar wijsvinger en duwde die omhoog en naar achteren. Ze gilde het uit en probeerde met haar vrije hand zijn hand weg te trekken, maar met zijn andere hand greep hij die beet en duwde hem weer terug op de armleuning. Tegelijkertijd duwde hij haar vinger steeds verder naar achteren.

'Wie heb je gebeld, verdomme!' schreeuwde hij.

'Dat heb ik al gezegd!'

Rodgers duwde de vinger nu zo ver naar achteren dat de nagel bijna de pols raakte. Ani begon te gillen.

'Wie heb je gebeld?' schreeuwde Rodgers nogmaals.

'De terroristen!' riep Ani. 'De terroristen!'

Hood voelde zich misselijk worden.

'Zijn er naast jou nog andere backups?' vroeg Rodgers dringend.

'Nee!'

'Wat moet je hierna doen?' vroeg Rodgers.

'Melden of het geld werkelijk is gestort,' zei ze.

Rodgers liet haar hand los en rechtte zijn rug.

Hood stond de jonge vrouw strak aan te staren. 'Hoe kon je hen helpen. Hóé...'

'Daar hebben we nu geen tijd voor,' zei Rodgers.

'Over drie minuten schieten ze nog iemand dood. De vraag is nu: hoe houden we hen tegen?'

'Door hen te betalen,' zei August.

Rodgers keek hem aan. 'Leg uit.'

'We vragen Chatterjees telefoonnummer op bij het Op-Center,' zei August. 'We bellen haar en vragen haar om radiocontact met de terroristen op te nemen en hun te vertellen dat ze over het geld beschikt. Daarna bevestigt dit meisje hier dat bericht. Wij nemen contact op met de New Yorkse politie en die stuurt hier een helikopter naartoe. Precies zoals ze hebben gevraagd, en zodra ze naar buiten komen, laten we hen uitschakelen door een SWAT-eenheid.'

'Als ze naar buiten komen, zorgen ze wel dat ze gijzelaars bij zich hebben,' zei Hood.

'Vroeg of laat zullen we het risico dat er een paar gijzelaars gewond raken toch moeten nemen,' zei August. 'In elk geval zullen we er op deze manier méér weten te redden dan daar in dat zaaltje... en een van hen zullen we zéker weten te redden.'

'Doe maar.' Hood keek even op zijn horloge. 'En snél!'

40

Zaterdag, 23.55 uur
New York

Secretaris-generaal Chatterjee rende over de roltrap naar de eerste-hulppost. Die bevond zich op de begane grond, niet ver van de lobby. Een adjudant had haar onder aan de roltrap staan opwachten en liep nu snel met haar mee. Enzo Donati was een jonge doctoraalstudent uit Rome, die hier wat studiepunten verzamelde voor zijn graad in de wetenschap der internationale betrekkingen. Hij had haar mobiele telefoon bij zich en had verbinding met de New Yorkse afdeling van Interpol. Ze waren te weten gekomen dat de gevangene Ivan Georgiev heette en dat hij een voormalig officier van het Bulgaarse leger was. De Bulgaarse ambassadeur, die niet op de receptie was geweest, was inmiddels op de hoogte gebracht.

Chatterjee liep door de deur met het bordje UITSLUITEND BESTEMD VOOR GEDELEGEERDEN erop naast de Hiroshima-tentoonstelling, en terwijl ze snel door de helverlichte gangen liep, probeerde ze niet aan de dood van kolonel Mott, de andere beveiligingsman en de gedelegeerden te denken. Ze richtte haar aandacht in plaats daarvan op de vraag hoe ze de dood van een van de jonge violistes kon voorkomen. Chatterjee was van plan een akkoord met Georgiev te sluiten. Als hij er bij zijn medeplichtige op aandrong om de executie nog even uit te stellen en beloofde te helpen bij het bereiken van een oplossing, dan zou ze alles doen wat in haar macht lag om te zorgen dat hij niet al te streng gestraft werd.

Chatterjee ging er vanzelfsprekend vanuit dat Georgiev al bij kennis was. Ze had de mensen van de medische dienst niet meer gesproken sinds zij de gewonde terrorist naar de begane grond hadden gebracht. Als hij niet wilde meewerken wist ze niet wat ze verder nog kon doen. Ze hadden minder dan vijf minuten. Motts militaire aanpak was op een fiasco uitgelopen en haar diplomatieke benadering was ook al geen succes gebleken. Samenwerking was een reële optie, maar het zou even tijd kosten om de zes miljoen dollar waarom ze hadden gevraagd bij elkaar te krijgen. Ze had contact opgenomen met adjunct-secretaris Takahara en hem gevraagd samen met de andere leden van het noodteam om de tafel te gaan zitten om een manier te bedenken om dat geld bij elkaar te krijgen. Ze wist dat er, ook als ze met het geld over de brug kwamen, toch nog bloedvergieten zou volgen. De New Yorkse politie of de FBI zou aanvallen zodra de terroristen ervandoor probeerden te gaan, maar in elk geval was er dan een kans dat ze een paar gedelegeerden en violistes in veiligheid konden brengen.

Waarom leken internationale crises zo veel gemakkelijker in de hand te houden dan deze situatie? Omdat de gevolgen dan zo veel ernstiger waren? Omdat er dan twee of meer partijen waren die geen van alle stonden te springen om de trekker over te halen? Als dat waar was, dan was ze niet werkelijk voor vredestichtster in de wieg gelegd. Eigenlijk was ze niet meer dan een medium, zoals een telefoon of zelfs een van haar vaders films. Ze mocht dan uit het land van Gandhi komen, maar ze leek in niets op hem. In niets.

Ze sloegen een hoek om en liepen naar de deur van de eerstehulppost. Enzo liep snel een paar passen voor de secretaris-generaal uit en hield de deur voor haar open. Chatterjee liep naar binnen en bleef plotseling staan.

Bij de receptie lagen twee leden van het medische-noodteam op de vloer en in het kantoor van de dokter zag ze de assistente liggen, eveneens op de vloer. Om haar heen lagen een paar beveiligingsmensen.

Enzo rende naar de dichtstbijzijnde lichamen. Er zaten bloedspetters op de tegels, maar hoewel de verplegers buiten kennis waren, leefden ze nog wel. Kennelijk hadden ze een harde klap op hun hoofd gehad. De assistente was ook buiten kennis.

Er zaten geen scheuren in hun kleding. Er was niets wat erop wees dat er een worsteling had plaatsgevonden.

Er was ook geen spoor te bekennen van de handboeien, en al evenmin van Georgiev.

Het duurde een ogenblik voordat het tot Chatterjee doordrong, maar er was geen andere conclusie mogelijk: iemand had hen hier opgewacht.

41

Hood belde met Bob Herbert en zei hem dat hij het nummer van Chatterjees mobiele telefoon moest opzoeken. Terwijl Hood de telefoon vasthield, bond Rodgers Ani Hampton vast in haar stoel. Met een rol zwarte isolatietape die hij in een gangkast had gevonden maakte hij haar linkerpols stevig aan de armleuning vast. Er had ook een rol touw in de kast gelegen, maar het gebruik van tape was een gewoonte die hij uit vele ondervragingen te velde had overgehouden: tape liet geen sporen op de huid na en was bovendien moeilijker los te krijgen. Rodgers had ook een paar handwapens en andere uitrustingsstukken in de kast gevonden. De wapens waren vastgezet in een metalen wapenrek. Nadat hij Ani had vastgebonden, viste Rodgers een sleutelhanger uit de zak van haar blazer, die in de kast hing. De CIA-reglementen schreven voor dat iemand die de leiding had over een undercoveradres altijd toegang moest hebben tot het 'zelfverdedigingsmateriaal'. Rodgers vond de sleutel waarmee hij het rek open kon maken en pakte er vier beretta's uit: twee voor zichzelf en twee voor August. Elk pistool was voorzien van een magazijn met ruimte voor vijftien patronen. Hij griste ook een paar beveiligde portofoons mee, plus een stuk C4 en een paar detonators. Hij stopte de explosieven in een met schuimrubber gevoerde rugzak en hing die over zijn schouder. Het was niet de gebruikelijke uitrusting van het Striker-team – nachtzichtbrillen en uzi's zouden nu ideaal zijn geweest – maar ze zouden het ermee moeten doen. Hij hoopte maar dat hij dit spul niet nodig zou hebben, maar hij wilde op het ergste voorbereid zijn.
Toen hij weer terug in het kantoor was, keek Rodgers neer op Ani.
'Als je meewerkt, help ik je als we hier weg zijn.'
Ze reageerde niet.
'Heb je me gehoord?' drong hij aan.
'Ik begrijp het,' zei ze zonder op te kijken.
Nadat hij August zijn pistolen had aangegeven, nam Rodgers de kolonel bij de arm en liep met hem naar Hood, die nog steeds bij de telefoon stond te wachten.
'Wat is er?' vroeg August.

'Ik maak me zorgen over onze gevangene,' zei Rodgers.

'Waarom?' vroeg Hood.

'Over een paar minuten heeft ze ons in haar macht,' zei Rodgers. 'Stel dat Chatterjee de terroristen voor ons belt en dat die vrouw weigert te liegen. Wat moeten we dan beginnen?'

'Dan staan we er niet anders voor dan nu,' zei August.

'Niet precies,' zei Rodgers. 'De terroristen zijn dan aangevallen en bovendien voorgelogen. Reken maar dat ze terugslaan. Ze schieten zeker volgens schema een gevangene dood en misschien nog wel een erbij als vergeldingsmaatregel.'

'Wil je daarmee zeggen dat we dit beter niet kunnen doen?' vroeg Hood.

'Nee, ik denk dat we geen keus hebben,' zei Rodgers. 'In elk geval krijgen we zo een paar minuten langer de tijd.'

'Tijd waarvoor?' vroeg Hood.

'Om grip op de situatie te krijgen,' zei Rodgers. 'En om een bottle-neck-operatie op te zetten.'

Die woorden leken August genoegen te doen.

Hood schudde zijn hoofd. 'Waarmee dan?' vroeg hij. 'Jullie tweeën soms?'

'Het zou kunnen lukken,' zei Rodgers.

'Ik herhaal: met niet meer dan twee militairen?' zei Hood.

'In theorie, ja.'

Hood leek niet al te gelukkig te zijn met dat antwoord.

'We hebben simulaties gedaan,' zei Rodgers. 'Brett heeft hier lang op geoefend.'

'Mike,' zei Hood. 'Zelfs als je daar binnen weet te komen, lopen de gijzelaars extreem veel gevaar.'

'Zoals ik al zei, wat denk je dat er gebeurt als de dame hier zich tegen ons keert?' zei Rodgers. 'Dit is een menselijk kruitvat en wij gaan er dadelijk een lucifer bij houden. Die terroristen ontploffen. Dat is wel zeker.'

Hood moest toegeven dat Rodgers daar gelijk in had. Hij keek op zijn horloge. 'Bob?' zei hij in de telefoon.

'Ja,' zei Herbert.

'Hoe zit het met dat telefoonnummer?'

'Buitenlandse Zaken heeft alleen nog maar het nummer van haar voorganger Manni. Dat geloof je toch niet? Ik heb Darrell gezegd dat hij er via Interpol achter moet zien te komen en Matt probeert het via een hack te bemachtigen,' zei Herbert. 'Ik wed dat Matt het als eerste heeft. Nog een paar minuten.'

'Bob, elke seconde telt nu,' zei Hood.

'Begrepen,' zei Herbert.

Hood keek naar Rodgers. 'Hoe komen jullie daarbinnen?'

'Alleen kolonel August hoeft naar binnen te gaan,' zei Rodgers. 'Ik stel me op in de basispositie buiten het auditorium.' Hij keek August aan. 'De ingang van de VN-garage bevindt zich ten noordoosten van het terrein en om daar te komen moet je een trap af die zich recht achter de voordeur bevindt.'

'Hoe weet je dat die deur open is?' vroeg Hood.

'Hij stond open toen ik hiernaartoe kwam,' zei Rodgers. 'En het is duidelijk dat ze hem openhouden voor het geval dat ze personeel of uitrustingsstukken naar binnen willen brengen. Als je zo'n grote, zware deur open en dicht moet doen, zouden de terroristen dat wel eens kunnen horen.'

Daar had hij gelijk in, dacht Hood.

'Er zullen zich waarschijnlijk geen beveiligingsmensen in de rozentuin voor de garage bevinden,' zei Rodgers tegen August. 'Ze zullen hun aandacht op de omheining concentreren. Als er helikopters zijn, dan zul je onder de struiken of de standbeelden wel dekking kunnen zoeken. Als je eenmaal in de garage bent, moet je alleen nog maar de gang tussen de lift en het auditorium van de Veiligheidsraad zien door te komen. Volgens de plattegronden bevindt de liftkoker zich een meter of 15 van de gang naar de Veiligheidsraad.'

'Is dat geen groot probleem?' zei Hood.

'Niet echt,' zei August. 'Die 15 meter kan ik heel snel afleggen als het moet. Iedereen die me probeert tegen te houden, loop ik gewoon omver. Verrassing werkt ook in je voordeel bij je eigen mensen.'

'Wat als het beveiligingspersoneel op je begint te schieten?' vroeg Hood.

'Er klonken buitenlandse accenten uit dat afluisterapparaatje,' zei August. 'Ik weet zeker dat ik wat VN-personeel als schild kan gebruiken. Als ik eenmaal in het auditorium ben, maakt het niet meer uit wat ze doen.'

'Het kan nog steeds een extra hindernis vormen,' zei Hood.

'Als het erop aankomt, weten we Chatterjee misschien wel zover te krijgen dat ze ons helpt,' zei August.

'Als de leugen over het losgeld niet werkt, denk ik niet dat de secretaris-generaal nog zal willen meewerken aan een tweede leugen,' zei Hood. 'Diplomaten die nooit soldaat zijn geweest, begrijpen niet hoe snel de krijgskansen kunnen keren.'

'Tegen die tijd zou ze wel eens geen keus meer kunnen hebben,' zei Rodgers. 'Dan is kolonel August al binnen.'

'Door wie wordt de garagedeur in de gaten gehouden?' vroeg August aan Rodgers.

'Waarschijnlijk laten ze dat aan de New Yorkse politie over,' zei hij. 'Vermoedelijk zijn de meeste VN-medewerkers naar boven gegaan.'

Toen kwam Bob Herbert weer aan de lijn. Nog voordat Darrell McCaskey het van Interpol had weten los te krijgen, was Matt Stoll, de whizzkid van het Op-Center, erin geslaagd om Chatterjees telefoonnummer in het on-linetelefoonboek van de Verenigde Naties te vinden. Hood schreef het op. De lijn was niet tegen afluisteren beveiligd, maar dat risico moest hij maar nemen. Er was niet veel tijd meer. Hij zei dat hij akkoord ging met Rodgers' plan en August ging er onmiddellijk vandoor.

Hood toetste het nummer in.

Er werd opgenomen door een man met een Italiaans accent. 'Dit is het toestel van de secretaris-generaal.'

'Met Paul Hood van het Op-Center in Washington,' zei hij. 'Ik wil de secretaris-generaal spreken.'

'Meneer Hood, we hebben hier een...'

'Dat weet ik!' snauwde Hood. 'En als we snel zijn, kunnen we het volgende slachtoffer redden! Geef me de secretaris-generaal!'

'Moment,' zei de man.

Snel keek Hood op zijn horloge. Als de terroristen zich aan hun tijdschema hielden, hadden ze nog iets meer dan één minuut.

Er kwam een vrouw aan de lijn. 'Mala Chatterjee.'

'Mevrouw, u spreekt met Paul Hood,' zei hij. 'Ik ben directeur van een crisismanagementteam in Washington en mijn dochter is een van de gijzelaars.' Zijn stem trilde. Hij was zich er scherp van bewust dat wat hij nu zei voor zijn dochter het verschil tussen leven en dood kon betekenen.

'Ja, meneer Hood?'

'Ik heb uw hulp nodig,' ging Hood verder. 'Ik wil dat u radiocontact opneemt met de terroristen en hun vertelt dat u het geld en de helikopter hebt klaarstaan. Als u dat doet, kunt u erop rekenen dat ze u zullen geloven.'

'Maar dat is helemaal niet zo,' zei Chatterjee. 'En dat gaat ons ook niet lukken.'

'Tegen de tijd dat de terroristen daarachter komen, zijn ze het gebouw al uit,' zei Hood. 'En ik zorg dat de New Yorkse politie klaarstaat om met hen af te rekenen.'

'We hebben al een heel bloedige aanval achter de rug,' zei Chatterjee. 'Ik geef geen toestemming voor nog zoiets.'

Hood wilde niet dat de secretaris-generaal te weten kwam dat hij daarvan op de hoogte was. 'Dit is anders,' zei Hood. 'Als de terroristen buiten zijn, kunnen ze niet alle gijzelaars tegelijk onder schot houden en daarom zullen we er waarschijnlijk wel een aantal weg kunnen halen. En als ze gifgas gebruiken, zijn we daar veel beter in staat om de slachtoffers te helpen. Maar u moet nú de terroristen bellen en hun zeggen dat het aanbod alleen geldt als ze verder geen gijzelaars meer doodschieten.'

Chatterjee aarzelde. Hood kon niet begrijpen waarom. Na de zware klap die haar beveiligingsmensen net hadden moeten incasseren, was er maar één antwoord mogelijk: ja, ik doe het. Ik help u om een leven te redden en die klootzakken uit te roken. Of dacht ze soms nog steeds dat ze een dialoog kon aangaan en dat ze de terroristen met praten zover zou kunnen krijgen dat ze zich overgaven? Als hij de tijd had gehad om tot in de details op de situatie in te gaan, zou hij erop hebben gewezen dat kolonel Georgiev kennelijk een van degenen was die ertoe hadden bijgedragen dat de UNTAC-missie op een fiasco was uitgedraaid. En zou hij haar gevraagd hebben hoe ze nog steeds haar eigen propaganda kon geloven en met droge ogen kon beweren dat vredesmissies en onderhandelingen altijd beter waren dan het gebruik van geweld.

'Alstublieft, mevrouw,' zei Hood. 'We hebben minder dan één minuut.'

Ze bleef maar aarzelen. Hood had nog nooit zo veel weerzin gevoeld jegens despoten als hij nu voelde voor deze menslievende vrouw. Waarom aarzelde ze nou? Omdat ze moest liegen tegen terroristen? Dat ze later aan de Republiek Gabon zou moeten uitleggen waarom het VN-mandaat even ter zijde was gelegd en de overlevende leden van de Algemene Vergadering niet waren geraadpleegd voordat ze de Verenigde Staten toestemming had gegeven om zich met deze gijzeling te bemoeien?

Dit was echter niet het juiste moment voor een debat. Hopelijk zou Chatterjee ook tot dat besef komen. En binnen niet al te lange tijd.

'Goed,' zei de secretaris-generaal. 'Ik zal het hun zeggen. Om een leven te redden.'

'Dank u wel,' zei Hood. 'U hoort nog van me.'

42

Zondag, 00.00 uur
New York

Harleigh Hood zat op haar knieën en tuurde naar de gesloten deuren van het auditorium.
De Australiër stond achter haar en hield haar stevig bij haar haar vast, pijnlijk stevig zelfs. Achter hem stond de andere man, die met het Spaanse accent, op zijn horloge te kijken. Er zat een grote bloeduitstorting op Harleighs rechterjukbeen. Toen ze had geprobeerd hem te bijten, had de man haar een klap gegeven met de kolf van zijn pistool. Er zat ook bloed op haar mond. Dat was van de harde stomp in haar gezicht, die hij haar daarna had gegeven. Haar jurk was bij de schouder gescheurd en de huid van haar nek was vuurrood geschuurd door het tapijt waarover ze wild om zich heen schoppend naar boven was gesleurd. En elke keer dat ze ademhaalde, voelde ze een hevige steek in haar linkerzij, omdat ze daar een paar seconden geleden een harde schop had gekregen.
Harleigh had zich niet gedwee naar de slachtbank laten leiden.
Nu de jonge vrouw hier eenmaal was, zat ze met een nietszeggend gezicht voor zich uit te staren. Alles deed haar pijn, maar niets was zo pijnlijk voor haar als het verlies van haar menselijke waardigheid, iets wat ze niet eens kon aanraken. In een verrassend helder ogenblik drong het tot haar door dat dit waarschijnlijk net zoiets was als verkracht worden. Ze was beroofd van elke keuze en daarmee van haar waardigheid. Ze zou voortaan altijd bang zijn als ze iets meemaakte wat haar hieraan deed denken, al was het maar iemand die haar aan de haren trok of het gevoel van een tapijt onder haar knieën. En wat misschien nog wel het ergste was: dit kwam niet door iets wat ze ooit had misdaan of miszegd. Ze was alleen maar een gemakkelijk doelwit voor iemands dierlijke vijandigheid. Was dat niet de essentie van de dood? Geen engelen, geen bazuinen, alleen maar een stuk dood vlees?
'Néé!'
Harleigh gaf een schreeuw van woede. Het geluid kwam van diep uit haar innerlijk. Ze gaf nog een schreeuw en toen probeerde ze met een enorme inspanning op te springen. Zo was de dood alleen als je dat toeliet. De Australiër rukte aan haar haren, zodat ze rond-

tolde en toen plat op haar rug smakte. Ze probeerde verwoed overeind te komen, maar de man liet zich met één knie hard op haar borst vallen en duwde de loop van zijn geweer in haar mond.

'Gil hier maar in,' zei hij.

Dat deed ze, om te laten zien dat ze zich niet klein liet krijgen, maar hij duwde de loop zo diep in haar keel dat ze begon te kokhalzen.

'Ga zo door, engeltje,' zei hij. 'Als je nog eens schreeuwt, schreeuwt het pistool terug.'

Metalig smakend speeksel droop in haar keel. Er zat bloed bij en ze hield op met schreeuwen. Ze moest wel. Ze deed haar uiterste best om het weg te slikken, maar doordat de geweerloop zo diep in haar keel zat geperst, kon ze slikken noch hoesten noch ademhalen. Nog voordat hij haar kon doodschieten, zou ze al zijn gestikt in haar eigen speeksel. Ze stak haar handen omhoog en probeerde zijn hand weg te duwen, maar hij gebruikte zijn vrije hand om haar beide polsen vast te grijpen en duwde ze omlaag.

'Het is tijd,' zei Barone.

Downer keek woedend omlaag toen Harleigh een gorgelend geluid maakte.

Toen begon de telefoon te piepen.

'Wacht even,' zei Barone snel. Hij nam op.

'Ja?'

'Met secretaris-generaal Chatterjee,' zei een stem. 'Het geld ligt klaar en er is een helikopter onderweg.'

Downer en Barone keken elkaar aan en Barone zette haar in de wacht. Er lag een argwanende uitdrukking op zijn gezicht.

'Ze liegt,' zei Downer. 'Zo snel kan ze dat nooit bij elkaar hebben gekregen.'

Barone drukte weer op de knop. 'Hoe hebt u dat zo snel bij elkaar gekregen?' vroeg hij.

'De Amerikaanse regering heeft zich garant gesteld voor een lening van de Federal Reserve Bank in New York,' zei ze. 'Ze zijn het geld aan het inpakken en brengen het straks hierheen.'

'Wacht tot u van me hoort,' zei de Uruguayaan. Hij draaide zich om en liep snel de trap af.

'Jullie schieten de gijzelaar toch niet dood, hè?' zei Chatterjee.

'Als u liegt, schiet ik er twee tegelijk dood,' zei hij. Hij zette de radio uit en liep haastig naar de TAC-SAT-telefoon die voor in het auditorium lag.

43

Zondag, 00.01 uur
New York

Terwijl ze zaten te wachten tot de TAC-SAT zou overgaan, belde Rodgers even met het Op-Center om Bob Herbert op de hoogte te brengen. Herbert zei dat hij contact zou opnemen met de New Yorkse commissaris van politie Kane. De mannen hadden samengewerkt toen Russische spionnen in Brighton Beach assistentie hadden verleend bij het voorbereiden van een staatsgreep in Moskou. Herbert kon goed met de commissaris overweg en had het gevoel dat Gordon Kane blij zou zijn met deze kans om de gijzelaars te redden, en daarmee ook de Verenigde Naties.

Toen Rodgers klaar was, pleegde hij nog een telefoontje. Hij zei dat het was om even te horen of er iets op het antwoordapparaat stond. Dat was niet waar, maar hij wilde niet dat Ani Hampton dat te weten kwam. Hij vroeg of hij even Hoods toestel mocht lenen en terwijl Hood toekeek, ging de generaal tussen de vrouw en het bureau in staan, zodat ze niet zou kunnen zien wat hij aan het doen was. Het was een truc die hij van Bob Herbert had geleerd. Als hij even weg moest uit een vergadering, maakte Herbert regelmatig gebruik van zijn mobiele telefoon om in de gaten te houden wat er werd gezegd. De generaal zette de zoemer van de kantoortelefoon uit, toetste het nummer van het toestel in op Hoods mobiele telefoon, nam op, zette het kantoortoestel op de luidspreker en stak de mobiele telefoon in zijn zak, waarbij hij er goed op lette dat de verbinding niet werd verbroken.

Daarna liep hij terug en ging tegenover Annabelle Hampton aan het bureau zitten. Hood ijsbeerde tussen hen heen en weer. Terwijl de minuten langzaam voorbijkropen, raakte de generaal er meer en meer van overtuigd dat dit niet ging zoals hij wilde.

De jonge vrouw had al die tijd met een strakke blik recht voor zich uit zitten staren en het was Rodgers wel duidelijk waar ze aan dacht. Aan de toekomst. Voorzover hij kon zien, was Ani Hampton niet iemand die een langetermijnplanning maakte. Veel mensen binnen de inlichtingendiensten en de krijgsmacht gingen te werk als schaakgrootmeesters of ballroomdansers. Ze volgden zorgvuldig uitgeteste stappen en weken zo weinig mogelijk af van hun vaak zeer complexe strategieën. Als er zich afwijkingen voordeden, werden die naderhand uitvoerig bestudeerd en dan in het scenario opgenomen of afgewezen.

Er waren bij de CIA echter ook een heleboel veldwerkers die tactische kwesties veel luchtiger benaderden. Dat waren de zogenaamde 'haaien'. Haaien waren *loners* die voortdurend in beweging bleven en ver voor zich uit keken. Het maakte niet uit of de brug achter hen in brand stond: ze zouden waarschijnlijk toch niet teruggaan. Dat waren de mensen die erin slaagden buitenlandse dorpjes, terroristische cellen en vijandelijke bases te infiltreren.

Rodgers rekende erop dat Ani Hampton een haai was. Ze zat hier niet te denken over alles wat ze verkeerd had gedaan, maar over wat haar nu te doen stond. Rodgers had een vrij goed idee van wat dat was en daarom had hij kolonel August gevraagd weg te gaan. Gewoon voor het geval dát...

Terwijl hij naar de jonge vrouw zat te kijken, voelde Rodgers dat hij het koud kreeg: niet vanbuiten, maar vanbinnen. Wat ze hier had gedaan, deed hem denken aan iets wat hij tijdens zijn eerste periode in Vietnam had geleerd, namelijk dat verraad weliswaar meer uitzondering dan regel was, maar dat het zich wel overal kon voordoen. Het kon zich voordoen in elk land, elke stad en elk gehucht. Er waren geen betrouwbare daderprofielen van te maken. Het was niet mogelijk om regels op te stellen waarmee je verraders kon herkennen. Ze waren van alle leeftijden, alle seksen en alle nationaliteiten. Ze hadden banen waarbij ze in contact kwamen met mensen of informatie. Ze deden hun werk zowel in het openbaar als in hun privé-leven. Sommigen kwamen tot hun verraad uit persoonlijke motieven en anderen uit puur winstbejag.

Er was nog iets met verraders, iets wat hen uniek maakte. Ze waren het gevaarlijkst nadat ze waren betrapt. Omdat op hoogverraad de doodstraf stond, hadden ze niets te verliezen. Als ze nog een uitweg zagen, hoe futiel of destructief die ook mocht zijn, dan zouden ze die kiezen.

In 1969 was het de CIA ter ore gekomen dat Noord-Vietnam gebruikmaakte van een Zuid-Vietnamees militair ziekenhuis in Saigon om Amerikaanse militairen drugs te verkopen. Onder het voorwendsel dat hij een gewonde kameraad kwam bezoeken, was Rodgers ernaartoe gegaan en had toegekeken terwijl Zuid-Vietnamese verpleegsters Amerikaanse dollars aannamen van 'gewonde' Zuid-Vietnamese soldaten – in werkelijkheid Vietconginfiltranten van tussen de vijftien en achttien jaar oud – als beloning voor het in Amerikaanse verbandkisten stoppen van heroïne en marihuana die in de kelder lagen opgeslagen. Toen ze werden opgepakt, hadden twee van de drie verpleegsters de veiligheidspin uit een handgranaat getrokken en daarmee niet alleen zichzelf maar ook zeven gewonde soldaten gedood.

Verpleegsters en tieners die tot moordenaars werden. Daarin was Vietnam uniek geweest. Dat was ook de reden waarom zo veel veteranen na hun terugkeer geestelijk waren ingestort. In rustige dorpjes was het regelmatig voorgekomen dat de Amerikaanse soldaten werden begroet door kleine meisjes. Soms vroegen die om snoep of geld en vaak was dat alles wat ze wilden. Soms hadden ze echter poppen bij zich met springstof erin en zo nu en dan werd zo'n bom zelfs tot ontploffing gebracht terwijl het meisje hem nog vasthield. Ook was het wel eens gebeurd dat oude vrouwtjes de soldaten een kom rijst met cyanide kwamen aanbieden en daar, om het wantrouwen van de soldaten weg te nemen, zelf eerst een paar hapjes van hadden genomen. Dat waren vormen van vernietiging die heel wat angstaanjagender waren dan een M16 of een landmijn. Meer dan enige andere oorlog had Vietnam de Amerikaanse soldaten beroofd van het idee dat er waar dan ook maar iemand te vertrouwen viel. En na hun terugkeer uit die oorlog hadden vele soldaten gemerkt dat ze niet meer in staat waren om open te staan voor hun vrouw en familieleden, zelfs niet voor hun kinderen. Dat was een van de redenen waarom Mike Rodgers nooit was getrouwd. Het was voor hem niet mogelijk emotionele nabijheid te voelen met andere mensen dan zijn medesoldaten. En geen therapie of logische redenering die daar iets aan kon veranderen. Als je onschuld eenmaal was vermoord, kon niets die weer tot leven wekken.

Rodgers vond het heel naar om door toedoen van Annabelle Hampton opnieuw met die gevoelens van wantrouwen te worden geconfronteerd. De jonge vrouw had onschuldige levens verkocht om er winst op te maken en het blazoen bezoedeld van de regering waarvoor ze werkte. Hij vroeg zich af hoe iemand genoegen kon beleven aan bloedgeld.

Het was stil in het gebouw. Er drongen geen straatgeluiden binnen. Vlak voorbij dit gebouw was 1st Avenue versperd en omdat de FDR Expressway vlak achter het VN-gebouw liep, was die eveneens afgesloten.

Het was duidelijk dat de New Yorkse politie de mogelijkheid wilde hebben om het gebouw te bestormen zodra dat nodig mocht zijn. De doodlopende straat vóór dit gebouw was eveneens afgesloten.

Toen de TAC-SAT begon te piepen, schrokken ze allemaal op.

Hood hield op met ijsberen en kwam naast generaal Rodgers staan.

Annabelle richtte haar blik op de generaal. Ze hield haar lippen vastberaden op elkaar geklemd en in haar lichte, blauwe ogen was geen spoor van inschikkelijkheid te bekennen.

Dat verbaasde Rodgers niet. Annabelle Hampton was per slot van rekening een haai.

'Neem op,' zei Rodgers.

Ze keek hem strak aan. De blik in haar ogen was kil. 'Als ik het niet doe, gaat u me dan opnieuw martelen?'

'Liever niet,' zei Rodgers.

'Dat weet ik,' zei Annabelle. Ze grijnsde. 'De zaken staan er ineens heel anders voor, hè?'

Er lag nu duidelijk een andere klank in de stem van de jonge vrouw. Agressie. Zelfvertrouwen. Ze hadden haar te veel tijd gegeven om na te denken. De dans was begonnen en Annabelle Hampton had nu de leiding. Rodgers was blij dat hij voorzorgsmaatregelen had getroffen.

'U zou me kunnen dwingen om te antwoorden door opnieuw mijn vinger om te buigen,' zei ze. 'En er zijn nog wel andere manieren om me pijn te doen. De CIA beschikt over een heleboel manieren om iemand met eenvoudige middelen erg onder druk te zetten, maar ze zouden onmiddellijk aan mijn stem horen dat ik pijn lijd en word gedwongen.'

'Je hebt gezegd dat je met ons zou samenwerken,' merkte Hood op.

'En als ik niet meewerk, wat dan?' vroeg ze. 'Als jullie me doodschieten, gaat die gijzelaar er zeker aan.' Ze richtte haar blik nu nadrukkelijk op Hood. 'Misschien is het uw dochter wel.'

Hood verstrakte.

Ze was beter dan hij had verwacht, dacht Rodgers. De dans was snel ontaard in een kwaadaardig tegen elkaar opbieden. Rodgers wist al hoe dit zou aflopen. Nu moest hij tijd zien te winnen voor August.

'Wat wil je?' vroeg hij.

'Ik wil dat jullie me loslaten en dan de kamer uit gaan,' zei ze. 'Dan bel ik even, zeg wat u wilt dat ik zeg en daarna laat u me vrijuit gaan.'

'Dat doe ik niet,' zei Rodgers.

'Waarom niet?' vroeg Ani. 'Wilt u uw handen niet vuil maken door een deal met me te sluiten?'

'Ik heb deals gesloten met types die heel wat erger waren dan jij,' zei Rodgers. 'De reden dat ik niet met jou in zee wil gaan, is dat ik je niet vertrouw. Jij wilt dat deze operatie slaagt. Terroristen doen niet aan vooruitbetaling. Dat is de manier waarop ze zich van loyaliteit verzekeren. In de situatie waarin jij je nu bevindt, heb je je aandeel in het losgeld maar al te hard nodig.'

De TAC-SAT ging voor de tweede keer over.

'Of u me nou vertrouwt of niet,' zei Annabelle, 'als ik die telefoon niet opneem, zullen ze ervan uitgaan dat mij iets is overkomen en dat meisje executeren.'

'In dat geval,' zei Rodgers kalm, 'word jij ook geëxecuteerd, of je zit de rest van je leven als medeplichtige achter de tralies.'

'Als ik meewerk, krijg ik tien of twintig jaar,' zei Ani. 'Als ik niet meewerk, krijg ik levenslang of de doodstraf. Wat maakt dat nou uit?'

'Een jaar of dertig,' zei Rodgers. 'Dat maakt je nu misschien niet veel uit, maar als je zestig bent wél.'

'Spaar me de berichten vanuit de frontlinie, alstublieft,' zei ze.

'Annabelle, alsjeblieft,' zei Hood. 'Het is nog niet te laat om jezelf en tientallen onschuldige mensen te helpen.'

'Zegt u dat maar tegen uw partner,' zei ze. 'En niet tegen mij.'

De TAC-SAT piepte voor de derde keer.

'Hij gaat vijf keer over,' zei Ani. 'En daarna krijgt een van die meisjes een kogel door haar kop. Wilt u dat soms? Generaal? Meneer Hood?'

Rodgers deed een halve stap naar voren en drong zich tussen Hood en de jonge vrouw in. Hij wist niet of Hood in het aas zou happen en hem opdracht zou geven om te doen wat ze wilde, maar hij wilde het er niet op wagen. Hood was nog steeds directeur van het Op-Center en hij wilde geen ruzie krijgen. Vooral niet omdat Hood niet wist wat er op dit ogenblik verder allemaal aan de hand was.

'Laat me gaan en dan zeg ik hun wat u wilt,' zei Ani.

'Waarom zeg je niet gewoon wat we willen? Dan laten we je daarna wel los,' zei Rodgers.

'Omdat u mij niet vertrouwt en ik u niet,' zei ze. 'En op dit ogenblik hebt u mij heel wat meer nodig dan ik u.'

De TAC-SAT piepte voor de vierde keer.

'Mike...' zei Hood.

Hoewel Hood erbij was geweest toen ze de bottleneckoperatie aan het plannen waren, hoopte hij duidelijk dat ze zich aan het oorspronkelijke idee zouden kunnen houden en de terroristen naar buiten zouden kunnen lokken. Maar Rodgers bleef wachten. Een paar seconden meer zouden het verschil kunnen vormen tussen welslagen en mislukking.

'Ik ben hiertegen,' zei Rodgers tegen Annabelle.

'En u vindt het heel vervelend dat dat niet uitmaakt,' zei ze.

'Nee,' zei de generaal tegen de jonge vrouw. 'Ik heb wel eerder stront gegeten. We zijn allemaal volwassenen onder elkaar hier. Wat ik vervelend vind, is dat ik iemand moet vertrouwen die al een keer een belofte heeft verbroken.'

De generaal schoof het pistool in zijn riem, stak zijn hand in zijn zak en trok er een knipmes uit, liet het met een enkele handbeweging openspringen en begon haar los te snijden.

De TAC-SAT piepte voor de vijfde keer.

Annabelle stak haar hand uit naar het mes. 'Laat mij maar,' zei ze.

Rodgers liet het mes los en deed een paar stappen naar achteren voor het geval ze zou proberen hem ermee neer te steken.

'Gaat u de kamer uit,' zei Ani. 'Ik wil u kunnen zien op mijn beveiligingscamera in de gang. En laat u de sleutels maar hier liggen.'

Rodgers viste de sleutelring uit zijn broekzak en smeet die vóór haar op de vloer. Daarna griste hij zijn uniformjasje van de rug van zijn stoel en liep achter Hood aan de kamer uit.

De jonge vrouw sneed het laatste stuk tape door en zette het beeld van de beveiligingscamera op de monitor. Terwijl Rodgers door de lobby naar de gang liep, boog Ani zich voorover en nam de TAC-SAT op.

'Spreek,' zei ze.

Rodgers was net buiten gehoorsafstand toen ze dat zei. Gelukkig bleef hij dat niet lang, want nu liep hij haastig onder de camera langs de gang weer in.

Net als Annabelle Hampton was Rodgers een haai, maar ondanks al haar moedige en onbeschaamde dreigementen en leugens en alle lef waarmee ze net de confrontatie was aangegaan, beschikte hij over iets wat de jonge vrouw miste.

Dertig jaar ervaring.

44

Zodra Rodgers en Hood onder de visooglens van de beveiligingscamera door waren gelopen, trok de generaal Hoods mobiele telefoon uit zijn zak, bleef in de gang staan en luisterde wat er werd gezegd.

Nadat hij zwijgend een ogenblik had staan luisteren, verbrak hij de verbinding. Daarna overhandigde hij Hood de telefoon en een van zijn twee pistolen.

'Heeft ze hem de waarheid gezegd?' vroeg Hood.

'Ze heeft ons zwaar genaaid,' zei Rodgers.

Hij trok de beveiligde portofoon uit zijn jaszak en drukte op de zendknop boven op het apparaat.

'Brett?'

'Jawel, generaal.'

'De operatie kan beginnen,' zei Rodgers. 'Haal je het?'

'Ik haal het wel,' zei August.

'Prima,' zei Rodgers. 'Wanneer wil je je feedback?'

'Over twee minuten,' zei August.

Rodgers keek op zijn horloge. 'Komt in orde. Ik stel me op ten noorden van het gebouw. Over zeven minuten ben ik klaar.'

'Begrepen,' zei August. 'Veel succes.'

'Jij ook,' zei Rodgers. Hij stak de radio weer in zijn zak.

'Dat had je goed voorzien,' zei Hood hoofdschuddend.

'Helaas wel, ja,' zei Rodgers. Hij keek even op zijn horloge. 'Hoor eens, ik moet ervandoor. Bel de politie, laat ze deze verdieping hermetisch afsluiten en de jongedame arresteren. Ze is inmiddels waarschijnlijk wel gewapend, dus als ze naar buiten komt voordat zij hier zijn, zul je haar moeten neerschieten.'

'Dat lukt me wel,' zei Hood.

Omdat ze zelf heel goed het doelwit van een terroristische actie zouden kunnen worden, hadden alle managers van het Op-Center een uitgebreide wapentraining achter de rug en op dit ogenblik had Hood niet het idee dat het hem ook maar enige moeite zou kosten om een paar schoten af te vuren op Annabelle Hampton. Niet alleen omdat ze hen had verraden, maar ook omdat Rodgers zo goed op zijn taak was voorbereid en de zaken zo volkomen in de hand bleek te hebben dat tegenspraak eenvoudig niet meer mogelijk was. En dat was natuurlijk precies wat militair leiderschap inhield.

'Ik zal ook proberen wat je al eerder hebt gesuggereerd.'

'Chatterjee?'

Rodgers knikte. 'Ik weet dat het niet erg waarschijnlijk is dat het lukt, maar leg haar maar uit wat er gaat gebeuren. Als ze niet wil meewerken, zeg je maar dat we alles al in beweging hebben gezet en dat er geen enkele manier is waarop ze dat nog kan tegenhouden in de...'

'Ja, ja, ik weet wel hoe het verder gaat,' zei Hood.

'Natuurlijk,' zei Rodgers. 'Sorry. Zeg haar dat ik maar één ding van haar en haar beveiligingsmensen verwacht.'

'En dat is?' vroeg Hood.

Rodgers keek naar het bordje met UIT erop en liep toen haastig naar de trap. 'Dat ze ons niet voor de voeten lopen.'

45

Als een luipaard rende kolonel Brett August door het stille park. Boven deze sector waren geen helikopters gestationeerd. Die hingen allemaal boven het VN-terrein en de onmiddellijke omgeving daarvan. Op wat licht van hun schijnwerpers na was het volkomen donker in het park.

Diep voorovergebogen en volkomen in balans rende August met lange, zelfverzekerde passen tussen de bomen door. Het feit dat er nu zo veel op het spel stond, had geen intimiderende uitwerking op hem, maar gaf hem juist nieuwe energie. Ondanks de grote risico's wilde hij zichzelf graag op de proef stellen in een confrontatie met de vijand. En ondanks het feit dat er in de strijd altijd van alles kan gebeuren, was hij vol vertrouwen. Hij had vertrouwen in zijn opleiding, in zijn vaardigheden en in de noodzaak van wat hij aan het doen was.

Hij had ook alle vertrouwen in het plan. Wat generaal Rodgers had gezegd over de voortdurende veranderlijkheid en chaos van de strijd was volkomen juist. En een bottleneckoperatie gaf de uitvoerende eenheid de mogelijkheid die onvoorspelbaarheid enigszins in te dammen.

De bottleneckoperatie is een klassieke manoeuvre die, voorzover men heeft kunnen vaststellen ooit voor het eerst is gebruikt door een klein en haveloos legertje Russische boeren onder bevel van prins Alexander Nevsky. In de 12e eeuw moesten de Russen het opnemen tegen de zwaarbewapende en gepantserde Duitse invallers en de enige manier waarop ze de grotere en beter bewapende troepenmacht konden verslaan was door ze te dwingen om uit te wijken naar een dichtgevroren meer, waarvan het ijs het begaf onder het gewicht van hun harnassen. Vrijwel de hele vijandelijke troepenmacht was op die manier om het leven gekomen. De voormalige commandant van het Striker-team, overste Squires, had de strategie aangepast voor offensieven in situaties waarin slechts weinig mankracht beschikbaar was.

Het ging erom een strijdtoneel te kiezen dat aan weerszijden van de vijandelijke troepenmacht voldoende mogelijkheden tot dekking bood, een smalle rivierbedding bijvoorbeeld, of anders een bos of de oevers van een meer. Als de eenheid zo'n plek had gevonden, diende ze zich in tweeën te splitsen, hoe klein ze ook was. De ene groep zou zich opstellen langs de ene flank van de tegenstander en de andere langs de andere, zodat die tussen hen in kwam te zitten. Daarna zou het ene deel van de troepenmacht in gesloten gelederen optrekken, door de bottleneck als het ware. De vijand kon zich niet veroorloven om te vluchten, want dan kon de verscholen troepenmacht sluipschutters tegen hen inzetten, en als de vijand een tegenaanval probeerde te doen, zou de troepenmacht die zich in de bottleneck bevond in staat zijn om zowel de voorhoede als de linker- en de rechterflank aan te vallen. Terwijl de vijand zich terugtrok, zou hij worden verrast door de troepenmacht achter hem en op dat moment zouden beide delen van de verdeelde eenheid het vuur openen. Als dat goed werd gedaan, in het donker of op terrein dat goede dekking bood, maakte een bottleneckoperatie het voor een kleine troepenmacht mogelijk om een veel grotere troepenmacht te verslaan.

Kolonel August zou niet in de gelegenheid zijn om in het donker het auditorium binnen te sluipen. Zelfs als hij erin zou slagen de lichten een paar seconden te laten uitvallen, zou dat de terroristen al alarmeren. Hij gaf de voorkeur aan de verrassing. Met het licht aan zou de vijand echter maar al te goed kunnen zien dat hun tegenstander niet meer dan één man was. Ze zouden hem de zaal zien binnenkomen, net als dat beveiligingsteam van de VN, en als ze snel reageerden, zouden ze de bottleneck kunnen breken.

Als dat gebeurde, zou August nog steeds over enkele voordelen beschikken. Hij was een goedgeoefend militair en geen beveiligingsman. De stoelen in de zaal zouden hem dekking bieden en dankzij de lange, open trappen zouden de terroristen hem heel moeilijk ongemerkt kunnen benaderen, vooral niet als hij zich bleef schuilhouden tussen de onderste rijen. En als ze de gijzelaars als schild probeerden te gebruiken, had de aanvoerder van het Striker-team nog twee andere punten waarop hij in het voordeel was. Brett August was een van de beste en meest dodelijke scherpschutters van alle speciale eenheden en hij beschikte over de medailles om dat te bewijzen. Alleen Mike Rodgers had er meer gewonnen. Het andere voordeel was dat August niet bang was om het vuur te openen. Als hij het risico moest nemen dat hij een gijzelaar raakte terwijl hij een terrorist probeerde neer te schieten, dan was hij bereid dat risico te nemen. Zoals Mike Rodgers had gezegd: als ze niet snel en doortastend optraden, zouden de gijzelaars dit toch niet overleven.

In het kleine park bevond zich een groot standbeeld van Sint-Joris en de draak. Het was een geschenk van de voormalige Sovjet-Unie en was gegoten uit delen van Sovjetrussische SS-20-raketten en Amerikaanse Pershings die waren vernietigd in het kader van het ontwapeningsverdrag van 1987. Net als de VN zelf was het standbeeld een PR-gebaar: een luid en leugenachtig huldeblijk aan de vrede. De sovjets hadden maar al te goed geweten dat vrede niet werkt als je niet over SS-20's en Pershings beschikt om die af te dwingen.

Of over een goede tactiek, zoals de bottleneck, dacht August. Dat was een Russisch monument waar hij wél respect voor kon opbrengen.

Grote, grijze ratten scharrelden behoedzaam rond tussen de rozenstruiken. Ratten waren heel bruikbaar als verkenners. Als zij hier rondliepen, wilde dat waarschijnlijk zeggen dat er verderop niemand rondliep. Toen August langskwam, gingen de diertjes er snel vandoor.

Toen hij het eind van het park naderde, dook de kolonel nog dieper in elkaar. Achter de struiken bevond zich een plein met een dwarsdoorsnede van een meter of twintig dat naar de lobby van het gebouw van de Algemene Vergadering leidde. Er stonden echter nog te veel bomen en struiken in de weg om het goed te kunnen zien.

August had een van de twee beretta's bij zich die Rodgers hem had meegegeven. Het andere pistool zat in zijn rechterbroekzak. Tijdens zijn recente missie in Spanje had de kolonel zich voorgedaan als toerist en in die vermomming had hij geleerd om pantalons te dragen met zakken die diep genoeg waren om er een handwapen in te verbergen. Voor het geval hij hulp nodig zou hebben om het gebouw binnen te dringen, had hij ook nog steeds de radio bij zich. Anders zou hij die allang hebben weggegooid. Een bericht of wat statische ruis op het verkeerde ogenblik zou hem kunnen verraden. Het was ironisch dat statische ruis nou ook net was wat hij straks nodig zou hebben om het gebouw binnen te dringen.

Toen hij een meter of tachtig van het VN-gebouw verwijderd was, bleef hij stilstaan en keek langs de andere, kleinere standbeelden naar het terrein binnen de omheining. Er hingen drie helikopters boven het plein. Bij de hoofdingang stonden een stuk of vijf politiemensen en bovendien brandde er een aantal schijnwerpers. Rodgers had gelijk gehad. Toen de bewakingsmensen werden weggeroepen, had de politie toestemming gekregen de commandoposten aan de straat te verlaten en het terrein op te gaan. August kon dus niet gewoon de trap op lopen en het er maar op wagen. New Yorkse politiemensen waren iets heel anders dan VN-bewakers. Ze leken meer op Strikers, want ze wisten allebei heel goed hoe ze mensen blijvend buiten gevecht moesten stellen. In de periode dat hij adviseur bij de NAVO was geweest had August veel gepraat met een voormalig hoofd van de Dienst Noodsituaties van de New Yorkse politie, dat de NAVO-strategen had voorgelicht over gijzelingen. Het politiebeleid in New York was om de beschikbare manschappen eerst in een zo klein mogelijke kring rondom de gijzelnemers op te stellen en dan gespecialiseerde wapens en kogelwerende vesten aan te voeren, zodat ze, als de onderhandelingen op niets uitliepen, gereed zouden zijn voor een aanval. Als Chatterjee zich niet zo inschikkelijk had opgesteld zou deze situatie al uren geleden tot een goed einde zijn gebracht. Het maakte allemaal deel uit van de wereld ná operatie Desert Storm. Iemand breekt de wet. Vanwege de wereldvrede blijft iedereen dan heel lang praten en onderhandelen terwijl de misdadiger steeds sterker wordt en zich steeds beter weet te verschansen, en tegen de tijd dat je besluit er iets aan te doen, heb je bondgenoten nodig.

Allemaal flauwekul. Je hoefde alleen maar te zorgen dat je de vent die ermee was begonnen, in je vizier kreeg. Dan koos die heel snel eieren voor zijn geld.

August besteedde slechts heel zelden aandacht aan de klok. Hij deed alles altijd zo snel en efficiënt als hij maar kon, ging er altijd van uit dat hij minder tijd tot zijn beschikking had dan werkelijk het geval was en had tot op heden slechts zelden een deadline gemist. Maar zelfs zónder op zijn horloge te kijken wist hij wel dat hij niet de tijd had om uit te leggen wie hij was en wat hij hier uitspookte, en hij besloot om in plaats daarvan naar de FDR Expressway te gaan. Die grote snelweg liep onder de brede wandelpromenade aan de oostzijde van de tuin. Hoewel hij dan naar beneden zou moeten springen in plaats van gewoon de trap achter het VN-gebouw te nemen, was dat de enige manier waarop hij ongezien de garage zou kunnen bereiken.

August draaide zich om en sloop langs een gravelpaadje naar de promenade, liep over het beton naar een laag metalen hek en nadat hij daaroverheen was gestapt ging hij plat op zijn buik liggen en keek over de rand. Die bevond zich zo'n 3,5 meter boven de snelweg, maar er was niets waar hij zich aan vast kon houden. Hij haalde de radio uit zijn zak en stopte in plaats daarvan het pistool erin. Daarna deed hij zijn riem af, schoof het ene uiteinde door de ringen aan het omhulsel van de radio en trok eraan tot de gesp aan het andere uiteinde strak tegen de radio aan kwam te zitten. Hij trok de riem om een van de dunne tralies van het hek en terwijl hij de twee uiteinden stevig vasthield, liet hij zichzelf over de rand van de promenade zakken. Terwijl hij het uiteinde met de radio eraan bleef vasthouden, liet hij het andere uiteinde los, zodat hij op het nu 1,5 meter onder zijn voeten gelegen asfalt viel.

Hij ving de klap op door iets door zijn knieën te zakken en ging toen snel weer rechtop staan. De VN-garage lag een eindje links van de snelweg. Omdat er een gebouw tussenin stond, kon August van hieruit het terrein echter niet goed overzien.

Terwijl hij in doodse stilte over de verlaten snelweg kroop, deed de kolonel zijn riem weer om. Toen hij vlak bij de garage was, zag hij twee politiemensen rechts van de open deur staan. De lichten in de garage brandden, maar buiten was het donker. Als hij de officieren weg wist te lokken, zou het niet moeilijk zijn om ongezien de deur te bereiken.

De kolonel keek op zijn horloge. Over twintig seconden zou Rodgers het volume van zijn radio zo hoog mogelijk zetten. Als hij zijn eigen radio ook aanzette, zou dat een flinke golf ruis geven. De politie kon daar op drie verschillende manieren op reageren. Beide agenten konden op onderzoek uitgaan. Een van hen kon op onderzoek uitgaan terwijl de ander op zijn post bleef, of ze konden iemand anders erbij halen.

August verwachtte dat de agenten er samen op uit zouden gaan. Ze konden zich niet veroorloven om een mogelijke bedreiging niet te controleren en hij had zo het idee dat het beleid bij de politie van New York niet anders zou zijn dan in de meeste grote steden en dat het de agenten niet was toegestaan zich in hun eentje in een potentieel gevaarlijke situatie te begeven.

Als dat niet het geval was, zou August de agent of agenten bij de deur buiten gevecht moeten stellen. Hij had weinig zin om mensen aan te vallen die aan dezelfde kant stonden, maar hij was er wel op voorbereid. Hij had zich ingesteld op een confrontatie en dat betekende dat hij zich nu alleen om het doel bekommerde en niet om de middelen.

De kolonel liep snel door de schaduwen onder de snelweg, zette vervolgens zijn radio naast de stoeprand en keek even of de volumeknop wel helemaal open was gedraaid. Toen, met nog maar een paar seconden te gaan, dook hij weg in een donkere portiek tegenover de garage. Hij was nog een meter of negen van de hoek van de straat en ongeveer even ver van de garage.

August trok zijn schoenen uit.

Nog geen vijf seconden later werd de nachtelijke stilte verbroken door een allesdoordringend gepiep en zag hij dat een van de officieren zijn kant uit keek. Een van de agenten trok zijn pistool, pakte zijn zaklantaarn en begon naar de hoek van de straat te lopen, terwijl de ander zijn zendertje pakte en code 10-59 doorgaf, wat betekende dat ze een geluid hadden gehoord dat vermoedelijk niets met een misdrijf te maken had.

'Het klinkt als een radio,' zei de agent die de melding doorgaf. 'Is er verder nog iemand hier op straat?'

'Nee,' zei de meldkamer.

'Bericht ontvangen,' zei de agent. 'Ik ga erop af, samen met Orlando.'

Terwijl hij de lichtbundel uit zijn zaklantaarn over het gebouw op de hoek van de straat liet glijden, liep agent nummer één voorzichtig in de richting waaruit het geluid gekomen was. Zijn collega liep een paar meter naast hem, met zijn pistool in de aanslag en de radio aan. August ging ervan uit dat deze twee zodra ze hem zagen het vuur zouden openen. Hij moest dus zorgen dat hij niet werd gezien. Terwijl de radio bleef kraken, hield August de twee agenten in de gaten. Toen ze de hoek hadden bereikt, bukte hij zich en rende op kousenvoeten de straat over. Hij maakte geen enkel geluid en als hij al ergens op stapte, dan was hij daar nu ongevoelig voor. Het doel, dat was het enige waar het hem nu om ging, en toen hij de garage binnenstapte en naar de lift rende, had hij maar één doel.

Winnen.

46

De secretaris-generaal stond nog steeds in de gang naast het auditorium van de Veiligheidsraad. Sinds het begin van de gijzeling was er maar weinig veranderd. Een paar gedelegeerden waren vertrokken en anderen waren gearriveerd. De beveiligingsmensen waren nerveuzer dan daarnet, vooral degenen die hadden deelgenomen aan de mislukte aanval. De jonge luitenant Mailman, een Britse officier die hiernaartoe was gekomen nadat hij had geholpen bij de planning van operatie Desert Fox, was de meest rusteloze van hen allemaal. Nadat Chatterjee de terroristen had gebeld om Hoods bericht door te geven, liep de officier naar haar toe.

'Mevrouw?' zei hij.

De stilte was drukkend. Hoewel hij fluisterde, klonk zijn stem heel luid.

'Jawel, luitenant?'

'Mevrouw, toch was het plan van kolonel Mott heel goed,' zei hij. 'We hadden niet kunnen voorzien dat er nog andere gewapende mensen in de zaal aanwezig zouden zijn.'

'Wat wilt u daarmee zeggen?' vroeg ze.

'Er zijn nog maar drie terroristen over,' vertelde hij haar, 'en ik heb een plan dat zou kunnen werken.'

'Nee,' zei ze streng. 'Hoe weet u dat u deze keer niet met weer andere variabelen wordt geconfronteerd?'

'Dat weet ik niet,' gaf hij toe. 'Het plannen van een militaire actie is iets anders dan het voorspellen van de toekomst. Het gaat over het uitvechten van oorlogen en dat kun je niet doen als je altijd maar aan de zijlijn blijft staan.'

Er klonken geluiden vanachter de deur naar het auditorium. Gejammer, klappen, grauwen. Er was duidelijk iets aan de hand.

'Ik heb u mijn antwoord al gegeven,' zei ze.

Een ogenblik later belde Hood terug. Enzo Donati overhandigde haar de mobiele telefoon.

'Ja?' zei Chatterjee bezorgd.

'Ze heeft ons verraden,' zei Hood.

'God, nee,' zei de secretaris-generaal. 'Dus dat is wat er nu gebeurt, daarbinnen.'

'Wat gebeurt er dan?' vroeg Hood.

'Een worsteling,' zei ze. 'Ze gaan de gijzelaars executeren.'

'Misschien kunnen we dat nog voorkomen,' zei Hood. 'Een van mijn manschappen is op weg naar boven. Hij is in burger...'

'Nee!' zei Chatterjee.

'Mevrouw, u moet dit aan ons overlaten,' zei Hood. 'U hebt geen plan. Wij wel.'

'U hád een plan. Dat hebben we geprobeerd en het is mislukt.'

'Deze keer zal het niet mis...'

'Nee, meneer Hood!' zei Chatterjee, en ze verbrak de verbinding. Ze moest haar best doen om het niet uit te gillen. De telefoon begon opnieuw te piepen. Ze zette het toestel uit, gaf het aan Donati en zei hem dat hij weg moest gaan.

Het was alsof de wereld als een draaitol rondtolde. Ze voelde zich duizelig, paniekerig en uitgeput tegelijk. Was dit hoe je je voelde tijdens een oorlog? Een kolkende stroom die je meesleurde naar plekken waar het beste wat je kon bereiken, het beste waarop je zelfs maar kon hopen, was dat je daar onverhoeds iemand te grazen zou kunnen nemen die nog net iets uitgeputter en gedesoriënteerder was dan jijzelf?

Chatterjee keek naar de deur van het auditorium. Ze zou nog een keer naar binnen moeten gaan. Wat kon ze anders?

Net op dat ogenblik klonk er rumoer in de gang, vlak voorbij de zaal van de Economische en Sociale Raad. Enkele gedelegeerden draaiden zich om en een paar beveiligingsmedewerkers liepen ernaartoe om te zien wat er aan de hand was.

'Er komt iemand aan!' riep een van hen.

'Kop dicht, jij!' siste Mailman.

De luitenant rende naar de beveiligingsmensen toe. Net toen hij die bereikte, kwam kolonel August de gang binnen en drong zich tussen de gedelegeerden door. Hij stak zijn beide handen op om de beveiligingsmensen te laten zien dat hij ongewapend was. Maar hij bleef wel doorlopen.

'Laat hem door!' fluisterde Mailman dringend.

De bewakers weken onmiddellijk uiteen en August liep verder. Terwijl hij dat deed, stak hij zijn beide handen in zijn zakken en trok snel en zelfverzekerd, zonder ook maar één onnodige beweging, zijn twee beretta's. Hij was nu nog geen 3 meter van de deur verwijderd. Het enige wat er tussen hem en het auditorium van de Veiligheidsraad in stond, was Mala Chatterjee.

Terwijl de kolonel naderbij kwam, nam de secretaris-generaal hem aandachtig op. De blik in zijn ogen deed haar denken aan een wilde tijger die ze ooit eens had gezien in India. Deze man had de lucht van zijn prooi opgesnoven en zou zich nu door niets of niemand meer laten weerhouden. Op dat ogenblik leek het wel of die ogen het enige vaste punt in haar universum waren.

Dit was helemaal niet hoe het werd verondersteld te gaan. Leo Trotski had ooit eens geschreven dat geweld kennelijk de kortste afstand is tussen twee punten, maar dat had de secretaris-generaal nooit willen aanvaarden. Als studente aan de universiteit van Delhi had ze college gelopen bij professor Sandhya A. Panda, een volgeling van Mohandas Gandhi, die de leer van het pacifisme had uitgedragen alsof het een godsdienst was. Chatterjee was altijd een vrome gelovige geweest, maar toch was in niet meer dan vijf uur alles wat maar mis kon gaan ook werkelijk fout gelopen, en dat terwijl ze toch haar uiterste best had gedaan, zich had opgeofferd en kalm en rustig was gebleven terwijl de mislukte poging van kolonel Mott er in elk geval toe had geleid dat een gewond meisje naar het ziekenhuis was gebracht.

Net op dat ogenblik klonk er een zacht geluid door de deur heen. Het was een meisjesstem: hoog van toon, maar gedempt, alsof er iets voor haar mond werd gehouden.

'Nee,' snikte de stem. 'Niet dóén!'

Slechts met grote inspanning wist Chatterjee voldoende zelfbeheersing op te brengen om niet te gaan schreeuwen. Zonder erbij na te denken draaide ze zich om om naar het meisje toe gaan, maar August duwde haar opzij en liep snel langs haar heen.

Luitenant Mailman kwam met zijn pistool in de hand achter de kolonel aan en bleef nu op ongeveer een meter afstand staan.

Chatterjee wilde August achternalopen, maar Mailman draaide zich om en hield haar tegen.

'Laat hem maar gaan,' zei de luitenant zachtjes.

Chatterjee beschikte niet meer over de energie of de wil om zich daar nog tegen te verzetten. In een gekkenhuis voelen alleen de gekken zich thuis. Terwijl ze stonden toe te kijken, bleef de Amerikaan bij de deur staan, heel even maar, en toen draaide hij met de muis van zijn linkerhand de deurknop om. Ook nu maakte hij geen enkele onnodige beweging.

Een hartslag later stapte hij met zijn twee pistolen in de aanslag de zaal binnen.

47

Kort nadat ze de TAC-SAT had opgenomen en Barone aan de lijn had gekregen, liep Ani Hampton naar de gangkast, ze pakte een van de laatste beretta's en liep de gang in. Die was leeg. De klootzakken die hadden geprobeerd haar met dreigementen eronder te krijgen, waren verdwenen. Langs de afgesloten kantoren, het hokje van de portier en de toiletten liep ze naar de trap.

Annabelle had twee redenen om niet de lift te nemen. Ten eerste zaten er beveiligingscamera's in het plafond van het lifthokje en ten tweede was het heel goed mogelijk dat de mannen van het Op-Center haar in de lobby zouden opwachten. Ze was van plan de trap naar de kelder te nemen en zich dan via de zijdeur uit de voeten te maken. Naderhand zou ze dan zoals gepland contact opnemen met Georgiev. Ze had de twee CIA-floaters naar de eerstehulppost van het VN-gebouw gestuurd om hem op te halen. Annabelle zou haar chef melden dat ze de Bulgaar had laten weghalen omdat hij te veel wist over de CIA-operaties in zijn vaderland, Cambodja en het Verre Oosten en dat ze had willen voorkomen dat die informatie in handen van de Verenigde Naties viel. Ze zou hem ook doorgeven dat de mannen van het Op-Center samenspanden met de terroristen. Dat zou hen lang genoeg bezighouden om haar in staat te stellen haar deel van het losgeld te incasseren en het land uit te vluchten. Als er geen losgeld was, zou ze het geld dat Georgiev had vooruitbetaald, gebruiken om naar Zuid-Amerika te vluchten.

De deur ging naar binnen open. Omdat de brandweervoorschriften dat vereisten, was die van massief metaal gemaakt. Er zat geen raampje in en omdat ze niet kon zien of er iemand aan de andere kant stond, trok ze hem eerst heel voorzichtig op een kier.

Er was niemand. Annabelle trok de deur weer dicht en liep over de betonnen overloop naar de trap. De kelder bevond zich vier etages lager en het was goed mogelijk dat Hood of een van zijn mensen haar daar stond op te wachten. Ze dacht niet dat de politie er zou zijn. In New York maakte die het net altijd zo klein mogelijk. De politie zou naar de derde verdieping zijn gekomen om haar in te sluiten en haar nooit de kans hebben gegeven ervandoor te gaan.

Ze liep de eerste trap af, maar na een paar treden vielen alle lichten uit, zelfs de veiligheidslampjes, en die konden alleen maar aan en uit worden gezet vanuit...

Vanuit het keukentje, dacht de jonge vrouw nijdig. Dat zit naast het herentoilet. Naar de hel met de klootzak die daaraan heeft gedacht! Maar ze was nog veel bozer op zichzelf omdat ze niet even had gekeken of er niemand in het toilet was.

Annabelle dacht er even over na om terug te gaan, maar ze had geen tijd te verspillen en wilde ook liever niet oog in oog komen te staan met degene die het licht had uitgedaan. Ze pakte het pistool over met haar linkerhand, greep met haar rechter de leuning vast en liep langzaam naar beneden. Ze kwam op de overloop, sloeg de hoek om en begon de volgende trap af te lopen. Dat schoot lekker op. Tot er recht voor haar een fel licht aanging en ze een hevige pijn in haar linkerdijbeen voelde.

'Doe het licht maar weer aan!' riep iemand.

Dat gebeurde en toen Annabelle opkeek, zag ze een gezette man met zwart haar die dreigend over haar heen stond. Hij had een wit overhemd aan en een marineblauwe pantalon. In zijn ene hand hield hij een politieradio en in de andere een wapenstok. Volgens het naamplaatje op zijn borst was het adjunct-commissaris Bill Mohalley.

Mohalley raapte haar pistool op en schoof het in zijn broekband. Annabelle probeerde op te staan, maar dat lukte haar niet. Ze kon nauwelijks ademhalen en terwijl ze daar zo lag, hoorde ze de deur op de derde verdieping opengaan.

De hoge functionaris van het ministerie van Buitenlandse Zaken gebruikte nu zijn radio om de rest van zijn team naar de tweede verdieping te dirigeren en Hood kwam de trap af rennen. Hij was dus degene geweest die het licht uit had gedaan. Op de overloop bleef hij staan en keek neer op de jonge vrouw. De uitdrukking op zijn gezicht maakte een verdrietige indruk op haar.

'Ik dacht... dat wij een afspraak hadden,' wist ze moeizaam uit te brengen.

'Ik ook,' zei Hood. 'Maar ik weet wat je hebt gedaan. Ik heb je gehoord.'

'Dat liegt u,' zei ze. 'Ik... heb u... gezien... op het beeldscherm.'

Hood schudde zwijgend zijn hoofd, en terwijl zijn teamleden de trap op kwamen rennen, stapte Mohalley over haar heen.

'Mijn team neemt het verder wel over,' zei hij tegen Hood. 'Bedankt voor uw hulp.'

'Bedankt dat u me uw kaartje hebt gegeven,' zei Hood. 'Hebt u nog iets gehoord over dat meisje dat gewond was geraakt?'

Mohalley knikte. 'Barbara Mathis ligt op de operatietafel. Ze heeft een heleboel bloed verloren en de kogel zit nog steeds in haar lichaam. Ze doen alles wat in hun macht ligt, maar het ziet er niet gunstig uit.' Hij keek neer op Annabelle. 'Ze is nog maar veertien.'

'Ik wilde niet... dat een van de kinderen gewond zou raken,' zei Annabelle.

Hood deed een stap naar achteren en nadat hij nogmaals zijn hoofd had geschud, draaide hij zich om en rende de trap af.

Annabelle bleef plat op haar rug liggen. Er kwamen nu andere beveiligingsmensen van het ministerie van Buitenlandse Zaken aangelopen. Ze voelde een kloppende pijn in haar dijbeen en ze had erge pijn in haar rug op de plek waar ze de trap had geraakt, maar in elk geval kon ze weer ademhalen.

Wat ze tegen Mohalley had gezegd, was waar. Het speet haar dat een van de jonge musici het misschien niet zou overleven. Dat werd niet verondersteld te gebeuren. Als de secretaris-generaal had meegewerkt, als ze zich verstandig had opgesteld, zou geen van de meisjes ook maar een haar gekwetst zijn.

Zonder dat ze al in staat was het idee helemaal te bevatten, begon het al tot Annabelle Hampton door te dringen dat ze de rest van haar leven in de gevangenis zou moeten doorbrengen en hoewel ze dat heel akelig vond, zat het haar eigenlijk nog het meeste dwars dat Paul Hood haar te slim af was geweest.

Opnieuw had ze door toedoen van een mán haar doel niet weten te bereiken.

48

De houten deur van het auditorium van de Veiligheidsraad ging naar buiten open. Kolonel August stond in de deuropening en terwijl hij naar de moordenaar zocht, maakte hij zichzelf tot doelwit. Hij had zijn kogelwerende vest aan en was bereid een paar treffers te incasseren als hij daarmee een gijzelaar het leven zou kunnen redden. Als de terrorist op hém stond te schieten, kon hij zijn gijzelaar niet vermoorden.

De eerste die August zag, was een slank tienermeisje dat nog geen 5 meter van hem vandaan op haar knieën zat. Ze trilde over haar hele lijf en liet een zacht gejammer horen. August was er niet zeker van wie het was. De moordenaar stond vlak achter haar. Vanuit zijn ooghoeken zag August de twee andere terroristen. De ene stond bij het hoefijzervormige bureau voor in het auditorium; de ander vlak naast de deur naar de Trustschapsraad.

De terroristen hadden alledrie zwarte kleren aan en skimaskers op. Degene die het dichtste bij hem stond, hield het lange blonde haar van het meisje vast, heel dicht bij de wortels en vlak bij haar voorhoofd, zodat ze noodgedwongen recht omhoog keek. Hij hield zijn pistool recht voor zich uit gericht, zodat de loop tegen de bovenkant van haar schedel drukte.

August had het skimasker nu recht in zijn vizier, maar hij wilde niet degene zijn die het vuur opende. Als hij de terrorist raakte, zouden diens stuiptrekkende vingers zich om de trekker kunnen krommen en dan ging die kogel recht door het hoofd van het meisje. August wist dat dit niet verstandig van hem was. Als je de kans had om een tegenstander uit te schakelen, moest je die grijpen. De gedachte dat dit wel eens de dochter van Paul Hood zou kunnen zijn, deed hem echter aarzelen.

De terrorist aarzelde ook en toen deed hij iets wat August verraste. Hij liet zich achter het knielende meisje op de grond vallen en naar rechts rollen, achter de rij stoelen. Hij bleef de haren van het meisje echter stevig vasthouden en trok haar met zich mee. Het was duidelijk dat hij helemaal geen zin had in een schotenwisseling. En nu beschikte hij over een menselijk schild.

Je had hem moeten neerschieten, verdomme. In plaats van dat hij een van terroristen had uitgeschakeld, liep nu iedereen gevaar.

De terrorist en het meisje bevonden zich in de vierde rij van de naar beneden hellende galerij. August stopte de beretta die hij in zijn rechterhand hield in zijn zak en rende een paar meter langs de achterwand van de galerij. Omdat hij geen schoenen aanhad, maakte hij nauwelijks enig geluid. Hij legde zijn hand op het hekje achter de achterste rij, sprong over de met groen fluweel beklede stoelen en onmiddellijk daarna ook over de volgende rij, zodat hij nu nog maar twee rijen van de terrorist en het meisje verwijderd was.

'Downer, hij komt op je af!' riep een van de terroristen. Hij had een Frans accent. 'Achter je...'

'Weg of ze gaat eraan!' riep de terrorist die hij achtervolgde. 'Ik schiet haar kop eraf!'

August was nog steeds twee rijen van hen verwijderd en de man met het Franse accent kwam nu naar hem toe rennen. Binnen twee of drie seconden zou hij de trap hebben bereikt. De derde man hield de gijzelaars onder schot.

'Barone, het gas!' zei de Fransman.

De derde terrorist, Barone, rende naar een plunjezak die open voor in de zaal stond. August was inmiddels over de derde rij gesprongen en zag Downer en het meisje nu achter de volgende rij stoelen op de grond liggen. De terrorist lag plat op zijn rug en het meisje lag boven op hem, met haar gezicht naar het plafond gericht. Maar August zat nu met een probleem.

De bottleneckmanoeuvre vereiste dat hij zou verhinderen dat het meisje werd doodgeschoten, dat hij de dichtstbijzijnde van de drie terroristen buiten gevecht stelde en een bruggenhoofd achter in de zaal vestigde voordat generaal Rodgers ter plekke was. Dat was niet gelukt. Jammer genoeg betekende dat niet alleen dat de manoeuvre was mislukt, maar ook dat de kolonel andere prioriteiten moest stellen. Het gifgas ging nu voor alles.

Barone bevond zich aan de andere kant van de hoefijzervormige tafel, zodat hij zowel door de tafel zelf als door de gijzelaars werd gedekt. Hij had zijn skimasker al afgezet en drie gasmaskers uit de plunjezak gehaald. De terrorist zette er een op en rende langs de twee anderen om hen er een aan te geven. Ze zetten de gasmaskers echter nog niet op, want met zo'n ding op zou hun gezichtsveld ernstig ingeperkt worden. Daarna holde Barone terug naar de plunjezak en haalde er een zwarte gasfles uit.

August draaide zich om en liep naar de noordzijde van de zaal. De Franse terrorist had inmiddels de trap aan de zuidzijde bereikt en kwam nu naar boven gerend. August wilde niet blijven staan om een vuurgevecht met hem te leveren. Zelfs als de Fransman achter hem aan kwam, zou de kolonel in een betere positie verkeren om Barone uit te schakelen als hij zich aan dezelfde kant van de zaal bevond.

De tafel en de in elkaar gedoken gijzelaars stonden hem echter nog steeds in de weg.

'Iedereen stil blijven zitten!' riep August. Als ze uit elkaar stoven, zouden ze tussen hem en de terrorist in kunnen komen.

Niemand bewoog zich.

De kolonel had nu de trap bereikt en begon naar beneden te rennen. Hij hield zijn rechterarm voor zijn borst. Als hij die langs zijn lichaam liet bungelen, zou hij een groter doelwit vormen. De Fransman bevond zich nu recht tegenover hem aan de andere kant van het auditorium. Plotseling bleef de man staan en vuurde een paar schoten af. Twee van de vier troffen August in zijn middel en ribben. Door de harde klappen werd hij tegen de wand geslagen, maar het kogelwerende vest hield het.

'Je bent dood, klootzak!' riep de Fransman triomfantelijk en terwijl hij 'Downer, geef me dekking!' riep, rende hij door een van de middelste rijen stoelen naar de noordzijde.

De Australiër smeet het meisje van zich af en sprong op. Hij brulde van rauwe, ongeremde woede.

August maakte zich los van de wand en zonder op de scherpe pijn in zijn zij te letten kroop hij verder. De Fransman kon nu niet op hem schieten omdat de stoelen tussen hen in stonden en hij had Barone bijna onder schot.

Net op dat ogenblik klonk er achter in de zaal een harde knal. Vanuit zijn ooghoeken zag August de Fransoos voorover vallen. Downer dook snel weg toen hij luitenant Mailman op één knie in de deuropening zag zitten. De luitenant had zijn pistool in de aanslag. 'Ga door, kolonel!' riep Mailman.

Goeie vent! dacht August. Mailman was degene die op de Fransman had geschoten, al kon de kolonel van hieruit niet zien of hij die ook had geraakt.

Terwijl de kolonel de onderste trede bereikte, trok Barone voorzichtig een rood strookje plastic van de gasfles en begon de dop eraf te draaien. August loste twee schoten. Beide kogels boorden zich in de zijkant van Barones hoofd, en hij sloeg voorover. De fles viel uit zijn handen en terwijl die over het tapijt rolde, ontsnapte er een dun pluimpje groene damp uit de hals.

Vloekend krabbelde August overeind en rende naar de deur naar de Trustschapsraad. Hij was van plan de fles te pakken en die weer goed dicht te draaien. Als hem dat niet lukte, zou hij de gijzelaars misschien dekking kunnen geven terwijl ze door die deur de zaal uit vluchtten.

Hij haalde het niet.

De Fransman kwam aan de noordzijde van de galerij tussen de stoelen vandaan. Hij was ongedeerd en opende meteen het vuur. Deze keer richtte hij op Augusts benen.

De kolonel voelde twee felle pijnscheuten: één in zijn linkerdijbeen en één in zijn rechterscheenbeen. Hij viel op de grond. De pijnscheuten werden gevolgd door een hevig brandend gevoel in zijn benen. August klemde zijn tanden op elkaar en kroop verder. Hij had lessen in 'omgaan met pijn' gehad en daar had hij geleerd om zich kleine, haalbare doelen te stellen. Dat was hoe je als soldaat te velde kon blijven functioneren. Hij concentreerde zich op de plek waar hij naartoe moest.

Achter hem opende Downer het vuur op Mailman, zodat die dekking moest zoeken buiten de zaal. Intussen kwam de Fransman de trap af kruipen.

De gasfles lag nog maar een meter van hem vandaan. De dop zat er nog op, maar er lekte wel gas uit. August moest die fles weer goed dicht zien te krijgen. Hij had geen tijd om zich om te draaien en het vuur te beantwoorden.

Plotseling klonk er een meter of drie voor de kolonel een doffe knal. De grote bruine gordijnen bij het linkerraam waaiden open en het kogelvrije glas vloog door het voorste gedeelte van de zaal. Vrijwel gelijktijdig kwam het bovenste deel van het hoge raam met een enorme klap op de grond neer.

Een ogenblik later, precies op schema, stapte Mike Rodgers de zaal binnen.

49

Zondag, 00.11 uur
New York

Dit is geen bottleneckmanoeuvre, dacht Mike Rodgers zwaarmoedig terwijl hij het auditorium van de Veiligheidsraad rondkeek. Dit vormde weer eens een bewijs voor het uitgangspunt van het Striker-team: niets is ooit zeker.

Rodgers was door de rozentuin gekomen, via dezelfde route als kolonel August. Tegen de tijd dat hij het plein had bereikt, was het vuurgevecht echter al begonnen en waren de meeste politiemensen die bij de ingang van de lobby op wacht hadden gestaan, naar binnen gelopen, zodat hij in staat was geweest om ongezien de heg aan de oostzijde van het plein te bereiken. Onmiddellijk nadat hij naar het noordelijke raam van het auditorium van de Veiligheidsraad was gekropen, had hij het C4 geplaatst en het met een detonator tot ontploffing gebracht. Om de hoeveelheid in het rond vliegende glasscherven zo veel mogelijk te beperken had hij maar een kleine hoeveelheid gebruikt. Hij was ervan uitgegaan dat als de onderste helft van het raam was weggeslagen, de bovenste helft het vanzelf wel zou begeven, en daar bleek hij gelijk in te hebben gehad.

Toen hij de zaal binnenstapte, zag hij een meter of vier voor zich kolonel August op zijn knieën zitten. Er droop bloed uit zijn benen. Tussen de twee militairen in lagen een dode terrorist en een lekkende gasfles. Rodgers zag dat zich op de trap ook een gewapende terrorist bevond. Het was duidelijk dat er iets vreselijk mis was gegaan.

Nadat hij snel twee schoten had gelost om de terrorist te laten wegduiken achter de stoelen, draaide Rodgers zich om en greep het gordijn beet. Door de schokgolf zat er een flinke scheur in en met een harde ruk wist hij de onderste helft los te trekken. Een heleboel soorten gifgas waren al dodelijk als ze in contact met de huid kwamen en daarom wilde hij die gasfles liever niet met de hand dichtdraaien. Op deze manier zou hij misschien ook kunnen voorkomen dat het gas zich verspreidde.

Rodgers legde de zware lap stof over de fles. Hij ging ervan uit dat hem dat een minuut of vijf de tijd zou geven, en dat was ruim voldoende om iedereen naar buiten te loodsen. Hij zou hen via het ingeslagen raam laten gaan. Omdat dat zich achter hem bevond, was het dan gemakkelijker om de aftocht te dekken.

Terwijl Rodgers zich omdraaide naar de tafel, waar de meisjes aan zaten, liet August zich op zijn rug rollen en ging daarna rechtop zitten, zodat hij nu naar de achterkant van de zaal keek. Hij had nog steeds een van zijn beretta's in de hand.

'Goed!' zei Rodgers tegen de meisjes. 'Allemaal door het raam naar buiten! En snel!'

Onder leiding van mevrouw Dorn liepen de meisjes haastig naar buiten, het veilige plein op, en intussen richtte Rodgers zijn aandacht weer op August.

'Waar is nummer drie?'

'De vierde rij van boven,' zei August. 'Hij heeft een van de meisjes gegijzeld.'

Rodgers vloekte. Harleigh Hood was niet tussen de meisjes hier beneden, dus het moest haar wel zijn.

Nog terwijl August die woorden uitsprak, was hij al op zijn knieën gaan zitten, en nu begon hij terug te kruipen naar de trap. Toen hij die had bereikt, greep hij de houten leuning langs de wand vast en begon naar boven te lopen. Hoewel hij ervoor zorgde dat de leuning een groot deel van zijn gewicht droeg, was het de kolonel duidelijk aan te zien dat het lopen hem erg veel pijn kostte. Om de beretta beter te kunnen richten hield hij zijn rechterarm voor zich uit. Rodgers hoefde hem niet te vragen waar hij mee bezig was: hij gebruikte zichzelf als lokaas om de aandacht van de terroristen te trekken.

Rodgers stond tussen de gijzelaars en de tribune in. Een paar gedelegeerden krabbelden op en verdrongen zich voor het venster. In hun haast om naar buiten te komen, duwden ze zelfs de meisjes opzij. Een van de terroristen zat nog boven in de zaal en daarom durfde Rodgers zich niet om te draaien, maar anders had hij die lui zonder aarzelen neergeschoten.

Het werd nu snel leger in de zaal en de dikke gordijnstof leek het gas voorlopig tegen te houden. Rodgers wilde dat hij naar de noordzijde van de zaal kon gaan om August dekking te geven, maar hij wist dat hij de veiligheid van de gijzelaars in de gaten diende te houden en bleef daarom toekijken terwijl de kolonel de trap op strompelde.

Om te zien hoe het met de meisjes stond, draaide Rodgers even zijn hoofd om. Ze waren allemaal geëvacueerd en de laatste paar gedelegeerden liepen nu ook naar het raam. Toen, terwijl de generaal weer voor zich keek, hoorde hij op de tribune een schot. Hij zag dat

August struikelde en tegen de muur zakte. Terwijl de kolonel snel zijn armen naar achteren bracht, glipte het pistool hem uit de hand. Toen viel August plat op zijn rug.

Vloekend rende Rodgers naar de trap. De terrorist kwam overeind en vuurde op de generaal. Omdat Rodgers geen kogelwerend vest aanhad, was hij wel genoodzaakt om zich plat op de grond voor de tribune te laten vallen.

'Maak je niet druk!' riep de terrorist. 'Jij komt ook nog wel aan de beurt!'

'Geef je over!' riep Rodgers terug terwijl hij op zijn buik terugkroop naar de trap.

De terrorist gaf geen antwoord. Niet met woorden in elk geval. Het volgende wat hij hoorde, waren twee schoten, gevolgd door een hoge gil.

Hij vloekte. Die maak ik af! dacht hij bitter terwijl hij snel opkrabbelde en hoopte dat het hem zou lukken de man neer te schieten voordat die zich weer kon omdraaien om zijn pistool op hem te richten.

Maar Rodgers was te laat. Terwijl hij stond te kijken liet de terrorist zijn pistool vallen, maakte een vreemde halve draai en viel over de rugleuning van een van de stoelen. Er zaten twee grote rode vlekken op zijn rug. Toen hij de trap op stapte, zag Rodgers dat August nog steeds op zijn rug lag. Er zat een kogelgat in zijn linkerbroekzak.

'Die klootzak had wat beter moeten opletten,' zei August terwijl hij het tweede pistool uit zijn zak haalde. Er kwam nog steeds rook uit de loop van de glanzende beretta.

Opgelucht maar bepaald niet opgewekt richtte Rodgers zijn aandacht op de steile tribune. Er was nog steeds een derde terrorist over en dat was degene die Harleigh Hood kennelijk gegijzeld hield. Tijdens dit hele vuurgevecht had hij niets van zich laten horen en dat voorspelde niet veel goeds. In de deuropening zat een beveiligingsman van de VN op één knie. Op het zachte sissen van de gasfles onder het gordijn na was het volkomen stil in de zaal. Toen hoorden ze een stem vanaf het gangpad achter de bovenste rij van de tribune.

'Jullie hebben niet gewonnen,' zei Reynold Downer. 'Jullie hebben alleen maar bereikt dat ik het losgeld niet hoef te delen.'

50

Zondag, 00.15 uur
New York

'Ze zijn de zaal uit!' riep een jongeman de wachtkamer in. 'De kinderen zijn in veiligheid!'
De ouders reageerden met lachen en huilen. Ze stonden op en nadat ze elkaar hadden omhelsd liepen ze naar de deur. Pas toen ze in een lange rij de gang in liepen, kwam de officiële aankondiging. Ze werden opgewacht door een geüniformeerde beveiligingsmedewerkster van het ministerie. Het was een vrouw van middelbare leeftijd met kort bruin haar, grote bruine ogen en een naamplaatje met het opschrift BARONI op haar borst, die hun vertelde dat de kinderen het zo te zien goed maakten, maar dat ze uit voorzorg werden overgebracht naar het Medisch Centrum van de universiteit van New York. Er zou een bus komen om de ouders daar ook heen te brengen. De ouders waren allemaal heel opgelucht en bedankten de vrouw alsof ze persoonlijk voor de redding van hun kinderen verantwoordelijk was geweest.
Nadat de beambte nog had gezegd dat ze de lift aan het eind van de gang moesten nemen, liep ze de zaal in. Het leek of ze iemand zocht en toen ze Sharon Hood opmerkte, pakte ze haar even bij de arm.
'Mevrouw Hood, ik ben Lisa Baroni,' zei ze. 'Kan ik u even spreken?'
Dat verzoek wekte onmiddellijk een golf misselijkheid in haar op.
'Wat is er mis?' vroeg Sharon.
Voorzichtig leidde de vrouw Sharon weg van de laatste ouders, zodat de twee vrouwen nu alleen in het restaurant achterbleven. Ze stonden vlak naast de deur, bij een van de banken.
'Wat is er?' vroeg Sharon dringend.
'Mevrouw Hood,' zei Lisa, 'helaas bevindt uw dochter zich nog in de zaal.'
Die woorden klonken belachelijk. Een ogenblik eerder was iedereen nog veilig geweest. Ze had zich opgetogen gevoeld. 'Hoe bedoelt u?' vroeg Sharon.
'Uw dochter bevindt zich nog steeds in het auditorium van de Veiligheidsraad.'

'Nee, ze zijn allemaal buiten!' zei Sharon, die boos begon te worden. 'Die man heeft net gezegd dat ze allemaal in veiligheid waren!'
'De meeste kinderen zijn door een gebroken raam geëvacueerd,' zei de vrouw. 'Maar uw dochter was daar niet bij.'
'Waarom niet?'
'Mevrouw Hood, waarom gaat u niet even zitten?' zei Lisa. 'Ik blijf zolang wel bij u.'
'Waarom was mijn dochter er niet bij?' vroeg Sharon kwaad. 'Wat is er aan de hand? Is mijn man daar soms?'
'We zijn niet precies op de hoogte van de situatie,' zei Lisa zachtjes. 'Wat we wél weten, is dat er nu drie agenten van een SWAT-team in het auditorium van de Veiligheidsraad zijn en dat ze erin geslaagd zijn om iedereen buiten gevecht te stellen, op één na...'
'En die heeft Harleigh gegijzeld!' krijste Sharon. Ze kromde haar handen en klauwde naar haar slapen. 'O, god, hij heeft mijn kind gegijzeld!'
De vrouw greep haar polsen beet en hield zacht maar stevig haar armen in bedwang. Toen pakte ze Sharons handen vast en gaf die een zacht kneepje.
'Waar is mijn man!' riep Sharon.
'Mevrouw Hood, u móét naar me luisteren,' zei Lisa. 'U weet dat ze alles zullen doen wat in hun macht ligt om uw dochter te beschermen, maar het kan even duren. U zult sterk moeten zijn.'
'Ik wil mijn mán,' bracht Sharon snikkend uit.
'Waar is hij naartoe?'
'Weet ik niet,' zei Sharon. 'Hij... hij zei dat hij iets aan deze situatie hier ging doen. Hij heeft een mobiele telefoon. Ik moet hem béllen!'
'Geeft u mij het nummer maar. Dan bel ík hem wel,' zei de vrouw.
Sharon gaf haar het nummer van Pauls mobiele telefoon.
'Oké,' zei Lisa. Ze liet Sharons handen los en wees naar een van de tafeltjes. 'Ik ga even daarnaartoe om te bellen. Blijft u hier zitten. Ik ben zo weer terug.'
Sharon knikte en begon weer te huilen.
Terwijl ze daar zat te snikken, liep Lisa Baroni naar de tafel met de telefoons erop. Sharon kon zich niet herinneren dat ze zich ooit zo woedend en wanhopig had gevoeld. Ze had geen behoefte aan een mevrouw van Buitenlandse Zaken die haar hand vasthield. Ze had behoefte aan haar mán. Ze wilde met hem kunnen praten in plaats van zich zo volkomen alleen en verlaten te voelen. Wat hij ook uitspookte, waar hij ook uithing, dát was toch wel het minste geweest wat hij voor haar had kunnen doen! Dat was toch wel het minste geweest!

Hoe dit ook afliep: van één ding was ze nu heel zeker.
Dit zou ze Paul nooit kunnen vergeven.
Nóóit.

51

Paul Hood rende door het park toen hij de ontploffing hoorde en achter het VN-gebouw een lichtflits zag. Omdat hij geen glasscherven had gezien of gehoord, ging hij ervan uit dat Mike Rodgers een springlading aan de buitenkant van het raam had geplaatst en dat de scherven naar binnen waren gevallen. Hij rende snel verder en zag dat de politiemensen die de vooringang hadden bewaakt nu haastig om het gebouw heen holden. Tegen de tijd dat Hood daar was, zag hij de kinderen en de diplomaten al door het kapotte venster naar buiten rennen.

Het is hen gelukt, dacht hij vol trots. Hij hoopte maar dat Rodgers en August ongedeerd waren.

Tegen de tijd dat hij het voorplein had bereikt, was hij buiten adem. Een van de politiemensen was naar 1st Avenue gerend. Het was duidelijk dat hij het medische noodteam al per radio had opgeroepen en nu wilde wijzen waar ze hun EHBO-post konden opstellen: op het parkeerterrein, een eind van het gebouw. Intussen leidden andere agenten de jonge vrouwen en de diplomaten daarnaartoe. Iedereen liep zelf en zo te zien was niemand ernstig gewond.

Hood bleef staan kijken hoe ze naderbij kwamen. Harleigh was nergens te bekennen, maar hij zag wel een van haar vriendinnen. Haastig liep hij naar Laura Sabia toe.

'Laura!' riep hij.

Een van de agenten kwam snel naar hem toe gelopen. 'Pardon meneer, maar u zult moeten wachten tot uw dochter...'

'Dit is mijn dochter niet, agent. Ik ben Paul Hood van het Op-Center in Washington. Wij hebben deze redding georganiseerd.'

'Gefeliciteerd,' zei de agent. 'Maar toch moet u hier weg, zodat wij...'

'Meneer Hood!' zei Laura, en ze stapte uit de rij.

Hood stapte om de agent heen, rende naar haar toe en greep de hand van het jonge meisje vast. 'Laura. Godzijdank! Alles goed?'

'Ja, hoor,' zei ze.

'Hoe is het met Harleigh?' vroeg hij. 'Ik zie haar nergens.'

'Ze is... ze is nog daarbinnen.'

Hood voelde zich alsof hij ineens een harde stomp in zijn maag had gekregen. 'In het auditorium?'

Laura knikte.

Hood keek in Laura's bloeddoorlopen ogen, en wat hij daar zag, stelde hem niet gerust. 'Is ze gewond?'

'Nee,' zei Laura. Ze schudde haar hoofd en begon te huilen. 'Maar hij heeft haar te pakken.'

'Wie?'

'De man die Barbara heeft neergeschoten.'

'Een van de terroristen?'

Laura knikte. Hood wachtte niet tot ze verderging. Hij liet haar hand los en zonder aandacht te besteden aan het geroep van de agent dat hij moest blijven staan, holde hij het terras op.

52

Harleighs hoofd rees langzaam tussen stoelen uit omhoog en kwam toen tot stilstand. Downer zat achter haar en hield haar nog steeds stevig bij de haren vast. Ze zag bleek en hij trok zo hard aan haar haren dat haar hoofd ver naar achteren werd getrokken, zodat haar gezicht naar het plafond was gericht en ze haar uiterste best moest doen om vanuit haar ooghoeken nog iets van de zaal te zien. De loop van het pistool werd hard tegen haar achterhoofd gedrukt.

Mike Rodgers stond aan de voet van de tribune, in het midden van de zaal. Vanwege de steile helling en de stoelen tussen hen in was Downers linkerhand het enige doelwit. Die bevond zich veel te dicht bij Harleighs nek en bovendien had de man het pistool in zijn andere hand. Rodgers bleef zijn pistool echter op die linkerhand gericht houden, hoewel hij maar al te goed besefte dat dit niet lang zo door kon gaan. Het gordijn zou het gifgas nog maar een paar minuten tegenhouden en zelfs als hij in die tijd een gasmasker wist te bemachtigen, zou Harleigh daar niet mee geholpen zijn.

Rechts van de generaal, aan de noordzijde van de zaal, kroop kolonel August de trap op. Hoewel hij door de schotwonden in zijn benen nauwelijks meer kon lopen en duidelijk erge pijn leed, was hij niet van plan werkeloos te blijven toekijken. Achter de terrorist kwam de VN-beveiligingsman behoedzaam weer de zaal binnen. Dat moest luitenant Mailman zijn, degene die Chatterjee op de hoogte had gebracht van de stand van zaken na de mislukte inval van daarnet.

Plotseling hoorde Rodgers een geluid achter zich. Hij keek om, zag Hood in de raamopening staan en gebaarde naar hem dat hij daar weg moest gaan.

Hood aarzelde, heel even maar, deed toen een stap naar achteren en verdween in de duisternis op het terras.

Rodgers richtte zijn pistool weer op de terrorist.

'Hé, grote held!' riep Downer. 'Zie je wel dat ik het meisje heb!'

Zijn stem klonk luid, uitdagend en niet tot enig compromis bereid. Het zou hen niet lukken deze man te intimideren. Maar de generaal had een ander idee.

'Zie je dat?' riep de terrorist.

'Ja.'

'En als het moet, maak ik haar af!' brulde Downer. 'Ik schiet haar zo een kogel in haar kop!'

'Ik heb gezien hoe je mijn partner doodschoot,' zei Rodgers. 'Ik geloof je wel, hoor.'

August bleef staan en keek naar hem om. Rodgers gebaarde dat de kolonel zich stil moest houden en dat deed hij. Hij werd verondersteld dood te zijn.

'Wat wil je dat we doen?' vroeg Rodgers.

'Ten eerste wil ik dat degene die me van achteren aan het besluipen is, er onmiddellijk vandoor gaat,' zei de terrorist. 'Ik kan zijn voeten van hieruit zien. En het raam zie ik ook, dus als iemand de zaal binnen probeert te sluipen, dan heb ik dat meteen in de gaten.'

'Geen trucjes,' zei Rodgers. 'Ik heb het begrepen.'

'Dat hoop ik maar,' zei Downer. 'Als hij weg is, wil ik dat jij dat pistool neerlegt, je handen omhoogsteekt en ook de zaal uit loopt. Daarna wil ik dat je de secretaris-generaal naar binnen stuurt. Met haar handen op haar hoofd.'

'Het gas komt zo door het...'

'Dat wéét ik, man!' brulde Downer. 'Als jij nou gewoon je klep houdt en doet wat je gezegd is, hoeft het helemaal niet lang te duren!'

'Oké,' zei Rodgers. Hij keek naar de deur. 'Luitenant... wilt u even kijken of de secretaris-generaal in de buurt is en daarna niet meer binnenkomen? Ik kom zo achter u aan.'

Mailman aarzelde.

Rodgers richtte zijn pistool op Mailmans voorhoofd. 'Luitenant, u bent hier niet gewenst.'

Met een nijdig gezicht liep Mailman achteruit de zaal uit.

Rodgers ging op zijn hurken zitten, legde zijn pistool op de vloer en stak zijn handen omhoog. Daarna liep hij snel de trap op. Hij dacht niet dat de terrorist de moeite zou nemen om op hem te schieten. Tot secretaris-generaal Chatterjee binnenkwam was Rodgers zijn enige verbinding met de buitenwereld.

Rodgers bleef de trap op lopen. Hij was nu vrijwel op gelijke hoogte met de vierde rij van boven, waar de terrorist zich bevond. Hij keek naar Harleigh, die met haar rug naar hem toe stond. De man hield haar zo stevig bij haar lange blonde haar dat het meisje zich nauwelijks kon bewegen. Ze huilde niet, maar dat verbaasde hem niets. Uit zijn gesprekken met voormalige krijgsgevangenen had Rodgers geleerd dat pijn je erg in beslag nam en dat dat vaak een geluk bij een ongeluk kon zijn omdat je dan wat minder op het gevaar of de schijnbare hopeloosheid van je situatie lette.

Hij wilde iets bemoedigends tegen Harleigh zeggen, maar tegelijkertijd durfde hij niets te doen wat de terrorist zou kunnen ergeren. Niet zolang hij een pistool tegen Harleighs achterhoofd hield.

Achteruitlopend verliet Rodgers de zaal. Dat gaf hem nog één keer de gelegenheid om snel even naar de noordzijde te kijken. Van hieruit kon hij kolonel August niet zien. Of de kolonel zat inmiddels heel dicht bij de stoelen, óf hij had zo veel bloed verloren dat hij buiten kennis was geraakt.

Rodgers hoopte maar dat dat laatste niet het geval was. Het zou zo al moeilijk genoeg worden.

Hij stapte de gang in en zag Chatterjee staan. Ze keek hem even aan, legde toen haar handen op haar hoofd en liep naar de deur van het auditorium.

Rodgers stak zijn arm uit, zodat hij haar de weg versperde.

'Weet u dat er een bus met gifgas ligt?'

'Dat heeft de luitenant me verteld, ja,' zei ze.

Rodgers kwam wat dichterbij staan. 'Heeft hij u ook verteld dat een van mijn mannen nog binnen is?' fluisterde hij.

Dat leek haar te verbazen.

'De terroristen denken dat hij dood is,' zei Rodgers. 'Als kolonel August de kans krijgt, schiet hij die vent neer. Ik wil niet dat u schrikt als u hem plotseling ziet, want daarmee zou u hem kunnen verraden.'

Chatterjees gezicht betrok.

Rodgers liet zijn arm zakken en de secretaris-generaal liep langs hem heen. Toen ze het auditorium binnenliep en de deur achter zich dichttrok, besefte Rodgers ineens met een wee gevoel diep in zijn maag dat Chatterjee ondanks alles wat er inmiddels was voorgevallen, vermoedelijk nog steeds geloofde in een ongeschreven deel van het VN-beleid, een onderdeel van het beleid dat in strijd was met alle gezonde verstand en de meest basale morele uitgangspunten, maar dat de grote internationale organisatie desalniettemin al herhaaldelijk in de praktijk had gebracht.

De veronderstelling dat terroristen rechten hebben.

53

Zondag, 00.21 uur

New York

Gekweld door geest en ziel stapte Mala Chatterjee het auditorium van de Veiligheidsraad binnen.

De terrorist lag op de vloer. Chatterjee zag het hoofd van de gevangene en het pistool dat daartegenaan werd gehouden. Chatterjee zou alles doen om het meisje te redden.

De secretaris-generaal voelde zich echter niet op haar gemak bij het idee om de moord te laten begaan als er nog een andere manier was. Als ze zich verlaagde tot het niveau van deze lieden, wat zou haar eigen leven dan nog voor waarde hebben? Ze wist niet eens of deze man werkelijk iemand had vermoord, noch of hij daartoe werkelijk in staat was.

Chatterjee liep de trap af naar de vierde rij. 'U wilde me spreken,' zei ze.

'Nee, ik heb gevraagd of u hier wilde komen,' zei Downer. 'In geleuter heb ik helemaal geen zin. Ik wil hier weg. En ik wil mijn geld.'

'Ik wil u helpen,' zei Chatterjee. Ze bleef op de trap staan. 'Laat dat meisje vrij.'

'Geen geleuter, zei ik toch!' schreeuwde Downer. Harleigh gaf een hoge gil toen de man ineens nog harder aan haar haar rukte.

'Er ligt daar een bus met gifgas. Ik wil dat u een plek regelt waar deze dame hier en ik kunnen wachten terwijl u voor mijn geld en een helikopter zorgt. Zes miljoen dollar.'

'Goed,' zei ze.

Chatterjee zag iets bewegen op de noordelijke trap. Twee ogen tuurden over de rugleuning van de laatste stoel daar. De man die was achtergebleven, stak zijn hoofd iets verder boven de leuning uit en hield toen zijn vinger voor zijn lippen om haar duidelijk te maken dat ze haar mond moest houden.

De secretaris-generaal verkeerde nu in hevige tweestrijd. Ging ze meehelpen aan een reddingspoging of zou ze zich medeplichtig maken aan een koelbloedige moord? Deze Amerikaanse militair en zijn partner hadden het grootste deel van de gijzelaars gered. Misschien was het wel noodzakelijk geweest dat ze een paar mensen doodschoten, maar dat gaf hun nog niet het recht om daar zonder reden mee door te gaan. Chatterjee had zich altijd ten doel gesteld om conflicten zonder bloedvergieten op te lossen en dat kon ze niet opgeven zolang er nog een kans was. Het was ook een kwestie van vertrouwen. Als ze de terrorist ervan wist te overtuigen dat ze hem wilde helpen, zou ze hem misschien zover weten te krijgen dat hij zich overgaf.

'Kolonel August,' zei ze. 'Ik denk dat er vandaag wel genoeg mensen zijn neergeschoten.'

August verstarde en even vroeg Chatterjee zich af of hij háár soms wilde neerschieten.

'Tegen wie staat u daar te praten?' vroeg Downer op hoge toon. 'Wie is dat daar?'

'Nog een militair,' zei ze.

'Dus die klootzak was helemaal niet dood!' brulde Downer. 'Legt u alstublieft uw wapen neer en gaat u hier weg, kolonel,' zei Chatterjee. 'Dat kan ik niet,' zei August bitter. 'Ik ben gewond.'

'Je raakt nog veel erger gewond als je niet maakt dat je wegkomt!' schreeuwde Downer.

De Australiër draaide zich om en sleurde Harleigh ruw met zich mee. Daarna trok hij haar aan haar haren overeind, knielde achter haar neer en richtte zijn pistool op August. Terwijl de aanvoerder van het Striker-team de trap af rolde, loste hij snel een reeks schoten, zodat de houtsplinters van de armleuningen alle kanten op vlogen. Toen hij ophield, galmde de luide knallen nog even na.

Grauwend richtte Downer zijn aandacht weer op Chatterjee. Hij bleef Harleigh echter tussen August en zichzelf in houden. De secretaris-generaal zag dat het gas voor in de zaal onder de randen van het gordijn uit begon te komen.

'Laat die vent hier weggaan!' brulde Downer.

'Ik probeer u alleen maar te helpen!' riep Chatterjee. 'Laat mij dit nou maar...'

'Kop dicht en doe wat ik zeg!' gilde Downer, en hij draaide zich naar haar toe, zodat zijn borstkas even naar de voorzijde van het auditorium gericht was.

Er klonk een schot. De kogel sloeg een gat in het midden van Downers nek, maar miste Harleigh met een ruime marge. Hij liet Harleigh los en door de kracht van de inslag werden zijn armen naar achteren gesmeten, zodat het pistool uit zijn handen viel.

Aan het andere eind van de zaal, onderin, stond Paul Hood langzaam op. In zijn hand hield hij de beretta die Mike Rodgers daar had achtergelaten.

'Liggen, Harleigh!' riep hij.

Ze sloeg haar armen om haar hoofd en liet zich plat op de grond vallen. Een ogenblik later klonk er vanaf de noordelijke trap een tweede schot. Deze kogel ging keurig door Downers linkerwang en terwijl de terrorist viel, schoot kolonel August ook nog een kogel in zijn slaap.

Nog voordat zijn lichaam de grond raakte, lag er al een plas bloed op de vloer.

Chatterjee begon te gillen.

Paul Hood liet het pistool vallen en rende over de noordelijke trap naar boven. Terwijl August wuifde dat de kust veilig was, rende Hood naar zijn dochter toe.

54

Zondag, 00.35 uur
New York

Toen hij voor de eerste keer het auditorium van de Veiligheidsraad
verliet, had Mike Rodgers het gevaarlijke-materialenteam van de
New Yorkse politie gewaarschuwd. Het team stond al klaar op het
terras aan de noordzijde en was gereed om de zaal binnen te gaan
zodra iedereen daar weg was. Het gehele VN-complex was al voor
het publiek gesloten geweest, maar nu was het volledig in quaran-
taine. De deuren en vensters waren bedekt met plastic zeilen die
aan de rand met sneldrogend schuim werden vastgezet. Omdat er
niemand meer was die de politie kon vertellen wat voor gas het precies was, was er een mobiel laboratorium naar de plek van het misdrijf gereden om ter plekke een analyse te doen. De medische
noodteams van de brandweer waren tenten aan het opzetten in een
nabijgelegen speeltuin en er lag ook een blusboot paraat. In situaties die te maken hadden met gevaarlijke materialen was de aanwezigheid van de brandweer een wettelijk vereiste. Vele terreurgroepen bedienen zich van een tactiek van de verschroeide aarde.
Als ze niet kunnen winnen, dan zullen ze er in elk geval voor zorgen
dat iedereen verliest. Omdat een van de terroristen uit de EHBO-
post van het VN-gebouw was verdwenen en de politie niet wist of
er nog medeplichtigen waren, moesten ze wel op alles voorbereid
zijn, ook op een laatste daad van haat en nijd.
Paul Hood en zijn dochter namen rustig even de tijd om elkaar te
omhelzen. Hood deed geen moeite om zijn tranen te verhullen en
Harleigh trilde als een espenblad. Haar hoofd hing op haar borstkas
en ze hield haar handen stevig om zijn armen geklemd. Een van de
verplegers legde een dekentje over haar schouders voordat hij hen
met zich meenam naar de tenten.
'We moeten je moeder op de hoogte brengen,' zei Hood door zijn
tranen heen.
Harleigh knikte.
Achter hen stond Mike Rodgers toe te kijken hoe de verplegers
Brett August wegdroegen. Rodgers zei dat hij Sharon wel even ging
halen en voegde daaraan toe dat hij trots op Hood was. Hood
bedankte hem, maar de waarheid was dat toen Rodgers de zaal had

verlaten en Hood naar binnen was geslopen, hij had geweten dat niets ter wereld, noch zijn eigen veiligheid, noch de nationale of internationale wetten, hem ervan zouden kunnen weerhouden een poging te doen om Harleigh te redden.

Omringd door gedelegeerden en beveiligingsmensen liepen Hood en zijn dochter naar de lift. Hij kon zich absoluut niet voorstellen wat er nu door Harleigh heen moest gaan. Ze hield hem nog steeds krampachtig vast en staarde met glazige ogen voor zich uit. Het was geen shock. Ze had geen enkele lichamelijke verwonding opgelopen die tot een hypovolemische, cardiogene, neurogene, septische of anafylactische shock kon leiden. Het jonge meisje had echter meer dan vijf uur in een zaal zitten toekijken hoe er mensen werden neergeschoten, onder wie een van haar beste vriendinnen. Ze was zélf bijna doodgeschoten. De posttraumatische stress daarvan moest enorm zijn.

Hood wist uit eigen ervaring dat zijn dochter alles wat er vandaag was voorgevallen nooit meer zou vergeten. Het zou haar elke dag voortdurend vergezellen. Mensen die ooit gegijzeld waren geweest, kregen levenslang. Ze werden voortdurend geteisterd door een gevoel van hopeloze isolatie, door de vernedering om niet als mens behandeld maar als ding gebruikt te zijn. Hun waardigheid was wel weer te herwinnen, maar slechts bij stukjes en beetjes, en er zouden altijd grote gaten in het weefsel blijven zitten. De som van de delen zou nooit meer gelijk worden aan het aan flarden gereten geheel.

Wat moeten we in dit leven toch allemaal doormaken? dacht Hood. Maar in zijn armen was zijn dochtertje veilig. Toen de lift beneden was, zag Paul dat Sharon door de lobby naar hen toe kwam rennen. Als iemand had geprobeerd haar de toegang tot het gebouw te ontzeggen, dan was dat duidelijk niet gelukt. Een vrouw van het ministerie kwam achter haar aan gerend en probeerde wanhopig haar bij te houden.

'Mijn kind!' gilde Sharon. 'Mijn lieve meisje!'

Harleigh rukte zich van Hood los en rende naar haar moeder toe. Ze sloegen hun armen om elkaar heen en begonnen zo hevig te huilen dat hun lichamen ervan schokten. Sharon sloeg haar armen zo ver om het meisje heen dat het wel leek of ze haar helemaal in zich op wilde nemen. Hood deed een stapje naar achteren.

Rodgers kwam binnen, samen met Bill Mohalley. Achter hen, op het terras, stond Chatterjee met een stel verslaggevers te praten. Ze maakte boze gebaren.

'Ik wilde u persoonlijk bedanken,' zei Mohalley, en hij gaf Hood een stevige handdruk. 'U hebt vandaag het hele *Handboek Crisisma-*

nagement herschreven en het is me een eer dat ik daar getuige van heb mogen zijn.'

'Dank u wel,' zei Hood. 'Hoe gaat het met Brett August?'

'Hij komt er wel weer bovenop,' zei Rodgers. 'De kogels hebben de slagader gemist. Het moet gemeen pijn hebben gedaan, maar veel schade is er niet aangericht.'

Hood knikte. Hij stond nog steeds naar Chatterjee te kijken. Haar kleren, handen en gezicht zaten onder het bloed van de terrorist.

'Ze ziet er niet erg opgewekt uit,' zei Hood.

Mohalley haalde zijn schouders op. 'We zullen nog een heleboel te horen krijgen over wat u hier vandaag hebt gedaan,' zei hij. 'Maar de gijzelaars zijn veilig, vier van de terroristen zijn dood en één ding is zeker.'

'Wat dan?' vroeg Rodgers.

'Dat er in de hel een hoop geruzied zal worden voordat iemand weer zoiets durft te flikken,' zei Mohalley.

55

Zondag, 00.51 uur
New York

Alexander was diep in slaap toen Hood de hotelkamer binnenliep.
Sharon was met Harleigh naar het Medisch Centrum van de universiteit van New York gegaan. Het meisje moest niet alleen lichamelijk grondig onderzocht worden, maar ook zo snel mogelijk met een psycholoog kunnen praten. Harleigh moest goed begrijpen dat dit op geen enkele wijze háár schuld was geweest en dat ze zich ook niet schuldig hoefde te voelen omdat ze dit had overleefd. Pas als ze dat begreep, konden ze zich bezighouden met de andere trauma's die ze had opgelopen.
Hood stond naast het grote bed en keek neer op zijn zoontje. Het leven van de jongen was veranderd. Zijn zusje was nu een heel ander mens, met heel andere noden en behoeften, en hij had daar nog helemaal geen weet van. De onschuld van de slaap.
Hood draaide zich om en liep de badkamer binnen, liet wat water in de wasbak lopen en waste zijn gezicht. Zijn leven had ook een ingrijpende verandering ondergaan. Hij had een mens doodgeschoten, en of die man dat nou had verdiend of niet, Hood had hem doodgeschoten terwijl hij zich op internationaal territorium bevond. Waarschijnlijk zou hij terecht moeten staan en het was best mogelijk dat dat proces ergens buiten de Verenigde Staten zou plaatsvinden. Het zou jaren kunnen duren en zou wel eens tot een ernstige inbreuk op de geheimhouding van het Op-Center kunnen leiden.
Hoe waren ze bepaalde dingen eigenlijk te weten gekomen? Waren de CIA en het ministerie van Buitenlandse Zaken hier ook bij betrokken, en zo ja, hoe ver ging die betrokkenheid dan wel? En wat was de connectie tussen de Verenigde Staten en die vermiste Bulgaar Georgiev? De betrokken overheidsinstanties waren op al deze gebieden volkomen onbevoegd.
Het wrange was dat de Verenigde Naties door dit alles wel eens het slachtoffer van een Amerikaanse samenzwering zouden kunnen lijken. De Verenigde Staten hadden hun lidmaatschapsgeld niet betaald en de secretaris-generaal afgeluisterd en daarmee een groot aantal regels gebroken die de lidstaten van de Verenigde Naties met

251

elkaar hadden afgesproken. Landen die het terrorisme steunden, in drugs handelden en zich schuldig maakten aan grootschalige schendingen van mensenrechten zouden nu een vermanend vingertje kunnen opsteken naar de VS.

En dat zullen we accepteren, dacht Hood. Dat zullen we accepteren vanwege de aandacht van de media. Hood had altijd al het gevoel gehad dat de televisie en de Verenigde Naties voor elkaar gemaakt waren. In hun ogen was iedereen even groot.

Hood droogde zijn gezicht af en keek in de spiegel. Het trieste was dat de confrontatie met zijn vijanden niet was waar hij het meest tegen opzag. De moeilijkste confrontatie zou komen als hij en Sharon met elkaar zouden proberen te praten. Niet alleen over zijn optreden van vanavond, maar ook over een toekomst die er ineens heel anders uitzag dan ze hadden voorzien.

'Zo is het wel genoeg,' zei hij zachtjes.

Hij legde de handdoek op de rand van de wastafel en nam een slok water uit de kraan. Daarna liep hij langzaam de slaapkamer binnen. Nu pas begon hij de effecten te voelen van wat hij de afgelopen nacht allemaal had doorgemaakt. Zijn benen trilden van al dat geren en gehol en toen hij het auditorium van de Veiligheidsraad binnen was gerend, had hij een spier in zijn onderrug verrekt. Hij ging naast Alexander op bed liggen en gaf de jongen een lichte kus achter zijn oor. Dat had hij in geen jaren meer gedaan en het verbaasde hem zelf. De geur die hij opsnoof deed hem denken aan de tijd dat zijn zoontje nog klein was.

De vrede van het kind schonk de man rust. En terwijl hij langzaam in slaap viel, bedacht Hood nog hoe eigenaardig het allemaal was. Hij had geholpen deze twee kinderen te maken, maar door hun behoefte aan hulp en zorg en door hun liefde was het omgekeerde eveneens waar.

Deze kinderen hadden een vader geschapen.

56

Zondag, 07.00 uur

New York

Om zeven uur 's ochtends schrok Hood wakker van de telefoon.
Het was Bill Mohalley.
De ambtenaar van Buitenlandse Zaken belde om hem te melden
dat zijn vrouw en zijn dochter samen met de andere gezinnen naar
LaGuardia Airport waren overgebracht en van daaruit naar Washington zouden vliegen. Mohalley zei dat zijn vrouw in het ziekenhuis al was gewaarschuwd en dat de politie hem en zijn zoontje
over een uur zou ophalen om hen naar de luchthaven te brengen.
'Waarom moeten we hier zo snel weg?' vroeg Hood. Hij had een
pesthumeur en was nog maar half wakker. In het felle witte zonlicht
voelde zijn hoofd aan alsof het in een bad met zuur was gedoopt.
'Dat is voornamelijk vanwege u,' zei Mohalley. 'Hoewel we niet de
indruk willen wekken dat we u snel de stad uit smokkelen.'
'Ik kan het niet helemaal volgen,' zei Hood. 'En waarom houdt de
politie zich hiermee bezig in plaats van het ministerie?'
'Omdat de politie eraan gewend is mensen te beschermen die erg in
het nieuws zijn,' zei Mohalley. 'En of u dat nou leuk vindt of niet, u
staat op dit moment in het middelpunt van de belangstelling.'
Hoods mobiele telefoon begon te piepen. Het was Ann Farris.
Hood bedankte Mohalley, stond op en liep naar de deur. Daar zou
hij Alexander niet wakker maken en bovendien was het licht daar
heel wat minder fel.
'Goedemorgen,' zei Hood.
'Goedemorgen,' zei Ann. 'Hoe gaat het?'
'Verrassend goed,' zei Hood.
'Ik hoop dat ik je niet uit bed bel...'
'Nee,' zei Hood. Het ministerie van Buitenlandse Zaken is je voor
geweest.'
'Was het belangrijk?' vroeg ze.
'Ja,' zei hij. 'Ze willen me hier zo snel mogelijk weg hebben.'
'Dat doet me genoegen,' zei ze. 'In dat hotel ben je voor de media
veel te gemakkelijk te benaderen.'
'En het is duidelijk dat ik inmiddels overal buiten sta,' zei hij. 'Wat
is er in vredesnaam allemaal aan de hand, Ann?'

'Wij persmensen noemen dit "een puinhoop",' zei ze. 'Omdat niemand over de namen beschikt van wat ze "de twee agenten van het SWAT-team" noemen, is alle aandacht nu op jou gericht.'

'Dankzij Mala Chatterjee,' zei Hood.

'Ze is niet erg blij met je,' zei Ann. 'Ze beweert dat je het leven van je dochter zonder enige noodzaak op het spel hebt gezet omdat je deze crisis op een snelle en criminele wijze tot een oplossing wilde brengen.'

'Ze kan de pot op,' zei Hood.

'Mag ik dat citeren?' vroeg Ann.

'Zet het maar over de hele breedte van de voorpagina. Met koeien van letters,' zei Hood. 'Wat is de schade verder?'

'Wat de geheimhouding betreft, heeft Bob Herbert de zaak goed in de hand. Jij bent het enige met naam en toenaam bekende lid van een team dat heeft geholpen bij het neerschieten van terroristen uit drie verschillende landen. Bob is net begonnen om de mogelijke connecties met andere terreurgroepen na te trekken en hij kijkt ook of er misschien nationalistische organisaties zijn die hun dood zullen willen wreken.'

'Ja, nou zeg, neem me niet kwalijk dat ik daar even niet aan heb gedacht,' zei Hood bitter.

'Het heeft niets te maken met schuld of vergiffenis,' zei de persvoorlichter. 'Het gaat om belangen. Dat vertel ik je nou al jaren. In de wereld van tegenwoordig, waarin alles met alles samenhangt, moet je gewoon een beetje kunnen sturen hoe er in de media over je wordt bericht.'

Het was inderdaad een feit dat alles tegenwoordig met elkaar verweven was. Dat moest hij toegeven. En soms werd je daar heel onverwacht mee geconfronteerd. Vijftien jaar geleden werden de inlichtingen die Bob Herberts CIA-team verzamelde, automatisch ter beschikking gesteld van de andere Amerikaanse inlichtingendiensten, waaronder ook de marine-inlichtingendienst. In de jaren tachtig had de daar werkzame analist Jonathan Pollard deze geheime gegevens echter aan Israël toegespeeld en naderhand was een deel daarvan doorgegeven aan Moskou in ruil voor de vrijlating van joodse vluchtelingen. Een tijd later hadden verstokte communisten in Moskou dat feitenmateriaal weer gebruikt om een opstand tegen de Russische regering voor te bereiden. En toen het Op-Center betrokken was geraakt bij een poging om de staatsgreep te verijdelen, waren de gegevens die Herbert jaren eerder had verzameld tegen hem gebruikt.

'Hoe schrijft de pers hierover?' vroeg Hood.

'Het redactionele commentaar van de binnenlandse kranten is heel gunstig,' zei Ann. 'Voor het eerst in de geschiedenis zijn de vooruitstrevende en de conservatieve kranten het met elkaar eens. Ze schrijven over je als een heldhaftige vader.'

'En de internationale pers?' vroeg hij.

'Als je in Israël en Engeland zou meedoen aan de verkiezingen, word je waarschijnlijk tot minister-president gekozen,' zei ze. 'Maar in de meeste andere landen is de reactie heel wat minder gunstig. De secretaris-generaal heeft je omschreven als "gewoon de zoveelste ongeduldige Amerikaan met een pistool". Ze eist dat er een onderzoek wordt ingesteld en dat je voorlopig onder huisarrest wordt geplaatst. Voorzover ik kan zien volgt de rest van de wereldpers haar daarin.'

'Dus?' vroeg Hood.

'Net wat je al zei,' zei Ann. 'Je wordt geëvacueerd. Niemand op het ministerie van Buitenlandse Zaken of het Witte Huis heeft al besloten hoe ze dit zullen aanpakken. Ik denk dat ze je hier in Washington willen hebben om hen te helpen bij een manier om zich hieruit te draaien. Ik kan je in elk geval wel vertellen dat Bob als voorzorgsmaatregel de politie van Chevy Chase heeft gebeld en heeft gevraagd of ze je huis willen bewaken. Ze zijn al ter plekke. Gewoon voor het geval dát.'

Hood bedankte haar en maakte daarna Alexander wakker om hem voor te bereiden op de snelle terugkeer. Hood was tegenover zijn kinderen altijd heel open geweest en terwijl ze zich aankleedden, vertelde hij de jongen precies wat er de afgelopen nacht was voorgevallen. Alexander geloofde het niet zo, tot de politie kwam opdagen om zijn vader en hem naar het vliegveld te brengen. De zes agenten behandelden Hood als een van hen en terwijl ze door de kelder naar de garage liepen, waar ze werden opgewacht door een escorte van drie surveillancewagens, maakten de agenten hem hun complimenten. Die rocksterachtige aftocht maakte meer indruk op Alexander dan alles wat hij tot dan toe in New York had meegemaakt.

Daarna was de familie Hood samen met de andere gezinnen aan boord van een 737 van de Amerikaanse luchtmacht teruggevlogen naar Washington. De vlucht had een uur geduurd en al die tijd had Sharon bijna geen woord gezegd. Ze had de hele tijd naast Harleigh gezeten en het jonge meisje had haar hoofd op de schouder van haar moeder laten rusten. Hood had aan de andere kant van het gangpad naar hen zitten kijken. Net als de meeste andere jonge musici had Harleigh een licht slaapmiddel toegediend gekregen, maar anders dan bij de meeste andere meisjes het geval was, had ze in haar slaap telkens weer een zacht gejammer laten horen, met daartussendoor zo nu en dan een korte schreeuw of een plotselinge huivering. Misschien was dat wel de grootste tragedie van alles, bedacht Hood: hij had Harleigh helemaal niet uit die verdomde zaal weten te redden. Het arme meisje zat daar nog steeds gevangen, al was het dan geestelijk en niet fysiek.

Het vliegtuig landde op luchtmachtbasis Andrews. De officiële reden daarvoor was dat de militairen daar konden garanderen dat de privacy van de kinderen niet verstoord werd. Hood wist echter wel beter. Andrews was de thuisbasis van het Op-Center. Na het taxiën zag Hood dat het witte busje van het Op-Center al op het asfalt stond te wachten. Door de open zijdeur zag hij Lowell Coffey en Bob Herbert zitten.

Sharon merkte de twee mannen pas op toen ze de trap af liep. Hood knikte hen toe. Ze bleven echter in het busje zitten.

Het ministerie had gezorgd dat er rolstoelen gereedstonden voor iedereen die daar behoefte aan had. Ze hadden ook een bus geregeld om iedereen naar huis te brengen. Een functionaris vertelde de ouders dat hun auto's later op de dag van de luchthaven zouden worden opgehaald.

Sharon en Hood hielpen Harleigh in een rolstoel en terwijl Alexander manhaftig zijn plaats aan de handvatten innam, keek Sharon haar man eens aan. 'Je gaat zeker niet mee naar huis, hè?' vroeg ze. Haar stem klonk vlak en uitdrukkingsloos en de blik in haar ogen was heel afstandelijk.

'Ik wist niet dat ze hier zouden zijn,' zei hij. 'Eerlijk niet.'

'Maar het verbaast je niet.'

'Nee,' gaf hij toe. 'Ik heb iemand doodgeschoten op buitenlands grondgebied. Dat zal natuurlijk wel enige repercussies hebben. Maar jij hoeft je nergens zorgen over te maken. Bob heeft geregeld dat de politie het huis vierentwintig uur per dag bewaakt.'

'Daar maakte ik me helemaal geen zorgen over,' zei Sharon, en ze draaide zich om naar Harleigh. Toen Hood haar hand vastgreep, bleef ze echter abrupt staan.

'Sharon, doe dit nou niet.'

'Wat?' vroeg ze. 'Naar huis gaan met de kinderen?'

'Sluit me nou niet buiten.'

'Ik sluit je niet buiten, Paul,' zei Sharon. 'Net als jij probeer ik kalm te blijven en alles goed af te handelen. Van wat wij de komende dagen beslissen, zal onze dochter haar hele leven lang de gevolgen ondervinden. Ik wil er emotioneel op voorbereid zijn om die beslissingen te nemen.'

'Wíj moeten gereed zijn om die beslissingen te nemen,' zei Hood. 'Dat is ónze taak.'

'Ik hoop dat je daarin slaagt,' zei Sharon. 'Maar jij hebt weer twee gezinnen en ik ga niet langer mijn energie verspillen aan pogingen om jou zover te krijgen dat je je tijd en aandacht eerlijk verdeelt.'

'Twee gezinnen?' vroeg Hood. 'Sharon! Ik heb hier toch niet om gevraagd! Ik ben bij het Op-Center weggegaan. Dat ik daar nu weer terug ben, komt alleen maar omdat ik het middelpunt ben geworden van een internationaal incident. Ik ben... Wíj zijn... niet in staat om dit alleen af te handelen.'

Net op dat moment kwam de medewerker van Buitenlandse Zaken naar hen toe om te zeggen dat de bus op hen stond te wachten. Sharon zei dat ze er zo aan kwam. Hood gaf zijn zoon een knipoogje en zei dat hij goed op zijn zusje moest passen. Dat zou hij doen, beloofde Alexander.

Hood keek zijn vrouw nog even aan. Sharon stond naar hem op te kijken. Haar ogen glommen van de tranen.

'En als dit internationale incident achter de rug is?' vroeg ze. 'Wat ga je dan doen? Denk je nou werkelijk dat je het leuk zult vinden om te helpen bij het runnen van een huishouden in plaats van een stad te besturen, of een overheidsinstantie te leiden?'

'Ik weet het niet,' moest hij toegeven. 'Geef me een kans om erachter te komen.'

'Een kans.' Sharon glimlachte. 'Paul, misschien vind je dat het nergens op slaat, maar toen ik gisteravond hoorde wat je hebt gedaan, was ik boos op je.'

'Boos? Waarom?'

'Omdat je je leven, je reputatie, je carrière en je vrijheid op het spel hebt gezet om ons dochtertje te redden,' zei ze.

'En daar was je bóós over?' zei Hood. 'Ik kan niet geloven dat...'

'Jawel,' zei ze. 'Het enige wat ík ooit van je heb gevraagd, waren kleine stukjes van je leven. Tijd voor een vioolconcert, een voetbalwedstrijd, zo nu en dan eens een vakantie, samen eten met het hele gezin, op vakantie bij mijn ouders, en die kleine beetjes heb ik maar heel zelden gekregen. Toen ons kind gisteravond in gevaar was, kon ik je niet eens zover krijgen dat je bij me bleef.'

'Ik was te druk bezig om haar daaruit te halen...'

'Dat weet ik,' zei ze. 'En dat heb je gedaan. Je hebt me laten zien wat je allemaal kúnt doen als je het wilt. Als je het werkelijk wilt.'

'Bedoel je soms dat ik geen zin heb om bij mijn gezin te zijn?' zei Hood. 'Sharon, volgens mij ben je een beetje over je toeren...'

'Ik zei toch dat je het niet zou begrijpen?' zei ze. De tranen biggelden haar nu over de wangen. 'Ik kan maar beter gaan.'

'Nee, wacht,' zei Hood. 'Niet zo...'

'Alsjeblieft, ze staan op ons te wachten,' zei Sharon. Ze rukte haar hand los en rende naar de bus.

Hood bleef zijn vrouw staan nakijken. Nadat de deur was dichtgeslagen en de motor grommend was aangeslagen, liep hij langzaam naar Coffey en Herbert toe.

Nu was híj boos.

Hij kon het niet geloven. Zelfs zijn vrouw had kritiek op zijn optreden daar in het auditorium van de Veiligheidsraad. Misschien moest ze maar samen met Chatterjee een persconferentie houden.

Maar terwijl hij naar de bestelwagen liep, zakte zijn woede langzaam weg. En al even plotseling begon er iets anders aan hem te knagen. Het was een mengeling van schuld en twijfel en het begon in hem op te wellen zodra Hood zag dat Bob Herbert hem zijn grote stevige hand toestak om hem welkom te heten.

Want toen besefte hij dat hij zich niet meer zo alleen voelde.

En op datzelfde ogenblik zag Paul Hood zich genoodzaakt om zichzelf een eerlijke en uitermate pijnlijke vraag te stellen.

Wat als Sharon nou eens gelijk had?

57

Zondag, 10.00 uur

Washington D.C.

Toen Hood in het busje stapte, waren de begroetingen warm en hartelijk en de gelukwensen oprecht gemeend. Er was geen chauffeur. Nadat Herbert het portier had dichtgeslagen en Hood op de passagiersstoel was gaan zitten, reed Coffey het korte eindje naar het Op-Center. De jurist vertelde Hood dat ze daar net lang genoeg zouden blijven om hem de gelegenheid te geven een douche te nemen, zich te scheren en het schone pak aan te trekken dat Herbert voor hem van huis had gehaald.

'Waarom?' vroeg Hood. 'Waar gaan we naartoe?'

'Naar het Witte Huis,' zei Coffey.

'Wat staat me daar te wachten, Lowell?'

'Ik zou het eerlijk niet weten,' moest Coffey toegeven. 'Secretaris-generaal Chatterjee komt hier samen met ambassadeur Meriwether naartoe gevlogen om president Lawrence te spreken. Ze hebben een afspraak om twaalf uur. De president heeft gevraagd of jij er ook bij wilde zijn.'

'Enig idee waarom?'

'Ik kan me niet voorstellen dat de president behoefte heeft aan een welles-nietes conflict,' zei Coffey. 'En alles wat ik verder kan bedenken is niet gunstig.'

'Je bedoelt...?'

'Ik bedoel dat hij wel eens van plan zou kunnen zijn om je onder begeleiding van de ambassadeur terug te sturen naar New York,' zei Coffey. 'Om er zeker van te zijn dat je je beschikbaar houdt om antwoord te geven op alle vragen die de secretaris-generaal en haar medewerkers je zouden kunnen stellen. Een gebaar om te laten merken dat we deze kwestie hoog opnemen.'

Herberts rolstoel stond achter hen. 'Een gebaar,' snoof hij minachtend. 'Paul heeft die rottige organisatie gered. Wat hij heeft gedaan, was het moedigste wat ik ooit heb gezien. Mike en Brett hebben zich ook kranig geweerd, maar Paul... toen ik hoorde dat jij degene was die die laatste terrorist heeft uitgeschakeld, was ik trotser op je dan ik ooit op iemand ben geweest. Werkelijk.'

'Helaas,' zei Coffey, 'is trots in het internationale recht geen geldige verdediging.'

'Zal ik jou eens wat vertellen, Lowell, als Paul naar New York wordt gestuurd, of naar dat zogenaamde Internationale Gerechtshof in dat godverdomde Den Haag,' zei Herbert, 'of naar een ander oord waar zondebokken levend op de brandstapel worden gelegd, dan ga ík mensen gijzelen.'

Het was een typisch Herbert-Coffey-gesprek en zoals gebruikelijk lag de waarheid ergens in het midden. Er waren hier inderdaad wel wetten overtreden, maar rechtbanken hielden wel degelijk ook rekening met de emotionele omstandigheden waaronder die overtredingen waren begaan. Hood maakte zich daar in elk geval lang niet zo druk over als over de nabije toekomst. Hij wilde écht bij zijn gezin zijn en helpen bij Harleighs herstel, maar dat zou hem niet lukken als hij zich voor de een of andere buitenlandse rechtbank moest verdedigen. Bovendien wilde hij ook bij het Op-Center blijven. Misschien had hij toen hij zijn ontslag nam, wel wat al te heftig gereageerd. Misschien had hij beter een tijdje verlof kunnen nemen.

Maar misschien heeft het weinig zin om daar nu nog over na te denken.

Een paar dagen geleden had zijn toekomst in zijn eigen handen gelegen, maar nu lag die in handen van de president van de Verenigde Staten.

Omdat niemand anders wist dat Hood hiernaartoe was gebracht, was er verder niemand van de reguliere stafmedewerkers aanwezig, maar de mensen van het weekendteam feliciteerden hem met zijn heldhaftige optreden en de redding van Harleigh. Ze wensten hem ook veel geluk met wat hij nu voor de boeg had en zeiden dat ze achter hem stonden.

De hete douche was een weldaad voor Hoods pijnlijke spieren en de schone kleren voelden zo mogelijk nog prettiger aan. Vijfenveertig minuten na zijn landing op Andrews zat Hood weer in het busje. Herbert zorgde voor de beveiliging en Lowell zat aan het stuur.

58

Zondag, 11.45 uur

Washington D.C.

Terwijl ze onrustig ging verzitten in de limousine die haar naar het Witte Huis reed, voelde Mala Chatterjee zich onrein. Het had niets te doen met haar lichaam, al was het een feit dat ze best een goede nachtrust en een heet bad had kunnen gebruiken en zich in plaats daarvan had moeten behelpen met een douche op kantoor en een dutje in het vliegtuig. Het gevoel dat ze had, werd veroorzaakt doordat haar pogingen om via onderhandelingen tot een oplossing te komen, door een wilde schietpartij voortijdig waren afgebroken. Hoewel ze niet in staat was geweest het bloedvergieten te verhinderen, was ze vastbesloten voor een grondige schoonmaak te zorgen.

Tijdens de rit naar het Witte Huis had ze niet veel woorden gewisseld met ambassadeur Flora Meriwether. De zevenenvijftig jaar oude senator was eigenlijk medegastvrouw geweest op de receptie van gisteren, maar net als Chatterjee was ze wat later gekomen en daarom waren zij en haar man niet gegijzeld geweest. Na het begin van de gijzeling was de ambassadeur echter niet bij de andere diplomaten gebleven. In plaats daarvan had ze gezegd dat dit iets was wat Chatterjee en haar adviseurs maar moesten afhandelen en was ze naar haar kantoor gegaan. Op zich had ze daar gelijk in gehad, maar ze had zich wel héél erg op afstand gehouden.

Chatterjee besefte dat de ambassadeur niet de indruk had willen wekken dat ze druk op de Verenigde Naties had uitgeoefend om de hulp van Amerikaanse onderhandelaars of terreurbestrijdingseenheden in te roepen. Gezien de afloop van de gijzeling was dat tamelijk wrang. Mala Chatterjee wist niet hoe de ambassadeur zich nu voelde, noch wat de president ervan vond, maar dat maakte haar ook niet veel uit. De secretaris-generaal had erop gestaan dat deze bespreking zou plaatsvinden omdat ze onmiddellijk met grote nadruk wilde bevestigen dat de Verenigde Naties het recht hadden om hun eigen meningsverschillen op te lossen en landen die het internationale recht schonden, eigenhandig tot de orde te roepen. Na de inval in Koeweit hadden de Verenigde Naties snel een veroordeling uitgesproken over Irak en ze mochten nu dan ook niet aarzelen om op te treden tegen de Verenigde Staten wegens hun inmenging bij het oplossen van de gijzelingskwestie.

De internationale pers stond in groten getale te wachten toen de limousine door de voor bezoekers bestemde, zuidwestelijke toegangspoort het terrein van het Witte Huis op reed. Ambassadeur Meriwether weigerde de verslaggevers te woord te staan, maar wachtte terwijl Chatterjee een korte toespraak hield.

'De gebeurtenissen van de afgelopen achttien uur zijn een zware beproeving geweest voor de Verenigde Naties en de mensen die daar werkzaam zijn,' zei ze. 'We betreuren het verlies van zovele gewaardeerde collega's en hoewel we oprecht verheugd zijn over het feit dat de voormalige gijzelaars nu weer met hun gezin zijn herenigd, kunnen we de methode waarmee deze crisis tot een oplossing is gebracht niet goedkeuren. Het succes van de Verenigde Naties en hun operaties is afhankelijk van de terughoudendheid van de landen waar onze instellingen gevestigd zijn. Ik heb om dit onderhoud met de president en ambassadeur Meriwether verzocht om twee belangrijke doelstellingen te realiseren. Ten eerste wil ik dat er een grondig onderzoek wordt ingesteld naar de gebeurtenissen die hebben geleid tot deze ondermijning van de soevereiniteit van de Verenigde Naties, ons Handvest en ons streven om conflicten met diplomatieke middelen op te lossen. En ten tweede wil ik de garantie dat onze soevereiniteit in de toekomst niet opnieuw geweld wordt aangedaan.'

Zonder in te gaan op de vragen die haar werden toegeroepen, bedankte de secretaris-generaal de journalisten en ze beloofde dat ze na haar gesprek met de president opnieuw een verklaring zou afleggen. Ze hoopte dat ze had weten over te brengen dat ze van mening was dat Amerikaanse militairen de soevereiniteit van de organisatie zwaar geschonden hadden.

De route naar het Oval Office is lang en kronkelig. Eerst komt de bezoeker langs het kantoor van de perswoordvoerder en de Cabinet Room. Naast de Cabinet Room bevindt zich het kantoor van de secretaresse van de president. Dit is de enige ingang van het Oval Office en er staat vierentwintig uur per dag een medewerker van de geheime dienst op wacht.

Om twaalf uur precies was de president gereed. Hij kwam in eigen persoon naar buiten om Mala Chatterjee te verwelkomen. Michael Lawrence was 1,90 meter lang, met kort zilvergrijs haar en een bruine, verweerde huid. Zijn glimlach was breed en oprecht, zijn handdruk ferm en zijn stem zo diep dat die helemaal vanuit zijn tenen leek te komen.

'Fijn u weer eens te zien, excellentie,' zei hij.

'Het genoegen is wederzijds, meneer de president, al had ik het prettiger gevonden als we elkaar onder andere omstandigheden ontmoet zouden hebben,' antwoordde ze.

Nu richtte de president zijn blauwgrijze ogen op ambassadeur Meriwether. Hij kende haar nu al bijna dertig jaar. Ze had samen met hem op de universiteit van New York gestudeerd en de president had haar uit het hoger onderwijs weggehaald om dienst te doen bij de Verenigde Naties.

'Flora,' zei hij, 'zou je ons een paar minuten alleen willen laten?'

'Ja, hoor,' zei ze.

Terwijl de secretaris de deur dichtdeed, wees de president de secretaris-generaal een stoel. Chatterjee hield haar schouders recht en haar nek stijf rechtop. De president was gekleed in een grijs pak en een overhemd zonder das en voelde zich duidelijk heel wat meer op zijn gemak. Met een afstandsbediening zette hij de tv uit. Hij had naar CNN zitten kijken.

'Ik heb gehoord wat u zojuist tegen de pers hebt gezegd,' zei de president. 'Toen u het had over gebeurtenissen die de soevereiniteit van de VN hebben ondermijnd, bedoelde u daar toen de gijzeling mee?'

Chatterjee zat in een gele leunstoel. Ze legde haar handen in haar schoot en sloeg haar benen over elkaar.

'Nee, meneer de president,' zei ze. 'Dat is een heel andere kwestie. Ik heb het nu over de ongevraagde inval van de heer Hood van uw National Crisis Management Center en twee tot op heden niet nader geïdentificeerde Amerikaanse militairen.'

'U bedoelt de inval waarmee de gijzeling tot een goed einde is gebracht?' zei de president vriendelijk.

'Het resultaat staat hier niet ter discussie,' zei Chatterjee vastberaden. 'Op het ogenblik gaat het me om de middelen die zijn gebruikt om dat resultaat te bereiken.'

'Juist,' zei de president, en na die woorden ging hij aan zijn bureau zitten. 'En wat wilde u daaraan doen?'

'Ik zou graag willen dat de heer Hood terugkeert naar New York om daar een aantal vragen te beantwoorden die betrekking hebben op zijn gewapende optreden.'

'Nú?' vroeg de president. 'Terwijl zijn dochter nog moet herstellen van de gevolgen van de gijzeling?'

'Hij hoeft niet meteen terug te keren,' antwoordde ze. 'Het midden van de week is ook goed.'

'Juist. En wat die vragen betreft,' zei de president, 'wat wilt u daarmee bereiken?'

'Ik wens formeel vast te stellen of er wetten zijn gebroken en grenzen zijn overschreden.'

'Excellentie,' zei de president, 'als ik zo vrij mag zijn, zou ik willen zeggen dat u het overzicht op de situatie een beetje kwijt bent.'

'Hoezo?'

'Naar mijn mening hebben de New Yorkse politie, het ministerie van Buitenlandse Zaken, de FBI en de Amerikaanse strijdkrachten zich buitengewoon terughoudend en respectvol opgesteld, zeker als we er rekening mee houden hoe veel jonge Amerikanen erbij betrokken waren. Toen de situatie uit de hand liep en uw eigen strijdkrachten teruggeslagen werden... tja, toen zijn drie van onze mensen inderdaad het auditorium van de Veiligheidsraad binnengegaan, maar zoals dat met Amerikaanse soldaten altijd het geval is, was hun optreden geheel belangeloos en zeer effectief.'

'Het gaat hier niet om hun moed,' zei Chatterjee. 'Maar de gezagsgetrouwheid van de grote meerderheid kan geen excuus vormen voor het wetteloze optreden van een kleine minderheid, hoe heldhaftig dat ook geweest mag zijn. Als er wetten zijn overtreden, zal er misschien rechtsvervolging ingesteld dienen te worden. Dit is geen gril van mij persoonlijk, meneer de president. Dit gaat om het Handvest van de VN. Dat is onze wet. En er is al geëist dat die wet ook in dit geval gehandhaafd wordt.'

'Wie heeft dat dan wel geëist?' vroeg de president. 'De landen waaruit die terroristen afkomstig waren soms?'

'De beschaafde landen van de wereld vragen daarom,' zei ze.

'En om hun beschaafde bloeddorst te lessen wilt u Paul Hood voor de rechter slepen,' zei de president.

'Dat is sarcasme,' zei Chatterjee. 'Maar het is inderdaad heel goed mogelijk dat het tot een proces komt. Het optreden van de heer Hood maakt dat vrijwel onontkoombaar.'

De president leunde achterover in zijn stoel. 'Excellentie, de afgelopen nacht is Paul Hood voor mij en ongeveer 250 miljoen andere Amerikanen een held geworden. Er zijn in deze affaire ook een paar schurken geweest, onder wie een renegaat agente van de CIA die waarschijnlijk de rest van haar leven in de gevangenis zal moeten doorbrengen, maar ik zal niet toelaten dat die meneer Hood voor de rechter moet komen omdat hij zijn dochtertje van een terrorist heeft gered.'

Chatterjee keek de president aan. 'Dus u wilt hem niet aan ons overdragen voor verhoor?'

'Ik denk dat dat een goede samenvatting is van de positie van mijn regering,' zei de president.

'Zullen de Verenigde Staten de wil van de internationale gemeenschap trotseren?'

'Openlijk en met groot enthousiasme,' zei de president. 'En eerlijk gezegd, excellentie, denk ik niet dat de gedelegeerden daar heel lang over in zullen zitten.'

'We zijn het Amerikaanse Congres niet, meneer de president,' zei Chatterjee. 'Ons vermogen om onze aandacht ergens op gericht te houden kunt u maar beter niet onderschatten.'

'Dat doe ik ook niet, hoor,' zei de president. 'Maar ik ben er heel zeker van dat de gedelegeerden al hun aandacht nodig zullen hebben om passende scholen en woningen te vinden, zodra mijn regering besluit dat de VN maar beter naar een andere hoofdstad kunnen verhuizen: Khartoem bijvoorbeeld, of Rangoon.'

Chatterjee kon gewoon voelen dat haar gezicht rood aanliep. Wat een klootzak! Wat een machtsmisbruik! 'Meneer de president, op dreigementen ga ik niet in.'

'Dat doet u wél,' zei de president. 'U hebt zojuist heel snel en openlijk gereageerd.'

Het duurde een paar seconden voordat ze doorhad dat de man gelijk had.

'Niemand vindt het leuk om onder druk gezet te worden,' zei de president. 'En dat is waar u en ik hier mee bezig zijn. Maar nu moeten we zonder dreigementen of confrontaties een oplossing voor dit probleem zien te vinden. Een oplossing waar we allebei beter van worden.'

'Zoals?' vroeg ze. Ondanks haar machteloze woede bleef Chatterjee een diplomaat. Ze zou luisteren naar wat de man te vertellen had.

'Als de Verenigde Staten nou gewoon eens begonnen met het inlossen van hun schuld van twee miljard dollar,' zei de president. 'Zou dat niet een veel betere manier zijn om die boze gedelegeerden te sussen? Dan hebben ze meer geld voor VN-programma's in hun eigen land, zoals de Wereldvoedselraad, het Kinderfonds en het Instituut voor Opleiding en Onderzoek. En als we dit goed aanpakken, zullen ze zelfs het gevoel krijgen dat ze een overwinning hebben behaald omdat de Amerikanen overstag zijn gegaan in de schuldenkwestie. Uw eigen status zal niets te lijden hebben,' voegde hij daaraan toe.

Chatterjee wierp hem een kille blik toe. 'Meneer de president, ik stel het op prijs dat u zo lang over deze kwestie hebt nagedacht, maar de wettelijke aspecten van deze affaire laten zich niet zo gemakkelijk ter zijde schuiven.'

De president glimlachte. 'Excellentie, bijna vijfentwintig jaar geleden hield de Russische schrijver Alexander Solzjenitsyn een toespraak ter gelegenheid van de opening van het academisch jaar, en in die toespraak heeft hij iets gezegd wat ik goed in mijn advocaten-oren heb geknoopt. "Ik heb mijn hele leven onder een communistisch regime geleefd," zei hij, "en ik kan u vertellen dat een maatschappij zonder onpartijdige wetten en rechtspraak iets vreselijks is. Maar een maatschappij waar alleen wet en recht regeren, doet de menselijke waardigheid ook tekort."'

Chatterjee nam de president eens aandachtig op. Dit was de eerste keer sinds ze het Oval Office was binnengekomen dat ze iets in zijn ogen en gelaatsuitdrukking zag wat oprecht aandeed.

'Excellentie,' zei de president. 'U bent doodmoe. Mag ik iets voorstellen?'

'Jawel,' zei ze.

'Waarom gaat u niet terug naar New York om eens goed na te denken over wat ik u heb gezegd?' zei de president. 'Denkt u er maar eens over na hoe we kunnen samenwerken om nieuwe morele doelstellingen te vestigen.'

'In plaats van de oude met kracht te handhaven?' zei ze.

'In plaats van telkens maar terug te keren naar wetten en voorschriften die alleen maar verdeeldheid zaaien,' zei hij. 'We moeten de kloof dichten in plaats van hem breder te maken.'

Chatterjee slaakte een diepe zucht en stond op. 'Ik denk dat ik het op dat punt in elk geval met u eens ben.'

'Dat doet me genoegen,' zei de president. 'Ik ben er zeker van dat de rest dan ook wel te regelen valt.'

De president stond op vanachter zijn bureau, gaf haar een hand en liep met haar mee naar de uitgang.

De secretaris-generaal had verwacht dat het gesprek heel anders zou lopen. Ze had wel geweten dat de president niet zonder slag of stoot op haar verzoek zou ingaan, maar ze had verwacht dat het haar wel zou lukken om hem met behulp van de pers zo onder druk te zetten dat hij toegaf. Maar wat moest ze de verslaggevers nu vertellen? Dat de president een klootzak was geweest? Dat hij in plaats van een Amerikaanse vader aan haar uit te leveren, had aangeboden om de VN financieel weer op de been te helpen en zo duizenden andere vaders in vele verschillende landen hulp en bijstand te verlenen? Terwijl ze over het dikke blauwe tapijt met het ingeweven goudkleurige presidentiële zegel liepen, bedacht Chatterjee dat dit weer een van die onverwachte ontwikkelingen was waar het leven zo vol van is. Op weg naar het Witte Huis had ze zich onrein gevoeld omdat de diplomatie was gesmoord in bloed, maar hier in dit vertrek had de president zojuist met grote behendigheid en intelligentie de diplomatie beoefend.

Waarom voelde ze zich dan nog onreiner dan daarnet?

59

Zondag, 12.08 uur

Washington D.C.

Zowel in de financiële wereld als tijdens zijn loopbaan bij de overheid had Paul Hood zich vaak genoeg in zeer politiek en emotioneel geladen situaties bevonden om te beseffen dat vaak al vaststond hoe een belangrijke bespreking zou verlopen voordat de eigenlijke vergadering werd geopend. De belangrijkste deelnemers, vaak niet meer dan twee, hadden de zaak van tevoren al bekokstoofd en tegen de tijd dat de andere deelnemers ter plekke waren, was al het overleg alleen nog maar voor de show.

Deze keer was er niet eens een show. Niet hier in dit kantoor in elk geval.

Toen hij het Witte Huis in liep, had Hood even naar de pers gezwaaid, maar hij had geen vragen beantwoord. Toen hij het Oval Office binnenkwam, zat ambassadeur Meriwether daar wat te babbelen met de secretaresse, de tweeënveertig jaar oude Elizabeth Lopez. De twee waren hun informatie over de gebeurtenissen van de vorige dag aan het vergelijken, maar toen ze Hood zagen, hielden ze daar onmiddellijk mee op.

Hood had Lopez altijd heel beleefd gevonden, maar ook erg formeel. Vandaag was haar manier van doen echter uiterst hartelijk. Ze bood hem zelfs koffie aan uit het potje oploskoffie van de president, en hij nam het aanbod aan. Ook de ambassadeur, die meestal niets van haar emoties liet blijken, was vandaag voor haar doen ongebruikelijk spontaan. Hood vond het wrang dat de moeder van zijn eigen kinderen vandaag de enige moeder in heel Amerika was die niet erg ingenomen met hem was.

De ambassadeur vertelde dat Mala Chatterjee bij de president was. 'Laat me eens raden,' zei Hood. 'Zij eist dat ik voor het een of andere inderhaast samengestelde comité moet verschijnen waar uitsluitend mensen in zitten die de pest hebben aan de Verenigde Staten.'

'U bent wat cynisch,' zei de ambassadeur.

'Maar ik heb wel gelijk,' zei Hood.

'De secretaris-generaal is geen onredelijk iemand,' zei de ambassadeur. 'Ze is gewoon idealistisch en heeft bovendien nog tamelijk weinig ervaring. De president en ik hebben vanochtend echter al even overlegd en een mogelijke oplossing voor dit probleem gevonden, waarvan ik denk dat de secretaris-generaal die wel aanvaardbaar zal vinden.'

Hood nam een slokje zwarte koffie en wilde net gaan zitten toen de deur van het Oval Office openging en Mala Chatterjee naar buiten kwam, gevolgd door de president. De secretaris-generaal keek boos.

Terwijl Hood zijn kopje neerzette, gaf de president ambassadeur Meriwether een hand.

'Mevrouw Meriwether, bedankt voor uw komst,' zei hij.

'Dank u wel, meneer,' zei ze.

'Mevrouw Meriwether,' ging de president verder, 'de secretaris-generaal en ik hebben zojuist een zeer nuttig en productief gesprek gehad. Misschien kunnen we u daarvan op de hoogte brengen terwijl we met u meelopen naar de zuidwestuitgang.'

'Uitstekend,' zei ze.

De president richtte zijn aandacht nu op Hood. 'Paul, fijn je weer te zien,' zei hij, en hij stak de directeur van het Op-Center zijn hand toe. 'Hoe gaat het met je dochtertje?'

'Ze is nog behoorlijk uit haar doen,' moest Hood toegeven.

'Heel begrijpelijk,' zei de president. 'Als we iets voor jullie kunnen doen, dan moet je het vooral vragen.'

'Dank u wel, meneer.'

'Ik denk dat we de zaak hier goed in de hand hebben,' zei de president. 'Dus ga maar terug naar je dochter, zou ik zeggen.'

'Jawel, meneer.'

'Als er verder nog iets is, dan hoor je het wel,' zei de president. 'Al denk ik dat het wel verstandig is als je een paar dagen uit de buurt van de pers blijft. Laat de perswoordvoerder van het Op-Center dit maar afhandelen. In elk geval tot de secretaris-generaal de kans heeft gekregen om met haar mensen in New York te overleggen.'

'Natuurlijk,' zei Hood.

Nadat hij de president en de ambassadeur de hand had geschud, gaf hij de secretaris-generaal ook een hand. Het was de eerste keer sinds gisteravond dat ze hem had aangekeken. Er lag een sombere en vermoeide blik in haar ogen, haar mondhoeken waren naar beneden gekeerd en er zaten grijze plekken in haar zwarte haar die hem daar niet eerder waren opgevallen. Ze zei niets. Dat hoefde ze ook niet. Zij had deze slag al evenmin gewonnen.

Tussen het eind van de centrale gang en de westelijke ingang bevond zich een beveiligde zone, en daar zaten Bob Herbert en

Lowell Coffey met een paar mensen van de geheime dienst te praten. Hoewel ze niet waren uitgenodigd voor de bespreking zelf, hadden ze in de buurt willen blijven voor het geval Hood morele of tactische steun nodig zou hebben, of zelfs maar een lift, al zou dat laatste natuurlijk afhangen van waar hij na het onderhoud naartoe moest.

Terwijl de president, de secretaris-generaal en de ambassadeur naar buiten gingen om de pers te woord te staan, liepen de twee medewerkers van het Op-Center naar Hood toe.

'Dat was snel,' zei Herbert.

'Wat is er gebeurd?' vroeg Coffey.

'Ik weet het niet,' zei Hood. 'De ambassadeur en ik zijn niet bij het gesprek aanwezig geweest.'

'Heeft de president nog iets gezegd?' vroeg Coffey.

Met een flauw glimlachje legde Hood zijn hand op de schouder van de jurist. 'Hij heeft gezegd dat ik naar huis moest gaan, naar mijn dochtertje toe, en dat is precies wat ik nu van plan ben.'

Met hun drieën liepen ze het Witte Huis uit. Ze ontweken de verslaggevers door naar West Executive Avenue te lopen en daarna links af te slaan naar de Ellipse, waar ze hun auto hadden staan.

Terwijl ze wegliepen, voelde Hood ondanks zichzelf medelijden met Chatterjee. Ze was geen slecht mens. Ze was niet eens de verkeerde vrouw voor deze functie. Het probleem lag in het instituut zelf. Landen vielen anderen landen binnen of pleegden genocide en de Verenigde Naties verschaften ze een forum waar ze hun daden konden rechtvaardigen. Alleen al het feit dat ze daar hun stem konden laten horen, had als gevolg dat immorele daden gelegitimeerd werden.

Plotseling kreeg Hood een inval: zou er niet een manier zijn waarop het Op-Center zou kunnen helpen om dergelijke misstanden te corrigeren? Een manier waarop hij het team kon inzetten om internationale criminelen te identificeren en hun hun verdiende loon te geven? Geen proces, maar gewoon hun verdiende loon, en als het even kon, voordat ze hun wandaden begingen.

Het was iets om over na te denken. Want hoewel hij zijn dochter een vader verschuldigd was, was hij haar ook nog iets anders verschuldigd, iets wat slechts heel weinig mensen konden hopen te verwezenlijken.

Een betere wereld waarin ze haar eigen kinderen zou kunnen grootbrengen.

60

Zondag, 15.11 uur

Los Angeles, Californië

Hij was al op zo veel verschillende plekken geweest, van de poolcirkel tot de tropen, en elk daarvan had zijn eigen charmes en zijn eigen schoonheid gehad. Maar nog nooit was het hem ergens onmiddellijk zo goed bevallen.

Hij liep het terminalgebouw uit en snoof de zilte, warme lucht op. De late namiddaghemel was helder en blauw en hij durfde er een eed op te doen dat hij de oceaan kon ruiken.

Hij stak zijn paspoort in de binnenzak van zijn blazer en keek eens om zich heen. De gratis bussen stopten langs de stoeprand en hij koos er een die naar een vestiging van een grote hotelketen ging. Hij had niet gereserveerd, maar hij zou tegen de receptionist zeggen dat hij dat wel had gedaan en dat hij het reserveringsnummer niet meer wist. Het was hun taak om dat nummer niet te vergeten, en niet de zijne. Zelfs als ze geen kamer overhadden, zouden ze hun uiterste best doen om ergens anders een kamer voor hem te vinden. Zulke dingen deden de grote hotelketens nou eenmaal voor hun gasten.

Hij ging in de bus zitten en keek uit het raampje. De ranke, vuilwitte verkeerstoren kwam langsschieten. Langs de weg groeiden weelderige groene planten en de bus schoot lekker op, heel anders dan in New York of Parijs.

Ivan Georgiev zou het hier wel naar zijn zin hebben.

Zuid-Amerika zou hem ook goed zijn bevallen. Maar het was anders gelopen. Soms gingen de dingen nou eenmaal niet volgens plan. Dat was de reden waarom hij, in tegenstelling tot de anderen, over een ontsnappingsroute had beschikt. Als alles misliep, zou Annabelle hem laten ophalen door haar floaters. Het plan was dat hij haar later zou ontmoeten in het hotel en dan zou regelen dat ze haar geld kreeg uitbetaald, ofwel met een deel van het losgeld, of uit zijn eigen zak.

Toen ze niet was komen opdagen, was hij ervan uitgegaan dat de allerergste mogelijkheid werkelijkheid was geworden en naderhand, toen de floaters waren teruggekeerd om hem op het vliegtuig te zetten, hadden ze hem verteld dat de vrouw was opgepakt. Volgens hen zou ze waarschijnlijk weten te bedingen dat ze niet meer dan vijftien jaar kreeg, in ruil voor een volledige bekentenis over de connecties tussen de CIA en de UNTAC, en daarom moest hij nu zo snel mogelijk het land uit. De CIA was van plan alles te ontkennen.

Georgiev werd verondersteld vanuit Los Angeles door te vliegen naar Nieuw-Zeeland, maar daar wilde de Bulgaar helemaal niet naartoe. Hij wilde niet dat de CIA wist waar hij zich bevond en bovendien had hij connecties met Oost-Europeanen die in Hollywood hun eigen filmmaatschappijen waren begonnen.

Georgiev glimlachte. Zijn zakenrelaties hadden hem verteld dat de filmindustrie een snelle en genadeloze business was, met een hoop mooie meiden die een buitenlands accent niet alleen als exotisch beschouwden, maar ook als een teken van grote beschaving, en dat hij daarom zeker op een heleboel feestjes zou worden uitgenodigd. Het was een business waar mensen je niet in het geniep een mes in de rug staken. Ze staken je gewoon waar iedereen bij was een mes in je buik.

Georgiev glimlachte. Het accent had hij al en hij was met alle genoegen bereid om mensen neer te steken, waar en wanneer ze maar wilden.

Het zou hem hier wel bevallen.

Het zou hem hier zelfs heel erg goed bevallen.

'In Italië hebben ze onder de Borgia's dertig jaar lang oorlog, terreur, moord en bloedvergieten gehad... en Michelangelo, Leonardo da Vinci en de Renaissance voortgebracht. In Zwitserland hadden ze naastenliefde en vijfhonderd jaar lang vrede en democratie. En wat heeft dat ze opgeleverd? De koekoeksklok!'

Orson Welles